求鼎齋類稿

文先国 著

苏州新闻出版集团
古吴轩出版社

图书在版编目（CIP）数据

求鼎斋类稿 / 文先国著. -- 苏州：古吴轩出版社，2024.12. -- ISBN 978-7-5546-2522-4

Ⅰ．I267

中国国家版本馆CIP数据核字第20243Y0Q11号

责任编辑：戴玉婷
见习编辑：王霁钰
责任校对：张雨蕊
责任照排：刘 浩

书　　名：求鼎斋类稿
著　　者：文先国
出版发行：苏州新闻出版集团
古吴轩出版社
地址：苏州市八达街118号苏州新闻大厦30F
电话：0512-65233679　　邮编：215123
出 版 人：王乐飞
印　　刷：苏州市越洋印刷有限公司
开　　本：889mm×1194mm　1/16
印　　张：22
字　　数：350千字
版　　次：2024年12月第1版
印　　次：2024年12月第1次印刷
书　　号：ISBN 978-7-5546-2522-4
定　　价：68.00元

如有印装质量问题，请与印刷厂联系。0512-68180628

雄岚高耸　　　　　　　　　　　　越溪长流

栖贤润陂（樊哲平摄）

红杏云天

高山寺塔

日月湖明

蓼花红毯（樊哲平摄）

罗汉松健

笔墨春秋（章文杰摄）

水土五色

神鸟留栖（樊哲平摄）

石桥晚坐

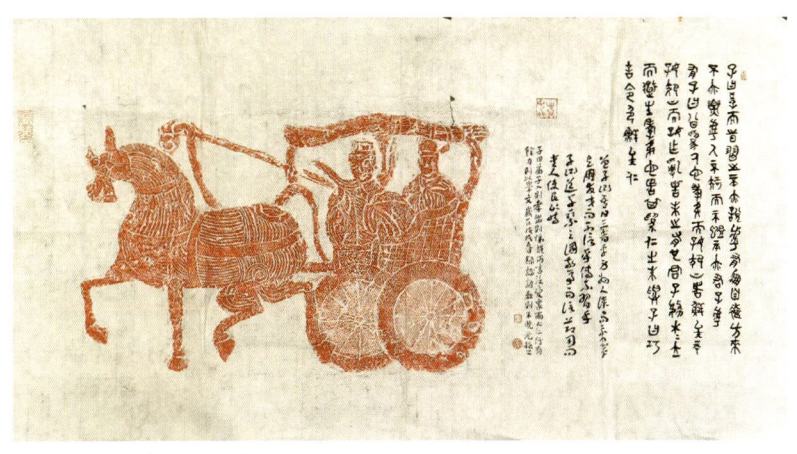

君子同道（朱晓光作）

雅士山居（王有彬作）

恩师赐宝（史树青先生作品）

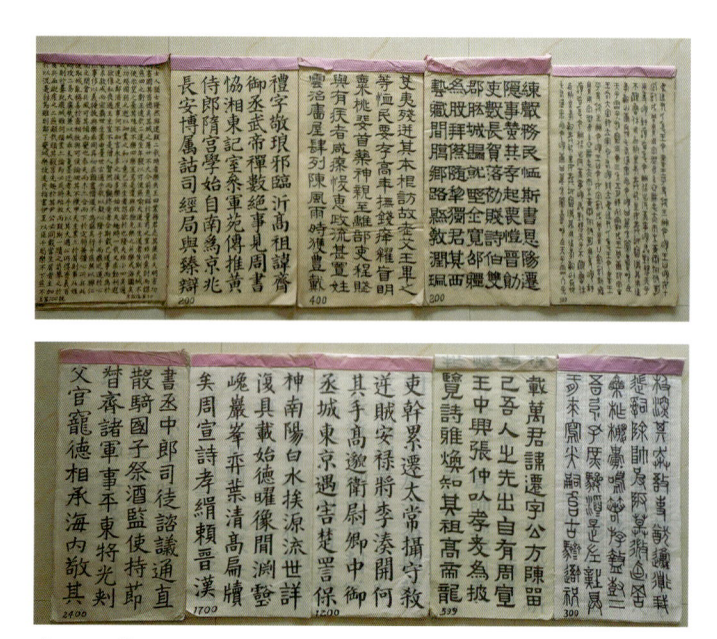

在下临摹

以文立爱（序）

邹农耕

应文老师先国先生嘱命《求鼎斋类稿》写点滴感受，殊为忐忑。可能是我们相识既久、接触过多的缘故，一时倒觉得脑海空白，胸无逸事可道。实有坡仙"身在庐山"之慨！

凡平素与文老师接触过几次的人，多能听到他对自己言行、胸次综合评介并颇为得意的自谓："……我说谁行，他就肯定行。不信，过几年看……"说话时形容端严，食指朝天，接着就面带微笑、眼神幽默地列举出一个个他曾给予过厚望、而后来行止果真有所益转的人。是的，文老师确实有眼光，有他的独妙超人处：做人行思规范，做事分析入理，生活中则像一个俏皮的孩子，思维跳跃，嬉笑怒骂，敢作敢为。之所以用"立爱"二字来赘述文老师的言行追求，倒不是因为他姓文，而是因为在其日常生活和内心世界中，处处体现出对事业、对朋友、对文化的无限之爱！

从部队退伍后，文老师一直在进贤县文物部门工作直至退休。数十年如一日，凭着自己喜欢书、热爱文博事业的专劲，硬是把家底微薄、仅有几间办公室的进贤县文物管理所，发展成占地15亩的进贤县博物馆，发掘、发现与进贤历史相关的人文风物，如：进贤商代遗址；澹台灭明（子羽，孔子弟子）与进贤名字的由来；唐代戴叔伦在栖贤山，董源故里；宋代晏殊、吴居厚，元代熊与可，明代舒芬、汤显祖、熊明遇，清代李宗瀚、李瑞清等人物与进贤的关系……经他细心梳理后，这些内容皆形成研究性文章，每每在《北京晚报》《中国文物报》《文汇报》《东方文化周刊》《美术报》等专业报刊上刊发，其为进贤的文博事业贡献之大，省内难有比肩者。邑友于志勇说，进贤县原文化局副局长章文杰随文老师下乡去看古建筑，章为文老师搬梯子，有人开玩笑问，谁是领导，章局长说，文老师是专家。可证文老师在章局长心目中的位置。1990年代，文老师敦请中国文化泰斗张中行、启功、史树青、任继愈、刘炳森等前辈先生分别为进贤县博物馆、进贤县图书馆题写馆名。至2009年进贤县博物馆设立，比预计时间提前了十多年，其功何等之伟！与时下文坛大家如北京孙郁、南京薛冰诸先生的妙闻趣事，在文老师的闲谈和著述中，更是精彩纷呈，俯拾皆是。

下乡开展田野调查是文老师的日常工作，他走到哪里就熟到哪里，与百姓谈笑风生，探闻民风与民俗之间保留的历史痕迹，以拓宽文博工作的视角。因此，进贤的每一个角落，他都留有独特的记忆。自然，也结识了许多朋友，其中一些他并不熟悉却让他留下了深刻印象。据文老师自己拾忆，进贤山歌唱得最美、记得最多，但一字不识的文木根，完全靠喜欢山歌的热情，为进贤留下了一大批地方音乐遗产；某次夜归，隐约笛声起伏，寻声去，笛韵戛然止，他至今认为是天籁。此遇也，如品唐宋诗词，妙趣全在言外。而经常游于文老师左右者，无论男女，则无不诚服于他的博学、包容、奖掖之风。文老师常诙谐地说："我是一个非常渺小而卑微的人，如果退伍后没有加入文化单位工作，我真不敢想象自己会活成什么样。倒是那些毕生专笃一事、不问得失、生活尚不能安定的人，才真正让我敬佩！"

阅读、读好书，是文老师多年养成的习惯。哪家出版社什么时候出了几本有品位的好书，他如数家珍，一一列出。三十年前，他曾感慨：在八十多万人口的进贤县，没有第二个人订阅《文汇读书周报》是何等悲戚。可见他对人文环境不无担忧。

文老师绝对是"吃货"，对食材要求苛刻。进贤地理环境多山多水，植被茂密，水产丰富，但他非大河大湖之鱼不吃，反季节蔬菜不吃，非本地油菜籽压榨的油不吃。朋友邀聚，席间如果发现有悖于他的习惯的食物，筷子几乎不动。于是乎有文老师在场的饭局，都得提前准备食材。文老师爱玩，如青春少年，朋友间只要谁建议出游，他则如开春的燕雀，可以孑然一身，不计归期。

文老师爱国，至今仍每天准时守着电视机看当天的新闻联播和文化节目。生活中如遇到不平之事，他声色反常，金刚怒目；社会上出现他认为不甚理想的现象，他则总是怀着悲悯的神情：怎么得了哦，这么下去国家怎么吃得消啊！这些，皆缘情所系。

情深而文明！情若不深，何以立爱？立爱，是文老师追求生活和生命价值的全部家当，但有时他也会因爱激烈，把话或文章描绘得过于丰满，导致授人以柄而难以自圆其说——这时，文老师则神态天真、目瞪口呆地对着你嘿嘿一笑解释道："说快了！"。

2024年初夏浅识

目 录

以文立爱（序） ………………………………………………… 邹农耕

上编　凭栏临窗

亦师亦友三君子
　　——现身说法谈君子，以当代文化人薛冰、孙郁、邹农耕为例 ………… 002
凭栏临窗，进邑着墨
　　——趣说我与地方文化相关的对联 …………………………………… 009
也说学者与副刊 ………………………………………………………… 017
书法文化·书法艺术·书法传承
　　——再问：中国"书法艺术"，谁是传承人 …………………………… 028
君子奇文惊北宋，雄才妙笔耀南丰
　　——曾巩文学作品中的家国文化情怀 ………………………………… 034
远去了，沪上刘绪源 …………………………………………………… 046
进贤土改中相关的两篇文章一首诗
　　——说说汪曾祺的两篇文章和冯至的一首诗 ………………………… 049
从《瓜子仁》到《江西是个好地方》 ………………………………… 057
为公，想方设法求墨宝 ………………………………………………… 063
一根收藏的标杆 ………………………………………………………… 066
校编书感悟（三篇） …………………………………………………… 069

繁星照耀下的王炳根

　　——《玫瑰的盛开与凋谢——冰心与

　　　吴文藻（一九五一——一九九九年）》阅读片段感慨 …………… 075

鹅湖书院入门，文化铅山出彩

　　——记一个由书院文化研究成长起来的学者王立斌……………… 082

我读辛弃疾的词

　　——以《辛稼轩与铅山瓢泉词选》一书为例……………………… 097

游艺管窥（六则） ………………………………………………………… 104

明代进贤牌坊书法三例 …………………………………………………… 115

也说戴叔伦的"诗伯夜台"碑 …………………………………………… 119

三件瓷板画像 ……………………………………………………………… 122

愿我三教通一管，与君四德治五经 ……………………………………… 125

暗合过去，引领未来

　　——例举景德镇陶瓷仿古与创新的两颗明星……………………… 127

中国工匠画家王有彬 ……………………………………………………… 137

明春，明春 ………………………………………………………………… 141

功夫在字外 ………………………………………………………………… 143

从一个笔工说工匠精神 …………………………………………………… 145

为余秋雨老宅申报文物保护单位叫好 …………………………………… 147

再说余秋雨老宅申报文物保护单位事 …………………………………… 149

出水文物与环境和风俗 …………………………………………………… 151

心机·表象·常识 ………………………………………………………… 153

我们，诗意地栖居 ………………………………………………………… 155

诗联集锦 …………………………………………………………………… 157

下编　进邑着墨

进者，贤也
　　——进贤（兼谈锺陵）县名之由来 …………………………………… 164
进贤县重要建筑文物与传统村落概述 ……………………………………… 169
九曲十弯越溪水，三桥两省分界线 ………………………………………… 179
晏殊江山第一楼与衮绣堂探究 ……………………………………………… 190
明清两代进贤区域书院事略 ………………………………………………… 200
古诗叙事军山湖 ……………………………………………………………… 215
健武官溪大鹄源，信江文脉一线牵
　　——谈进贤《胡氏宗谱》中的文化人物和"八景诗"的价值 ………… 225
我在军山湖畔讲故事 ………………………………………………………… 241
南箕峰纪事 …………………………………………………………………… 249
戴叔伦·栖贤山·润陂桥 …………………………………………………… 257
再谈宋元时期进贤及边缘地方出土酒具与文化 …………………………… 269
敦睦传家六百年　龙章世锡三千里
　　——进贤县明清两代陈氏家族的人物与文物 ………………………… 276
明封熊母王太孺人墓石情况及其史料价值 ………………………………… 289
百源朱仙舫探微 ……………………………………………………………… 296
二塘文氏三艺 ………………………………………………………………… 306
进贤县文博研究成果与出版情况的报告
　　——兼谈利用文博研究出版成果在为地方文化遗产保护中的作用 … 318
附录 …………………………………………………………………………… 328

后记 …………………………………………………………………………… 333

上编　凭栏临窗

亦师亦友三君子

——现身说法谈君子，以当代文化人薛冰、孙郁、邹农耕为例

在读书与日常社会生活过程中，不知为什么，我常常会想起有关君子的话题。

据说，有人统计，"君子"一词在《论语》中出现过百余次，可见"君子"是孔子哲学和道德思想的一个核心。社会一般意义的理解，君子是与小人相对的。我认为，"君子"是一个文化概念，"小人"也是一个文化概念。"君子"其实就是做人的正常道理。"君子"不一定是表扬一个人，然人人向往；"小人"不一定是批评一个人，却人人摒弃。君子的定义，如果要去抄录孔夫子等圣贤先师概括的义项，可能会相当繁复，不切合实际的文化上的演绎，我们也会感到枯燥无味。社会场中，各色人等，君子小人，假如对号入座，我们谁也无可逃脱。作为社会大家庭里凡夫俗子中的一员，我理解确实有君子，而我的自我定位应该算是一个小人。然从"性本善"这个哲学范畴讲，我还是仰望君子并且希望与之相交的。何谓君子？谁是君子？我们又怎样在读书与社会生活中与君子相处？我想，这都是值得社会生活场中之人探究的问题。

对君子的理解，作为读书人，我将在这里来一番实实在在的现身说法。君子有邻。在以往的生命过程中，拜师、交朋友的对象中，可以称作君子的，和我自己以为与之算是君子之交的，我觉得有三个人特别值得说说。按照结交时间顺序（恰巧他们的年龄也是这样从大到小排列的），我想点出这师友三君子的名字，具体分别是薛冰、孙郁、邹农耕，恰恰他们都是颇具成就的读书人。

一

薛冰，1948年出生的南京人，服务于江苏省作家协会，国家一级作家，

著作等身。我与薛冰的交往，始于1996年下半年于南京创刊的《东方文化周刊》。这之前，我们当然不认识。只是我当年在工作之余，还特别喜欢钻在县图书馆里读书、看报、翻杂志，甚至有好几年，还会提议图书馆订阅什么报纸、什么杂志，他们还真会采纳我的意见。当年10月，我在看到报刊订阅单上有南京《东方文化周刊》告示的时候，眼睛为之一亮，下意识地觉得这个名字好，期刊肯定好看，因此个人当即订了一份。进入1997年，《东方文化周刊》陆续收到，大概读过五六期，我觉得品位非常高，认定这是一本有分量的文化新刊物。又知道在创刊之前还有三期试刊号，于是照着版权页上的地址和编辑部主任薛冰的名字，寄稿几篇，并附信求购《东方文化周刊》试刊号。不久，即收到薛冰先生"迟复为歉"的回信："……关于试刊一事，我从我所留存的几份中，让出一份给您。十元钱附还。同是读书人，区区小事，以后有需要尽管吩咐，不必见外。大作收到数篇，或可用或不可用，我都会认真处理。先生在读书中若有所感，不妨信手写出，即我不便用，或可代荐他报刊。"薛冰先生给我的第一封信，仅仅百余字，却内容实在，且有缘还友好，简直让我十分欣喜。这之后，薛冰先生连连在《东方文化周刊》上刊发我的小文章，谈读书，谈文物，谈人生，各个版面栏目都有。即使一年后，薛冰先生当了《东方文化周刊》副总编，他还是信守诺言，真的多次把不适合在《东方文化周刊》刊发的文章推荐给南京其他报刊。董宁文先生曾经几次寄来刊发我文章的《南京日报》《南京晨报》《金陵晚报》。我知道，那是薛冰先生转荐的啊，更令我感念不已。"来而不往，非礼也"，有信必复和言而有信，是薛冰先生的做派。至少是在与我文字交往中，他在在践行着君子之礼。后来，我多次去南京，都往薛冰先生府上拜望，谈读书也谈我的文物博物工作，唯独不谈做生意赚钱，缘于"君子喻于义"。我总想，能坐在这位南京读书、藏书"状元"的书房里，本身就是一种享受，更何况薛冰先生还能为我无偿提供学习与工作上的帮助。虽然"君子之交淡如水"，但每当到了吃饭时分，薛冰先生又非常客气。虽也说是"君子远庖厨"，但他一定会尽地主之谊，要么在家，让我享受高谊的美餐，接着又在其书房翻检旧版新著，赠我精神的盛宴；要么外出，他似乎也讲究"食不厌精"，带我一起享受南京美食，体味金陵白下风情。真是每每让我精神、物质双受益！新的千年到来的前夕，薛冰先生告别《东方文化周刊》，回到江苏省作家协会，又与蔡玉洗、徐雁、董宁文等几位南京读书人一道，于2000年4月，办起了《开卷》杂志，把我带入了一个崭新而高雅的文化平台。20多年来，无论是《东方文化周刊》还是《开卷》杂志，都让我结交了更多的文人贤士、谦谦君子，正合他送我《求鼎斋丛稿》序文中的字幅"谈笑未必皆鸿儒，往来自是少白丁"。当然，"君子博学"是其本分。薛冰先生博览群书，文学艺术著作出版又源源不断。他还为文化遗产研究与保护奔波做向导。在国内文化界首开先河的《家住六朝烟水间》《南京城市史》等城市文化研究专著和《中国版本文化丛书·插图本》《书事：近现代版本杂谈》等一大批证明其学术文化高度的著作，都让我大受启迪，获益极多，此乃后话。目前年届七旬之薛冰先生，著作等身，且涉猎广泛。在国内书生中，真真罕有能比肩者。这几年，我们见面次数较少，然行君子之礼，音问不断，亦可续接君子之交也。

二

1997年，我读《北京日报》，发现副刊《流杯亭》上的文章很不错，就也贸然给《北京日报》副刊投稿，并不写编辑名字。不久，从北京日报社寄来一个很饱满的信封，内中装有刊发于1997年9月4日《北京日报·流杯亭》上我《师法吴小如》的小文章。样报是《北京日报》文艺部主任编辑孙郁先生寄来的，还附了一封信。能在《北京日报》副刊发表文章，当然让我惊喜。一发不可收，我贪心，连续几年，再寄再发。孙郁先生总是样报、回信双寄，稿费不低还非常及时。不仅如此，孙郁先生同时还多次把我的文章转给《北京晚报·五色土》，让我能在这个多少文化人向往的版面抒写情怀。如斯如斯，怎不让我对现当代文学研究的领军人物孙郁充满了感念。因此，在新旧世纪之交那两年，我产生了拜访孙郁先生的念头，三往北京日报社，皆未得见。2006年5月，我进京办事，顺便去北京鲁迅博物馆拜访孙郁馆长。之前没有见过面，我自报家门，孙郁先生当然知道。既而我们谈读书，谈鲁迅、郑振铎，也谈张中行、史树青和汪曾祺。孙郁先生很高兴，请我吃饭后，又赠我他研究鲁迅与现当代文学的相关著作。我说到号称"华夏笔都"的江西进贤文港镇，每年都要参加北京的全国文房四宝艺术博览会。因为研究一点毛笔，在谈到鲁迅研究问题的时候，我问为什么没有举办过鲁迅书法专题研究。孙郁先生立刻从书橱里找出了《鲁迅辑校古籍手稿·嵇康集》。我当即翻阅这套由北京鲁迅博物馆与上海鲁迅纪念馆合编的鲁迅手稿，发现内中有不少许广平墨迹。孙郁先生大感兴趣，说："这套书你带回去，可以写文章，看明年是否能借助毛笔文化研究，举办一届'鲁迅与书法'研讨会。"你看看，就我这样一个乡下人，竟然当着学术含量极高的国家文物鉴定委员会委员、堂堂北京鲁迅博物馆馆长的面，说三道四。可是，就是这位在现当代文学研究领域著述宏富、鼎鼎大名的孙郁先生，不仅在第二年（2007）的初冬，让"鲁迅与书法"研讨会如期在江西进贤县召开，而且还让我当着国内众多鲁迅研究专家的面，在会上作《关于鲁迅与许广平同钞〈嵇康集〉墨迹的分辨》的发言，并且很快将我的发言稿刊登在他主编的《鲁迅研究月刊》上。2013年，我的《求鼎斋文稿》在文物出版社出版，求序于孙郁先生，他又写道："……有一年，他到北京鲁迅博物馆来，我送他几本复制的鲁迅手稿影印件，竟发现一些问题，写出小文来，把鲁迅手稿的抄写问题讲清了。我看到后很是惊讶，我们这些吃鲁迅饭的人习而不察的东西，竟被一个闯入者侦破，说起来真的惭愧。"孙郁先生旧事重提，敢曝"家丑"，可谓"君子坦荡荡"也。就这个问题，依我看，有孙郁先生如此雅量的学者，学术界恐怕很少。经过十年沉寂的文字交往，我与孙郁先生见面的机会仿佛也多了起来。2006年之后，因为我们地方文化遗产研究与保护的事，我还多次进京找国家文物部门专家学者，探讨学术。即便孙郁先生在2008年已经调到中国人民大学，需要沟通时，他都有求必应，尽心尽力，为我排忧解难。尤其让我敬佩的是，无论是担任北京鲁迅博物馆馆长，还是执掌中国人民大学文学院，有权威且在高位的孙郁先生，每每撰文念及我，为我推荐文章，情深谊厚；出面帮助我办理公事，没有使用过一次公车；请我吃饭，没有一次不是私人付账。为官两袖清风，君子"比德与玉"。还有，我们都非常崇拜张中行。孙郁先生也不止一次对我说，喜欢张中行的人都能成为朋友。信然。我们如此情趣相投，况且作为一流文学研究专家之孙郁先生，学问文章和思想品德皆乃正人君子也，难道余不师友乎？

三

四年前，南京《开卷》杂志与杭州《美术报》，都刊发过我那《博雅君子邹农耕》的文章。此番说君子，重提邹农耕，自然不能全部照旧，还得从头来。那是1998年秋天，已经在我们地方文物博物工作岗位上干了十四载的我，仍旧感到无比的孤寂。因为我觉得，干我们这一行，要想做出一点成绩来，没有别的办法，只有靠读书来强化基础。然而读书想要有点长进，交友很重要。因为我知道"独学而无友，则孤陋寡闻"。我私下里揣测，自己多少年来虽也可以算勤奋好学，却因身边没有多识多闻的君子朋友而难有所长进。这时候，隐逸乡间的邹农耕出现了。现实社会中，不免有"君子在野"。一个八九十万人口的县邑，《光明日报》《文艺报》《文汇报》，以及《读书》杂志等十多种高雅文艺报刊，天天被送到那偏僻的农家小院，其中还不时夹着海内外学人信函。四面贴墙的书架上，满满当当，全是让人看着眼睛发亮的书啊……然依老文我比较自信的眼光看，这就是人世间难得的风景，尤其是在乡下！眼前总算有这么一个人，让我欣喜又让我害怕。我想，附近地方也应该有这么个人来吓唬吓唬我，要不，我还总以为自己有什么了不起。因此，我经常到他家里去，翻他的书刊报纸，"偷窥"给他写信的人名，听他讲南来北往的故事，甚至还向旁人打听他的行踪。因此，我也似乎突飞猛进起来。见他"君子爱财，取之有道"，二十几年经营毛笔，创造了国家品牌，发家致富。四十初度，又苦心孤诣，在文港镇建设了占地二十亩的第一家中国毛笔文化博物馆，至今已个人投资上亿元。博物馆大小连缀的七八栋屋宇，两至三层徽派风格建筑，先后经过初建与改建，面积有近万平方米。馆外任继愈、饶宗颐、周汝昌、周退密、钟叔河、流沙河、陶博吾等百位名家为其题匾撰（书）联，令人神往。他尽三十年心力又先后花费一千五百万元，让馆内收藏陈列上万件与中国毛笔文化相关的文物、资料及艺术品，洋洋大观。庭院花木扶疏，四时争春，上下池塘，小桥流水，梅兰竹菊，荷花亭立，植物君子，遍布其间。此其独步华夏之举，为国内外文化艺术界、文博学术界、文房四宝界所瞩目。我也因此知道毛笔的深刻，参与他2007年夏季创办的《文笔》杂志，混在其"江右文踪"版面上，写了三十多篇"压轴"文章。如果说这些年我在地方文化遗产研究保护方面有所贡献的话，那么邹农耕先生的《文笔》，无疑是一架助推器。《文笔》季刊，32开本64页面，作者多文化名家，每期印量一万，在印刷厂下机装帧后，即向海内外文人雅士寄送八千（凡作者稿酬200至600元亦同时寄出）。《文笔》现已成为国内文化学术界民刊的一个品牌，有目共睹。农耕朋友遍天下，交朋友"见贤思齐"，又往往"君子成人之美"，最近几年，还为有成江西籍文人艺术家出版文集画册，成书者有先后作古之汤显祖、八大山人、陶博吾、燕鸣、许亦农、张恩和等，今人则有余风顺、朱晓光等。凡此种种，仅仅这十余年间，农耕不吝耗资二三百万元，全赖豪爽侠义，潜心撒播书香，礼敬文化。如此义举，从不张扬，全暗自为之。邹君为文谨慎，一般述而少作，一旦成文，却气象非凡，令人神往。君子"有所为有所不为"，凡庸俗者有求，无论权势富贵，农耕则不卑不亢，皆婉拒之。农耕先生行善做好事，从未停歇，更不声张。我也十分清楚，但他就是不准我到处"乱讲"，真乃让我受益多多。更有近十几年，本邑多次与国内高端文化机构举办学术研讨，共襄文化盛事，操持者必有农耕。如此君子，未知国内能有几人？

我读过《论语》，多少知道一些君子之说。我也进过一些孔庙，看那大殿上方悬挂的"万世师表"匾额，深以为孔子是我们远去了的师友。所以我认定师友的原则，不仅仅是要"友直，友谅，友多闻"，其所谓"益者三友"也；且"君子以文会友，以友辅仁"，亦要合"友也者，友其德也"。故而七十岁的薛冰、六十岁的孙郁、五十岁的邹农耕，他们三人与我的关系，可谓亦师亦友。君子应该是有人类抱负、道德理想、文化情怀的人。薛冰、孙郁、邹农耕，不都是这样的人吗？我称其为"师友三君子"，是因为我觉得他们三人，无论从读书、作文到行事风格，都有很好的知识分子责任担当。这是我的眼光，他们自己当然不一定这样理解。我与他们三位结交，皆由我主动，也是因为他们有一个共同点，都博览群书，有独特的思想和自由的精神，皆"博学君子"，且在各自的学术领域内颇具代表性。当然也有缘，他们才会"有朋自远方来，不亦乐乎"而行"君子之道"。孙郁、薛冰两位，还先后为我的小书作序，成就我们文字的大好情谊。尤其巧妙的是，除了读书，他们所从事的工作恰巧与我的文物博物事业息息相关，另外他们都曾经主持着一个纸质的报刊，而且都不嫌弃，让我有一个所谓表达文化思想的平台；又因为没有任何利害关系，所以这就应该算是我理解的君子之交。君子和君子之交，究竟有什么用？至少我这个当事人认为还有点作用。因为在他们三位面前，我确实是一个非常渺小的人，而恰恰我这个渺小之人，又三十年混在比较高雅的本应是君子才能从事的文物博物工作岗位上。我想，如果没有君子师友多年全方位的帮助与护佑，我不可能把一个过去几乎没有文物的进贤，搞成今天拥有三处全国重点文物保护单位、九处中国传统村落，以及一大批地方各级文物保护单位和众多重要非遗项目的文化遗产大县。此番谈君子，都是我切身的感悟，没有虚言。

初稿刊发于2017年7月南京《开卷》杂志
2018年8月略作修改，参加11月在长沙由光明日报社、湖南大学、湖南省社科联举办的全国第四届君子文化论坛，2019年6月微调

凭栏临窗，进邑着墨

——趣说我与地方文化相关的对联

我几十年在进贤（古锺陵）地方从事文化遗产（或曰文物博物馆）研究与保护工作，算是兴趣爱好与职业饭碗达到了高度的一致。有空在家的时间，就是读书、写字、做文章（姑且这么说吧），余暇小趣，也会关涉一点对联与书法。因为常年下乡，在进贤历史悠久、环境优美的众多中国传统村落里走来走去，我不时会发现一些素材，或说与师友，或自己揣摩，这样就可能借光整理出对联来。有好事的时候，我也会请师友撰写或书写出来。当然不少师友也会主动为之，让我欣喜不已。在多年读书写字"搞文化"的过程中，我觉得，对联书法之笔墨情趣，还是有点意思的。下面不妨举几例：

一

1996年，我在当代文化人张中行先生府上聊天。记得当时我拿着一张进贤地图，和张先生讲家乡故事，谈到我们进贤这一支文氏，元初徙自庐陵（今江西吉安），与文天祥同宗；也谈到唐代诗人戴叔伦在我家杨坊湖南端隐居留名等。我请张先生根据我的讲述，嵌"进贤"与"文天祥"和"戴叔伦"名而联之。待我讲完故事和意图，不出半小时，一副"进吾往也青史标名文信国，贤思齐焉碧湖遁迹戴叔伦"的十一字对联，被张先生示以眼前。张先生问我希望在北京找谁书写。他可是京华学术文化界，当然也是书法名流们无不敬佩的"我知道的他都知道，我不知道的他也知道（启功先生语）"的"高人、至人、逸人、超人（季羡林先生语）"啊！我怕给他多添麻烦，连忙说"不用，不用，先生撰联并书最好"。当场领教张先生的文采与雅趣，我顿时感到十分惊奇。难怪比张先生小两岁的中央美院教授、著名诗人、书法家、画家梁树年先生，在《光明日报》上的一篇文章中说："张中行先生的对联，无人可比。"半个月后，张先生书抄了这副九尺长联寄我。又过了几个月，我再往北京，将该联示以通人鉴赏家史树青先生赏评。史先生接连两天看了三遍，说："张中行先生学问大，对联开头即巧妙地运用《论语》中的'进吾往也'和'贤思齐焉'两个短句，内容中又包含了文天祥与戴叔伦两个人名及故事，结合得趣味无穷又气象正大，书法亦上佳。好联好字，我无可比拟，真真敬佩。"十年后的2006年冬天，江苏金坛建戴叔伦纪念馆，其后裔戴炳元先生一伙热心人，驱车千里来进贤栖贤山寻访先祖遗迹。他们还为了这副对联，特地到我家，情真意切，坚决要求请走张中行撰并书的对联。这是我讲的第一个对联与书法的故事，你说是不是很有意思？

二

1999年深秋，北京艺术家孙惟秀先生一行来南昌采风，我带自己那几年在京、沪、宁、杭等地报刊发表的十几篇文章，还有临写的《宣示表》《黄庭经》《乐毅论》《洛神赋十二行》《张猛龙碑》《张玄墓志》《崔敬邕墓志》《颜勤礼碑》《善见律》等晋唐大小楷书碑帖习作往访。因为在中国四大名楼之一的滕王阁，其时正是"时维九月，序属三秋"的季节，而且当年高楼也不多，确实可以看见"落霞与孤鹜齐飞，秋水共长天一色"的风景，我自然要借机卖弄一番，背诵《滕王阁序》全文，不免还谈到了陈蕃、徐孺子，博得满堂喝彩。午后稍事休息，孙先生读过我的文章，忽然摆开要写要画的架势。他以一支如椽大笔，刷刷几下，一副"书法魏晋气象，文章盛唐遗风"的对联书法作品立时而成；尔后以几路感悟小字，吐露情感，虽写错一字，但书写得体。孙先生说，自己是真情流露，所以较之过去创作的书法，感觉效果不错。对于初次相见的孙惟秀先生的过度夸奖和抬举，我虽然愧不敢当，但确实因为他觉得我写得较好而欣慰。如果这里上升到书法艺术的话，我以为还挂得上号。这一气呵成的两路十二字赞语（姑且算是对联吧），用笔果敢，书写流畅，大气潇洒，也看不出有多少败笔的地方。那天，孙先生给在场的十几位朋友都送了或书或画的作品。我从事文化工作三四十年，接触的文化人、书法家也不少，参与各种笔会得到的"书法艺术"作品不少于几百件，而孙先生的这副对联我格外珍视，因为我把它当作了"书艺作品"。我的理解是，书法能成为艺术品，很大的一个因素在于自我的审美趣味。对上了口味，即好东西，听人褒贬没有用。展示这个故事，任君审察。

三

2006年5月13日，号称"华夏笔都"的文港镇在北京民族文化宫参加全国文房四宝艺术博览会，并举办一场笔会。我作为地方毛笔文化研究专家，到北京鲁迅博物馆找到孙郁馆长，讲中国毛笔之乡的故事，顺便带去我为清代至民国时期有名的周坊周虎臣、前塘邹紫光阁两支毛笔成名缘由所撰对联稿，请孙郁先生指教并希望他书写，为笔乡文化增色。孙郁先生听了我从周氏、邹氏两个中国传统村落的田野调查中得来的讲述，对这两支名笔大感兴趣，铺纸摆砚，欣然命笔"望重江南有劳御驾雨夜慕访周虎臣，笃实春秋无奈牵驴晴日贱送邹紫光"（先国注："望重江南"与"笃实春秋"即两旧屋石匾，分别在周坊村与前塘村）。写毕，孙郁先生说，这是他平生第一次用毛笔抄写对联的"书法作品"，实在不好意思。我想：孙郁先生怎么不好意思呢？很多所谓的书法家，常常把所谓的书法分作两种，一种就是他们自己书写的毛笔字，叫作"书法艺术作品"；另一种就是他们把没有戴"书法家"帽子或挂牌"书法家主席、大师"的学者写的毛笔字称为"学者书法"。在他们看来，鲁迅、周作人、胡适、茅盾、郑振铎、傅雷、沈从文、张中行、钱锺书、史树青的字，可能都应归入后者。然依我这乡土文化工作者理解，这是没有影子的事。我甚至还很赞成郑振铎先生当年不承认现代有书法家的观点。孙郁的字，我看章法布局得体，印章也不错，就是好作品。何况人家还是中国当代一个非常出色的文化学者。对于为文港两处中国传统村落撰联事，中国文房四宝协会副会长、进贤县文港文房四宝协会会长吴国华先生曾说："文先国撰、孙郁书的这副对联，完全可以刻石，作为文港宝地所产生的两支中国名笔由来的见证。"我想，如果真这样，那无论对联也好，书法也好，还真对文港毛笔文化研究起到了一定的助推作用。

关于文港毛笔，其实我还根据前塘、周坊两村邹紫光阁和周虎臣故居建筑大门上的各一块石匾，撰写了另外一副对联。庚子清明，在邹农耕的中国毛笔文化博物馆，再次见到了贵友朱晓光先生。餐后分别时，朱先生说："我欲为文兄书抄一副对联，你告诉一下内容吧。"这正是我多年意想而没有说出的心愿啊。我当即告知了自己之前感觉还不错的十三字联："东鲁名家毛锥划沙书三坟五典，汝南后裔笔颖成冢绘八索九丘。"仲夏时节，朱先生用上等八尺洒金宣纸书就，通过微信示以农耕与我，我们都很高兴。不几日，农耕往朱先生府上，要取回这副已经写成的对联，朱先生说有一字写法不合章草规范，打算重写。可能没过几天，朱先生再次书写，但至冬天才寄来，并告诉了我他为什么两次书写并耽误送我的想法：因为这半年时间，他都在反复推敲这书联作品的效果啊。这或许就是朱先生文艺作品创作的态度。在当代，真正让我敬佩的书法家很少，然朱先生是一例外，因为他不仅章草写得相当好，而且作为一个国医书法家，他的才华与人品，海内难有比肩者。他为我书联，题上款曰"进贤文先国大兄撰联"，当然让我格外高兴。纪事抒情，一切都出于我的本心，绝非吹牛撒谎。当然，吴国华虽然也知道我为文港撰写的另外这副对联，但他不知道，十多年后我又能借朱晓光先生神采欣然命笔。关于我为文港撰写的这两副对联，多少年我一直在寻求美化它们的机缘。我请教过十来位诗联界友人，如为了联律的平仄关系，乡贤舒浩华老师将孙郁先生书后的第一联上联中的"雨夜慕访"改成"雨宵慕访"。再后来，诗词、楹联、古文辞赋俱佳的朋友万海仁君，说联律不合当调整，皇帝礼贤下士可也，但"慕访"黎民也不在情理之中；又反复琢磨，玉成"笃实春秋，京市驮蹇驴赍送，邹紫光凭玉管名高天下；显扬姓字，雨宵劳御驾亲临，周虎臣以毫锥望重江南"。这样一来，十五字联变二十一字，且上下联调换，两匾分置首尾，人物串中间，风情别致；然联意未变，诗意增多，怎不令我欣喜。却有点让我为难的是，如此豪迈楹联佳构，又不知何时何处缘何书坛圣手挥毫著墨。当然，这是一段多情的后话。

四

2006年11月，有着中国古典文学教授、中国诗人（楹联家）、中国书法家、全国劳动模范、国家级非物质文化遗产项目定瓷烧制技艺代表性传承人、中国工艺美术大师、中国陶瓷艺术大师共七项"国字号"称号的陈文增先生来江西。在由我带领去婺源博物馆参观的路上，他为我们坐在车上的六位朋友各撰嵌名联一副。不过半小时，全部交卷。他自己说最满意的是"先贤闻道安身久，国学修心立命长"。陈文增把我当书生，我受宠若惊，心花怒放，一边表示谢意，一边还得寸进尺地说："陈先生是国内知名书法家，干脆好事做到底，撰联并书写全包了。"陈先生笑着，斩钉截铁地答曰："好，但要看缘分。"真也是的。我们没有这个后缘：2007年6月8日的中国文化遗产日，文化部、国家文物局在北京人民大会堂第一次隆重表彰120名全国文化遗产保护先进个人，每省一个代表出席，恰巧我与陈文增站在前后排光荣照相。他在会上相告，为我用书法写的那对联，因为看着不满意，所以没有带来，不能送（会前几天我们通过电话）。这似乎是老天注定，我与陈文增的对联书法缘，只能是一半。过了五六年，中国社会科学院研究生院博士生导师、书法家张恩和教授来江西，用他飘逸洒脱的行书，为我书写了这副对联。有意思吧？一副为我撰的嵌名联，先后跨越六七年，既得名家撰写，又得名家书法，可谓珠联璧合矣。这缘分是不是更加难得？2013年，我的《求鼎斋文稿》在文物出版社出版，将这副对联用在书的封底内勒口上，效果不错，很是增色。遗憾的是，在中国书法家协会与河北省文化厅主办的陈文增自作诗词书法展于中国美术馆开幕展出之后，陈文增于2016年62岁的盛年，告别了文化艺术。天妒英才，真乃惜哉。

五

2015年10月某日，阳光和煦，中国毛笔文化博物馆内高朋满座。笑谈中，江西文化艺术界公认的临川才子、原抚州二中高级教师吴德恒先生，郑重其事，送我两副对联：一副是"文遵先贤芳百代，笔扛国鼎兴千秋"；另一副为"文草运筹先一着，国士居功退十分"。这两副对联，都是来这之前十天他特意为我撰并书的，上款分别是"文先国方家雅正/两正"。更有"文笔先生好，国学典故多"。谦恭礼让之吴德恒先生，年长于余，我真不知如何感谢为好。这里只说第一副。该联嵌法对仗平衡，将"先"与"国"二字嵌入上下联各第三字。而上下联第一字的"文"与"笔",实指中国毛笔文化博物馆邹农耕先生创办了多年的《文笔》杂志,并非有意要嵌入我的姓氏。这是怎么回事呢?凡事皆讲缘,仿佛还得从头追问。记得1991年前后,我那在抚州文物博物管理所任职的贤侄文驱愚,带我拜会吴德恒先生。吴先生客气,让我在他那挂满了书法作品的大厅里挑一件作品。我快速"扫描"了一番,目光定格在那抄《陋室铭》的条幅上。吴先生瞪大了眼睛说:"你好厉害呀,这件作品刚从北京参展回来,还拿了一等奖。"他还马上拿出了刊登这次书法大赛获奖作品的《北京晚报》,果然这件作品被放在了第一条。吴先生真是不舍,但他说话算数。二三十年过去,我们两人都深深地记得这第一次的交会。文化的缘分就是这样。从邹农耕2007年夏季创办《文笔》杂志开始,我一直是编委,并基本每期在杂志的"江右文踪"栏目写一篇所谓的"压轴"文章。吴先生给予了关注,还每每夸奖我文章写得好、有功劳云云。在我完全不知情的那一刻,他叨念着在外影响不错的《文笔》杂志,想起了送我对联。"文遵先贤""笔扛国鼎",这情谊全赖我们共同的文化趣向啊!至于吴先生的书法,是省城几家五星级宾馆的门面,我当然礼敬。

六

2018年元旦,我仰慕已久的作家、福建作协副主席、冰心文学馆创建馆长王炳根先生回乡,到他家邻近的架桥镇艾溪陈家参观全国重点文物保护单位羽琴山馆和云亭别墅。在查看《陈氏族谱》时,他发现有"八百头牛耕日月,三千灯火读文章"的对联,大为感动,并就他自己对陈氏家族往昔耕读传家气象的理解,与我交流陈氏家族的传统文化。王先生得知我为这处全国重点文物保护单位著有研究文章,更加增添了兴趣,在他回福州后不几日,即为我书写并寄来这副对联,以此为"谢文先国先生"。著作等身的王炳根先生是国内知名作家,然不以书法名家。那这副对联到底有什么意义呢?作为这事"当局者"的我,应该能够理解这对联的价值。羽琴山馆和云亭别墅,分别为晚清进士官吏陈志喆与陈应辰之庄园,之所以能够成为全国重点文物保护单位,一是陈志喆这"羽琴山馆"的庄园名号,与那充满了人文主义思想关怀而呼唤"我劝天公重抖擞,不拘一格降人才"的龚自珍的苏州昆山别墅同名,而龚自珍的

"羽琤山馆"没有留下,陈志喆的"羽琤山馆"保存尚可;一是陈应辰的"云亭别墅"为全国重点文物保护单位中有确切纪年(同治癸亥,即1863年)的最早的别墅。凭这两方面的价值,戴上国家级重要文化遗产的桂冠似也理所当然。它不仅有这个建筑文物本体存在的价值,还承载了江右"义门世家"一千年至百年前的"八百头牛耕日月,三千灯火读文章"的陈氏耕读文化。有意思的是,艾溪陈家村另一幢清代的民居建筑,大门石匾上就刻着"半耕读家",进一步印证了千余年前宋初宰相吕端为陈氏留下的这副对联。这也可以说是一种光荣。今天的艾溪陈家村,也是被封了号的中国传统村落,加上陈氏历史文化故事,最近又经国家相关部门同意在创建村史馆,将这日渐丰富的资料纳入其中。你说它到底好不好!

2021年后添补:

曾任镇江市文联副主席、作协主席、美协主席的王川先生,可谓当代中国文艺界少有的美男子和大才子。我们的神交,可以追到21世纪初的杭州《美术报》。记不清到底多少年了,王川先生在这份被人称为中国美术界有影响力报刊的《美术报》的"赏析"版面上频频写整版文章,让我受益极大,我自然又到处说王川。2013年春节才让镇江女才子告知了王川先生,我们开始有书信与微信交往,互通稿函,情谊日隆。2021年3月,在我毫不知情的情况下,王川先生书法写就横式单联"文冠进贤武卫国"寄我,并微信释曰:"'文冠进贤'一义为'文氏进贤第一',二义为'良相头上进贤冠'。"不管王川先生本意如何寄寓,我不知天高地厚珍藏王川先生书句时,自然想起了我的祖先信国公文天祥,想起了一千三百年前隐居锺陵的润州(镇江)籍唐代诗人戴叔伦,也想起了这漫漫历史长河中我们古今这些人和事的关系。这之后,嵌我姓名字联的,还有万君海仁赠文师"气入文章孤且直,才推国学进犹先"之联,虽难免溢美夸赞,然万君无论诗词楹联,恪守古训,平仄对仗,步韵炼句,反复推敲,堪称佳妙,得京华诗词楹联歌赋才子靳飞先生夸赞,多年高谊师友周国富先生书写。2023年国庆期间,余单身过八年再婚,海仁君客气再三,又以"贺文先国先生胡细菊女士新婚"撰联"雅怀高志,气骨岂凡曹,凤毛麟角天成佳偶;诗意琴心,芳姿涵淑质,璧合珠联地就知音"。该联立意高远,深情夸耀,让我欣喜无比；又得孙郁先生书写，锦上添花，堪称无上珍宝。

有趣的是，拙作此篇随缘，真乃善哉善哉。在此打住。

写张中行部分刊发于2017年12月26日上海《文汇报·笔会》，2018年1月4日，《北京文摘》第五版由文汇报转载

又，改题《趣谈我的对联书法》，并有删节，刊发于2018年2月10日杭州《美术报·书法》

也说学者与副刊

一直以来,我都会特别注意搜集报纸上关于副刊的话题。最近翻检报刊,适逢五四运动一百周年纪念活动,又有不少文章谈论一个世纪前的那一大批文人学者,自然也联系到报刊副刊。特别提到的是1916年创刊的《新青年》。中国鲁迅研究会会长,曾任中国人民大学文学院院长、北京鲁迅博物馆馆长、《北京日报·文艺周刊》主任的孙郁先生,在前几天共青团中央的"青年公开课——五四特辑"的一场演讲中,也提到了《新青年》,说《新青年》在"复兴中华文明"等方面的作用。北京大学教授陈平原先生,在《探索与争鸣》"百年五四"纪念特刊第一辑《五四与现代中国》文章中,提到"以报章为中心的思考与表达",例举《新青年》,说"对于新文化的提倡、创作与传播,也更有效。北京大学之所以成为新文化的重要阵地,主要不是因为教授们的课堂讲义或专门著述,而是《新青年》《每周评论》《新潮》《京报》《国民》等的声名远扬"。孙郁与陈平原两位当代文学的顶尖教授,谈到在《新青年》上发文章的文化人及其与《新青年》的相互影响,实际就是后来在报纸上发文章的学者与副刊的关系。近几天我又翻检去年报刊:2017年10月10日,《北京日报》举办了创刊65周年纪念活动,展示这份报纸自创办以来的成就,其中有一篇《编副刊成就了著名学者》的文章,说的正是该报副刊《流杯亭》与孙郁先生的事。有趣的是,2018年3月16日《北京晚报·五色土》,又以创刊60周年说报纸副刊成就了学者与作家这件事。前一两个月《人民日报》创刊70周年的征文,又有很多作者谈到其副刊《大地》成就编者与作者的感慨。由此,我再次想起了学者与副刊这个话题,并觉得有话想说。

1992年至2000年期间,孙郁先生主编的《北京日报·流杯亭》,确实是一个很不错的版面,我也曾经在那版面上发表过几篇文章,对孙郁先生也有相应的关注和了解。顺着这个话题，追问前贤，我觉得"副刊成就学者"一点不假。

我想，东晋时期某个春天在绍兴集合了王羲之及友人的兰亭雅聚，初唐洪都（南昌）王勃与阎都督的滕王阁盛会，北宋天圣十年（1032）范仲淹、欧阳修、梅尧臣、杨愈、谢绛、晏殊、晏几道等十二位著名文人于嵩山的游集，崇宁年间李公麟、苏轼、黄庭坚、米芾、秦观等诸多文士应王诜之请的聚会，明代正德十三年（1518）文徵明与好友蔡羽、王宠等七人于惠山煮茶品茗唱和的江南雅集，仅这五次笔会形式的聚合，就成就了《兰亭序》书法、《滕王阁序》美文、《嵩山十二首》组诗、《西园雅集图》（后人马远亦作）及《惠山茶会图》画卷。类似的情况仿佛不胜枚举。依我的理解，历史上这种雅集留下的无论书法、散文，还是诗集、绘画作品，即我们现代笔会形式留与报纸副刊的作品。自从有了机械印刷术，我们可以上溯到百余年前由陈独秀在上海创办的《新青年》杂志，其副刊形式的文章，可谓是新文化运动的发端。如胡适《文学改良刍议》，陈独秀《文学革命论》，蔡元培《以美育代宗教》等篇章，我以为都是新文化运动早期副刊文章最好的前兆。百余年前《新青年》上发表的诸多文章，其实也就是笔会形式的副刊。1918年《京报》创始人邵飘萍和被报界誉为"副刊大王"的孙伏园，从《晨报》副刊、《京报》副刊，到《中央时报》副刊，都非常有名，甚至还成就了自己也编报纸副刊的鲁迅先生最有名的小说《阿Q正传》；成就了周作人、胡适、沈雁冰、老舍、郭绍虞、徐志摩、沈从文、陈梦家等一大批文化人。其后20年《文汇报》副刊《笔会》诞生在上海，我想它最初的旨趣或许也受《新青年》与《晨报》《京报》副刊的影响。今天很多笔会形式的雅集，很难产生昔年那样美妙的作品。如果要说有，还真在一些报纸的副刊上有很好的表现。

关于报纸副刊成就学者，我好像能想出一些例子来。报纸副刊，就是今天的文人雅士谈天说地的所在。《文汇报》副刊的名字就叫《笔会》，好像这上面的文章也多是谈天说地的样式。我想在此多说几句《笔会》。记得十几年前《文汇报》创刊60周年办纪念活动的时候，就有很多文人在《笔会》上面发文章，所谈美好的感受，大致都不外这一路径。现在这个副刊已有70余年历史了，之所以办得非常好，就是因为一直以来，有很多像陈望道、傅斯年、郑振铎、茅盾、郭沫若、巴金、顾廷龙、傅雷、苏步青、徐中玉、杨振宁、李政道、苏渊雷、陈从周、王西野、邓云乡、王西彦这样的高雅文人、学者、科学家和艺术家在上面发文章。当然诸如陈、傅、郑、茅、郭、巴等人物，他们本身也很早就在办报，开副刊、专栏。《文汇报》自身也确实成就了如编辑文章（当然也在这个版面上发文章）的柯灵、徐铸成、赵超构、徐开垒、唐弢、黄裳、王元化、刘绪源等一批著名学者。郑重先生，本来是学新闻写新闻的，就缘于《文汇报》多年历练，即便写科学文化艺术人物，也有自己明显的"笔会"风格，这无疑成就了这位学者。甚至主持《北京日报》副刊的孙郁、李辉、孙小宁等几位作家学者，又何尝不在一定程度上得益于《文汇报·笔会》的滋养与推崇？中国文化艺术与法国、英国、德国的"联姻"，至少在近二三十年，季羡林、许渊冲、柳鸣九、吴冠中、赵无极、朱德群、许倬云，都频繁出现在《文汇报》尤其是在《笔会》副刊上，这让这些文人、艺术家在中外文艺界的交流中大放异彩。我还特别注意到，复旦大学有一大批中文教授如王遽常、郭绍虞、朱东润，他们利用地缘关系，跟《文汇报·笔会》密切结合，互为表里，文艺联姻，亦相得益彰，十分有趣；就职于复旦大学，也是中国第一位大学中文系文学博士生导师的潘旭澜教授，不仅自身与《文汇报·笔会》有着双向成就之关系，而且他的学生如王彬彬等一大批文人学者也有这个关系，其女儿潘向黎还成为《文汇报·笔会》的首席编辑，成就斐然，有目共睹。地缘关系利用较好的还有吴中杰、陈学勇、陈子善、葛剑雄、陈福康、陈思和、胡晓明等一批当代学者，许多文章，尤其是研究鲁迅、郑振铎等新文化运动以来成果的，都在《文汇报·笔会》上得以及时发表，也可谓鼎鼎大名。年轻的朱航满先生在一篇文章中说："我的文章《草木知己》，刊发在上海《文汇报·笔会》上，……是经何频推荐和提携才促成的。何频对《文汇报·笔会》非常看重，他不止一次对我说，以后研究中国报纸的副刊文章，《笔会》应该是居于前列的，而他自己则把能在《笔会》上刊发文章，作为自己写作生涯的最大荣誉。"朱航满先生在《笔会》上发的文章也已不少，所以何频与朱航满都成了知名文人。近几年，我还关注了在《文汇报·笔会》发各自乡（风）土文章比较多的作者，如武汉壮年作家舒飞廉，真乃当代城市里的陶渊明；更有新疆青年女作家李娟，被迟子建认为是"当代散文天空中的夜莺,不可多得的好作家"。名刊名人叫好新人,或许可算是一种别样的如同早年沈从文式的文化造就。甚至像台湾王汎森、黄进兴、王明珂这些早有成就的学者,因上海《文汇报·笔会》的吸引,近些年也从台湾报纸副刊纷纷加入上海《文汇报·笔会》的写作中,为《笔会》副刊增色不少。此举其本身实际上也为海峡两岸甚至国际文化交流做出了明显贡献。我印象很深的是2018年春天,《笔会》副刊有黄进兴一篇《东瀛学人印象记》,品评20世纪日本学者如岛田虔次、山井涌、渡边浩、斯波义信、夫马进等十多人,写得很有意义又有趣味。又想起孙郁先生曾经的那篇《中国的副刊,应当是这个样子》,写的就是肯定《文汇报·笔会》是报纸副刊的典范,其他报纸副刊应该学习。

《文汇报·笔会》的样子,如果稍稍追溯得远一点,可以先看看香港。过去,人们常说香港是"文化沙漠",但自从金庸先生1959年创办香港《明报》之后,就吸纳了饶宗颐、徐复观、刘再复、董桥、潘耀明、黄仁宇、林清玄、郑培凯、林燕妮、张小娴等文化精英。无论在上面发文章抑或当主编,一概让他们曝得大名。尤其1983年余英时、冯衣北二人那篇关于陈寅恪晚年思想再讨论的文章,在《明报》发表后,引起了海内外学术思想文化界的极大轰动和反响,顿时仿佛让这个副刊成为香港的一颗明珠。其实,香港这份报纸创小初期的宗旨,就有"北望神州"的气象。依我的理解,金庸先生早就与上海《文汇报·笔会》有渊源,他的这个气象,自然有上海《文汇报·笔会》的辐射。如他自己在香港创办《明报》之前的1954年至1959年,就在香港《新晚报》和《香港商报》的副刊上开专栏,完成了《书剑恩仇录》《碧血剑》《射雕英雄传》等三部武侠小说巨著。据说那几年,香港读者天天排队争先恐后购买报纸,就因为被副刊的好文章所吸引。上海《新民晚报》多少年的《读书乐》主编曹正文,可谓一位真正学者、读书人,他就对香港那时副刊上的金庸文章有相当深厚的研究,也认为副刊成就金庸,金庸也成就了副刊。我则以为,将这句话放到曹正文自己身上,同样也适用,因为他主持的《新民晚报·读书乐》也有《文汇报·笔会》类似的效果。我们还可以追溯更早一些时候的例子,拿前不久以百岁谢世的香港文化人刘以鬯先生为例。刘以鬯先生早在抗日战争时期就在创办不久的《文汇报·笔会》上发文章,影响很大。所以1948年刘以鬯从上海去香港，也能立足，绿化香港"文化沙漠"。如他在香港数十年，为《香港时报》编副刊，后又先后担任《星岛周报》执行编辑和《西点杂志》主编。即便1952年离港到新加坡，也任《益世报》主笔兼编副刊。几年辗转东南亚，仍然为报纸总编辑兼写副刊文章。直至1957年重新回到香港定居，1960年主编《香港时报·浅水湾》。该刊在当时以西洋前卫文学和美术，成为香港现代派文学的重要园地。这个副刊，就是按照当年《文汇报·笔会》的样子编发文章，并在香港文化界产生巨大影响的。而刘以鬯先生自己能成为著名学者，自然与他编辑《浅水湾》副刊有直接关联。据说刘以鬯在香港编报纸，每天至少要写几千字甚至上万字，非常勤奋地为报刊写文章成为他的习惯。因此，他在1985年又创办了《香港文学》杂志，风格一如既往，同样在香港产生了影响。2000年7月，陶然接刘以鬯的班，任总编辑。陶然上手虽改版，但文风不变，在原来办刊宗旨基础上继续发扬光大。这也等于是《文汇报·笔会》风格的延伸和人才养成的继续。

再看看澳门。1958年8月创刊的《澳门日报》是澳门最重要报纸之一。其副刊《新园地》则是从1950年5月创刊的《大众报·新园地》转借而来。1999年12月澳门回归祖国之前，在葡萄牙殖民统治的环境下，中国传统文化基因无疑发生了很大变异。但因为有陈霞子、李鹏翥、刘炽等报人先后的不懈努力，中国传统文化还是稳固占领报刊阵地。尤其近六十年来，《澳门日报·新园地》以培养澳门本土华人作家为己任，大量发表如鲁茂（邱子维）、海辛、林迪、江杏雨、公孙乐等作家的文学作品。五六十年前，几乎每天一版的《澳门日报·新园地》，就已经成为澳门文学之散文、杂文、新诗和小说的重要发表阵地，培养了一大批澳门作家。我以为，这里特别值得提示的是，《澳门日报·新园地》还不间断地连载鲁茂的小说，让这位江西籍"临川才子"的中国传统义风，以十多部小说的容量，改变了澳门的文化生态。所以近些年有不少粤、港、澳大学及文化研究机构，还以《澳门日报·新园地》为素材，研究从20世纪中叶以来澳门文学发展的副刊助推现象。虽然澳门的报纸副刊不一定与上海《文汇报·笔会》有多少影响关系，但我以为这也有澳门自身报纸副刊与学者相互成就的关联因素在内。

还有台湾。2019年1月以66岁谢世的林清玄,很年轻就在台湾《中国时报》副刊发文章并成名,后来成为主笔直至总编,获奖甚多,可谓海内外报纸"副刊成就学者,学者成就副刊"的典型例子。所以说,上海《文汇报·笔会》的影响是深远且辽阔的。

再说孙郁先生主编《北京日报·流杯亭》期间,办刊的模式也似《文汇报·笔会》的样子,凡上《流杯亭》版面的都是一些有趣的文章。所以他的副刊也就办得好,使他成为《北京日报》办刊的典型人物,同时也成就了他这个学者。今天的《文汇报·笔会》,就有孙郁先生不少文章,说他在办《北京日报·流杯亭》八年时间,"结识的作者多多,自己的趣味,也随之改变了",真是一点不假(特别值得感念的,是孙郁先生多次写文章或对朋友介绍我)。我还想到,孙郁先生在《北京日报》所办《流杯亭》副刊,名称或许取自北京恭王府内实际存在的流杯亭。无论他有意无意,那"广邀群贤"内涵于纸面上的拓展,实际都对应了王羲之他们当年兰亭"曲水流觞"的文人雅集活动。然而孙郁离开之后,这《流杯亭》副刊停止,雅集难再,学者与副刊相互成就的关系也自然不显。有如此之结局,推想学界也有目共睹。

因此,这也似乎完全可以让人感到作者与编者相互提升和造就的关系。这又让我想起20世纪末一段时期在学术文化界汪曾祺等人所倡导的"学者作家化,作家学者化",与此有异曲同工之感。《文汇报·笔会》成为报纸副刊应有的样子,全国晚报中非常有影响力的《北京晚报·五色土》又何尝不是?在《北京晚报》创刊60周年纪念活动中,投稿者中的不少文化人物都谈到成就了他们的这个《五色土》副刊;而在我看来,《五色土》副刊不仅让京城内外相当多的作者功成名就(我知道的京华文化名流邓拓、臧克家、邓广铭、金受申、齐如山、翁偶虹、季羡林、冯至、萧乾、周汝昌、吴祖光和新凤霞夫妇、史树青、吴小如、汪曾祺等,生前几乎每天都会愉快地阅读或为《五色土》副刊撰写诗文),而且也确实成就了一批编辑学者:邓拓的《燕山夜话》,即中国报业界"副刊成就学者,学者成就副刊"最好的范例;认为"一流编辑成就一流刊物"的张守仁,虽然本身是《十月》大型文学期刊的创始人,成为"京城四大名编"却也得益于他青年时期编《五色土》副刊的经历;张恨水是著作等身的作家,而他的主业却是编辑报纸副刊,当然也包括成就了《五色土》副刊;而写《张恨水传》的解玺璋,本身也是从《五色土》副刊成就出来的知名学者;梨园行中,徐城北、靳飞等学者在《五色土》副刊上的表现,也尤为出色;年过花甲的李辉,他早些年在《五色土》副刊上发的关于20世纪文化名人的文章让很多人留下了深刻印象,同时也成就了他这位学者,同时他自己还认为在《五色土》副刊(后转入《人民日报·大地》副刊)当编辑,是"非常美好的事情,非常美好的职业";现在还比较年轻的学者孙小宁,其在《五色土》副刊编辑的"人文"栏目,确实是有所成就作者,并成就编者啊。得十分重视《五色土》副刊的《北京晚报》副总编辑李凤祥先生助力,让付出生命代价研究北京王爷文化的纯粹民间学者冯其利,在这个高雅的版面上频频亮相,堪称北京文化研究与传播的大贡献。记得十几年前看到我们江西新余抱石公园,把一展览柜中陈列的傅抱石多年前在《北京晚报·五色土》上刊发的小文章当作重要资料。这些年研究报纸副刊以《五色土》为例的更是数不胜数,说明有大成就的文人艺术家对这副刊影响的重视。前几天,《五色土》副刊用一个版刊登已故江西艺术家陶博吾书画作品及介绍,其效果和影响可谓让陶博吾的知名度更上一层楼。所以面对好的报纸副刊,无论编者作者还是读者,似乎都合得上宋代程颢《秋日》诗中"万物静观皆自得,四时佳兴与人同"这句充满哲理的话。联想起自己这不起眼的小人物,因为十几二十年前多次在《北京日报·流杯亭》《北京晚报·五色土》发过一些小文章,真感到高兴。和《北京晚报·五色土》一样,上海《新民晚报·夜光杯》在赵超构先生的带领下,几十年同样成就了一批有目共睹的海派大家、名家。

有人说,《北京晚报·五色土》之名称,源于中山公园社稷坛上的五色土,根植于北京深厚的文化沃土。早年京城这份仅有四开四版的晚报《五色土》副刊,即有邓拓《燕山夜话》、冰心《拾穗小札》等作品。后来的王蒙、刘心武、莫言、海岩、邹静之、王朔等一大批名家,也一度出现在晚报的特色栏目《一分钟小说》中。时任副刊编辑魏铮说:"能在同一时间让当时这么多中国文坛的一流作家,一起为一张报纸撰稿,这在报纸和期刊界可称绝无仅有。"这种发自业界的声音,极具代表性。

报纸副刊成就学者的真是不少。在中国第一报《人民日报》的副刊《大地》上发表的文章,有一种延安文艺座谈会形成的共产党宣传思想的先进导向性,成就了许多进步作家。最有名的莫过于成就了副刊的编辑典范孙犁与姜德明。还有先后供职于《光明日报》与《人民日报》的现代著名作家梁衡,他本身就是研究报纸副刊的专家,其9篇入选中学教材的散文中,4篇就出自《光明日报》副刊。在《光明日报·文荟》副刊供职多年的经历,成就了今天出色的作家韩小蕙。在《文荟》版面发表文章的几乎都是文化名流。《文荟》副刊的前身就是1958年元旦创刊成就大量名家的《东风》副刊。虽然副刊老字号早已没有了,但是今天改版的《光明文化周末》专刊,应该算是《光明日报》副刊的扩充,在其原《文荟》副刊专版基础上增加了"作品""大观""雅趣",共四个版,变成了一个洋洋大观的副刊阵容,每周都非常抢眼,你说他要成就多少人物?早些年秦牧在《文学生涯回忆录》中说,他在中华人民共和国成立后的广州《羊城晚报》做编辑工作,锻炼了他对文字的感知力,而晚报副刊的办报风格,也催发了他的创作热情。散文大家秦牧先生的这段话,无形中表露了报纸副刊与学者相互成就的紧密相关性。据我多年观察,省级党报中的《天津日报》与江苏的《新华日报》,副刊办得尤其出色。创刊于1949年初的《天津日报》,因为有在延安《解放日报》就编副刊的方纪先生把关,而方纪先生正好在这里又遇到了他曾经为之发过《荷花淀》文章的孙犁和诗人郭小川,几个文人一拍即合,所以几乎在同时就办了一个《文艺周刊》,人才众多;至1984年又由朱其华创办了《满庭芳》副刊,更是出人才、出作品,影响了天津甚至北京的孙犁、冯亦代、黄宗英、马三立、戴厚英、方纪、郭小川、冯骥才、章用秀、蒋子龙、石坚、朱其华等一大批文艺家和编辑人,也成就了当代学术文化本来就有名的吴小如的学生罗文华。江苏省《新华日报》有《人文周刊》和《文艺周刊》,其实都是这张报纸的副刊,而其中的"文脉""百家""纪录""繁花""新潮""艺评"等几个版面尤为有文艺气象,且近几年有越办越好之势。还有江苏发行量最大的《扬子晚报》,因为有《繁星》副刊,所以早在20世纪末就被南京读者评为南京的"十大文化名片"之一。在2019年10月,南京被评为"世界文学之都"后不久,莫言先生所言"南京的好作家就像天上的繁星,数不胜数,南京是中国这片土地上文学光芒最璀璨的城市"这句话,也足以作为南京(江苏)这两份省级报纸副刊文化繁荣的体现。在我看来,《天津日报》与《新华日报》两份省级报纸副刊办得好,还与他们各自在延安时期的文风渊源有关,如方纪在延安《解放日报》编副刊,《新华日报》原本即出自延安。过去我未曾谋面的《南京日报·风雅秦淮》副刊,则为省会城市党报之翘楚,这是我新近两三年的发现。据说它还被评为优秀全国报纸副刊,真乃名副其实。总之,南京的报纸副刊,成就的学者作家(插句短话,南京书画、戏曲文化底蕴尤其深厚,因此也成就比别处更多的文艺家),不胜枚举。一座新兴的城市深圳,开始被人称为"文化沙漠",然因为有了一个姚峥华主持的《深圳晚报》副刊,与国内诸多知名读书人广结善缘,刊发文章甚多,为深圳文化增色。姚峥华自己也大有长进,且几年间就出版了收录副刊文章的书,得北京黄子平、南京薛冰、苏州王稼句、上海陈子善等一大批著名学者极力夸奖。我断定这也是一个学者与副刊双向成就的典型新例。

在我关注的美术书法界,特别值得一提的是杭州《美术报》副刊。前些年它被人称为当代美术界第一报的《笔会》,也就是说相当于上海《文汇报·笔会》。曾任《美术报》总编辑的斯舜威先生,早已成为文化与美术界的有成学者,因为他任总编多年期间也兼编副刊;《美术报》的《书法周刊》与《赏析》,多年来也已被美术界公认为国内艺术报刊的副刊品牌,我甚至认为《书法周刊》还有"喧宾夺主"之气势,主编蔡树农先生也成就为业内的著名书画艺术家;而发文很多的王川先生,则为《赏析》副刊成就的一位文艺界出色学者。《美术报》的副刊《书法周刊》和《赏析》,为什么办得好?依我看,这本身就有地域历史文化传承的延续性。文人君子可别忘了,民国时期非常有名的《东南日报》的《副刊》《金石书画》,立足杭州之所以有名,就是因为办报的和在报纸这两个版面上写文章的,像胡健中、胡道静、王季思、钟敬文、钱南扬、曹聚仁、冯雪峰、查良镛(金庸)等等,一律都是文化艺术名流。我还发现近几年的《中国文化报》,办有一个可谓副刊中的副刊,那就是《美术文化周刊》中的"文汇"版,这个版面之所以引起较多文人艺术家的特别关注,是因为他们的"文汇"名号和《文汇报》的《笔会》有着相类的文化趣味。在读书文化报纸杂志类异常活跃的南京，从20世纪末的《东方文化周刊》过渡到21世纪初创办的民刊《开卷》，本身也就是类似以上报纸的副刊，也可以说是读书类报刊的副刊。今天的《开卷》在读书文化界影响甚好，不仅刊发了很多文人艺术家的趣味文章，也确实先后成就了薛冰、徐雁、董宁文等典型人物。如之我想，读书类报刊的副刊文章，就像那原《文汇报·笔会》的唐弢先生所说的，这类文章"需要包括一点事实，一点掌故，一点观点，一点抒情的气息，他给人以知识，也给人以艺术的享受"。我以为这个总结是十分恰当的，也确实被当代关心报纸副刊的绝大多数学者所认可。

一些办得比较好的小报小刊也有这个情况。用唐弢先生观点和孙郁先生评价《文汇报·笔会》"多学识，多趣味"和"中国的副刊，应当是这个样子"的说法看，大概这个比较也不为过。总之，不管国内这些办得好的报纸副刊是否学《笔会》，但《文汇报》走在前面确是事实。

关于《笔会》或雅聚和报纸副刊的事，今日恰逢谷雨，故而我还想起了我们江西的谷雨诗会。谷雨诗会实际就是一种文化雅集，无论古代出现还是现代传承，好像江西起步都比较早。如北宋晏殊、晏几道父子的词，欧阳修的诗文，黄庭坚的诗，都被公认成派，这就至少有上千年的荣光。且他们都有雅集的圈子，如唐宋八大家的宋代六人，都与江西诗词文章雅聚相关。此亦可谓成名成家，一举两得。元代文坛四家及赵孟頫，多在江西活动，如进贤境内胡棣（伯友）、伯颜子中、傅箕、朱与可、包希鲁、朱梦炎等人物，都与他们交往频繁，互相影响，互相成就。最有名的，是我家邻村官溪隐士胡棣，他多次在自建的伯友亭雅集，引得虞集、范德机、揭傒斯、赵孟頫诸文士作诗题字绘画，甚至在明永乐四年（1406），还让进士第一的状元林环作了一篇《官溪乔木记》。明末清初时期的八大山人与胡亦堂、黎元宽、饶宇朴等朋友交谊，也有同样效果。我以为上面这些都是历史的铺垫，权作遥远的呼应。到近现代才叫"谷雨诗会"。这些年，谷雨诗会在文艺界被普遍认为是由新中国成立后江西省首任省长邵式平在1962年开创的。其实不然。据我所知，最迟在抗日战争初期就有谷雨诗会了。南城文人胡定元1939年十五岁时就因谷雨诗会而声名鹊起，即可作为证明。江西各地的谷雨诗会也确实成就了不少文人艺术家。我家乡进贤县二塘文氏，从民国时期至1966年，皆有清明会，既吃茶聊天也吟诗作对联，其实就类似其后的谷雨诗会。这种民间活动，出不了民族大文人，也可以出地方小秀才。道理一样。

为什么一份报纸的副刊办得好能够成就著名学者？我以为这之间有着双向的互动与互利关系。但凡报纸副刊，都有一个自身文化趣味和艺术导向的基本定位。这个定位的品质，决定了这个副刊的高度。因此，无论是编者还是作者，都能在其中受益。记得现代学者王元化曾经说过一句大意为"一张好的报纸也体现一个地方的文化"这样的话，我相信他这话就有欣赏上海《文汇报·笔会》的意思。试想，如果上海没有《文汇报》尤其是《笔会》副刊，上海文化是不是像缺失了头顶上一颗闪烁的星星？文化底蕴深厚的南京，如果没有《新华日报》和《南京日报》的诸副刊，也就不像有文化的南京。反之，国内其他如同南京一般文化底蕴深厚的名城，因为办不出如南京报纸般的副刊，好像文化也要冷漠得多。由此我想，不管什么地方，如果他没有一个好的报纸副刊，这张报纸也就不能吸引高质量的读者群，这个地方的文化在一定程度上也就好像挺立不起来。

我希望，对中国好的报纸副刊的研究，渐渐地能够成为一种如同文化学术界对兰亭雅集、《滕王阁序》《文汇报·笔会》《北京晚报·五色土》等的研究一样的"显学"。

初稿写作于2019年4月19日，刊发于2019年8月长沙《艺术中国》杂志
2021年5月再调整，2022年3月三稿

书法文化·书法艺术·书法传承

——再问：中国"书法艺术"，谁是传承人

记得2008年的春天，《美术报》上发表了关于书法申遗的文章。我当即产生了一个想法并写了一篇题为《关于书法申遗的忧虑：谁是传承人？》的小文章，并在4月5日的《美术报·书法评论》上发表。事情过去十多年，这个问题好像没有得到任何回应，但我感到这确实是一个实际问题。所以我今天重新拾起这个话题，是希望看到2009年9月30日"中国书法"在联合国教科文组织非物质文化遗产保护委员会第四次会议上正式被确定为"人类非物质文化遗产代表作"之后，本该有的一个交代。我为什么要反复提出这个问题呢？因为我几十年在文物博物馆系统工作，主要就是从事文化遗产的研究保护与申报工作，而且取得了同行们认为不错的效果，工作过程中所涉及的内容也包括书法文化、书法艺术与书法传承等几个方面，所以再次谈点看法。

稍稍扯远一点。我一直关注着：2006年6月，国务院公布第一批国家级非物质文化遗产名录，其中有古琴、京剧及美术门类的多种项目而没有中国书法，据说当时还真让中国书法界有点尴尬。沈鹏、欧阳中石、张海、李刚田等知名书法家对此也非常关注，因此从下半年开始，中国书法家协会和中国书法院联手，奋起直追，积极努力，为中国书法申报非遗名录。在中国艺术研究院时任院长王文章的领导和中国书法院院长王镛的指导下，很快编写了申报资料，既而提供给文化部审批上报。因此在2008年6月经国务院批准公布，中国书法列入第二批国家级非物质文化遗产名录（列入传统美术类具体为"汉字书法"而非"中国书法"之名称）。同时，组织申报国家级非遗名录的中国书法家协会、中国艺术研究院中国书法院两家，共同被确定为中国书法保护责任单位。在国内

申报国家级非遗之事算告一段落。之后不久,"中国书法"确实被联合国教科文组织确定为"人类非物质文化遗产代表作"。其实在"中国"与"世界"这两顶桂冠尚未戴上之前,中国书法界就已经在热火朝天地谈论书法申遗之事了。大致在这种情况下,我及时提出了自己的忧虑:谁是传承人?

时间过得很快,从2006年6月以来,国务院连续公布了四批国家级非遗名录,也公布了五批国家级非遗代表性传承人名单。然而,在总共公布的五批国家级非遗代表性传承人中,中国书法家没有一人入列"汉字书法"国家级非遗代表性传承人,但藏文书法却连续有查·巴智、桑格达杰、扎西顿珠三人被公布为国家级非遗代表性传承人;甚至连蒙古文、满文、锡伯文书法及湖南女书习俗,也有人被公布为国家级非遗代表性传承人。这就让我觉得奇怪了。在中国,几个小语种书写的艺术被公布为国家级非遗后都有代表性传承人,而在世界都属大语种的汉字书法,却没有国家级非遗代表性传承人。我们还知道,同样作为国家级非遗的中国京剧,其国家级非遗代表性传承人好像就有三十多位,几乎涵盖了当代中国京剧界的大部分知名艺术家;中国古琴至少也有故宫郑珉中(我几次见过其人,也去过他的工作室)等十位国家级非遗代表性传承人,数量也不算少;内蒙古的马头琴国家级非遗代表性传承人则有齐·宝力高(我也曾有幸观听过其专场演奏)。而就十年前的情况说,入列中国书法家协会会员的人数估计就有上万人。为什么这么庞大的中国书法家队伍,反而偏偏没有一人被列入国家级非遗代表性传承人?难道是作为"汉字书法"这项国家级非遗责任保护单位的中国书法家协会、中国艺术研究院中国书法院这些年不作为、不申报?或者说他们认为没有人够资格申报,抑或是有人预先提出的忧虑让责任保护单位不便操作?我以为无论什么原因,既然"汉字书法"早已被列入国家级非遗名录,那么不申报代表性传承人是不应该的。

目前,第五批国家级非遗项目(过去称名录,本次改称项目。本人参与其中申报毛笔项目)申报资料,已在今年10月底提交至北京。按以往做法,明年(2020年)6月初的文化遗产日之前应该公布名单。恰巧,文化和旅游部《国家级非物质文化遗产代表性传承人认定与管理办法》已在2019年11月29日发布,而且说明年3月执行。我想,过去还有部分国家级非遗名录没有公布其代表性传承人名单，加上增加的新一批国家级非遗项目，就有很多国家级非遗项目代表性传承人亟待国务院公布。当下，我们必须抓住这个契机，提前做好这项工作。那么，这个问题又应该怎么解决呢？我想就书法文化、书法艺术、书法传承这三者之间的关系，以及这十年来中国书法的发展变化情况，补充说点新的看法。

  中国的书法文化、书法艺术与书法传承，其实不仅包括已被国务院公布列入国家级非遗名录的汉字书法、藏文书法、蒙古文书法、满文书法、锡伯文书法这五种文字书法形式，还有如西夏文书法、东巴文书法、朝鲜文书法、维吾尔族文书法等其他少数民族文字书法。而汉字书法更以其历史长、运用广、影响大而成为整个中华民族文化最具代表性的文化符号，中国文化人更以此倍感自豪。中国书法文化的历史，至少也应该从三千多年前的商代甲骨文开始，从这一点说，日本人早些年企图以王羲之书写《兰亭序》用纸为日本制造的这一谎言，来为日本书法在世界申遗的理由就不堪成立。中国的甲骨文自百余年前在河南安阳小屯被发现后，更以大量出土的甲骨文书法而证明中国书法悠久的历史。甲骨文作为中国文字的母体，其刻画（写）方式自然也就是中国书法的源头。日本文字本身就是从中国传入的，何况王羲之书写《兰亭序》用纸为其制造也无从证实，所以日本想从联合国科教文组织获得通过"人类非物质文化遗产代表作"只能是妄想。中国即便在十年前没有被通过这项世遗，也不用担忧。需要担忧的是我们自己已经取得了世界遗产的称号而不知珍惜，不知道进一步地为中国书法人申报传承人，并为国家级非遗名录代表性传承人建档保护。

  中国书法的文化价值与艺术价值是相辅相成的，似乎不好割裂。甲骨文以来，汉字的成形，或刻（凿）石，或铸铜，或摹画，或墨书，或编织，其所附着物即所谓的载体，要么是山体、陶器、铜器、木竹等硬物质，要么是纸、帛等软物质。无论在什么方面体现，其书写的内容（文章）可以说是文化，形式（字体）则为艺术。都是纸本的王羲之《兰亭序》和颜真卿《祭侄文稿》，多少年被推为"天下第一行书"和"天下第二行书"，这里姑且不论。然其书法的核心价值还是在于蕴含其中的文化，这一点倒是一直被认可的。从书写技法讲，那最早说第一第二的人物，一是有话语权，一是综合平衡了书写与内容的关联，其间或许对前者就考虑了当年一伙文人兰亭雅集之诗酒活动的趣味，对后者肯定也首先是为颜氏家族的精神气节所感染。至于一两千年前在除毛笔外别无其他书写工具选择的情况下，全民使用"毛颖""管城子"的环境中，同等技法和艺术水平的作品当不在少数。

中国古代书法的创作，到底谁一定就学谁的，确实很难说。我们看到，即便出土地相隔很远的秦汉竹木简，其内容也可能会有惊人的类似。丰富的敦煌写经抄本，将纵向历史拉得很长，也没有谁能弄清楚他们各自真正的传承脉络。汉隶刻石，名品甚多，风格各异，谁由谁来，无法言说。晋唐楷法，钟繇二王，颜筋柳骨，正大气象，互不相让。至于行草，更是龙飞凤舞，千姿百态，异彩纷呈。总之是在所谓的中国古代书法史上，有关谁由谁出的概括，好像都是写作者们的自以为是。倒是明清大量古代碑刻出土，让不远的包世臣《艺舟双楫》、更近的康有为《广艺舟双楫》之间将历代名碑，分门别类定品级，尊碑购碑论价值，仿佛开一代传承新风。康有为之后的曾熙、李瑞清，把尊碑推上高峰。尤其李瑞清，在南京创两江师范学校，开近代高等艺术院校书法教育先河，因之在民国早期真正形成了比较清晰的碑学传承谱系，国内从者甚多，百年影响巨大。略小于碑学派曾、李的周氏兄弟、沈尹默、吴玉如、郭沫若、毛泽东等人，则好像碑帖兼容，对现代书学的传承发展有极其广泛的引领意义。

关于书法与书法家，常人好像都认为"长江后浪推前浪""江山代有才人出""人才辈出，代代不绝"，古今道理，一以贯之，当然不错。但在我看来，则有点挑剔的思想。例如，我早年也费不少力气书写毛笔字，练习的字体，从甲骨文、金文到隶、楷、行、草，六体不缺，但最迟至唐。就因为我觉得书法就是法书，法书就是值得后人仿效的书法艺术作品，而且以先为善。我还认为，书法六体至唐代已经全面成熟，宋以后则无书可效。我不临摹宋代以后的任何碑帖，并非不认可千年之内书法作品的文化艺术价值，而是认为取法乎上，贵在高古。所以，晚清民国一直至今，无论出现如何有成就的碑派或帖派书法家，他们的作品是不能作为法书临摹的。

今天的书法传承，如果要具体落到实处，或许可以分类：

如果说现在中国书法文化艺术的传承要落实到地方的话，我则以为主要在北京、上海、杭州、南京、西安、广州、武汉、郑州、成都、苏州等首批国家级历史文化名城。还有，如绍兴、泰安、临沂、宝鸡、开封、长沙、扬州、荆州、徐州等文化名城。中国书法艺术文化的历史出处，似乎以这些地方最为悠久和出色。

如果说现在中国书法文化艺术的传承要落实到具体单位或者基地的话，我则以为北京有中国书法家协会、中国艺术研究院中国书法院、北京大学、故宫博物院、中国国家博物馆、中央美术学院、中国美术馆、荣宝斋、文物出版社等。上海有上海博物馆、上海中国画院、朵云轩等。杭州有中国美术学院、西泠印社、浙江省博物馆等。南京有江苏省中国画院、南京博物院、南京大学等。中国书法艺术的收藏、研究和古代法书的出版，好像最出彩的应该和这些单位关系最为密切。

如果说现在中国书法文化艺术的传承要落实到新闻出版媒体的话，则有《中国书法》杂志、《中国文物报》、《中国文化报》、《中国艺术报》、上海《书法》杂志、天津《中国书画报》、杭州《美术报》、武汉《书法报》、河南《书法导报》等。中国书法文化艺术传承的脉络，至少在宣传和普及方面，是近四十年来，在这些纸质媒体上得到了最好的反映。

如果说现在中国书法文化艺术的传承要落实到最具代表性的人物的话，以我的理解，又要分为甲骨、篆、隶、楷、行、草，六体各有代表。这还要考虑一个年龄问题。国家对社团担纲人的年龄要求一般划界到七十岁左右。所以这里就撇开这以上年龄层次的老辈书法人。我想按年龄大小，在六七十岁之间，应该特别点出王镛、王岳川、陈振濂等几个人。在这十多年的多次进京中，我都不忘到琉璃厂东街，看荣宝斋，看中国书店；也自然会到王镛先生的那一爿书法小门槛流连，因为我总觉得，无论书、画、印，他都是当代中国比较出色的代表性人物。王岳川至少在这十年来，一直在宣传自己的当代"文化书法"理论。我当然相信王先生这方面的造诣，因为仅仅就他对曾任北京大学校长的大书法家沈尹默先生书法研究的成果，就可立足其说。但具体结合到创作书写，我好像不大明白其所指，因此早在《北京晚报·五色土》写文章提出异议，也因为我觉得首先是他自己技法确实不是那么过硬，而且他书写的作品也多是抄录前贤，没有注入多少自我的书法文化内容，所以他谈"文化书法"就不是那么容易。前几天又有人指责这位执掌北京大学书法教学王岳川先生的"文人书法"，不免让我旧话重提，然也有同我一样抑或更为激烈的与其抬杠者。陈振濂先生在杭州西泠，应该算是当代中国书法传承的守门人。不仅这个门守得好，他还让中国书法在西泠印社发扬光大，应该算是有传承的贡献。记不清几年前，我见有陈先生"大匠之门"的展览报道和书籍，很是吃惊。因为那都是陈振濂先生书写的精神感悟呀，所以在当代的行书创作方面，算是比较有特色的。陈先生自己说是"阅读书法"，如果去套用王岳川先生"文人书法"的雅称，我觉得倒是还可以的。

事情迫在眉睫。我以为下一步最要紧的，首先就是要坚定中国书法文化自信，抓住契机，按照文化和旅游部新近颁布的关于《国家级非物质文化遗产代表性传承人认定与管理办法》去做好各项基础工作，提出传承人名单上报。在公布国家级非遗项目代表性传承人后，再按认定与管理办法要求，认真做好中国书法的传承发展工作。未知私见当否。

有删节，刊发于2019年12月21日杭州《美术报》

君子奇文惊北宋，雄才妙笔耀南丰

——曾巩文学作品中的家国文化情怀

曾巩是"唐宋八大家"之一，历来评论古代文学者，赞赏曾巩的不乏其人。我在这里不例举。近几年，从君子文化研究的方向，再读曾巩文学作品，引起我特别注意的，仿佛是其中有关曾巩家乡人和事的一些篇目，如《先大夫集后序》《亡兄墓志铭》《学舍记》《墨池记》《拟岘台记》《抚州颜鲁公祠堂记》《徐孺子祠堂记》《再与欧阳舍人书》《南轩记》等文章和一些诗歌。我这里站在千年前曾巩的角度，说到的家乡之范畴，不仅仅局限于一个南丰县，而是抚河流域更加广泛的抚州地域。余以为，曾巩的这些文章，有着十分浓郁的家乡与国家情怀，在古代文人中非常难得。家国情怀，我的理解即中国传统诗文中正大气象的重要标志，是我们华夏民族骨子里的传承基因，是对自己家乡和国家的依恋和热爱，也是积极奋进的民族精神的坚守和维护。如"修身齐家治国平天下""为天地立心，为生民立命，为往圣继绝学，为万世开太平""先天下之忧而忧，后天下之乐而乐"等名句出处的这些文章，处处彰显出君子之风，真乃山高水长。同样，曾巩深含家国文化情怀的文章，即便今天家乡的人们，也会读之动容，慨叹不已。我这里想以上面点到的文章篇目顺序（另附少许诗歌），对这位君子的奇文妙笔略作叙述，聊表情思。

一

写于宋仁宗至和元年（1054）的《先大夫集后序》，是曾巩为自己的祖父曾致尧（947—1012，太平兴国八年，即983年进士）文集所作的一篇后序。查《曾巩年谱》，曾巩生前为人作序不少，但有人说，这篇为祖父所作的序文特别突出，堪称"曾（巩）序第一"。那为什么这文章如此之好？其中又有哪些地方特别突出呢？我认为，因在这之前十年的庆历四年（1044），二十六岁的曾巩，就曾经致书欧阳修，请他为祖父曾致尧作神道碑。而且在庆历六年，欧阳修也确实认认真真为他祖父写了《尚书户部郎中赠右谏议大夫曾公神道碑铭并序》。在文章大家之文的基础上再为祖父的文集写后序，这是一个基础，也是一个难题。凭曾巩的才华，当然不会"重蹈覆辙"。他为什么能写好这篇序文？我想，先是曾巩这年已经三十六岁了，学识、思想都非常成熟，对自己祖先情感真挚并有了更加深刻的认识，次则才体现了他对其祖父家国情怀的慨叹和他越发成熟的文字叙述的才华。这篇序文并不很长，在行文中，也不能避免对自己祖父文集内容和编排情况的说明，但他主要还是把情感表达在对祖父道德规范和行为准则的赞扬上。因此，曾巩后序当然不能再现欧阳修说过的有关曾致尧行事等方面的内容，他要说的是所有的集、序、碑文中不曾载者，实际就是叙述曾致尧为人（官）处世方面的思想见解和道德品质。例如，在宋平定天下、曾致尧为官后，他已有了自己独特的思想。在朝廷里，他见不得不尽职守的官员，"疾当事者不忠"是也。为了朝廷和天子，他不惜牺牲自己的利益，"虽屡不合而出"，"至其难言，则人有所不敢言者"。曾致尧可就是"不以利害祸福动其意"，该怎么说就怎么说，表现出自己的铮铮铁骨。曾致尧在后来受到皇帝嘉勉后，如果脑子稍稍活络一点，像常人一样随声附和，平稳升官发财是没有问题的，但为了江山社稷，他就是"不开窍"，依然我行我素，"公常激切论大臣"。这致使曾致尧于泉州、苏州、扬州到处辗转。待复召，"而公于是时又上书"，"语斥大臣尤切"。你看看，就算他再受到皇帝的喜欢，因为太坚持原则，也还是"故卒于龃龉"，到死也不为高位者容忍，所以也不能有效地实现自己的理想。曾致尧有此种性情和作派，这篇序文不落俗套，正是曾巩继其祖父一脉相承的家国情怀，君子之风。

二

写于宋仁宗皇祐五年（1053）的《亡兄墓志铭》，最多只能分作两段，三百余字，然是一篇充满了手足之情的慨叹之文。墓志铭者，本应多写逝者生平行状等历史过程和人品功德。这篇为亡兄曾晔所作的墓志铭,却写得比较有趣。曾巩说其兄"有智策,能辨说,其贯穿反复,人莫有能屈之者",我觉得这未免有夸大之嫌疑。据此文后段,其兄就是这年应朝廷考试,未中进士,归途中得病死于江州的。这年曾晔四十有五了,或许因为考不中忧郁而亡。推想其兄生平喜欢自高自大,总是跟人家抬杠,不讨好。而"岁月不饶人",这么大年纪了,科举未取得功名,结果还是等于零,回家可能也不好交代。当然,有高才的曾巩,这里没有点破其兄的不足,也或许是"为长(兄)者讳"之故吧。如其兄是年不亡,待四年之后,得见曾氏一家四人俱中进士第,曾晔更加未知作何感想。要说手足之情多么深厚,从这文章中好像又不十分明了。曾巩比其兄年少十来岁,经济状况再怎么样也比兄长好,却对其好像没有什么帮助。要么怎能任"身穷,为生事,或毛密,应之无留,而读书理笔墨,交宾客,又思事未至当如何,亦不废也"如此苦读而有才学的兄长被埋没,只以一句"盖亦岂非其命也夫"来慨叹曾晔命运多舛呢?所以曾巩对其兄曾晔的家族情感,最多只能体现在兄长亡故后的心情上,并没有实际的帮助。然依我理解,"事理大于人情",如此这般的君子高洁,真乃"呜呼对呜呼"了。这里,我还想起明初大学者宋濂《送东阳马生序》(据说这篇文章刻在今天的东阳市人民政府门前)的名篇,宋濂用先宾后主的方法,以自己读书的艰难比较东阳马生的相对容易,来说明学业不精是不专心的缘故。如此比较的特殊写法,或许其中就包含着曾巩对后人的影响。据《曾巩年谱》,曾巩生前为人作墓志铭很多,为家族内外留下的墓志铭也不少,处处充满着浓厚的亲情关怀。这里不表。

三

曾巩从自己儿时上学一路说过来的《学舍记》,真是一篇文采飞扬、有趣好玩的文章。依我看,这文章不是主要为所在的学舍作记,而是讲自己的身家性命,亲情关怀;谈到读书的文字,又衬托了报效国家的心思。"予幼则从先生受书,然是时,方乐与家人童子嬉戏上下,未知好也。"曾巩在文章开头,就很直白地说自己的不是。其实非也,真乃谦虚使然。据《曾巩年谱》,"十二岁,能文,语已惊人;日试六论,援笔而成"。这已经显露出曾巩的少年情怀与气象了,同时也说明了曾氏家族教育的得法。他自己在文中谈到至十六七岁才知古人文章的好处,于是"锐意欲与之并"。基本也合于孔子"十五立志"的思想。而偏偏在这个时候,家里又碰上许多事情,他很直白地表露了实情。你看他自此,西北东南地兜转,"此予之所涉世而奔走也"。至于孤单在外讨生活所碰见的风险,则以一句"此予之所单游远寓,而冒犯以勤也"来表达。而那些衣食药物、房内器具等鸡零狗碎,也确实"此予之所经营以养也"。曾巩二十九岁时,父亡故,"天倾地坏"一团糟,自然要遵循孝道丁父忧事,"此予之所遭祸而忧艰也"。尽孝道外,还要遵照母亲之愿望,考虑弟妹婚嫁、四时祭祀、处理家族内外关系、完成朝廷赋税任务,怎不令为官在外的曾巩"此予之所皇皇而不足也"?在以上这样的情况下,曾巩已经感到耗尽心血。虽然多病,他还是"得其闲时,挟书以学",生怕不能很好地理解为官之道,不能精心雕琢文章和表达己意,真正实现十六七岁少年时期立志和古贤比较的"锐意欲与之并"的情怀,否则真要"此予之所自视而嗟也"。在《学舍记》前面一大段中,曾巩连用五个"此予之……"为后面的记文作结,真是美好天成的谋篇布局。曾巩在经历了这种种磨难困顿之后,人的心情也应该归于平静了。所以曾巩"乃休于家,而即其旁之草舍以学"。尽管别人说其简陋狭小,曾巩则笑对曰:"是予之宜也。"因此为自己的学舍作记。少年文化情怀,历历在目,即家国情怀也。

四

南丰是曾巩故乡,抚州则是曾巩后来的故乡。《墨池记》一文的写作风格,表现出曾巩的直率坦荡和毫不媚俗。即便看在友朋份上,需要凑合别人,"君子成人之美",有傲骨的曾巩还是要做到合乎情理。然自己的秉性也是一定要坚持的,不过只是"君子和而不同"罢了。是篇属时应抚州州学教授王盛的热情邀请而作,不写从情理上说不过去;而既然许诺要写,开篇即不客气,如文中似多质疑的反问。王羲之的墨池,即便在千年之前的抚州,就非常有名。王盛是州学教授,当然希望借用古贤王羲之的遗迹来弘扬抚州文化,并以此激励后学。然曾巩的这番借题发挥,却没有去随声附和先人,也不刻意讨好负责抚州教育的王盛。例如,开头只是重复南朝临川内史荀伯子《临川记》一文中有关王羲之墨池的话,曾巩对"以此为故迹",并没有跟随世俗的夸赞,似还毫不客气地泼冷水道:"岂信然邪?"看到曾巩如此不灵通的文字,推想有地位的朋友王盛也高兴不起来。接着又是层层深入的几个反问。而这样不客气的反问,对一般人关于王羲之晚年书法之所以奇绝的错误理解,何尝不是一连串的警示?如"后世未有能及者,岂其学不如彼",并由此看来,"学固岂可以少哉"?就更不用说"欲深造道德者"了!学有出处,成文"字字句句有来历",推想曾巩读书、写文章不会偏离这个原则。有人说曾巩文章道学气十足,我仿佛从这其间看到曾巩可能汲取《庄子·庖丁解牛》"臣之所好者,道也,所解数千牛矣",方可"以神遇而不以目视"的"由技进道"之境界的理解。他在文中没有引用这个道理,就更能说明其作文的高明。曾巩看到王盛书题于抚州学舍墨池亭子间的"晋王右军墨池"六个字,一番推想"王君之心":莫非是他想以王羲之书法的一点名气来让学生受到勉励,以免致其扫兴?所以说,要想用这篇文章来为抚州贴多少金,我倒不是很以为然。如果这算另类奇葩,也只有曾巩这样的文人君子,才会有如此表现。因为我仿佛在这里发现,曾巩更加看重的是道德文章,他的情怀如此,而并非从古至今人们津津乐道的单纯的王羲之书法。我想,这也是这篇文章历来被众人所忽视的文化内涵。

五

《拟岘台记》,又是曾巩为抚州的另一处文物古迹所作的文章。可惜古老的拟岘台早已坍塌。2009年抚州市人民政府为了恢复这一名胜,在抚河(汝水)之滨原址上游不远处,重建了一座崭新的气势恢宏的拟岘台。曾巩《拟岘台记》曰:"山之苍颜秀壁,巅崖拔出,挟光景而薄星辰。至于平冈长陆,虎豹踞而龙蛇走,与夫荒蹊聚落,树阴晻暧,游人行旅,隐见而断续者,皆出乎衽席之内。若夫云烟开敛,日光出没,四时朝暮,雨旸明晦,变化不同,则虽觅之不厌,而虽有智者,亦不能穷其状也。"读着如此盛景,怎不令人遥望千古,无限遐思!据说今天重修的拟岘台,就在古代位置上略沿抚河上溯五六百米,楼高五十余米,比旧时三丈三尺的拟岘台高大雄伟几倍吧。拟岘台正面,刻有曾巩的《拟岘台记》全文。雄伟壮观的楼台建筑与才情四溢的曾巩妙文,相映生辉,令人神往。我曾经几番往访羊城，站在拟岘台上，凭栏远眺，见悠悠抚河，如玉带缠绕，蜿蜒向城东北去，极目遥想，仿佛千年前曾巩文中四季奇异景致，历历眼前。这篇文章与《墨池记》完全不同，是大大可以为抚州增光添彩的。如斯如是，真不愧"江山要有文人捧"。那谁来捧，又如何捧呢？抚州也是自己的家乡啊，南丰曾巩能不捧吗？我还觉得，今天临川才子万斌生的诸多诗联，尤其是"裴材杰构曾巩雄文，问几人登台堕泪，思羊公德政；荆国抒怀陆游送目，观千载拟岘临江，沐汝水清风"的一副新联，既对曾巩等古代文人的捧场作了诠释，又赋予了拟岘台更加丰富的文化内涵。不是吗？万斌生在联中记录了与拟岘台相关的裴材、曾巩、王安石、陆游四个人物，尽管抚州王安石的名气好像更大，然寄情最深的还是曾巩。当然，在今天的拟岘台上寄予和曾巩同样情感的，还有张山东（进贤人）先生等一批抚州文人，其诗文所表述的，同样也是浓厚的家国情怀。这就是从古至今，捧上又捧。那么我想，曾巩在近千年前真做了一件大好事。一篇《拟岘台记》，就中国古代知名楼台亭阁讲，可以比美王勃的《滕王阁序》、范仲淹的《岳阳楼记》、欧阳修的《醉翁亭记》。一律的家国情怀啊。如此妙曼之文，我以为就是曾巩扩大了的（抚州）家乡文化情怀在其内心的精神支撑。

六

家国情怀，还是在抚州。一篇《抚州颜鲁公祠堂记》，颇能说明问题。颜真卿是外地人，他在抚州刺史任上，有政绩，人们当然怀念他。到了宋仁宗至和三年（1056），时任抚州知州的聂厚载和通判林慥两位朝廷命官，启动颜鲁公祠建设工程，一并请求曾巩为之作记。曾巩当然崇敬先贤颜真卿，故而欣然命笔，作《抚州颜鲁公祠堂记》，以表情怀。这可以说是一篇有国家大情怀的文章。第一段讲颜公生平的可以不说，但从第一段至第二段反复讲到的颜真卿对国家的功劳和气节，却是可以感人至深的。如天宝年间的安史之乱，天下都为之震动的时刻，颜公从一小小的平原君，"与常山太守杲卿……挠其势也"，挺身而出，坚决抵抗叛军，最后其堂兄杲卿父陷子死，巢倾卵覆、取义成仁之事，怎不让我想起那非常有名的《祭侄文稿》，其就是作为书法家的颜真卿于事后唐乾元元年

(758)创作的"天下第二行书"绝作啊!曾巩虽然没有谈到这件事,然高尚的君子道义,深深的家国情怀,不是隐隐地体现在一代豪杰《抚州颜鲁公祠堂记》文字中吗?由此我更想起《麻姑仙坛记》。因为这时候,颜真卿已在抚州刺史任上四五年了,不仅为抚州南城麻姑山书写了这样的千古雄文(书),也在抚河修了千金陂,深得抚州黎民爱戴,所以后来人们还要为他立祠,曾巩作记,能不令人动容吗?这里我再联想起曾巩的文章为何不谈书法的问题,如《墨池记》里没有过多地夸耀王羲之,这里也没有涉及一句书法已有了大名的颜鲁公。从目前公开的两件书法作品看,曾巩的字也相当上乘,或许曾巩生前不以书法家自居,我则看文章统摄也。也有研究者说,曾巩这篇记文写得比较有典型性,我看确实如此。我还以为,颜真卿为人、为官非常好是前提,曾巩在颜公君子大丈夫、国家大情怀的基础上,来对地方先辈好官景仰的心灵寄寓,自然会出好文章。抚州的文化,就在南丰曾巩妙笔之下大大地丰富起来了。

七

看过了风景如画的美丽南丰或者抚州,略北上一点,到当年江南东路所辖地即今天的南昌,于熙宁九年(1076),我们窥视徙居洪州的曾巩,看他在知洪州任上,究竟有什么作为。据《曾巩年谱》,这一年,曾巩还真写了不少文章,"表、启、文、状、铭、序"各种格式,应有尽有。熙宁十年,曾巩五十九岁,开春即建孺子祠堂,并撰《徐孺子祠堂记》。接近老年了,来到自己故乡邻近地方为官,在自己手上为孺子建祠堂,这篇记的特点又是什么呢?依我看,也不是随声附和,夸夸其谈。曾巩先由东汉元兴元年(105)之后社会政治形势的败坏,谈到人们思想混乱,说明多数人都随大流没有坚守的实际情况,再追溯生活于千年前东汉时期的徐孺子,关于做人,例举圣贤处世之态度,以表其圣洁。曾巩在自己文章中说徐孺子"豫章太守陈蕃、太尉黄琼辟皆不就。举有道,拜太原太守,安车备礼,召皆不至"。徐孺子为什么这样做?曾巩认为,是因为舍己为人,以及民间有操守的隐士,其志都在仁义道德。更深一步,古代圣贤尚且依据《易》"于君子小人消长进退,择所宜处,未尝不惟其时则见,其不可而止"行事,徐孺子在这一点上,就表现出更加可贵的"所以未能以此而为易彼也"的君子之道。鉴于此，尽管曾巩并不能十分清楚古贤徐孺子旧时屋基、墓葬、亭台楼阁建筑的具体地址，但为了纪念这位千古贤良，这位上任二年的洪州太守，还是要为其"结茆为堂，图孺子像，祠以中牢，率州之宾属拜焉"。曾巩这样做，当然值得。因为在他看来，东汉至宋上千年，生前富贵死后湮灭的人比比皆是，而独独徐孺子这样的乡间隐者，却能一直被人们思念。如斯道德高人，曾巩当然要为其建祠堂并作记。用今天的话说，曾巩是在弘扬正气。徐孺子的君子高洁行为得以久久流传，又何尝不与曾巩的文章紧密相连呢？由此我们也不难理解，曾巩这篇文章所表现出来的君子文化情怀，对于中华民族来说，有着极其高深久远的意义。

八

走得更远一点。我这里例举《再与欧阳舍人书》。这应该算是一篇站在国家利益角度，有"普世价值"的文章。荐举贤能。欧阳修是君子，是曾巩的伯乐。在这篇不长的文章里，曾巩开头即说到前段时间给欧阳修写信举荐王安石而没有收到回信的着急。着急什么呢？生怕王安石得不到重用，浪费了国家的大好人才。这还不算。曾巩顺便又在信中说到王平、王回、王向父子三人都是难得的人才，说他们在京城与王安石是好朋友，被王安石称为"有道君子也"。讲他自己"览二子之文，而思安石之所称，于是知二子者，必魁闳绝特之人"。曾巩还觉得不够，在信中再次申明"三子者卓卓如此"，他们心思纯粹又不想投机谋职，而曾巩实在是"非为三子者计也，盖喜得天下之材，而任圣人之道，与世之务"。这可谓友道上的友道，君子找君子，伯乐承伯乐。曾巩这是什么精神？一对与自己毫不相干的王氏兄弟，又非家乡人，他们的名气也不是很大，只是在看到了他们的文章以后，竟然又是写信又是附文章给欧阳修，丝毫没有个人利益的因素，纯粹是出于公心，为国举荐人才。循序传承，真乃光明正大又有趣好玩。曾巩的本性就是如此。曾巩不止力举王安石及"二王（或曰三王）"，也曾经力推苏洵及苏轼、苏辙父子三人。后来"唐宋八大家"中所谓的"三苏"，说不定就与曾巩的另一篇《苏明允哀词》中极力夸赞"三苏"有关。其实这就是处处行君子之道，无形中表现出维护天下大义的一个"伯乐"的曾巩。"千里马常有而君子不常有","伯乐相马识君子"。所以伯乐就是君子。曾巩处处这样写文章的举动,正所谓真君子也。

九

将《南轩记》放到最后,是因为《曾巩年谱》没有《南轩记》写作于何年的记录。但历史证明,这篇文章确实出自曾巩。更有研究者写文章,说是曾巩少年之作。倘若如此,那么以"得邻之菀地蕃之,树竹木灌蔬于其间,结茅以自休,嚣然而乐。世固有处廊庙之贵,抗万乘之富,吾不愿易也"作为文章开头,就说明了曾巩的少年情怀,更加难能可贵。这是一种什么样的境界?一个博览群书,且有远大志向的少年,却在得到乡里邻近杂草丛生的一块地后,仅仅围上篱笆,栽些竹木,灌溉种蔬菜,搭建草房,即为居所,竟然还可以悠闲快乐。有了这处草房,还可比较世之朝廷显贵,即便财富可以敌国,他还不肯与之置换呢。曾巩后来三十岁作《学舍记》那年,还保留着其少年时期所作《南轩记》中"人之性不同,于是知伏闲隐奥,吾性所最宜"之心境,并且用文字将这些都写在南轩的墙壁上,早晚对照,用来激励自己上进。如虽然处于"吾亲之养无以修,吾之昆弟饭菽藿羹之无以继"的窘境,心如火燎也不可避免,"然而六艺百家史氏之籍,笺疏之书,与夫论美刺非、感微托远、山镵冢刻、浮夸诡异之文章,下至兵权、历法、星官、乐工、山农、野圃、方言、地记、佛老所传"等等各方面的知识与学问,主人竟然可以在这草房子里一一得到。得失自知,人生多如此。所以曾巩住在这草房子里,也没有多大的关系。如此少年曾巩,境界不可谓不高。我仿佛看到,曾巩这篇潇洒自然的《南轩记》,既有历史文化的"继往",又有后辈遗韵的"开来"。有孟子之洒脱,有陶靖节之风范,也有刘禹锡之开朗。这都算得上是"继往",古代君子之风,在曾巩身上有非常明显的体现。那么"开来"呢?我以为可以例举同为"唐宋八大家"的苏轼、苏辙兄弟。据说苏轼兄弟少年时期居住过的房舍(当然经过后来多次重建和维修),今天作为他们故居的全国重点文物保护单位的三苏祠,被千千万万的人瞻仰。我想,这三苏祠的价值,或许就是被物化了的历史的乡愁。我们知道,苏轼在中年身陷御史台狱,只要见到松柏篁竹,思乡情结每每就会浮现眼前:"此君知健否,归扫南轩绿。"待出狱贬谪黄州,路途艰辛中,又不免"忆我故居室,浮光动南轩。松竹半倾泻,未数葵与萱"。苏辙又何尝不如此?我不知苏轼、苏辙的南轩,到底有多么可爱,交谊深厚且比曾巩小了十八岁的苏轼,其乡愁的情愫中或许就有曾巩的因子?我还想,宋代欧阳修、曾巩、王安石等江西贤达的文章,尤其是曾巩这篇文章,确实影响到后来的归有光。归有光在《项脊轩志》里表现的家乡情怀,在曾巩、苏轼兄弟巧合共有的"南轩"文章诗歌中,不是也有同样的情感寄托吗?君子情怀,虽然隔代,也应该如此"和而不同"。

十

曾巩文章中,寄托家国情怀的不在少数。在其诗中,又何尝不是如此。或许因为曾巩文章名气太大,诗被文掩盖。然收入《元丰类稿》五十卷中前九卷共四百多首诗中,也体现出"家乡的人和事"方面的内容。有的诗印证着文章,相互比照着阅读,可以研究曾巩文学艺术与自然风光趣味的出处。据说南丰蜜橘有上千年历史,真乃一点不假。一首《橙子》"家林香橙有两树,根缠铁钮凌坡陀。鲜明百数见秋实,错缀众叶倾霜柯。翠羽流苏出天仗,黄金戏球相荡摩。入苞岂数橘柚贱,芼鼎始足盐梅和。江湖苦遭俗眼慢,禁篽尚觉凡木多。谁能出口献天子,一致大树凌沧波"就是最好的文化例证。曾巩诗中记录的橙子,就是今天的南丰蜜橘。他家香橙两树,根缠铁钮,当为老树吧。在硕果累累的南丰橘橙环境中,真是算不了什么。曾巩家乡西北崇仁县的元代大文人虞集《送朱仁卿归盱江》诗中有云:"羡子南归盱水上,过从为我问临川。几家橘柚霜垂屋,何处蒹葭月满船。"这首实景诗,在两三百年后再为南丰橘橙悠久的历史和美景作证了。那《南轩竹》"密竹娟娟数十茎,旱天萧洒有高情。风吹已送烦心醒,雨洗还供远眼清。新笋巧穿苔石去,碎阴微破粉墙生。应须万物冰霜后,来看琅玕色转阴"的抒情,无意中证实着《南轩记》中"蕃之,树竹木"的实况。当然,曾巩另外一首《种园》诗中,也有"于陵为人灌园蔬,我今园地不自种"之句,又是《南轩记》中"灌蔬于其间"的补充。更不用说还有《南轩》诗了。一首《李节推亭子》,开头四句"盱江郭东门,江水湛虚碧。东南望群峰,连延倚天壁"就点明了南丰的山水自然环境,我以为对今天南丰的旅游开发也很有借鉴意义。当我读到《初夏有感》"我从得病卧闾巷,三见夏物争滋荣"这开头两句,便产生一种急着往下看的心情:旧时南丰的老城和街巷如何?夏季南丰到底有什么风物景致?和今天比较究竟又如何?再比照着《舍弟南源刈稻》诗看风景,仿佛又能悟出那不得志时的曾巩的浓浓乡情,一幅美丽的古代风情画彷彿浮现在眼前。南丰和南城都在抚河上游,两者相连。曾巩诗文中,多与南城有涉。曾巩《冬望》里有南城麻姑山。更有《游麻姑山九首》,写桃花源,写丹霞洞,写半山亭,写颜碑,写碧莲池,写流杯池,写七星杉,写瀑布泉,写秋怀压轴。真是好。我也曾经几番过南城,到麻姑山,也到现已开发成景区的诸多点线上,一边欣赏风景,一边揣摩曾巩诗文之心境。在我看来,南城地方蕴含的文化情怀的激起,有一半得益于曾巩诗文啊。

留点后话。是因为曾巩诗文中提及南丰家乡如南源、石仙岩等地名,以及南丰老城曾氏祠堂、秋雨名家、文定巷等多处文物古迹,都值得我们今天的文人特别是当地文人去发掘。有家国情怀的文化信息,永远值得今天的我们铭记。我还想,无论古今,凡君子应该遵循"各美其美,美人之美,美美与共,天下大同"之十六字原则,为家乡、为国家的人和事写文章,不忘恩德,行善写文章,褒扬山川地理、民情风俗、人伦道德、师友亲情,伸张正义真理,鞭挞邪恶谬误,皆儒雅之举,这就是所谓的君子之风。以我所在与古代圣贤君子曾巩同饮一江抚河水的进贤县为例,本邑自北宋崇宁三年(1104)由锺陵更名进贤县九百多年来,历代县志记录科考取得进士身份的才俊也有二百余人,然留下著作文章的人数并不多(或有著述因故流失以致不被后人所知),而真正以君子之风,盛赞家乡人与事的更是少之又少,微乎其微。尽管自古以来,我们总是夸夸其谈,讲进邑大地,山川清丽,鱼米之乡,钟灵毓秀,人才辈出,但要真正拿出本邑历代贤达颂扬江山父老之美文(或诗词也行),我们还真没有底气,只好"王顾左右而言他"。因为在抚河中下游岸边的旧临川即今进贤文港镇沙河晏家村的晏殊、晏几道父子,虽留下那么多的诗词文章,我竟然没有读到一句明显接家乡地气的话。我们心中还能不钦佩南边不远处抚河中上游盱江边上之曾巩为家乡留言(其实,曾氏家族为家乡留下了不少文物遗迹和文章诗词),以及曾为家乡留言的王安石、陆九渊等先贤吗?还有,最近我们正在编写的一本关于本邑历史文化的书，欲求本籍取得高学位人士的文化支撑，可令人心酸的是，得到的回应恰恰是不予搭理，或嗤之以鼻、冷漠嘲弄。因此，我们是不是应该遥想曾巩，高山仰止……

我敬佩千古文人君子——南丰曾巩。从1019年诞生，到如今2019年，曾巩流芳千古矣。至少我自1977年到进贤县城从事文化工作的这几十年间，与先贤曾巩同饮抚河水，受益良多。这期间，几番重读《元丰类稿》部分篇章并撰写成这小文章，又想起十年前过济南游大明湖，见园内曾巩祠门前"北宋一灯传作者，南丰两字属先生"之对联，让我久久驻足凝思，当即改作"君子奇文惊北宋，雄才妙笔耀南丰"，故今天引入，并以此为文题，权作曾巩的千年纪念吧。

此文作于2019年4月，2019年9月抚州市人民政府、北京大学中文系、中华文学史料学学会联合在南丰县举办纪念曾巩诞辰1000周年学术研讨会，该文被收入《纪念曾巩诞辰1000周年学术研讨会论文集》

远去了，沪上刘绪源

刘绪源先生，以他还不足六十七岁的年龄，在2018年1月10日谢世，让我感到无比惋惜。这样一个书生，为什么这么早就告别文化？我想他是"累死"的。这几天，读书界有文字发表，《文汇报》的一位朋友，也信告了他的同仁和朋友同悲同悼的情景。我与他有缘并从他那里受益，觉得也应该写几句话，寄托我的一点哀思。

1994年7月3日，我在上海南京东路的一家书店，随手拿起一本名为《隐秘的快乐》的小书，站在那里读了一两个钟头，觉得非常好，虽然书被翻卷了角，还是毅然买下。由文及人，我当然知道书作者刘绪源，回家又马上将书寄给《文汇报》请他签名留念。不几日，刘绪源将我寄去的品相不好的书换了一本，在书的内一页题字"文先国兄雅正，并祝万事如意"。我第一次给刘绪源写信寄书求签名，并在信中谈到他为什么感到"隐秘的快乐"并用它作书名。他可能看出了我这个无名读者读懂了《隐秘的快乐》书内的大部分篇章，算得上一个知音，所以在书的内二页再录"九二年旧句'白日梦破心最苦，夜读书罢味略者'"相赠。说句不是吹牛的话，我第一次读到刘绪源的这本小书，就隐约感到他在哲学、美学、儿童文学等方面的研究会有相当不错的成就。因为他那读书的"隐秘的快乐"说到我心坎里去了。一个有哲学与美学情怀的人，内心是非常希望有知音的。我还相信，我们读书过程中"隐秘的快乐"，也是可以互相意会的。

因为喜欢周氏兄弟的学术文章，大概过了不到一年，我再给对鲁迅和周作人有特别研究的刘绪源写信，夹钱求购他的新著《解读周作人》。不久，他真的又寄来签赠的这本书，并在书中夹回了我寄去的购书款。刘绪源好像与我真的有缘，在书内页照片下认真地题写了"希望学术不只是累人的操作，而也能成为真实心境愉悦的流泻。周作人达到了这一境界,研究周作人,能否也近于此呢?我虽不能至,然心向往之"。我这里为什么说与之有缘呢?现在回想起来,是我在给他写信的时候,因为先前受张中行先生影响,表达了自己当时对周作人学术文章及其人格的一些想法,所以在他为我签赠该书的时候,写了以上一段话,我完全可以体悟他的心境。后来我读这本书和研究周作人,确实受他这段话的影响不浅。其实,人与人能否成为朋友,依我看,与相互之间的思想趣味有相当的关联。我对周作人学术文化价值和人文思想的认识,与张中行、钟叔河、刘绪源等学人,有一定的相通之处。读了这本书,我仿佛还在一定的场合真的感觉到了"学术不只是累人的操作,而也能成为真实心境愉悦的流泻"。现在刘绪源先生远去了,我甚至还想,他难道真的跟不上周作人,自己一直在"累人的操作"中,对周作人学术文章"真实心境愉悦的流泻"的境界,只能"心向往之"吗?人,难得完美。所以我说,刘绪源可能是"累死"的。

《中国哲学如何登场?——李泽厚2011年谈话录》,这是刘绪源与美学家李泽厚先生2011年的谈话录。该书在2012年6月上海译文出版社出版后不久,记不清是在《文艺报》还是《文学报》上,我看到了一篇记者与刘绪源的较长的访谈。刘绪源主要讲前辈李泽厚关于生命哲学的观点,特别是李泽厚的"四个静悄悄",即静悄悄地读书、静悄悄地写作、静悄悄地活着、静悄悄地死去的生命哲学观点,让我大感兴趣而刻骨铭心,因为这与我无名小卒的生活做派投缘。这次没有写信,而是第一次拨了刘绪源的电话,谈了自己的观点,也厚着脸皮表示了向他们两位作者求签名书的愿望。还是盛夏,刘绪源第三次给我寄来了李泽厚与他签名的书,不过这次书上没有写另外的话,想必是这书中主要是李泽厚哲学思想的缘故。收到书后,我电话告谢并说要寄三十元书款,他说手边有几本送朋友的样书,还说多年朋友不必言谢。刘绪源先生谢世后这几天,我重翻他的几本赠书,唯独这本没有找到,让我非常遗憾。

我与刘绪源先生交往二十多年了,可以说情谊高雅而且难以忘怀。早些年他在《文汇读书周报》,我经常投小文稿。记得2000年前后,二版有个"读书会",经常刊登一些三四百字的短篇书评,我投几次经他手大多都用了,不合用的他也会及时告知。2000年8月5日,我的一篇关于文物收藏图书的文章发表在头版头条，他还加了"编者按"。刘绪源主编《文汇报·笔会》，也给我刊发和推荐过文章，每每让我感动。早在二三十年前我还有一个习惯，会在国内主动上门拜访一些文化名人。凡上海的文化名人，刘绪源给我提供地址和电话的有柯灵、黄裳、邓云乡、何满子、倪墨炎等，当然也有江浙的。我往访，一是读他们的书有共同话题，二来撑刘绪源的牌子，大多都很成功，更让我很是受益。2007年10月31日，我与北京鲁迅博物馆馆长孙郁先生在江西进贤发起举办第一次"鲁迅与书法"研讨会，之前在北京商定参会人员名单时，上海方面的第一个对象，我写下的就是刘绪源。他应诺，然未果，这是我与刘绪源交往中一个大的遗憾。

我相信自己读书的眼光。认定了的人，是不会忘怀的。现在，刘绪源先生远去了，我只好在他那优美的文字里遥望。

刊发于2018年3月南京《开卷》杂志

进贤土改中相关的两篇文章一首诗

——说说汪曾祺的两篇文章和冯至的一首诗

引子

　　新中国成立之后不久,中国共产党就在全国范围内开展了大规模轰轰烈烈的农村土地改革运动,简称"土改"。在来江西进贤参加土改工作的成员中,有不少是北京下派的文化干部。下派来进贤的北京文化干部中,有的还留下了文学作品。

　　记得大概在1988年元旦期间的一次全县文化工作座谈会上,1949年5月参加革命工作,1950年夏天又参与创建进贤县人民文化馆的干部陈文恺先生,对我谈到他在1950年12月至1952年3月一年多时间内,连续几回陪同过中央下派的文化干部一起搞土改(近日据余辉博士相关调查研究成果得知,土改期间,中央下派的文化干部到全国各地总共不过六个县,进贤为其中之一),没有留下一些本应记录的故事,感到非常遗憾。陈文恺先生还说:"当年这些北京来的文化人在进贤农村土改工作之余,附带也调查一些民间文化艺术方面的情况,搜集了一些素材,以至形成一定形式的文学艺术作品,记得的名字好像有汪曾祺等一批文化人。"三四十年前陈文恺先生的回忆,我一直感觉好像不是很清楚。过了许多年,我才逐渐了解到,矢明在梅庄区潭津乡的土改中(与陈文恺相悖的说法是1949年7月剿匪中)就采集到《瓜子仁》等二十多首民歌。1951年矢明将《瓜子仁》曲调用于他创作的《江西是个好地方》,并很快在江西全省唱响;甚至后来送到北京,还唱给毛主席听,让《江西是个好地方》这首响亮的民歌,成为江西文艺舞台上的一个标志,在大江南北传唱且红遍全中国。我想,这样的好事,正是进贤民歌曲调的贡献。还有文学家汪曾祺,也在进贤梅庄区搞土改,注意观察生活细节,其间创作的短篇小说《迷路》和散文《豆腐》,讲的就是他1951年下半年随北京市文联,在派到进贤搞土改四五个月工作过程中发生和亲自感受到的故事。比汪曾祺晚些下派的哲学家、诗人冯至,于1951年12月底至次年3月,到进贤县城北的青岚乡搞了三个月的土改,并留下了一首比较有名的叙事诗《韩波砍柴》。这里,我只想对后来形成文学作品的汪曾祺两篇文章和冯至一首诗中谈到的情况,作些注释。

先说汪曾祺的两篇文章。第一篇是短篇小说《迷路》,2400多字。汪曾祺在另一处记录他1951年下半年到进贤搞了五个月土改,与1989年版《进贤县志》"1951年大事记"记录的"秋,中央土地改革工作者来本县参加土改工作","11月24日,在三、五、七、八区开始第三期土改,……这期土改到次年即1952年3月底结束"相吻合。

这期土改的五区,指梅庄区,1989年《进贤县志·大事记》有明确记录。梅庄区包括今天的梅庄镇和当年称作潭津乡即今天的二塘乡一带。夏家庄在五区南边今二塘乡的夏家村(当然相距不远的夏家村有好几个),王家梁即今天二塘乡北跃进岁家偏西的中谭王家庄,以徐、刀两姓为主,我舅舅家与姑父姑母家都在此。

《迷路》记录的情景,有对也有错。但汪曾祺写第一次王家梁小伙子来接他时,把秋末冬初才有的梓(籽)油和春天才有的油菜花和紫云英混到一起谈了。梓树的写法不对,应该是木籽树,一般只有几米高,谈不上"高大"。木籽树榨出的油,色白像猪油(俗称"皮油"),只能做蜡烛,绝对不能吃。家父过去搓蜡烛芯,用的就是木籽树榨取的皮油,我非常熟悉这个东西。老梅庄区的夏家从来不称"庄",更没有一个称"梁"的村庄。但夏家村至王家庄,两村相距不到二十里,小说中的距离基本是对的。

"喝水聊天",即进贤北乡信江流域土话称"恰喜鹊白"。烧水用瓦壶(陶器,进贤土话叫"冲壶"),乡下人一般晚上围聚,喝水坐聊,确实是我们二塘地方的生活习惯。王家庄旧时出现过老虎并伤过人,在我1960年上小学后常听我舅舅说起此事,八里地外的潭津村六十岁以上的人都知道。

梅庄区二塘一带，绝对没有一个村庄叫顾家梁的，从民国到现在都没有，县志、地名志也都没有记载。

汪曾祺这篇小说以"老虎"二字作结，外人是不明底里的，因为不到这种生活环境中就无可理解。我们梅庄二塘一带的习惯，吓人的话是"咦呀，老虎！"就因为我们那地方过去确实出现过老虎。之后一段时期，凡听到风吹草动，往往就以一句"老虎"来吓人。以致我们乡下人带小孩，当稚子发脾气或不听话的时候，大人也往往以一句"咦呀，老虎"来吓唬和安顿自己的小孩。三四十年前，我也常常用"老虎来了"吓唬过发脾气和哭闹的儿女，但随着时间的推移，这个吓人的办法，今天进贤地方基本不采用了。而我这个知道此地过去出现过老虎的过来人，仍然相信今天我们二塘农村六七十岁的婆婆，还会用"咦呀，老虎"来吓唬孙辈，让其安静。

第二篇文章是散文《豆腐》。汪曾祺先生在谈吃的一篇文章《豆腐》中，谈到豆腐乳，第一个点到的即是进贤。他说："我在江西进贤参加土改，那里的农民家家都做腐乳。进贤原来很穷，没有什么菜吃，顿顿都用豆腐乳下饭。做豆腐乳，放大量辣椒面，还放柚子皮，味道非常强烈。"汪曾祺先生1951年有好几个月在进贤县梅庄区搞土改，天天接触进贤北部这个片区的农民，进农家吃饭也应该是很平常的事情，自然对那时农村吃食有一定了解。我正是这个片区的人，虽然当年土改我还未出生，但我们那一带过去一直很穷，常年吃豆腐乳和柚子皮下饭的生活，从旧时延续到1980年前后倒是真的。汪曾祺讲"做豆腐乳，放大量辣椒面"的说法不准确，其实是在做豆腐乳的时候，表面上就已经蘸满了辣椒粉，而不是食用时放辣椒面。"还放柚子皮"更不对，豆腐乳是不放柚子皮的。汪曾祺在农家吃饭或见农民吃饭时，一定是看到一个菜碗里同时装着豆腐乳和柚子皮，那是两个菜放在同一碗里的缘故。汪曾祺没有搞清楚，所以他误以为做豆腐乳要放柚子皮。豆腐乳"味道非常强烈"的说法，那是不错的。

汪曾祺的文章确实不错。记得他三十年前提倡的"作家学者化，学者作家化"，甚至今天还很有影响。我也很喜爱汪曾祺的文章和学术，他也给我签赠过一本《蒲桥集》的书。但我觉得，不能因为要为名者、尊者讳，就一味地说名者、尊者什么都好。杨绛先生在1985年写的《记钱锺书与〈围城〉》一文中说："在《围城》的读者里，我却成了最高标准。好比学士通人熟悉古诗文里词句的来历，我熟悉故事里人物和情节的来历。除了作者本人，最有资格为《围城》做注释的，该是我了。"王安忆读汪曾祺的《迷路》，因为不熟悉进贤地方生活风情，自然不能明白文中最后"老虎"两个字为何意。所以我这里说一句"我知道"，是因为我这个当地人，熟悉"故事里人物和情节的来历"。关于对《豆腐》中豆腐乳的注释，我以为道理是一样的。

再说冯至的一首诗。在《冯至年谱》中，有1951年的记录："12月，赴江西进贤参加农村土改工作，任工作团团长，次年3月底结束。"同样是北京派来的土改工作团，然在1989年版《进贤县志》中没有对这第二批土改干部进行记录。而广西教育出版社1994年出版的姚可崑《我与冯至》一书中，倒是有冯至1952年2月在进贤青岚乡搞土改并写成《韩波砍柴》这首诗的过程。时间的年轮已转过了六十六圈，叙事诗的地点与人物也无从考证。我只好结合这些年的调查，并根据自己对进贤山川地理和人物风情还算比较熟悉的自信，认定青岚乡的寒婆岭即《韩波砍柴》故事的发生地。为了方便研究，不妨抄录冯至的这首诗：

韩波砍柴——记母子夜话

农历正月十九，
雨下了几天几夜，
后半夜忽然停止，
露出来下弦月光。
满屋里都是月光，
老婆婆从梦里惊醒，
她叫醒她的儿子，
她说："外面有个人影。"
儿子说："深更半夜，
哪里会有什么人？"
"你们年轻人不知道，

这是韩波的灵魂。
"韩波是一个樵夫,
终日在山里砍柴,
他欠下了地主的
还不清的高利债。
"勉敢柴砍了一生,
给地主生火煮饭;
他砍柴砍了一生,
给地主生火取暖。
"但他自己永久
眠不饱也穿不暖;
不管炎气多么坏,
砍柴没有一天中断。
"那时和现在一样,
雨下了几天几夜,
到了正月十九,
雨又变成大雪。
"他在风雪里冻死,
许多天没有人管,
后来身上的破衣裳
也在风雪里腐烂。
"但他死后的灵魂
还得要出来砍柴,
因为他一丝不挂,
只能在夜里出来。
"年年在他的死日,
后半夜总有月光,
给他照着深山,

像在白天一样。
"我们这里的春雨,
一下就是一个月,
只有在这时候,
雨为他停止半夜。"
她说这段故事,
说得人全身发冷,
外面的月光中
真像有一个人影。
她的儿子说:"妈妈,
韩波死得真可怜,
但这是旧日的故事,
不是在我们今天。
"过去我们农民,
人人都是韩波,
可是我们现在
韩波没有一个。
"过去无数的韩波
都在饥寒里死亡,
我们同情他们
只用半夜的月光。
"现在的月光里
也许有韩波的灵魂,
他出来不是砍柴,
却是要报仇雪恨。
"明天我们斗地主,
他也要向地主清算,
他再也不会害羞,

他要在白天出现。"

冯至在这诗后注明"一九五二年二月十五日江西进贤/一九五三年八月修改"。

我不知反复多少遍，阅读过这首六十多行五百多字的长诗，仿佛能体悟到当年在进贤农村土改中冯至落脚其家，亲耳听到的一番"母子夜话"之意韵。我还查询了这诗后1952年2月15日的农历日期，正好是那年正月十九的后一日。说明冯至前一天晚上（2月14日）是亲耳听了"母子夜话"之后作的"记"，当晚或第二天就全部用诗的形式记录下来了。与其说这母子夜话是诗，不如说是一场聊天记述。用我们进贤农村话说，就是听了一场"讲古"。当然，现在的进贤农村好像听不到什么"讲古"了。要讲"母子夜话"是诗也行，因为他内中也确实包含了过去受苦农民一定的思想，所谓"诗言志"是也。这里，姑且就以我对其诗的理解而谈些这诗中不甚明了的意思吧。

《韩波砍柴》取材于当年进贤县北约七公里处的青岚乡。那里就是今天白果附近的北岭林场北面，即旧时日月湖南边，有连绵起伏的丘陵和山岭。最高的山海拔百余米，过去和今天的人们一般都称之作"寒婆岭"，即清康熙《进贤县志》图画作"寒婆岭"，文字又写作"韩坡岭"，而同治《进贤县志》也作"韩婆岭"的那座植被茂盛的山。反正那儿就是冯至《韩波砍柴》长诗故事的来源地。但是寒婆岭周边村庄，过去和现在都没有韩姓人居住。或许冯至当年写这首诗，用"韩波"这人名，是借用了"寒"与"韩"和"婆"与"波"地名的谐音。我曾经和关爱乡土文化的于志勇先生，几次去寒婆岭附近的北岭林场和乌石坑村，问原住民"寒婆岭"何意。心中有故事的村人洪三印告诉我，"婆寒，寒婆"，从古到今，寒婆不断。所谓"寒婆岭"，就是他们傅氏、洪氏居住的这一带，过去家家户户都很苦。有一个极其贫寒但很会"讲古"的老婆婆，在这一带非常有名。过去村民上山砍柴路过，都会抽空去贫寒老婆婆家听"讲古"。村主任洪小华也告诉我，这"寒婆岭"的名字，绝非"韩婆岭"，是祖先传下来的，在白果、古塘、乌石坑、傅家、北岭几个村，很早以前就这么叫。于志勇说，"寒婆"的传说别处也有，"寒婆"好像很古老。是啊，我还发现一个十分有趣的"寒婆"文化现象。就是清同治四年（1865）的《宜昌府志》上，记录他们那里白果乡有寒婆婆,后来"湖广填四川",寒婆婆的故事又往西行了。这样说来,"寒婆"的发源,莫非就在进贤寒婆岭?因为寒婆岭过去一直就归我们进贤这个叫白果的地方管辖。我想这个奇巧,难道是冯至《韩波砍柴》的长诗,冥冥中就与其有某种契合?

  再说一下诗中几个不甚明了的句子。如"勉敢柴砍了一生",什么意思呢?"勉敢柴",冯至听到的"母子夜话"是用进贤土话讲的,他没有弄明白,"勉敢柴"即软("碾"音)柴,也就是茅柴;"敢"即稻秆。冯至这里听音的用字,第一个音似字不对,第二个音对字错。再如"眨不饱也穿不暖","眨不饱"的"眨"在这里没有意义,用进贤土话语音则为"恰","恰"音意同"吃"。"不篱炎气多么坏"这句,他完全写错了,此语无解。这也可以看出,冯至离开进贤一年半之后,在京再行修改也没有可以请教的人,对错皆无人知晓。几十年间,诗歌评论者都说冯至的这首诗是土改文学创作的代表。我觉得话可以这么说,但因诗中有不准确的进贤土话,所以没有一人能真正看懂其意义。

  据说文学作品可以安顿人的灵魂,我也相信。但我认为,既然是这样,那么无论文学创作与评论,都应该符合一定时期和地理环境中的事理。不甚明白者所作文,往往不得要领。再说凡事也不必为名者讳。无论怎么有才华的作家或诗人,在不熟悉的环境中写出作品初稿来,一定要请教当地文化人,纠正错误,再行发表。评论亦然。

刊发于2018年9月邹农耕《文笔》杂志

从《瓜子仁》到《江西是个好地方》

2023年5月24日,二塘乡党委书记徐轲廷,带着乡干部徐晓斌主任、县文化局退休干部章文杰和我一行四人,往南昌市拜访了江西省文联退休老干部王宝莉。我们拜访的缘由,就是我在2008年初,再次听县文化馆离休老干部陈文恺说他1950年参加过梅庄区土改工作队,知道当年有北京来的文化干部,好像汪曾祺也在梅庄区参加土改几个月,顺便搞文艺创作;还听说前一年(1949)夏秋剿匪部队中有一位叫矢明的干部,也在梅庄区民间采访民歌民曲,利用《瓜子仁》曲调,后来创作了《江西是个好地方》(收入赣新出内准字号0008088号,2015年5月第一版《进贤民间歌曲集》)。其时,我也正是有二十多年专业工作经历的文博干部,对民间文艺也有比较浓厚的兴趣,听陈文恺老师这么一说,当即跨界跟相关领导报告并提出调查采集资料申报《瓜子仁》省级非遗项目的建议,甚至还提出了进贤梅庄民歌《瓜子仁》两位传唱者名单。我自作多情的故乡文化情怀,自然没有人搭理,以致事情一直被束之高阁。然萦绕本心的愧疚,也一直在我心中隐隐作痛。好事多磨。多年过去,初衷难忘。2023年立夏前后,接连有几次往二塘下乡调查采访的机会,当谈及二塘地方文化资源趣事,我自然提起了从《瓜子仁》到《江西是个好地方》的话题。谁知徐轲廷书记大有兴趣,接连几天四处打听,终于找到了《江西是个好地方》的作者矢明先生至今仍然健在的大人王宝莉。虽然矢明先生早在2008年谢世,但我们也总算找到了一个弄清从《瓜子仁》到《江西是个好地方》创作由来的见证人。所以我们立马赶往江西省文联老干部宿舍拜会王宝莉老师。

怎么从《瓜子仁》到《江西是个好地方》?进贤在这其中到底有些什么故事?看官请听在下分解。

王宝莉老师说:"我和矢明先生是夫妻,两人都爱好文艺。我们属于中国人民解放军43军156师。1949年5月，南昌与进贤都得到解放。7—9月，部队从南昌去进贤梅庄区（先国注：即梅庄街、王家庄、大鹄源、官溪至潭津市）剿匪，马玉飞副师长带队。大我两岁的矢明去了，他是师宣传队队长，驻在梅庄区老街；我是分队长，留在南昌没有去。矢明回到南昌告诉我，说进贤梅庄虽然在1949年5月解放了，但在梅庄区下辖的梅庄街和潭津市两个街圩市场，以及梅庄街至潭津市中间过渡地带的王家庄、大鹄源、官溪老乔木园一线，仍然有土匪活动，而且还很嚣张。一天凌晨，土匪潜入，偷了干部的枪和几枚手榴弹（矢明一把左轮手枪和50发子弹也被偷走）。土匪用一枚手榴弹炸死了我们一名叫邢有权的战士。后来解放军剿匪队驻地那条街，被梅庄区公所称为有权街（先国注：2020年6月，我们县文化局采访梅庄黑芝麻糖制作技艺时，第六代传承人高耀辉说他家"高聚顺"老店就在有权街。1990年城镇改造后友权街消失）。"我再翻阅王宝莉老师的剪报资料，在矢明《采风往事》一文中有："……在短短两个多月中，我们宣传队采集了'瓜子仁'等民歌四十多首，匿藏在梅庄的敌人看到群众一天天接近我们，越来越感到孤立和恐惧，于是就向我们宣传队下毒手，向我们驻地投手榴弹，宣传队青年队员邢有权同志不幸中弹，光荣牺牲在梅庄。……不久，……军区司令员陈奇涵同志对我说：'我们新中国刚刚建立起来，部队战士大部分是北方人，江西这么酷热，你能不能写个戏，编个歌子，对战士进行爱国主义和热爱江西教育，如果我们战士走到哪里就热爱哪里，那也是热爱祖国嘛！'之后，我就以'江西是个好地方'为题，写了一首歌词，为了使这首歌词更有乡土气息，便采用梅庄'瓜子仁'为歌谱，试唱之后效果很好，而且很快就在部队和地方流传开了。后来参加中南军区首届全军文艺会演，我和彭年努、汪波、赵子循、王崇生等一起，又创作了中型演唱歌剧《歌唱江西》。全剧除了主题歌《江西是个好地方》用了《瓜子仁》民间曲调外，还采用了我们在进贤一带采集的民歌和民间乐曲三十余首。会演中获得了优秀节目奖。"

  王宝莉老师对这段历史故事兴致非常高，接着说："至于矢明1949年底至1950年初利用梅庄收集民歌民曲《瓜子仁》创作《江西是个好地方》民歌和《歌唱江西》歌剧的草稿，矢明和我都留下了。我自己今年94岁了，塞在哪里记不清，加上行动非常不便，所以不晓得什么时候可以再发现。"

《江西是个好地方》成为新中国成立以来江西省第一首民歌。《江西是个好地方》和后来江苏《好一朵茉莉花》、湖南《挑担茶叶上北京》、广西《刘三姐》等省区民歌一样，从地方走向全国，都非常有影响力和感召力。况且《江西是个好地方》是新中国成立后最早出台并唱响大江南北的省级民歌，矢明当然感到无上光荣。《江西是个好地方》有一段时间还署名"集体创作"。"文革"后，省文艺工作者还将这个版本改了几次，矢明感到比较遗憾。王宝莉老师对他们的改动也是不高兴的。矢明先生带领的156师宣传队，当年收集进贤地方民歌民曲不少，工作过程中甚至牺牲了战友，付出了惨重的代价，也得以把《瓜子仁》作为《江西是个好地方》曲调的源头。以当时梅庄区下辖潭津（街）市座唱汇为例。当年梅庄区有两处古街，一处是现梅庄镇古街，一处是潭津市古街。座唱汇依赖的就是有市场的古街。潭津座唱会主要以文氏乡民自由演出为主。这个活动究竟起源于何时，早已不得而知，但老一辈包括我父亲文庆檀（壇）及叔父文成章讲，至少不下百年历史。据说坐堂演唱最活跃的时期，在1945年至1966年之间；"文革"中冷落，1983年之后再次恢复。座唱汇，就是潭津文氏有演唱爱好的人们，闲暇时聚集到一起唱歌、拉二胡的一种娱乐活动。潭津文氏座唱，二胡伴奏，演唱与伴奏，虽人数不限，场面比较热闹，但气氛却非常低调，"忧而不怨，哀而不伤"是其境界，也是潭津文氏长久以来安贫乐道的精神寄寓。我们当地人欣赏其音调，感到悠扬悦耳，沁人心脾。

座唱的内容，都是二塘文氏自编或周边地方传入的民歌、小调、灯歌，如《瓜子仁》《一双红绣鞋》《张先生讨学钱》《寡妇叫魂》《十送情郎》《绣花鞋》《檀树扁担

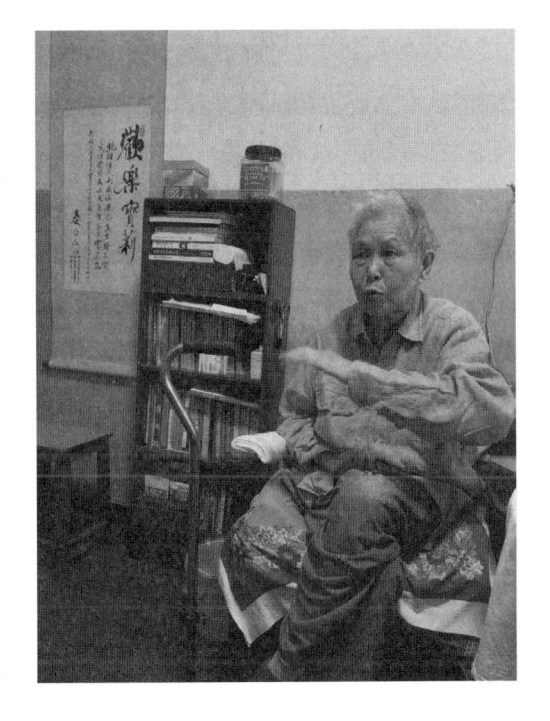

软溜溜》《十二个月采茶》《十月子飘》《想郎歌》《十下鼓》《十只鸽子》《照花台》。这些梅庄区管辖村落的民歌民曲,多数亦被矢明先生《采风往事》说到。后来《江西是个好地方》《歌唱江西》用了《瓜子仁》民间曲调外,还采用了在我们进贤一带采集的民歌和民间乐曲三十余首。这就对了矢明先生创作《江西是个好地方》《歌唱江西》两件作品所利用的音乐元素,都有进贤北部梅庄区域文艺特色。潭津座唱汇,新中国成立后曲目又从《瓜子仁》过渡到《湖南到江西》《挑担茶叶上北京》《茉莉花》等上百首。座唱汇,原先在潭津、厚源及隔河一公里的原余干县枫港乡郭坪文氏(二、四、五、八房)几个村庄都有活动,前二十几年厚源座唱汇消失了。多年一直保留这项活动的,只有潭津文氏。2002年,余干县枫港乡郭坪(先国注:郭坪,清代至1947年归进贤县,1948年划归余干县枫港乡)文氏近八百人移居潭津,他们中也有人加入潭津座唱汇活动,但最近几年消失。二胡伴奏有文新旺(我潭津亲叔文成章女婿、原余干郭坪八房文氏)。文新旺早在1985年前后就采集进贤二塘(包括余干郭坪)文氏民歌,请余干县音乐友人谱曲,还亲自刻钢板油印成民歌词曲小册子(2019年文新旺谢世后由潭津文国强收藏),并流传至今:

一包瓜子三十双,瓜子包在手中装。瓜子真好吃,瓜子真喷香,一包瓜子几十双。想思里咧,嘟里松松,嘟里歪歪。一包瓜子几十双。

以上几句,文新旺为之谱曲后又刻记了以下五段:

一条手巾三尺三,上绣芙蓉配牡丹。芙蓉绣得好,牡丹配得妙,绣条毛巾送情郎。

一面镜子两面光,里面照见外面郎。左照左精神,右照右情郎,照见情郎画眉样。

一根竹子节节高,王母娘娘宴蟠桃。箫在嘴边吹,琵琶手中弹,吹吹弹弹热闹闹。

大院墙上一钵花,情郎哥哥喜欢他。小妹亲手栽,情郎来赏花,惹得情哥来我家。

前面来了位都相公,上穿绫罗下穿红。这位都相公,比不上我情郎,早生贵子状元郎。

一晃三四十年过去。我以为，这份刻印的《瓜子仁》词曲，已成为《瓜子仁》歌曲珍贵的历史资料。从这些热心《瓜子仁》的人士看，足以见证潭津（郭坪）文氏与《瓜子仁》深厚的文化渊源。民歌《瓜子仁》曲调，文新旺自然能拉也会唱，但2020年文新旺不幸病故，没有留下音像资料。

再说收入2015年5月的《进贤民间歌曲集》中的《江西是个好地方·小调瓜子仁》，据说由1949年驻扎在梅庄剿匪的解放军文艺干部改编，并且收入《中国民间歌曲集成·江西卷》，这里没有注明创作者姓名。当时潭津属梅庄区公所管辖，其实《瓜子仁》就是潭津文氏（据说早些年大鹄源、官溪胡氏也有人会唱）创作的民间音乐艺术，所以说《江西是个好地方》这首全国著名的江西民歌的形成，当年梅庄区潭津市文氏是有最初贡献者。出于以上种种原因，2015年12月，我再找厚源文木根唱了一遍，因为我不懂曲调，只能记录唱词如下：

表妹（个哩）呀妹哟，住在大路边，一卖烧酒二卖烟，或舍里来买酒，或舍里来买烟，小小生意要现钱，香死里门啊，弗里松松，弗里松松，阿阿阿嗨依，小小生意要现钱呀。一盘瓜子三呀二十双，双手抱来手中上，瓜子炒得好，瓜子炒得香，时时刻刻生意样，香死里门啊，弗里松松，弗里松松，瓜子虽小生意样。一根竹子节节高，双手抱来老曹操，实在抱得好，实在抱得妙……

文木根唱的《瓜子仁》，与文新旺三四十年前刻印的潭津传唱的内容有较大差别，但我与章文杰听后，都认为他的曲调就是《江西是个好地方》的母本。文木根却说，因为自己多年以唱《长工歌》为主，他唱《瓜子仁》的效果不如《长工歌》，加上《瓜子仁》是潭津文氏原唱，可能有的歌词存在理解上的误差，所以现在《瓜子仁》歌词的记录，不是那么完整准确。文木根还说，厚源夏家村八十多岁的夏仁章能唱完整的《瓜子仁》，不巧的是夏仁章现在长期不在家居住，找他不容易（不久，我在二塘农贸市场找到了夏仁章老先生，可惜他说年事已高记不住了）。另外，据我所了解，住二塘乡潭津村西北七公里外梅庄镇辖区内的老居民中，实在找不到往昔《瓜子仁》的演唱者，不然的话，为什么《进贤民间歌曲集》的《江西是个好地方》条目下只注"小调·瓜子仁——进贤梅庄"而没有演唱者姓名。后来，据聂伟凡先生告知，他在南台乡又调查到了另外一个版本的《瓜子仁》（与文木根忆唱的有所不同），并为之谱曲。关于对

《瓜子仁》的调查研究，后来也没有采取补充措施，因而影响了2006年之后的多次各级非物质文化遗产项目申报；尤其是没有采访和记录到我们潭津《瓜子仁》的演唱者和歌词，以致丧失了"《江西是个好地方》出自进贤县"这项重要的民间艺术知识产权。

  我最后对王宝莉老师提到，诗人冯至在今天进贤捉牛岗北岭乌石坑附近有《韩波砍柴》、汪曾祺在二塘王家庄（汪写作王家梁）至夏家留有短篇小说《迷路》的故事。王宝莉兴奋万分，说矢明先生对冯至、汪曾祺等北京文人在进贤留下的文艺作品情况也很了解。这或许就是当时外来的文化人共同兴趣而产生的缘分。现在我们找到了《江西是个好地方》原创作者矢明先生的夫人——同在江西省文联系统工作了一辈子、94岁仍然耳聪目明的王宝莉老师。王宝莉老师没有到过进贤，更没有到过产生进贤民歌《瓜子仁》的梅庄区潭津市，以及当年土匪活动比较猖獗的大鹄源、官溪乔木林一带地方。

  章文杰对采访王宝莉老师的整个过程作了拍照、录音与录像。这是一份迟延了时机的珍贵的艺术历史资料补充。徐轲廷书记说，当年的潭津乡、今天的二塘乡，即将回归当年梅庄区，即今天梅庄镇。《江西是个好地方》文化源头，就在我们进贤，这是我们无上的光荣与骄傲。我们理应挖掘历史文化资源，梳理光荣传统文化，重唱并整理《瓜子仁》资料，申报江西省级非物质文化遗产项目甚至国家级非遗项目，让进贤人、江西人，都再次传唱《江西是个好地方》，并齐声朗诵毛主席的赞词"江西确实是个好地方"。

刊发于2023年6月邹农耕《文笔》杂志

为公，想方设法求墨宝

1990年秋天，首次进京拜谒我十分敬慕的史树青先生。史先生谦和客气，我跟着他转悠了一两天。在第二天，他利用中午吃完饭的时间，铺纸研墨，用条幅为我书写了他刚刚访问东南亚几国的感悟诗。诗书上佳，看得我眼睛发亮。自此，我始知学人墨迹的珍贵，借机收藏了一些有意思的书画作品。

我在江西省进贤县文物管理所工作已多年，到1995年春，我用十年工夫在地方收集了一些文物，凡看过的专家都说不错，还每每得到一些表扬。对此，县里领导十分重视，并下文兴建博物馆。当时我就想，应设法征集一些人所敬仰的文化人墨迹，以使我们未来的博物馆蓬荜生辉。但征集文化人墨迹很不容易，于是我想到了多年来自己结识的一些北京文化名人。

写馆牌的人选，我首先想到的是启功先生。找启功先生为无名小馆写馆牌，谈何容易。但办法还是有的。我与当代文化大师张中行先生有交往，相信他一定会帮忙。于是，我把意图告诉张先生。果然得张先生满口答应。一个月之内，张中行先生两登"浮光掠影楼"，取回了启功先生为我题写的楷书繁体"进贤博物馆"五个字，秀气的题名并两方规矩大气的印章，用的还是洒金宣纸，真乃非常好。我觉得比北京天安门广场附近启功先生题写的"长安俱乐部"还要漂亮。我在北京张中行先生府上取得启功先生墨宝后，连夜急急忙忙赶到东堂子胡同，示以史树青先生，史先生连连说好。在我的再三请求下，史先生还是用四尺长、一尺宽的宣纸，也为我馆题写了馆牌。离开史先生家时，已是夜深人静的三更。

我一直非常仰慕北京大学。北大学者的书我读过不少。求得北大学者的字，对一个博物馆来说十分有意义。于是我得寸进尺，又向张中行先生求情，向张中行、季羡林、金克木（年龄为序），即人称"未名湖畔三雅士"求字。张中行

先生很快平信寄来"中心藏之,无日忘之"八个行草字句。那潇洒有骨力的书法,带着满纸书卷的芳香,让我即刻提笔,告诉张先生我心中的喜悦。几个月后,张中行先生电话告知我,金克木先生写好也寄来了。但我后来一直没有收到金先生的书法题字。正在有点遗憾失望的当儿,文化大家季羡林先生寄来了"通今博古,追踪张华"八字墨宝,又让我一阵狂喜。金先生墨迹的遗失,或许是大文化人不把自己的东西当回事,也只好随缘,我如此安慰自己。

求得启功、史树青、张中行、季羡林诸大先生书法后,我写信告知北京范用先生,并开出名单请范用先生转告为我们进贤博物馆题字的内容。范用先生马上寄来吴祖光"指点江山"斗方,其他我开列名单大多被删去,说他们很多人的字不好,我当然尊重范用先生的意见。范用先生以自己不写毛笔字为由而推脱,自然是我莫大的遗憾。

吴小如先生与邓云乡先生学问好,文章潇洒,书法也很好。我与二位先生也由文字交谊。我曾把自己读他们书的评论文章,分别发表在《北京日报》《新民晚报》《书评》等知名报刊上,且多次通函请益,还曾到邓云乡先生府上拜谒,与之有过如沐春风的对谈。我看他们赐予的墨宝,都很有意思。吴小如先生"白屋可能无孺子,黄堂不是欠陈蕃"的书法对句,正好是对进贤古代名士的一个形容。徐孺子的老家,就在今天进贤的徐桥,那儿有明代知县周光祖过徐桥"口占"之"高士墓",历史上进贤与南昌统称豫章,所以进贤人也就是南昌人。我们当然珍惜这样与进贤相关的名家书法作品。邓云乡的文章在读书界、学术界有口皆碑，其"枕上得句"赠进贤的诗文书法作品，被珍藏在县级博物馆，是很能增光添彩的。

除此，我广求京沪宁杭名家墨迹，没有交往的大多没有成功。值得欣慰的是，多少还是求得了一些。现在我还在求，目标是年在八十以上的老一辈学人，非此不取。最堪欣喜的，是一幅在两天时间内，史树青先生连看三遍并啧啧称羡的、张中行先生撰句并行楷书写的十一字九尺长联：

进吾往也青史标名文信国；

贤思齐焉碧湖遁迹戴叔伦。

对联用孔子《论语》两个短句，嵌与进贤相关的文天祥（先国注：嵌本家先贤戏为）和戴叔伦人名，富有进取精神及生活情趣。因长联全然个人色彩，没有在上款写入进贤博物馆，所以不属"为公"之列。但我当年表示如县里要开发军山湖旅游景区，可以作为景区大门之点缀。然无果作罢。

季羡林先生说"大师无可超越"。信然。一个时代有一个时代的大师，他们都无可超越。我们中国现有文博单位两千多个馆（所），在各自传承中国博大精深的博物馆建馆过程中，都要尽到自己的心力。我想，"为公，想方设法求墨宝"，是为善举也。

刊发于2002年10月2日北京《中国文物报》

一根收藏的标杆

报刊上说，中国目前有几千万收藏大军。这当然是非常热闹的事情。然依我看，之所以非常热闹，是因为这事情本身非常有趣。但是，有趣的收藏家是非常稀缺的，石谷风先生是一个，他竖起了一根收藏的标杆。

知道石谷风先生的人，收藏界不一定很多。石谷风可是为安徽省博物馆甚至安徽省的文博事业作出了重大贡献的人物。石谷风对中国文房四宝的研究，国内少有比肩者。史树青先生在石谷风《古风堂艺谈》专著前有诗书题赞，比石谷风为清代包世臣。读其著，信然。

石谷风年八十有八，是大艺术家黄宾虹入室弟子中跟随时间最长的健在学者、艺术家、鉴赏家、收藏家。他的文章、书法、绘画、鉴定、收藏及其为人，我都领教过，非常敬佩。石谷风二十岁左右时，临摹宫廷古画，几可乱真。

黄宾虹六十年前，为石谷风题写了"晋魏隋唐残墨"，作为石谷风此类专项收藏的书名，于1992年由安徽美术出版社用中、日文对照介绍出版。这可算是一本奇书，几可等同图书文献类文物。《晋魏隋唐残墨》收录石谷风收藏的古代墨迹残纸凡八十余片（张），由黄宾虹早年介绍其收藏。六十多年间，石谷风在与黄宾虹研究的基础上，用了不知多少心力研究这批残墨，且后来分别示以启功、谢稚柳、杨仁恺、唐云等当代诸大学者大鉴赏家，无不称奇。启功先生也以收藏唐代之前残墨为幸，1976年冬得观石谷风的收藏，则盛叹"斯册富于敝箧之物十倍"。尤为可贵的是，针对石谷风收藏的西晋残墨数片，启功先生恭笔小行楷题曰："此西晋写本也。笔势重拙，弥见古朴。然由拙而巧，由疏而密，乃艺术发展之规律。故此格后不复见。"西晋残墨，在中国国内乃至世界各大博物馆内，也是十分稀罕之珍宝。古代片纸，即便是宋元残纸，在今天也堪可宝而珍之。何况石谷风的"晋魏隋唐残墨"收藏，怎能不是人间收藏奇迹？启功先生在石谷风这批珍贵残墨收藏中,赞叹题跋多处,他感觉是大福故而欣然为之。国内享此尊荣者,当属仅有。为唐初残墨,启功先生拜观,题跋谈及此墨迹在宋代曾刻四十行,见到当然非常兴奋。唐云先生观后,也十分认真题字。此残墨与专家鉴定隋《出师颂》书法笔墨,异曲同工。我们仿佛可以捕捉时光流逝在中国书法史上的些许信息。这残墨除启功先生一方印章及唐云先生三方印章,还有五方石谷风先生印章,共九方,可见其珍爱之程度。

对书法史来说,这段时期非常重要。石谷风收藏的残墨,较全面地反映了这段时期中国民间文字书写的风貌,隶楷行草齐全;残墨的用纸及设色,也是鉴定那时期同类遗迹的标准参照物。我记得多次听史树青先生说,宋元之前纸张,国内博物馆皆"片纸亦宝"。我们也知道,近几年中国民间及海外回流的古代墨迹,其拍卖价多在一两千万人民币。石谷风的晋魏隋唐残墨,远的如右图中的西晋残墨,比之前几年故宫用2200万人民币拍回的隋代《出师颂》更早,其价值可想而知。石谷风可从不以经济价值去研究自己收藏的纸张经卷文物珍宝。他以一朝之收藏,几十年的研究,来呵护国宝,传承文明,丝毫没有想要弄到多少钱。然而他国对这些文物的重视程度,远过于中国本土。这是值得我们引为思虑的。日本人在民国时期掠夺了大批中国历史

文化财富，其中包括敦煌写本经卷文献等纸本文物。日本人相当重视中国经卷文献书法的研究，石谷风先生收藏的《晋魏隋唐残墨》影印本，设色接近敦煌莫高窟藏经洞中发现的早期流向海外的同类文物，加上是书印制精良，自然是鉴定此类文物参照物。所以日本人看重是书也是有道理的。

还有残墨书法自身的意义。制版接近真迹的残墨印刷品，表现了中国书法由隶向楷的过渡，证实了残墨真迹可能是最早的墨迹之一，对研究中国书法史尤为重要。我们今天的书法家，无论他是多大的"师"，见此残墨，恐要汗颜。万变不离其宗，我们书法溯源，此一段还是老老实实踏入为好。我想，石谷风为什么低调？他尽管是黄宾虹的高足，有如此收藏，能不潜心研究几十年吗？我们很多人也常说陶冶情操，这大概就是吧。想想石谷风的收藏，石谷风为收藏所作的研究，石谷风因此所有的收藏心态，相对这样一位标杆人物，我们的收藏家、鉴赏家、书法家，是否欠缺点什么？

刊发于2006年3月15日北京《中国文物报》

校编书感悟（三篇）

2017年以来，我接连校编了几本书。在书的校编过程中或出版后，会有点兴奋。有时忍不住也会欣然命笔，故而分别作校编书感悟三篇如下：

一、元青花研究的重大突破
——读黄云鹏《元青花探究与工艺再现》

日前，接到黄云鹏先生从景德镇带来的由中国古陶瓷鉴定泰斗耿宝昌题写书名并作序的《元青花探究与工艺再现》一书，顿时让我兴奋万分，并当即放下手头同时进行的两篇文章的写作，飞快地拜读并欣赏起这本江西美术出版社新出的大著来。黄云鹏先生是我的老师，也可谓多年亦师亦友。又因为我是这本书稿写作过程中最早的三个阅读者和校稿人之一，所以在两天沉浸是书的欣喜后，我又翻检出9年前也是耿宝昌先生题写书名与作序的黄云鹏《黄窑说瓷》，比照着再次阅读，确实感慨良多，忍不住有几句话想说。

我非常清楚，黄云鹏先生1966年从著名的景德镇陶瓷学院美术系毕业，即被分配到景德镇陶瓷馆从事古陶瓷研究工作。学陶瓷美术出身，又在中国唯一的千年瓷都景德镇从事古陶瓷的研究和陶瓷绘画工作，且一条路走到底，这为他取得专业成就所做的铺垫，应该是丰富而厚实的。黄云鹏在景德镇陶瓷馆工作的28年间，就已经对景德镇市区的五代、宋、元、明、清各个朝代的陶瓷窑址进行过尢数次的踏访、调查、勘探，收集古陶瓷标本，描摹器物纹样，尤其是对景德镇元青花瓷颇具典型性的陶瓷器物进行物理、化学的科学测试，用功极勤。可以说，对元青花瓷研究和仿古的基础工作，他都做得非常扎实，所以对景德镇古陶瓷的历史断代、鉴定、工艺等，他更是古陶瓷业界罕有的熟悉。

翻开《元青花探究与工艺再现》书稿，一章一章又一节一节的"元青花窑址综述""元青花瓷从产生、成熟至艺术巅峰之探究""元青花工艺再现""元青花的胎""元青花的釉""元青花瓷的青花料""元青花的成型方法""元青花的施釉方法""元青花的装烧工艺""元代龙窑与元青花瓷的烧成制度""元青花的器型特征与丰富的器型品种""元青花装饰纹样的特色"及"元青花瓷的仿制"共十三个章节几百段文字，从景德镇元青花的窑址、产生、成熟讲到它走上艺术巅峰，特别是元青花工艺及其仿制等方面，无一遗漏，洋洋洒洒凡十余万言，又配上几百幅有出处、门类齐全、有研究说明的元青花完整器物和标本照片，可谓图、照、表并茂，清晰、明朗、直观，与文字的条分缕析相得益彰，真是前所未见。依我看，这样的书稿，既有景德镇元青花工艺、鉴定、研究等全方位的科学价值，又有中国陶瓷史内容补充的学术价值，抑或还有古陶瓷图书收藏的艺术欣赏价值。为什么这样说？因为我翻阅1982年9月由中国硅酸盐学会主编、文物出版社出版的《中国陶瓷史》"元代的陶瓷"部分，感到明显比较薄弱。其实，元代已经完全确立了景德镇青花瓷在中国陶瓷史上的特殊地位，只是该书的编写组，缺少像黄云鹏这样的景德镇陶瓷专家参与，所掌握的资料不够齐全，更缺少元代景德镇青花瓷窑址调查和文物采集等基础工作。1982年至1983年，在国家文物局扬州培训中心的文物鉴定班上，黄云鹏讲授元青花瓷的鉴定，用的就是他在景德镇元代窑址调查和进行文物及文献资料相印证研究的那28年间的初步成果。那时候，国内明清陶瓷鉴定界就已经很欣赏黄云鹏的景德镇元青花瓷研究成果了。更何况这之后，他的调查从景德镇市区比较有限的元青花瓷窑址，延伸到周边县市上百座窑址；在考古调查中收集到的元青花瓷器物和标本在原有基础上，也成百倍地增多。他还利用诸多考古出土文物资料，对照前人研究成果，结合自己多年在元青花瓷的仿古制作，包括原料配制、釉料配制、器物成型、施釉工艺、装烧匣钵等方面经验，反复比对；甚至在过去考古资料比较欠缺的情况下，阐述元青花瓷外观特征和对元青花瓷鉴定从工艺的角度来进行透视，这是前人从来没有的。

所以说，黄云鹏是国内第一个补上了元青花瓷研究、鉴定、仿古这一课的一线专家。在这样一个长久、艰辛的探索过程中，其所成《元青花探究与工艺再现》大著，当然会是古陶瓷科学一个崭新的研究成果。我觉得，《元青花探究与工艺再现》将对今后中国陶瓷史的改写，提供大量有科学依据的第一手资料。这对于整个中国古陶瓷界，真是一个不小的贡献。黄云鹏先生是当代中国古陶瓷界特别是景德镇元青花瓷的鉴定、仿古大师，后来居上，其成就不是谁几句话能概述清楚的。我想，业内人士或爱好者读到这本书当能受益。

写作于2018年5月29日

二、《廉行天下》的价值

《廉行天下——近当代著名学者墨迹选》，开宗明义，体现出我们进贤县文化产业协会策划、选编、出品这本所谓内部发行资料的初衷。编书之前，邹农耕先生花费15个月时间，通过多位学界朋友，从国内部分档案馆、图书馆、美术馆、博物馆四馆及一些著名私人藏家手中，征集了近当代几十位文化人墨迹书写的有关为人处世、以"廉"为内容的警句。我们不是照搬别人编书的模式，所以成书非常不容易。这种体例的书，目前好像也不多见。那么，它的价值究竟在哪里呢？我们在编辑成书时，以为可作如下扼要归纳。

首先是学者墨迹的内容价值。学者，就是人类社会发展过程中有文化、有思想的人物。这样的人写出来的东西，当然是人类社会一定时期的精神文化产品。而凡是有思想、有感情的文字就有价值。何况我们选录的这些学者墨迹，都是近百年来在社会、政治、思想、文化方面有影响的人物的作品，不少还有其独特的思想文化价值。如梁启超的"身无半亩心忧天下，读破万卷神交古人"对联，不仅思想积极明朗，值得回味，而且书法精湛，堪可卧游。王国维书左宗棠诗句"择高处立就平处坐向宽处行，发上等愿结中等缘享下等福"形成的一副对联，用人类社会朴素的思想感情，刻画出深刻的哲学道理。这样的句子，用于指导我们的生活，似乎什么时候都不会过时。于右任基于自己的思想，自己书写"计利当计天下利，求名应求万世名""贤人处世能三省，君子立身有九思"两副对联，你看多符合当今社会呼唤的贤人君子处世立身应有的精神走向，直接拿来为我所用又是多么地恰如其分。隐居南昌的大艺术家陶博吾先生，所书诗联，一律自撰蕴涵且铮铮铁骨，如"敢辨是非护正气，不随尘俗真丈夫"，极具正大气象。

其次是学者墨迹的书法价值。搭上墨迹内容而言，谢无量评价清莫友芝集汉碑之"种德收福永享年寿，敦诗悦礼动履规绳"句比较出彩，既是诗化了的联，又是联刻画成的景，加上淡泊的书法形式，真真可谓艺术之佳构，赏心悦目。古临川今进贤之晚清进士李瑞清，墨迹笔法多承汉魏碑刻。他不仅书道精湛，而且更是中国近代高等学校艺术教育的开路先锋，其一副以《石门铭》笔法为之的对联"置身秦汉而上，所居廉让之间"，既符合我们选编的主题思想，又很能体现李瑞清书法艺术的特点。尤其是我们进贤人读着欣赏着，或许更是别有一番趣味。当代大学者王蘧常先生，学问书法双佳，在日本书界被人赞誉"古有王羲之，今有王蘧常"。王先生87岁（1987年）语出汉《祀三公山》集字"以礼治国，惟德就官"章草法篆字对联，书写隐妙趣，内容又合当下的治国理政思想，莫非他这神奇人物早有先见之明？恰巧蘧老先生这神灵之笔，前些年已经捐赠给邹农耕先生创建并开放三年的文港中国毛笔文化博物馆，亦可谓笔书奇缘。

最后是学者墨迹的当世价值。语出明杨继盛的联句并由林散之草书之"铁肩担道义，辣手著文章"，是否可以让我们现代的社会精英，在欣赏书艺的轻松气氛中，增强文化自信、升华思想意识、稳固政治抱负？我看就有这个教化之功。现代教育家陶行知"捧着一颗心来，不带半根草去"的高尚情操和当代哲学高标的张岱年书北宋张载"为天地立心，为生民立命，为往圣继绝学，为万世开太平"的高贵情怀，翻版了中国古代士大夫"修、齐、治、平"的思想信念，也完全可以作为我们今天知识分子或者干部的精神信条。胡适的"善学者，假人之长补其短"和"做学问要在不疑处有疑，待人要在有疑处不疑"，简直就是我们今天为学待人方面的精神法宝。学者墨迹不一样的艺文价值意义，在阅读与欣赏过程中自有体现，推想也是现代社会生活中的人之常情。

过去好像总有一种偏见，意即内部发行资料价值不大。其实不然。就我们这《廉行天下——近当代著名学者墨迹选》而言，我相信，以上几个方面之价值,都咬住一个"廉"字。这种图书的出版,正因为有邹农耕先生这样的雅士意趣,大致也不会偏离政治意识与艺术表达的方向。

写作于2018年10月19日

三、《陈志喆诗稿》重刊后记

《陈志喆诗稿》影印刊行,可谓进贤文化史上的一个善举。

陈志喆是进贤县架桥镇艾溪陈家人。清光绪十二年(1886)科考中第二甲第31名进士,曾任四川江油、广东博罗等地知县,晚年回归乡里还首任江西省通志局长。陈志喆在其老家留有全国重点文物保护单位羽琒山馆(分别有屋曰诒经室、宝俭庐、还读楼、磨砚山房、恋春阁,另有东南木质门楼及东前侧小石门楼各一,长方形涵春池一口)。《陈志喆诗稿》包括《蜀游草》与《粤游草》两个部分,另有今人序文两篇。《蜀游草》与《粤游草》为陈志喆在四川江油、广东博罗等地知县任上的诗作,其中《蜀游草》74页,《粤游草》39页。共计113页,陈志喆另有《磨砚山房丛稿》等著作,皆佚失,这里不表。

我们现在刊印《陈志喆诗稿》,就是为了更好地配合全国重点文物保护单位羽琒山馆的研究与保护,也是讲好中国故事的一个积极举措。例如,我们读《蜀游草》,就可以看到一个活生生的陈志喆。他逆水行舟,去四川为官的路上,即走即写,见景抒情,有登东山寺览胜、看梯田奇绝、逢峡谷险峻、于屈原三闾庙抒怀、叹蜀道之艰、感巴东胜迹、观巫山云雨、仰望白帝城、游赏瞿塘夔门,一路慨叹不已;又有万里他乡,故知盛情招饮;还有蜀地特产,万寿宫感言,拜谒丞相祠堂……他不时为川西风光读画作诗,还每每和友人诗作,不胜枚举。甚至我还联想起他在览胜途中,见"楼庭有双桂,数百年物也",深为感慨,日后活学活用,丁进邑府邸还读楼西墙外、涵春池东一狭长地块,辟为桂花林。《粤游草》诗稿比前稿少了许多,但有意思的诗篇却不少。陈志喆在《游花埭》中说:"花田十里似扬州,珠海年年选胜游。镇日笙歌江上舫,深宵灯火酒家楼。生来蛋女随烟水,教得鹦哥学粤讴。自是承平无事日,销金窝里不知愁。"他看到的是一种什么样的生活情状!《十一月十二日捧檄抵粤》诗中,想起戊子光绪十四年之事,"三年重到五羊城,一落风尘百感生……独向越王台上看,万家烟火海天情"。他常常住在江西会馆里。陈志喆确实像个诗人,走到哪里都访古探幽,尤其对苏东坡,更是情有独钟。在《峡山寺》里,他对苏东坡入粤品为第一的玉井泉欣赏不已。在英德,"我观坡老记仇池,拜丈呼兄信有之",这就是对苏东坡谓之仇池石的英石坚信不疑。在惠州,他又有"坡老初来住惠州,城隅尚有合江楼。谪居南粤觚棱远,随处西湖笠屐留"之句,感慨苏东坡所至颖州、杭州、惠州几处,皆留有西湖,这仿佛是慕东坡才华,又仰苏氏业绩。罗浮山、琼州之行,简直就是浮想联翩,才思泉涌,云雾山川,美不胜收,是诗是画,不得而知,我觉得对今天粤地开发旅游,无不大有裨益。总之,一本过去的《陈志喆诗稿》,可赏可读亦可研,不一而足。

　　进贤县有全国重点文物保护单位三处,中国传统村落九处,省、市(县)各级文物保护单位数量与等级皆处于江西省上游水平。这诸多物质文化遗产的存在,同时也承载着相应的非物质文化遗产和历史、人文、社会文化信息,如李渡烧酒作坊遗址承载的李渡烧酒酿造技艺,七里陈氏牌坊承载的明代进贤陈氏文化家族的大量历史文化资料,文港的周坊、前塘、曾湾等三个毛笔村落承载的文港毛笔制作技艺,三里雷家花屋承载的江南"样式雷"建筑技艺,等等,都非常值得研究。这些文化遗产的价值意义就是保护的前提。艾溪陈家没有以上文物承载的价值,但陈志喆诗稿是进贤县最高等级文物中唯一的旧时进士诗稿。现在刊印,既是为我们提供学习研究的样本,也是对这处全国重点文物保护单位保护的充实。我们希望通过这次刊印,在县内起一个示范带头作用,以便引领进贤的文化遗产研究与保护。

　　八九十年前刊行的陈志喆《蜀游草》与《粤游草》版本,在我县乃至省内都早已不复存在。好在进贤有家国情怀的余辉博士,于2015年在北京国家图书馆善本资料库中发现这两册诗稿,经多方周折,影印制版,让《陈志喆诗稿》能够有机会结集;中共进贤县架桥镇党委书记杨跃辉出于对家乡文化的深情,谨序并鼎力资助重新刊印。这些人和事,可谓功莫大焉,都是应该一并铭记的。

写作于2020年10月19日

上编　凭栏临窗

繁星照耀下的王炳根

——《玫瑰的盛开与凋谢——冰心与吴文藻（一九五一——一九九九年）》阅读片段感慨

　　王炳根先生，江西进贤人，我的老乡。我们有差不多的经历：我们年龄相仿，都出身于贫寒的农村，都在"文革"中少年失学即当农民，还先后都在中国人民解放军福州军区服兵役，到部队后甚至还都同样靠读书、拿笔杆子充实人生。我们过去并未曾谋面，但我在十多年前即闻王炳根大名。直至2018年元旦后一日，我才在王炳根出生的进贤县架桥镇庵里村老屋与他相见。

　　久仰久仰，幸会幸会。我当然知道王炳根的生活轨迹、道德文章。一番寒暄后，王炳根拿出一套上下两册青砖一样厚重的《玫瑰的盛开与凋谢——冰心与吴文藻（一九五一——一九九九年）》的台版精装书，当即签名赠送于我。手捧这套沉甸甸的台湾繁体字版新书，顿时让我感到既是一种幸运，也像有一份责任。这是一套大书、奇书、好书。在王炳根家吃过中饭回家的当天晚上，我即计划着用一个月左右的时间，挑灯夜战，每晚10点后用两小时坐在床上阅读五万字，完成这项如同攀登文化山峰一样的艰巨任务。在得书后正好一个月时，我读完了这140万字的鸿篇巨制，令我兴奋万分。在读书过程中，我不断地向王炳根微信报告读其书的进度和心得。这种做法，也是在我几十年的文学阅读中从未有过的兴味。

　　记得20年前，南京评选十大文化符号，其中就有一份《扬子晚报》赫然当选。《扬子晚报》为什么能被评为南京的一个文化符号？我认为就因为那报纸上几乎每天都有以冰心最早的诗集作品《繁星》而开创的一个《繁星》副刊。副刊名"繁星"二字，即由冰心先生题写。《繁星》副刊也不负冰心先生所愿，其版面上的诸多小文章，酷似浩瀚的天空中闪烁的繁星，照亮江南大地南京人、江苏人心灵上的夜空。我们外地读者，也是受益者。还有，1972年，王炳根在部队当兵期间，是第一个被福州军区推荐上南京大学中文系的，他系统地学习了中国现当代文学理论，阅读了大量古今中外的文学名著，当然也是这个被转化了的"繁星"的受益者。王炳根转业到福建省作协任专业作家后，正好在新文学运动启蒙主要人物之一的冰心先生的故乡福州，又继续被中国新文学运动中冒出的冰心这颗明星照耀和感染，让他在新时代的文学这个领域里，如鱼得水，跳跃奔腾。

《玫瑰的盛开与凋谢——冰心与吴文藻（一九五一—一九九九年）》，就是这样一部现代文学与社会学研究的鸿篇巨制，有着传记文学里程碑式的意义。由此想起曾经几番住在北京的文博大楼，每次都会借机去附近的中国现代文学馆，在以鲁迅先生为首的一大批20世纪文学大师的文字介绍和他们生前生活用过的物品前徘徊展望，并且会情不自禁地在巴金手印的门把上，摸了又摸。我想，尤其是鲁迅、郭沫若、茅盾、巴金、老舍、曹禺、冰心这七颗星，不就是闪烁在中国现代文学星空中最耀眼的星星么！而冰心这唯一的女性，格外抢眼，作为其中最能体现"爱"字的一个代表，自然而然地以自己的作品《繁星》反映着这一百年的历史。真是了不起啊。所以我想，王炳根从最先入南京大学中文系和《扬子晚报·繁星》始，经长乐的谢氏祖籍地和福州三坊七巷的冰心旧居的出走，以至后来的北京大学冰心寓所和中国现代文学馆的中国现代文学精神的全面安顿，一步一个脚印地探索，不就是一路的繁星照耀吗？我们热爱文学的人，即便有诸多明星的照耀，而往往也会对其中的某一颗别样钟情。王炳根对于冰心，就是这样。

在这部巨著开篇的"引子"里，王炳根在2008年初夏的某个晌午，漫不经心地翻看一位叫凯利的牧师1900年拍摄的发生在北京的义和团事件的照片集的时候，思想受到极大的触动，决心在原先已出版过几个版本的冰心传记的基础上，重新再来，写出一本像样一些的冰心与吴文藻的合传来。他要探究一个与世纪同来的女子和一介书生，是如何在漫漫长夜里，盛开出灿烂而优雅的花朵来的。这个探究，即王炳根这项巨大工程的开始。

王炳根要探寻冰心的足迹,于是他走呀走呀。他根据冰心的自我表述,首先来到冰心出生的福州三坊七巷,探访调查冰心最初的住屋。王炳根在三坊七巷的重要收获,是发现在冰心出生前后的近百年时间内,先后从三坊七巷走出去了几十位响当当的人物。他还发现,如林则徐、沈葆桢、林纾、严复、郑孝胥、胡也频、邓拓等这些高官巨贾、伟人壮士、文化名人,不都是留在福州本地未曾名扬四海,非得要闯出去才成气候的吗?冰心不也恰恰合上了这样一条共性的规律?所以王炳根对于冰心足迹的探寻,必须跟着冰心脚印前行。刚刚到这一步,我马上联想到了北京中国现代文学馆,为什么大门门把要用巴金的手印?原来巴金手印和冰心脚印,都是"真"和"爱"的寄寓。近现代中国史上,仅仅一个三坊七巷,就有这么多人物,王炳根能追寻研究得了吗?他在仰望中国现代文学星空的过程中,把重点放在对冰心这颗巨星的追寻上是对的。

　　接下来,王炳根又从冰心父亲谢葆璋的巡洋舰开始,探索这艘中国最早的海军舰艇上的诸多秘密。从福州到上海,再到烟台,探究冰心童年生活的阅历和训练,以及少年之前所读过的书。从书中所例举的冰心在十一岁之前所读的书看,这个探索过程十分艰难。因为被写入书中的冰心童年的记忆只有很小一部分,更何况冰心对自己童年那种颠沛流离生活的实质没有多少深层认识,王炳根不仅仅要依靠《冰心自述》和对冰心个人的探访,也要借助其时中国社会生活方方面面的文献资料,去进行考古式梳理。所以在这个写作过程中,所引用文献的注释也异常繁复。我以为,这探索本身就非常艰难。但如果王炳根不对冰心童年生活下这般功夫去探究,后来叙述冰心性格和思想的形成,就不会那么科学。我觉得这一点,王炳根为冰心、吴文藻立传方面,就国内目前我所读到的名人传记讲,是比较有典型性的。

　　王炳根的冰心、吴文藻

合传，采取既掺杂渗透又互通有无的方式写作。这种写作方式往往令写作者纷繁绪乱，难以把控。王炳根又似写得不那么艰辛，而且好像还有本事在史料的海洋里，信手拈来，得心应手。在本书第二章《扬子江至京城》里，王炳根就转入到吴文藻了。比冰心小一岁的吴文藻，家世自然比不上冰心。但出生于江阴一个小商人家庭的吴文藻，却也一步一步，从这里走向了京城的清华。按理说，要弄清吴文藻这样一个普通人家学子的身世，会比研究冰心更多一分曲折。尽管研究吴文藻的资料不算多，但王炳根还是有办法。他跑到吴文藻的故乡江阴，拜访当地文史研究者，不仅查找江阴的古今县志、吴氏家谱，以及当地有关吴文藻的研究资料，取得对吴文藻研究直接或间接信息，而且还利用这些家乡资料，考察吴文藻到清华大学后的求学过程和人格修养，以及他是如何很快形成他自己的社会学思想的缘由。王炳根在这一章的叙述中，表现了一个当代作家对100年前中国进步知识分子价值观念分析的前瞻性理解，非常难能可贵。

在这种情况下，王炳根又笔锋一转，以一篇《一个女大学生的"五四"》，讲述冰心于1918年9月进入北京女子协和大学校门后，并没有把志向放在医学，而是放在了开放的文坛中。这一步，揭开了冰心生活中绚丽的一页，引导着冰心在8个月后的1919年5月，被卷入这场空前壮阔的激流中，并在新文学从"五四"酝酿的前夜找到了自己的位置。从这一步开始，王炳根步步跟进，他通过《女性解放与〈妇女〉杂志》《燕大精神与〈燕大季刊〉》《青春与〈生命〉》《文学研究与〈小说月报〉》《泰戈尔与〈繁星〉〈春水〉》《静美中的〈惆怅〉》等诸多章节，比较系统地考证和分析了冰心在新文化运动中所下的苦功和大量创作成果，并对冰心在新文化运动中所产生的影响和贡献作出自己的定义。如他认为冰心在大学毕业那一年结集出版的小说散文集《超人》、诗集《繁星》《春水》，是其对"五四新文化的贡献"。我觉得这一点他敢于发人之所不能发，也十分恰当。王炳根在冰心最后的挽词中说"冰心是中国现代散文之母，就因为他和鲁迅、周作人、郁达夫一起，共同缔造了中国现代散文的第一座丰碑"。还说冰心新文学观念的发声与主张，空谷足音，后无来者。我们知道，"五四"新文学运动中，有影响的人物成群。他之所以说冰心与鲁迅、周作人、胡适同样为中国现代文学奠基人,而巴金、老舍、沈从文、茅盾、曹禺、丁玲等只能属第二代,不是随意说说的。王炳根在第三章中有相当丰富的事例分析。我对冰心文学的理解,远远没有到王炳根这一步,而仅仅就这第三章,就足以让我信服。我文题上说到繁星照耀王炳根,读王炳根的这部书,我何尝又不是受繁星照耀呢?

由此我想,无论哪一位有成作家,都有其自我地域文化的生成性,当然一般作家也都能合上这个普遍存在意义的规律。莫言、陈忠实、贾平凹,分别生活在山东与陕西,他们的写作具有世界性文化意义,取材却全然是山东高密和秦地人与事的影子。迟子建生长在中国最北面的村庄,尽管后来生活环境变成了哈尔滨和北京等城市,但她本人多次说到自己的写作还是难以脱离早年那北国边陲小村落生活印象的给予。余华说他生在浙北那块地方,他就一定是他那样的人。与余华有着差不多地缘关系的麦家,无形中也表露过同样的认知和观点。刘醒龙则总结出:"写作到现在,我发现了一个秘密,天下所有的作家,其写作无不源自故乡,哪怕他离开故乡千万里,他的起源依然是故乡。"当然还有很多特色明显的作家,概莫例外。王炳根是江西进贤人,在家乡也生活了18年。虽然他成了一名有成就的作家,但其写作并没有多少家乡文化因素。这也是他回到家乡与我们地方文友说到的"一分欠缺"。据说福建就有人问:为什么最好的冰心研究成果的学者作家,不是出自福州或长乐,而是外乡人王炳根?你说为什么呢?就因为王炳根离开家乡在福州生活了多年,福州成了他的第二故乡,福州又有个名流辈出的三坊七巷,三坊七巷又出了一颗文学巨星冰心,冰心还特别照耀着王炳根。这么一来,研究冰心且最有成就的人自然也就非王炳根莫属了。成就这项事业,不仅仅要有才华和勤奋,而确实也要有情愫和缘分。"君自故乡来,应知故乡事"啊!王炳根不仅用心于冰心,而且把福州的事情搞得那么清楚,我想难怪冰心几次给王炳根题词的落款,都是"乡亲王炳根",大概就是这层意思吧。王炳根也曾经当着我的面,反复说到自己没有为家乡留下文字的遗憾。然我觉得这大可不必。因为冰心这颗中国现代文学星空中的巨星,给予了王炳根最大的光芒,作为一个冥冥中就要诞生的作家,他当然要回报。更何况他的家乡进贤,在历史上就没有产生过这样一颗闪烁着世界意义光芒的巨星。王炳根于第二故乡福州,历时几十年,创造出这样的奇迹,又何尝不与莫言、陈忠实、贾平凹、迟子建、余华、麦家、刘醒龙等人所理解的文化(文学)情愫如出一辙呢!

冰心是大爱的象征,但她自然也有着单独的自我的爱。关于冰心与吴文藻的爱情,在这本书第四章第十一至第十二小节里的描写里,可谓最能令人深思。冰心在美国康奈尔大学补习法语期间,和吴文藻打下了爱情基础。王炳根为了探究他们爱情的奥妙,自己也在2010年秋天,"带领冰心文学馆的一行人马,专程来到康奈尔大学",寻访冰心旧迹。王炳根在这里亲自体悟当年冰心和吴文藻于美丽的康奈尔卡尤加湖边,从冰心当年对那校园中的泉水、层石、树枝、月光、燕子等的描写中,揣摩出吴文藻与冰心恋爱过程中的一举一动,和心中躁动爱意的表现。同样在卡尤加,他还研究了另外一对恋人,那就是梁思成与林徽因。他甚至由此可以深究冰心、吴文藻与梁思成、林徽因两对爱侣爱情关系的某种"深邃温柔"的"洗涤冲荡"。王炳根写爱情,在卡尤加的联想,高明得体。所以他的感慨,就是翻检出的冰心、吴文藻当年在那儿的留影。我也从这里忽发奇想:世界上任何有才华的作家,他们写作的动力,很大一部分,都要有自我体验到的所谓的爱情做支撑。那一刻,或许就是王炳根也联想到当年自我的感受,把自己与夫人的爱情,带到了异域的现场。所以繁星照耀,不分东西,爱情何尝可以空穴来风?不是吗?王炳根从冰心留学美国读研究生时,讲冰心在校把有相当难度的李清照的诗作为自己攻克难关的一个点。例如,王炳根把李清照《声声慢》的"寻寻觅觅,冷冷清清,凄凄惨惨戚戚。乍暖还寒时候,最难将息。三杯两盏淡酒,怎敌他晚来风急?雁过也,正伤心,却是旧时相识……"与冰心的英文翻译和冰心自己写作的《繁星》《春水》作比较,回顾冰心、吴文藻他们在湖边划船和雪地上行走后,冰心一举写出了"躲开相思,披上裘儿,走出灯明人静的屋子。小径里明月相窥,枯枝——在雪地上,又纵横的写遍了相思"的《相思》。如此环境里,怎能并不由此拿李清照、赵明诚与冰心、吴文藻古今两对夫妇诗人作一番爱情的对比?我想,如果王炳根自己没有相类似的爱情,他能刻画得出这爱情形成的缘由吗?当然,我不知道连王炳根自己也不能完全弄明白的吴文藻那一回的《求婚书》,是否可以和林觉民的《与妻书》并列，更不知王炳根自己的爱情，也是否真的如我由读书而意会到的那般。

　　冰心的作品《繁星》，在她很年轻的时候就写成了。而也差不多同时，冰心成了文学浩瀚星空中的一颗闪烁的明星，照耀着包括王炳根在内许多文学后来人，这是真的。然因为王炳根这部研究冰心的文学巨著确实容量太大，我这里只能表达阅读是书的片段感慨。但我还是坚信王炳根的这部巨著可以像《繁星》一样，在历史的星河中闪烁。王炳根似用他自己的方式，对准浩瀚星空中冰心这颗巨星，引导着我们向其仰望。其实，这也是王炳根创造的一个奇迹。所以，我也希望同样被冰心这颗巨星照耀的人们，读读去年被《中华读书报》特别"点赞"的二十五本好书之一的《玫瑰的盛开与凋谢——冰心与吴文藻（一九五一——一九九九年）》，跟着王炳根，全面地"扫描"20世纪整个中国的文学星空吧。

写作于2018年8月22日—2018年10月9日

鹅湖书院入门，文化铅山出彩

——记一个由书院文化研究成长起来的学者王立斌

一

王立斌先生是我在文博系统的老同学、老朋友。弹指一挥间，33年过去了。其间多次相见和交流，我都感到王立斌一步一步，在研究的路上越走越远。现如今，我们都已在前几年从县级文物博物馆岗位上退休，他却不忘初心，以书院情怀和文物考古的劲头，在花甲之年，依然不辞辛劳到北京专事中国书院文化研究，且有成就，令我真诚敬服。他走到目前这一步，真是很不容易。因此我觉得这个老朋友，特别值得说说。

话得从33年前的秋天说起。那是1985年9月底，江西省文化厅于新余市罗坊会议纪念馆，在全国范围内率先举办全省文物博物馆系统文物鉴定培训班，总共招收了来自全省50个县市的50名学员，我与王立斌忝列其中，同窗且同室。我们第一次朝夕相处的两个月，他就给我留下了深深的印象。

那时候，我从一名工厂职工转为干部，调到文化系统工作仅仅半年，接触文物的时间非常短，专业知识可以算是"一张白纸"。大家都很清楚，20世纪80年代算是我们国家的文化复兴时期，文物博物工作人才奇缺，因此文物鉴定骨干培训，从头至尾都是十分紧张的。当时所聘请的授课老师，也都是国内行业内顶级专家学者，先后到场授课的有张浦生、史树青、杨臣彬、刘东瑞等先生（后来不久设立国家文物鉴定委员会，他们都是首批成员，史树青先生则是实际主持工作的副主任委员），我们学员求学问道的兴致也非常高。我基础差，整个培训期间，一直不敢吭声。王立斌不同，他入道比我早，这之前他就是做文史或博物研究的，比我懂得多，故而活跃。说句实在话，我能在这为期两个月时间的文物鉴定培训班上学到不少东西，一是感念诸专家名师教诲，一是也得益于有王立斌这样的同窗的影响。奇巧的是在培训班上，我们两个同样从工厂转干又到文化系统从事文博工作的新人，都非常崇敬中国文化通人史树青先生，之后我们也都想有所作为。因此可以说，王立斌是我的竞争对手。

  一开始，我好像就慢了一拍，有点羡慕也有点害怕这个王立斌。在罗坊培训班上，史树青先生为他和我都手写了北京的住址和电话，说可以与之登门联络。王立斌则更进一步，有一天将他当年刊发在《争鸣》杂志上的《蒋士铨及其文学创作》的文章示以史先生。因此临别时，史先生为我们学员唯一留下墨迹的便是他。史先生赠送王立斌的这幅诗书作品最后写道："立斌同志，豫章佳士。英年好学，近年研究蒋心余先生文学，创作颇多卓识。为书旧作凉山杂诗三首，即请教正。"我看史先生如此夸奖王立斌，即被他吓唬得心惊肉跳。其实，蒋心余是什么人，我那时候根本就不知道。而王兄知道的，又何止这些？他给我讲得更多的，是朱熹、吕祖谦、陆九龄、陆九渊们的"鹅湖之辩"和鹅湖书院，更有与鹅湖书院相关的一大串古代学者，如辛弃疾、陈亮、费宏等铅山或与铅山相关的人物。至于蒋士铨（心余），那是他的铅山学术文化与考古研究的余绪。初入行虽然啥也不懂，但我知道，这就是王立斌借助文化积淀丰富而深厚的铅山，在与诸多文博专家朝夕相处的六十天时间内，尤其是在与史树青先生反复强调的文博工作者"要当杂家"的要求不谋而合的碰撞中，显现了他在青年时代读书时为做学术研究所下的功夫。

二

  当然，首先还得说说王立斌在朱熹和鹅湖书院研究上下的功夫。王立斌早期做学问用功最勤的，应该是在朱熹的研究上。《鹅湖朱子之路上的"论辩唱和"》虽然是他2016年2月发表在《光明日报》主管的《博览群书》杂志上的一篇文章，但我在铅山的调查探访中，得知了王立斌在"论辩唱和"一文形成之前这十年中，为一而再、再而三的"朱子寻访之路"所从事的大量调查研究花费的功夫。他告诉我，现在的全国重点文物保护单位鹅湖书院大门外，形似龙、虎、狮、象四山环抱的自然环境，与书院坐南朝北，"斯文宗主"牌坊背面又书"继往开来"有着一定的风水地缘关系。他在早些年将书院内清乾隆六年(1741)的石磨征集回归的过程中,一并从民间又采集了许多几百年间有关书院的传说。王立斌为什么在1982年主持修复的悬挂"穷理居敬"的御书楼内,用他从武夷山深处原始森林中相中的一棵38米高的杉木,裁成4段7米的中柱,又用另10米做上面两根主梁?一切都与"鹅湖论辩"有着天缘的意味。王立斌知道,朱熹穷其一生精力,主要致力于儒家传统文化的传承与教育,特别注重发掘蕴含在《诗经》《楚辞》《易经》《礼记》等古代经典中的哲学精神,以鹅湖书院为重要基点,并在这里大胆革新南方文化教育体系,抗衡佛道二教,发挥儒家文化凝聚群体的功能,体现积极进取的入世精神。所以他当然要在这近千年绿树掩映中的儒家文化传递驿站鹅湖书院,守护博大精深的儒家"道统"的人文精神。还有那2004年绘制的《鹅湖论辩》,题画中不慎写成了"鹅湖论辨"也不更改。他说自己每每站在这里,仿佛追溯到了800多年前,好似亲自在场领教了中国学术教育史上那一次前所未有的盛会,"辩"中有"辨",一语双关。王立斌的研读新解,我好像没有完全听懂,又仿佛可以意会不便言传。这就是他在破解和诠释"鹅湖论辩"中这些密码的道路上所要花费的时间和心力,一般人真的难以想象。我不知道,中国朱子学这些年的"朱子寻访之路",是不是沿着某个人的足迹踏访而来的。但我知道,最近几年类似的学术探访,无论是从江西铅山、婺源起步,还是由福建武夷山、尤溪远足,一次次迎来送往且滔滔不绝又不停地比画着的人中,都没有少过那个王立斌。

中国古代到底有多少处书院?研究者们统计的数字在7000—8000处之间。江西又是中国古代书院的发祥地,大约在900处,占全国总量的1/8,

而王立斌统计的数字是1347处，比一般研究者所说的900处还多，约占全国的1/6。王立斌说，在对古代书院的调查研究过程中，他并非像一般人那样根据文献资料闭门造车，更非人云亦云，而是以一个考古人田野调查的方法进行实地探访而获得成果。他去考察过的地方书院有近千处，江西以吉安地区为最，有二三百处古代书院；抚州地区次之，也有近二百处；上饶地区又次之，目前调查到的有137处（其中包括铅山县8处）。至少江西省境内的上千处书院，他都跑过。至于国内比较知名的书院，尤其是江西境内被明景泰年间大理寺卿李奎《重建鹅湖书院记》碑铭中誉为"惟鹅湖之名与白鹿洞并称天下"的鹅湖书院，以及与鹅湖书院白鹿洞、象山、白鹭洲共列的"江西四大书院"，当然还有信江、豫章、叠山、仰山等多处知名书院，他早就各个跑过了不止十次八次。所以说，跑过最多处中国古代书院的人可能也是王立斌。我所知道被中国读书界极力称道的北京学者韦力，考察过的中国古代藏书楼（一部分也是书院）有几百处。所以说，王立斌在书院"远足"方面，无疑是国内创造奇迹的人。

王立斌长期从事铅山文化相关的研究，特别是对中国书院文化研究颇有造诣。多年前在担任铅山博物馆馆长和兼任鹅湖书院山长外，他还被推举为江西书院研究会副会长，几年前更升任中国书院学会副会长。这两年他还在北京七宝阁书院主编着一份艰辛而有深度的《书院纵横》丛刊。每期丛刊的第一篇，几乎都是王立斌亲自采写、研究，介绍海内外中国书院文化研究的万字长文。这是多么大的跨越和进步。当然，世事皆非空穴来风。丁酉六月，炎炎夏日，我还特意到铅山王立斌府上，见他书房中被翻旧（卷）了的《论语》《十三经》《大学》《中庸》"二十五史"《资治通鉴》《四书集注》《天工开物》《辞源》《近思录》《江西通志》《铅山县志》和上饶地区各县（市）县志（当然还有不少书院多的地方的志书），以及《中国人名人辞典》和各种各样的古代典籍文献。他的万余册藏书（其中古籍有两千册），真可谓文史哲艺，无不涉猎。书房中，更有他早年所作的几大木箱读书卡片，密密麻麻，不少还渗透着似"屋漏痕"般的汗水，令人翻阅时心生敬服。鹅湖书院进门处的"斯文宗主"牌坊背面，不是"继往开来"吗？这就是鹅湖书院教书育人、培养人才的宗旨和初衷，也是成就一个学者的基本要求。王立斌说，鹅湖书院的学者学问精深,思想深邃,可资研究利用的资源丰富得很。我们遵照"继往开来"的遗规,就是要在前人成果的基础上,拿来、借鉴、继承,再转化为自己的思想文化成果。他在鹅湖书院的御书楼里"穷理居敬",如此做派,自然成为今天"继往开来"的一个代表性人物。

他撰写了多部关于书院和与铅山文化相关的文章和专著,真是令人神往。这项工作是王立斌学术研究的主要生命线,从事的时间长,跨越的区域广,所用的功夫足。他写鹅湖书院的第一篇文章,发在《江西历史文物》1982年第2期。1984年,他又在《史学论文集》上发表了一篇长论文《论鹅湖之会与鹅湖书院》。这说明他书院文化研究的成果已经有一定影响力了。将2013年11月,被收入湖南大学出版社"中国书院文化丛书"的王立斌与北京大学刘东昌先生合著的《鹅湖书院》和在这之前十年由中国戏剧出版社出版的以王立斌为首编著的《鹅湖书院》相比较,我发现,经过王立斌这么多年的辛勤梳理,新书在资料丰富程度、研究科学性、行文风格等方面更上了一层楼,为中国多处最早的书院系统研究提供了样板。王立斌这些年还借助了中国学术文化重镇北京大学的教授楼宇烈、温儒敏、陈平原,美国夏威夷大学教授成中英,清华大学教授陈来,湖南大学教授朱汉民、邓洪波等诸位学术文化造诣精深的泰斗级学者之力,使得这次研究成果的重新出版,很是符合北京大学文化大师王瑶先生关于在人文社会科学研究领域内坚决反对"人云亦云"而认为应该"言之成理"的学术态度。王立斌不仅仅局限于他的鹅湖书院研究,他的视野辽阔,脚步异常勤快,中国各地的书院都在他的心胸里。2016年7月,湖南大学出版社出版的王立斌《叠山书院》,就是《鹅湖书院》在中国书院文化研究突破性成果的延伸,我读了,体例同前。我甚至以为,类似中国书院文化研究书籍的出版,可谓产生了一个中国书院文化研究的"王立斌现象"。因之我完全相信,王立斌最近由江西人民出版社出版的,并奉献给由中国书院学会主办,中共贵溪市委员会、贵溪市人民政府2017年12月2日承办的"中国心学祖庭暨象山书院建院830周年高端论坛"的《象山书院》与《象山书院志》两本新著,也一定会以同样的气象,受到与会海内外专家学者的认可。

关于中国其他很多地方书院研究的课题,王立斌身上还压着一大堆事情。白鹿洞书院、白鹭洲书院、豫章书院、仰山书院、信江书院、浮梁书院、罗山书院，还有笔者所在的进贤县域内明清两代的几个书院，总之是从宋代以来江西地区诸多书院文化研究的全面铺开，这些都已纳入王立斌正在从事或将来计划从事的研究工程中。更何况还有中国大地上数以千计的书院，也在企盼着像王立斌和王立斌的中国书院研究团队一样的研究者们去攻克一个接一个的难关。

2013年，王立斌还受北京大学聘请，连续三年在北大举办"鹅湖儒学"讲习班，谈程朱理学，谈书院文化，受到许多学者高度评价。教育部督学、江西书院学术研究会会长胡青先生，在江西《社会科学》杂志上评价："著名书院研究专家王立斌先生，在北京大学书院论坛的报告，得到了北京大学耕读社同仁的高度肯定"，多数学者认为"王立斌的观点是有代表性的"，甚至还一致夸耀王立斌是"传统文化和传统精神的传承者、守护者、创造者"。这一年，中共上饶市委、上饶市人民政府，还特别表彰了王立斌《新修鹅湖书院志》一书，这是王立斌首次在鹅湖书院志书文化研究方面取得的成果，又填补了一项前人研究的空白，确实值得特别嘉勉。这些还不够，书院文化研究的内容还在不断扩充。王立斌当着我的面，拿出了白鹿洞、鹅湖、岳麓、白鹭洲、嵩阳、豫章、象山、仰山、叠山、婺源、婺州等国内许多书院古建筑图录，他要对国内现存古建筑的情况进行全方位的比照研究。这无疑是另外一项巨大的书院建筑艺术研究工程，王立斌又是项目的总规划师和建筑师。鉴于王立斌在中国书院文化研究领域的贡献和影响，2017年8月7日的第四届中国书院文化论坛上，我在场亲耳听到了诸多海内外著名书院文化专家对其以"尊敬的王立斌先生"相称来表示由衷的敬意。王立斌在书院文化研究领域的成就，由此可见一斑。2017年11月11日，在清华大学"首届清华新民主题文化论坛"上，中华优秀传统文化传承发展研究中心与河北清华发展研究院，再次聘请王立斌为学术委员和研究所副所长、研究员。这就意味着王立斌在未来书院的传承与发展方面，要承担更大、更重要的责任，而且这份担当应该属于我们整个中国书院研究的未来。

王立斌长期受到鹅湖书院文化精神浸润的人格和一系列的中国书院文化

研究成果，也让晚年的史树青先生赞赏有加。"稼轩豪放，士铨风范"就是史先生对王立斌人格精神的肯定。在新编的《中国书院语录》中，收录了海内外中国书院研究知名专家近二十人的百余个词条，其中王立斌的"象山书院，心学祖庭""古今自有易简理，经注皆同日月明""立本，立本心，立本体，所以为人也；知道，知道义，知道行，所以为学也"等词条，或被楼宇烈、成中英两位哲学文化大师书写，或被刻录在大江南的古今书院，流布整个中国书院文化界。台湾著名文化人、律师吕荣海，就因为受王立斌书院语录词条启发，甚至还在海峡对岸创办了台湾鹅湖书院。

由王立斌的书院文化研究成果，我想起一个有趣的问题：至少在江西省文物博物馆系统特别是基层单位中，凡专业强、业绩好、贡献大的文博干部，几乎都有书院文化研究的背景，如研究白鹿洞书院的孙家骅、研究仰山书院的吴定安、研究丰城书院的毛静、研究白鹭洲书院的高立人等。由人及己，我拿自己说事。如果我所在的进贤县，也像同行王立斌所在的地方书院文化遗存一样深厚丰富，我的书院文化研究就一定也能推动我其他类型文化遗产研究成果的进展。这个当然不奇怪，因为书院文化遗产，既有物质形态的，如全国重点文物保护单位的白鹿洞、鹅湖、白鹭洲，更有非物质即精神文化形态的，如古代大儒朱熹、辛弃疾、陆九龄、陆九渊、江万里、文天祥、谢枋得。他们创办书院的宗旨，就是以积极进取的儒家文化精神，传道授业解惑，所以一定是"为天地立心，为生民立命，为往圣继绝学，为万世开太平"思想的传播者。王立斌遵照朱熹关于读书"居敬持志、循序渐进、熟练精思、虚心涵泳、切己体察、着紧用力"的六大原则，有心沉浸在这种"取法乎上"的世界里勤奋读书，也就一定能有所作为。王立斌作为这方面的代表，是非常值得称道的。

三

王立斌在1983年至1986年从事文物博物馆工作的初级阶段，就先后主持或参与了铅山县境内的多处古遗址、古窑址、古墓葬的考古发掘，不仅都有相当不俗的表现，而且所整理的考古发掘报告，全部刊发在《考古》与《文物》杂志上。这对一般基层考古工作者来讲，都是十分可观的业绩。1983年2月发表在

《考古》上的《曹家墩商周文化遗址》一文，就是他最初的考古文章。当我翻阅这期几十年前的《考古》杂志，看到那上面的拓片和出土文物的绘图时，我惊讶万分，对王立斌在那时候即有相当扎实的文物考古专业知识感到不解。他告诉我，其实他早在20岁左右的青年时期，就在一家工厂操作机床，对机械零部件的绘图不仅烂熟于心，而且还参加过省市总工会组织的车床绘图技术比武。王立斌能把"武"的技艺运用到"文"的研究上，这也是他的过人之处。1984年11月的《考古》杂志，又刊发了王立斌的文章《江西铅山莲花山宋墓》。这篇文章介绍的当然是一个重要的发现。墓葬主人金公、吴氏夫人合葬墓，有完整的墓志铭；那批出土文物中最重要的景德镇窑影青带碗注壶，是国家一级文物，异常珍贵。无论是这次宋墓的发掘清理，还是这篇文章的刊发，都体现了王立斌的贡献与水平。1986年4月，《文物》杂志刊发的王立斌《江西铅山发现东汉神兽镜》，又是他对地方文物收藏与研究的贡献。1986年11月，《考古》杂志刊发他的文章《铅山发现几处古瓷窑址》。这篇文章可谓王立斌通过第二次全国文物普查对铅山古瓷窑场作的一个全方位报告。他在文中介绍了苋鸡蓬、江村、新安、华家窑、盏窑等五处窑址的情况，且出土文物的绘图也全部出自他的手笔。这是王立斌从事文物博物馆工作的初级阶段，古遗址、古窑址、古墓葬……有这些经历，文物考古专业水平的进步自然会很快。我发现，王立斌的精明也在这里。铅山一个县域内，竟然发现三十几处古窑址，这是十分罕见的现象。王立斌对本县窑址出土文物研究的主动性很强，他知道铅山有千余年制瓷的历史，尤其是宋代之后，有完全可以划归景德镇窑系的影青釉瓷器，也有受到景德镇窑以外如浙江龙泉窑、婺州窑、江山窑、德清窑、越窑，福建建阳窑、漳州窑、磁州窑，还有近似景德镇窑系的邻近的横峰窑、南丰白舍窑、乐平窑、吉州窑、赣州七里镇窑等一些知名窑场的影响的瓷器。他必须弄清楚铅山窑场的产品从胎土、制作、绘图、釉色、工艺与他处窑场的关系和区别，甚至还有成为产品后的销售去向。因此，王立斌利用一切机会，用了两三年的时间，跑遍了这些窑址，掌握了各窑场产品的工艺特征，然后又马上联络省考古研究所甚至一些大学的考古学系，轮番突击，仅仅几年时间，就把县域内的古窑址调查得清清楚楚，并选择了这五处较具代表性的窑址进行了科学考古发掘,将对每一处窑址的考古发掘都写成考古发掘报告。这几份考古发掘报告全部被刊登在《考古》和《南方文物》《福建文博》《杭州文博》《山西文物》《农业考古》等文物考古杂志上。这样行事的作风,当然会很快成就一个考古学家王立斌。这样的效益和这样的业绩,在国内县市一级的文物考古界,可以说是少见。

赣东北信江上游的铅山县河口镇,因为古代河道交通区位优势和历史文化,在宋代与景德镇、樟树镇、吴城镇共同成为江西四大名镇,所以河口这地方,非常值得保护和研究。1990年初,铅山县将王立斌从县博物馆馆长岗位上调去河口镇当副镇长,专事河口镇历史文化研究与保护和古镇开发打造工作。真是有趣得很,铅山县何处不用王立斌?1990年12月,为申报第一批中国历史文化名镇,县里又特别把他从河口镇副镇长的位置上,调到建设局任副局长,就是要他在新的工作岗位上担当责任。因为有文史工作基础,他从1991年5月开始准备申报资料,并且很快申报成功。这完全得益于他对古代河口镇丰厚的历史文化沉积所下的全方位的辛苦功夫。在一条保存上好的2500米长的河口古街,他连续两天带着我探古觅幽:几百里外"吉州福地"老屋被涂抹的"吉安会馆"铭文砖,是王立斌在旧时的商贸调查中,不顾个人安危钻入坍塌毁坏的灰墙深处发现的。早在1965年被破坏的抚州会馆,也是王立斌在铅山县四处寻找过去的住户、老者到现场确定了位置,且找到残存的一块"抚州会馆"的老砖。也就是在这一次前后两个月的调查中,王立斌对古河口镇原有的南城会馆、建昌会馆、徽州会馆、安庆会馆、福建会馆(天后宫)、山西会馆、鄱阳会馆、婺州会馆、浮梁会馆、崇仁会馆、赣南会馆、安仁会馆等19处会馆的位置,竟也描画得清清楚楚。王立斌在河口古镇商贸调查中还发现,明清两代所谓的"江右商帮"最典型的代表,即在抚州、南城两地,他们在河口镇经营陶瓷、夏布、烟丝、茶叶、土纸等地方产品。站在河口古街号称"二堡"的那一地段,对着一排大概是清代后期掺和着各地风格的异样建筑,王立斌历数着晚清至民国时期这里41家有名号的钱庄,说面南对着信江的绪衍庐江老屋,是徽商建筑晋商用,如山西晋商(茶商)乔俊山(电视剧《乔家大院》男主角乔致庸的原型)亦常来铅山河口,必住这当年号称"小桥流水小苏州"的江南第一等繁华富贵之地。附近唐驼书写的"恒孚煤油栈"斜对过的世界书局，当年进进出出的各色人等，由信江上岸，遵循清乾隆年间官府告诫"一切货物上下不得擅行拘夺，客商行李应归肩夫挑送"，坐在轿椅上，不也别有一番派头。旧时长长的石板路上，留着深深的车辙凹槽。走在古街上，王立斌历数着往昔的建筑与商贸的繁华，忽然脱口而出蒋士铨的《河口》诗："舟车驰百货，茶楮走群商。扰扰三更梦，嘻嘻一市狂。"清代乾隆年间信江边河口的街头、码头景象，推车的、驶船的、驮货的，还有卖茶的、贩纸的，连半夜青楼的嬉笑，也如在眼前。

2006年和2008年，王立斌又为永平、石塘两镇成功申报中国历史文化名镇名村做了主要贡献。2015年7月，联合国教科文组织将铅山武夷山扩展为世界文化遗产，其中就包括王立斌整理并起草的河口古街、永平、石塘三镇的全部文化内涵。铅山武夷山能扩展为世界文化遗产，王立斌文史研究资料的贡献是巨大的。

有人总结，说江西文化在全中国来讲有十大明显的亮点，我数了一下，铅山占绝对优势的有五项：书院文化（鹅湖书院）、茶文化（万里茶道第一镇）、纸文化（非物质文化遗产——连四纸）、铜文化（永平铜矿）、商贸文化（河口古镇）。铅山文化真是丰富多彩，博大精深，物质的与非物质的，比比皆是。这种情况，大概江西省境内还没有第二个堪可比拟铅山。作为一个地方文化的研究者，难怪王立斌经年忙忙碌碌。

四

在文化创意方面，王立斌有的方面还走在别人前面。如2006年，他撰写的一组长文《舌尖上的上饶》（其中菜肴一篇，点心一篇，烟、酒、茶各一篇，共五章节），不仅为那次上饶博物馆更新陈列提供了动力支撑，而且叫以说是国内地方美食文化的先导。2007年4月，中央电视台七套"乡土"栏目，采访"文化铅山之饮食"，听王立斌讲故事。王立斌说："铅山美食有历史出处，明正德七年（1512），铅山籍状元费宏任户部尚书，主持历史上第一届全国烹饪大赛，十七省参加，夺得第一名的即江西广信府铅山县代表，所以那次铅山美食成为赣菜的代表。这在《明史·食货志》里有记录。到明嘉靖二十七年（1548），严嵩掌吏部兼户部，又想搞美食大赛，私心是想利用权力让分宜取代铅山，结果嘉靖皇帝不同意，没有弄成。"为证此史实，王立斌不仅利用《明史》等文献，还特意在铅山与分宜两地，反复调查民间资料，写成有丰富依据的《舌尖上的上饶》美食长文，并为2011年3月中央电视台才开始拍摄并后来风行海内外的《舌尖上的中国》起到了引领作用。可以说，如果没有王立斌的铅山美食故事作为先导，或许也就没有央视《舌尖上的中国》这个美食文化的创意。这个情况几乎没有几个人知道，但我觉得这是非常不简单的事情。

还有一个可以说跟文化创意相关的例子。2016年12月由江西人民出版社出版的《辛稼轩与铅山瓢泉词选》（史树青先生2007年8月逝世前三个月为其题写了书名），是为纪念辛弃疾逝世810周年和辛弃疾、陈亮鹅湖会晤830周年，在辛弃疾诗词研究方面所作的相关文化成果。关于这一点，我又想起了那个骄阳似火的夏日，我与王立斌站在铅山河口镇信江南岸，遥对辛弃疾文化公园的石雕英雄塑像，沉吟那首雄浑的《贺新郎·同父见和再用韵答之》词。无限感慨的王立斌，仿佛与远去了的辛弃疾这位英雄豪杰有着同样忧愤的情思。"男儿到死心如铁。看试手，补天裂！"仿佛穿越800年时空，我们一行共同寄托于千古江山，惆怅万分。宋淳熙十五年（1188）初冬，浙东学派领军人物陈亮，仿"朱（熹）、吕（祖谦）、陆（九龄）、陆（九渊）鹅湖之会"，再约朱熹、辛弃疾二人相会鹅湖，探讨"经世致用，救济时艰""治国平天下"的道理，然这回朱熹失约，避开时政。而辛（弃疾）、陈（亮）则相聚鹅湖，畅饮瓢泉，纵谈十日，极论时事，共商抗金雪耻之计，畅谈南北对峙之险峻，坚决反对苟且偷安，共表抗战决心。在辛、陈二人增进了友谊的同时，或许也对朱熹失约痛心疾首。"长歌当哭，壮士断腕"，读着辛弃疾在瓢泉写就的上百首辞章，那是何等豪迈的勇气！王立斌对辛弃疾的学术思想和英雄壮举又何尝不是敬重有加呢！一代豪杰词人稼轩公，为铅山留下了稼轩书院，也留下了他那金戈铁马的英雄浩然正气。沉寂片刻，王立斌喝了一口水，清清嗓门，咏诗一首："壮岁旌旗英雄举，金戈铁马民族魂。九议十论话统一，豪放词风万古存。"既而说到2013年，县里建设辛弃疾文化公园座谈会，关于英雄塑像的具体位置方案，征求各方专家意见。王立斌据理力争："辛弃疾啊，当年你在长江南岸的镇江慨叹'千古江山',本应站在江南北望,要收复北方大地,才是你的初衷!现在怎么站到江的北面去了呢?这不合事实和情理啊!"即便在家乡的信江,也应该让这种情感的寄寓,与同为江南镇江北崮山的北望慨叹相一致。为此,辛弃疾的悲愤转移到800年后今天的信江才子王立斌身上。一个不合当年历史地理与人文环境的实例,怎能不让当地一个有良知和深厚家国情怀的人文学者痛心疾首?你看看,成就一位学者,是不是要经受长久的辛苦还得搭上心苦。这里搭上一句,近两个月,我一再拜读了王立斌《辛稼轩与铅山瓢泉词选》,此番不作具体述评,待后会有专门文章。

这些年搞文化建设,全国各地都相继提出"文化这里""文化那里",铅山也不例外。王立斌在进行过一系列的地方文化研究工作之后,形成一篇洋洋洒洒15000字的大文章《文化铅山》,可谓丰富雄强、博大精深。这篇文章首先在铅山政协组织的副科以上领导干部会上演讲,轰动全县;然后再入上饶政协论坛,又产生强烈反响。顺带说句不客气的话,类似"文化某地"的演讲,有代表市一级的,也有代表省一级的,我都见过一些,上台者都无一例外地是当地所谓的文化名人,但真正得我青目的——绝对不是讲客气话,好像还是王立斌。刊登在上饶政协《文史资料》上的《文化铅山》长文,我反复拜读甚至还点读,觉得内容丰富,写得也好,完全可以成为很多人从事"文化某地"研究与写作的范本。《文化铅山》写得好,好到什么程度?依我这个在这方面有关注、有追慕的小文人的眼光比较着看,至少像20世纪与21世纪相交的这么二三十年出现的所谓"大文化散文",王立斌的这篇文章,完全可以够格。因为《文化铅山》的广泛影响和当地领导对王立斌这篇文章的肯定,铅山县这几年也确实在不断地推进和实施着"文化铅山"的巨大工程。这当然是值得称赞的好事。我想,不管什么地方搞文化建设,确实需要这种带指导意义的文化研究文章去引领。而这种文章的形成,又必须有像王立斌这样的学者,付出几十年孜孜以求的辛劳。这样的文章如果用官场八股的套路和格式去完成,那就是对中国文化的嘲弄和亵渎。但是我想,他们当地有话语权的文化建设的主掌者们,如果不能一茬一茬地认识到这一点,尽管王立斌文章中"隔河两宰相,百里三状元,一门九进士"及铅山一大串历史人物留下的风景再好,或许将来王立斌的思想智慧在"文化铅山"建设中还要白搭。

五

茶文化与连四纸研究,也是王立斌沉潜铅山所从事的非物质文化遗产研究的两个重要内容。2004年第一季度期的《中国茶叶》杂志,刊发了王立斌的文章《河口明清茶史考》;2004年6月的《农业考古》杂志,刊发了王立斌的文章《论明清河口经济发展茶叶畅销世界的历史考察》(后者还获2004年度中国现代探索论文书库一等奖)。后来这几年,王立斌参与了以武夷山茶文化为主的所有宣传创意策划,如2011年12月央视科教频道《探索与发现》栏目《茶叶之路》的专题片,2012年2月山西电视台拍的《万里茶路寻晋商》专题片,2015年5月央视农业频道的《万里茶道第一镇》宣传片。王立斌还为2015年8月在铅山召开的中蒙俄市长峰会撰写资料和策划"'一带一路'上的万里茶道"研究,都做出了重大贡献,赢得了国际茶文化专家的一致称道。尤其是在峰会之前的几次预备会上,王立斌把多年研究铅山河口镇茶贸易的成果示以诸多专家,用事实证明"'一带一路'上的万里茶道"的起源在武夷山北的铅山河口镇。在那次峰会上,他用一叠历代文献资料,又指着一张闽赣两省的地图,说铅山河发源于与福建交界的武夷山北分水关,无论福建还是江西境内武夷茶,往外销售都是通过水运,而分水关的水流则称铅山河,直通河口镇并在此与信江合流,自古就形成一个有名的码头,任何货物在河口镇装船,经信江西流汇入鄱阳湖,通往长江到汉口集散,往北经蒙古运往俄罗斯的圣彼得堡及欧洲其他国家(如英、法、葡、荷等)。所以说,万里茶道第一站就在铅山河口镇,这条贸易水道,至迟在清乾隆年间由晋商开辟,且河口镇有茶叶商号建筑,文献更有记载。王立斌的详细讲解,令中、蒙、俄万里茶道研究专家们竖着大拇指夸奖。这个具体情况,央视多个频道及沿途各省市新闻媒体都有采访报道。

2006年5月,铅山连四纸制作技艺被国务院公布为首批国家级非物质文化遗产项目,代表性传承人是章仕康。这无疑又是王立斌独立做出的贡献。这是江西省17项国家级非遗项目之一,是尤为难得的光彩。可有几人知道,在争取这个荣誉之前,王立斌付出了相当的代价。第一,至少在国家层面上出现非遗项目研究与保护意识的10多年前，王立斌就进行了这方面的调查研究，写成了《河口镇与连四纸》的论文，并于1996年8月，在第182期台湾《江西文献》杂志（该杂志只开通了江西与福建两个省的文献专刊）刊发。而且在这篇文章的"工艺流程"部分，恰恰又对应了国家级非遗项目申报的要求，成为十年后申报资料必须有的文献。我读这篇文章，发现他参考的历史文献多达几十部（篇），时间跨度从宋、元、明、清、民国至1949年10月中华人民共和国成立之后。文章梳理了连四纸全部的历史、产地、作坊、工艺、贸易、商号、价值等情况。他还对我说，研究连四纸还要深入到各有关的点上，如跑到福建建阳与江西金溪了解连四纸印书印谱的使用情况，探讨连四纸到底是能达到"纸寿千年"还是只能三五百年的问题。王立斌2007年3月发表的《铅山连四纸制作技艺考》，获2007年度《南方文物》杂志优秀论文奖。这之后的2008年3月，《南方文物》杂志又发表了王立斌《江西铅山连四纸调查报告》。这是江西省首批十七个国家级非遗项目的第一篇考古论文。

几十年过去了，王立斌在国内外的30多种学术文化期刊上发表的文章总共有200多篇，出版书籍9本，共200多万字。可谓多且厚重。

我曾在2003年的《中国文物报》上，写过一篇《一册清新的图卷》，即谈读王立斌《觅古探幽》感想的小文章，今天翻阅，真感到昔日的无知。虽然《觅古探幽》是王立斌铅山文化研究初见端倪的一本小书，却很有分量。2005年2月23日《中国文物报》的《文博人物》栏目，一篇玛丽娜女士《用诚挚与灵魂谱写铅山文物的辉煌——记江西铅山博物馆馆长王立斌》的文章，赞扬王立斌为铅山文博事业所做的贡献。2013年7月，江西省文化厅主管文物的副厅长、明史研究专家曹国庆，在为《鹅湖书院》书序的开头则以"江西有个鹅湖书院，鹅湖书院有个王立斌"叙述开去，将王立斌与鹅湖书院在全国文博事业中的地位与作用相提并论，可见省文化部门领导对王立斌由书院文化研究起步而带来的铅山文物（文化）研究与保护工作全面提升的认定。当然，写王立斌的文字还有不少，这里不能一一列举。

有人说，走近了王立斌，就等同走进了铅山的历史。王立斌却说："由书院研究起步的文博事业，正好吻合了自己生命的趣味，所以我为之执着。我站在这个位置上，就要对得起铅山这块历史文化厚重的沃土。"不是吗？王立斌以"铁肩担道义，妙手著文章"的共产党员精神和实践，从鹅湖书院入门，让铅山文化出彩，就真的创造了这样辉煌的业绩。

2017年12月1日

部分刊发于2018年1月7日北京《人民铁道》报《文景》副刊。2018年11月调整文字以"书院文化的集大成者"为题并三千六百余字为王立斌《鹅湖书院研究》序（2019年8月第一版，江西高校出版社）

上编　凭栏临窗

我读辛弃疾的词

——以《辛稼轩与铅山瓢泉词选》一书为例

宋代爱国词人辛弃疾，原本是山东人。因为他年轻的时候，国破山河在，其家乡已是金的领地。无可奈何之下，青年时期的辛弃疾，毅然投入英勇杀敌的行列，为报效国家，不惜献出生命。后来他一生辗转，在生命后期的20多年，寄籍江西铅山，直至寿终正寝，并将灵柩安顿于海内外十分知名的鹅湖书院南永平镇的彭家湾。辛弃疾无意中"错把他乡当故乡"，铅山也因而成为他真正意义上的故乡，这已是不争的事实。作为词人的辛弃疾，一生留下辞章600余首，其中在铅山留下的超过三分之一，尤其是在铅山瓢泉的那最后10年，留下的更为丰富。辛弃疾在铅山的诸多词作，无疑也是中国宋代文学（文化）遗产中极有价值的篇章。而对于辛弃疾这个入籍铅山的远客来说，自然也是信州这块神奇的土地上最好的家国情怀的遗存。因此，我就把辛弃疾当作铅山人。如果从中国文化在历史上留存的情况看，为自己家乡留下诗词文章印记如辛弃疾于铅山之丰富的，当属华夏罕有。对于辛弃疾的词学创作，以及他对中国古典文学的巨大贡献和影响，100年来，海内外学术界研究辛弃疾文学遗产的诸多学者投入了极大的精力，也取得了相当丰硕的成果。

对照近一个世纪以来稼轩词研究成果来说，以唐圭璋主编《唐宋词鉴赏辞典》（江苏古籍出版社，1986年12月第一版，印数20万册）为例。本书收录有唐、五代、宋词人185家共697首词作（唐与五代词作较少，以宋词为主）。在宋代词人中，收入作品较多的词人及篇（首）数分别是柳永21首，张先11首，晏殊9首，欧阳修16首，晏几道17首，苏轼28首，秦观16首，周邦彦19首，李清照25首，陆游15首，辛弃疾37首，陈亮10首，姜夔14首。参加编写《唐宋词鉴赏辞典》的学者，皆是20世纪词学研究方面的有成专家，选入词作鉴赏词条的标准考究严谨，应该是非常有权威性而且影响较大的。我们知道，宋词人物很多，入编者皆有大名，然而即便有大名，能够入编10首以上的却很少。像被研究界推崇的北宋早期婉约派词坛领袖人物晏殊都不到10首，只有柳永、苏轼、李清照、辛弃疾四大词人超过20首，而其中又以辛弃疾一人37首为最。为什么宋代词人中，以作品留存并不特别多的辛弃疾入选的辞章数量为最？这说明什么问题？说明辛词不仅词作好，而且体现家国情怀的进取精神和正气凛然的风范尤为浓烈。著名历史学家、北京大学教授邓广铭先生的《稼轩词编年笺注》，是一部在80年间先后出版修订又出版的，在辛弃疾词研究领域极有分量的中国古典文学研究专著。这部专著1978年重印且出版后不到一年即销售一空。这里为什么要举出这两部影响深入人心的词学研究的重要著作？我想正是因为唐圭璋、邓广铭等前辈学者的成果后人难于甚至是无可超越，而要在这个基础上再行"笺注""笺证"或"鉴赏"并企图有新意和发展，是需要何等的胆量和气魄！奇怪得很。我们今天还真有这么一个人物——王立斌，他竟然敢于又一次笺释辛弃疾辞章，那么他又能对辛弃疾的辞章做出什么样的新成果？

辛弃疾，八九百年前在铅山曾经寄寓着的这么一个人，对铅山文化的贡献可谓巨大。然没有人把辛弃疾的那么多的辞章，列入铅山地域文化的研究中。王立斌就开了这个先河。王立斌不仅仅是因为有相应的唐宋诗词功夫的修养，也因为他有在文物考古工作岗位上的这个条件。王立斌以文物考古的方法，去考证辛弃疾留在铅山的辞章文化遗产。我很少见别的诗词研究家使用过类似方法。以下来看王立斌是如何用自己的方法和形式做辛弃疾辞章研究，而成其《辛稼轩与铅山瓢泉词选》一书的。略举例如下：

（一）《水龙吟·题瓢泉》："稼轩何必长贫，放泉檐外琼珠泻。乐天知命，古来谁会，行藏用舍？人不堪忧，一瓢自乐，贤哉回也。料当年曾问：'饭蔬饮水，何为是，栖栖者？'　　且对浮云山上，莫匆匆，去流山下。苍颜照影，故应流落，轻裘肥马。绕齿冰霜，满怀芳乳，先生饮罢。笑挂瓢风树，一鸣渠碎，问何如哑。"

辛弃疾在宋淳熙十三年（1186）访"周氏泉"并将之更名为"瓢泉"后所作

的第一首瓢泉词,真是直抒心怀,淋漓尽致,荡气回肠。王立斌有深情,不知花费了多少工夫去现场考证。考证什么呢?他不能人云亦云,说别人说过的差不多意思的话。与历代《铅山县志》记录的"瓢泉在县东二十五里,辛弃疾得而名之"不同的是,王立斌三番五次用脚去丈量后,得出的结果是"瓢泉在现铅山县稼轩乡五公里,赣闽公路上分线(上饶—武夷山市)旁南侧一百五十米。辛弃疾得而名之:'其一规圆如臼,其一直规如瓢。周围皆石径,广四尺许,水从山岩喷出,入臼,而后入瓢,其水澄渟可鉴。'"王立斌还从当地调查得知,民间相传当年辛弃疾以《论语》中"贤哉,回也。一箪食,一瓢饮,在陋巷,人不堪其忧,回也不改其乐"之句,而取颜回律身自好之意,改"周氏泉"名为"瓢泉"。当然,今天仍然存在的稼轩公馆建筑群遗址,即俗称的"瓢泉草堂"。这个多年属于王立斌管护范畴内的宋代辛弃疾文物遗址,其情感自然也比他人更深。此地现名"五堡洲"。如此等等,都是别的诗词研究学者所不知道也无从入手"笺注"或"笺证"的。

(二)辛弃疾与好友陈亮的《贺新郎》一首,前有序文:"陈同父自东阳来过余,留十日,与之同游鹅湖,且会朱晦庵于紫溪,不至,飘然东归。既别之明日,余意中殊恋恋,复欲追路。于鹭鸶林,则雪深泥滑,不得前矣。独饮方村,怅然久之,颇恨挽留之不遂也。夜半投宿吴氏泉湖四望楼,闻邻笛悲甚,为赋《乳燕飞》以见意。又五日,同父书来索词,心所同然者如此,可发千里一笑。"

词曰:"把酒长亭说。看渊明风流酷似,卧龙诸葛。何处飞来林间鹊,蹙踏松梢残雪。要破帽多添华发。剩水残山无态度,被疏梅料理成风月。两三雁,也萧瑟。　　佳人重约还轻别。怅清江天寒不渡,水深冰合。路断车轮生四角,此地行人销骨。问谁使君来愁绝?铸就而今相思错,料当初费尽人间铁。长夜笛,莫吹裂。"

王立斌考证,这首《贺新郎》写作于宋淳熙十五年。那是作者罢官归田后的第七个年头,生活的磨砺,使得辛弃疾更加认清了社会生活的残酷。因此,词作从一般情感上的离愁别恨,上升至对现实状态无比的悲愤。对于辛弃疾这首如此沉郁之词的创作心态及前序文和词中地名内容,王立斌都有自己更加用功的考证和完备的注释。这也是王立斌与八九百年前的辛弃疾同乡又同行的优势。对这首词中的"紫溪",邓广铭先生虽然知道铅山有紫溪这个乡镇,但他又引出"朱文公文集戊申与陈同甫书有'承见访于兰溪,甚幸'"等语,还说"兰溪疑为紫溪之别称"。我以为这是因为邓先生不知其所,故而笺注时把地名概念混淆了。关于鹭鸶林和方村两个地名,邓注同样是"未详",或把古人诗词文章中相应的地名拿来套上去,或者冠以"疑似""未知"等一些无定义的名词。而王立斌对这次铅山十日的"辛陈之会",考证出"辛弃疾为了表示对陈亮的留恋,从铅山追到上饶一个叫鹭鸶林的地方(即铅山方村渡口的河滨滩地)"。王立斌的这番经过实地考证的写作,也等于是效仿当年的辛弃疾,重新追了一回陈亮。由此以至后来的几首《贺新郎》词作,是王立斌稼轩词研究的重点文章。他简直为此费尽了心思,努力去把辛弃疾与陈亮之间友情的关系、各种事例发生的地点,以及其他相关的人和事等要素考证清楚。他翻典籍,去相关文物点,以及追溯外地可能相关的遗迹,甚至写成不同事例的学术文章,不想有丝毫的缺失。

(三)《沁园春》又有前序曰:"期思旧呼奇狮,或云棋师,皆非也。余考之《荀卿书》云:孙叔敖,期思之鄙人也。期思属弋阳郡,此地旧属弋阳县。虽古之弋阳、期思,见之图记者不同,然有弋阳则有期思也。桥坏复成,父老请余赋,作《沁园春》以证之。"

词曰:"有美人兮,玉佩琼琚,吾梦见之。问斜阳犹照,渔樵故里;长桥谁记,今古期思?物化苍茫,神游仿佛,春与猿吟秋鹤飞。还惊笑,向晴波忽见,千丈虹霓。　　觉来西望崔嵬,更上有青枫下有溪。待空山有荐,寒泉秋菊;中流却送,桂棹兰旗。万事长嗟,百年双鬓,吾非斯人谁与归?凭阑久,正清愁未了,醉墨休题。"

这首词是辛弃疾在武夷山下的期思渡,应当地乡绅之请而赋词抒怀。经过他当年的考证,认为"期思"在更古老的时候叫"奇狮"。王立斌在辛弃疾考证的基础上,又要再来一番新的考古一般的考证。王立斌曾经就去那里考古,得考证文辞说,期思渡位于铅山县东南5公里处,背山面水,隔铅山河与瓢泉相望,古有桥。现今留有古建筑遗址,东为排窑山,有窑址10多座。他还试图去找到代代相传中被埋没了的一座宋代的整窑。虽此举未果,但他还是找到了那渡口边上北头造船的作坊。他甚至在期思周边几平方公里的范围寻找词中的宋代物质遗存。如在附近的陈家棚，他硬是找到了"寒泉秋菊"与"更上有青枫下有溪"的真实所在。辛稼轩在此建瓢泉书院时所栽下的桂花树，至今树高十二三米，干围1.8米且枝繁叶茂。

这里，我想让稼轩瓢泉词中这首《沁园春》，带着同一词牌的另一首《沁园春》："一水西来，千里晴虹，十里翠屏。喜草堂经岁，重来杜老；斜川好景，不负渊明。老鹤高飞，一枝投宿，长笑蜗牛戴屋行。平章了，待十分佳处，著个茅亭。　青山意气峥嵘。似为我归来妩媚生。解频教花鸟，前歌后舞；更催云水，暮送朝迎。酒圣诗豪，可能无势，我乃而今驾驭卿。清溪上，被山灵却笑，白发归耕。"

这首作于绍熙五年（1194）的《沁园春》，是辛弃疾从福建安抚使任上又一次被罢官之后，重新回到铅山并"再到期思卜筑"的即兴抒怀。在邓广铭先生《稼轩词编年笺注》的这首词里，并没有对前面"一水西来，千里晴虹，十里翠屏"一句的笺注。我的理解，邓广铭先生不了解当地的环境，不行笺注也罢。辛弃疾上一次来到瓢泉并为之更名，这次重来，时隔六年，自然环境变化可能也不一定很大，别人不去考究缘由，而作为本土学者的王立斌则不行，他非得要弄清楚辛弃疾"再到期思卜筑"的原委。王立斌要亲自用脚去走，他发现从期思而来的一道溪水，到了瓢泉竟然化为瀑布，犹如千丈长虹，飞流直下。见到眼前如此景象，他能不由实际考察的所见而笺注吗？因为他确实在场，仿佛看到了当年的自然旧貌，"山溪周围十里，山崖壁立，实乃座座，绿玉屏风"。王立斌由看到的风景欣然命笔。这让我想起没有到过唐代李白《望庐山瀑布》"日照香炉生紫烟，遥看瀑布挂前川。飞流直下三千尺，疑是银河落九天"的现场，你就无法识得庐山真面目。记得三年前的秋天，我到庐山市，拿着当地文人笺注的李白诗，趁参观全国重点文物保护单位观音桥的间隔，特意去寻找了那庐山瀑布的源头，真是大有趣味。所以我觉得，我们研究古代文学（文化）遗产，还是利用当地文人的研究成果来得比较实在。王立斌在这一点上，就是一个上好的范例。

（四）那么非常有名的《青玉案·元夕》"东风夜放花千树。更吹落，星如雨。宝马雕车香满路。凤箫声动,玉壶光转,一夜鱼龙舞。 蛾儿雪柳黄金缕,笑语盈盈暗香去。众里寻他千百度,蓦然回首,那人却在,灯火阑珊处"呢?

对这首词的笺注或者解读,各路诗词方家自然有别,姑且撇开不管。关于该词意指何处,方家们也有不同意见。王立斌在他这本书中说到,1990年辛弃疾诞辰850周年学术研讨会上,宋词研究大家、《辛弃疾传》作者邓广铭先生来铅山参会。王立斌对邓广铭先生早先笺注此词时"疑似作于临安(今杭州)"的理解有着不同看法,认为应该是信州(今上饶)。他将观点当面陈述并得到邓广铭先生的默认。王立斌还说邓广铭先生在1991年《稼轩词编年笺注》增订三版题记中,对此有所说明。王立斌的观点能够得到邓广铭先生的认同,我以为也是他从辛弃疾在宋淳熙八年(1181)落职后,闲居在上饶(铅山)带湖、瓢泉一直到去世这段时间,"江南游子,把吴钩看了","无人会,登临意"的悲哀感慨中读出了这样的情感。我想,这里是王立斌把文学的考古融进了辛弃疾生命后期的着落与情状。我还想,邓广铭先生默认王立斌观点的再一情况可能是,他1991年回想半个世纪前"业师傅斯年曾经告诫的最好将《稼轩词编年笺注》一书的'笺注'改为'笺证',即把涉及稼轩词本事的时、地、人等考索清楚,把写作背景烘托清楚即足……"等教诲的重新打理吧。从这首词中,我更想起一件有趣的事,即近人王国维在《人间词话》中引用宋词三家各一句作为人生的三重境界,即从第一重的"昨夜西风凋碧树,独上高楼,望断天涯路",经第二重的"衣带渐宽终不悔,为伊消得人憔悴",到第三重的"众里寻他千百度,蓦然回首,那人却在,灯火阑珊处"。这其中真是好玩,王立斌理解的王国维这三首宋词截句用于人生境界的概括,虽然都有爱情的因素,而实质上升到了辛弃疾思想比之前两家的独到高度。我老文这旁观者,看到的则是从江西临川(今属进贤)晏殊开始,经山西柳永,最后又归位到江西铅山辛弃疾。而王立斌的理解,不知是否对于铅山多了一分家乡情怀的亲切感?

反转至前。我还是反复阅读诸多古代诗词研究大家的鉴赏笺注文字,感觉他们都在传统鉴赏笺注的框框内,好像并没有发现谁使用了什么新方法、新形式。我当然知道如今的词作鉴赏,实际早已成了一个专门之学。有人做过调查说，在百余年间，国内先后出版过几百种词作鉴赏方面的著作，见诸报刊的鉴赏文章更是数以千计。我还是以为傅斯年先生笺注古代文学遗产成果的考证，从文学、历史，上升至考古，更具科学性。近现代科学考古三要素，是文物、文献、照片。这三要素的形成，本身就有王国维、傅斯年等人的考古学术影响在。只是近现代绝大多数诗词笺注家们一般不具备这个条件。当然也有特例。这些年，发现我30多年前结识的北京学者扬之水，即利用了自己多年与文物博物馆单位的关系，利用文物笺注古代诗文，做了很多有益的工作，取得了相当丰硕的成果，有目共睹。而与我同行且更接近的王立斌，恰恰就在文物考古这个岗位上，近水楼台，有这个条件，又在这方面特别下功夫，写出了《辛稼轩与铅山瓢泉词选》一书。拿到这本书两年来，拜读再三，感觉这确是一本使用新方法、新形式成就的新阅读之样本，让我大有收获。故而把我读这新书的想法，今天写在这里，与大家共赏。

有删节，刊发于2019年6月北京《新阅读》杂志

游艺管窥（六则）

一、讲真话，留住记忆

十月淄博的第六届全国民间报刊及读书笔会上，《穆桂英挂帅》作者宋词先生一段激扬热烈的话语，博得了全场六七十位同道的掌声。宋词在夸奖目前国内几十种民间读书类刊物后，特别嘱咐读书人，要讲真话，留住记忆。

是啊，值得赞赏的是有着真实历史文化信息与当代人文关怀的任何记忆，哪怕是无名英雄。讲真话，留住记忆，其实也是读书人灵魂深处的理想情怀与社会文化责任担当，我们理应为之尽到自己的责任。

会议后两天，我们在有着丰富历史遗存与文化记忆的淄博大地参观。走马观花中的八个景点，给我留下的记忆，都是一些讲真话的历史。

不是吗？淄博人引以为荣的妇孝河，自源头半山泉涌，至平坡孝水东流。颜文姜的妇道善良，化作一路美丽的风景，演绎一段真情的记忆，如诗如歌如画，早已成千年绝唱。

蒲松龄让淄博人骄傲。我看那故居的草屋守护着硕果累累的石榴树，聊斋的残垣陪伴着青蝴蝶，与郭沫若"写鬼写妖高人一等，刺贪刺虐入骨三分"的书联，可以一并成为一段值得追思的记忆。

王渔洋纪念馆内的一百八十块石碑，从明代万历年间到清代康熙年间，是一项逾越百年而浩瀚的文化工程，还有更多的附属建筑遗存与历史人文风景点缀其间，古树参天，蔚为大观，真乃一种非常有意义的历史文化记忆。

被淄博的文化风景震撼之外，感觉也有记忆不足的遗憾。我问苏州名士王稼句，为什么多年为王渔洋祖上刻碑的吴应祈、吴士瑞父子，在苏州贤人祠中没有记录。面对相当精美的民间石刻书法艺术作品，其主人没有被姑苏贤人祠收录，对文化遗产保护倾心不已的王稼句也颇有一番慨叹。吴应祈、吴士瑞父子是三四百年前的民间艺术家，或许因为缺乏相应的官方互动，而使姓名不很彰显。所以历史的记忆，既要有眼力的读书文化人来讲真话，也要有相应的机制来关怀。

淄博文化积淀深广，同样有被历史遗忘的记忆。我们既要有发掘整理中国文化的责任感，也要有正大宽广的胸怀，用真情而优美的文笔写兼济天下的文章。讲真话，尽量多留一些哪怕是痛苦的文化记忆，少留一些吴氏父子那样不很彰显的历史遗憾。

文物的风景，与读书人的联想，这一回淄博之行，真让我留下别样记忆。

刊发于2008年12月26日北京《中国文物报》副刊
发表时并附作者与王稼句先生在蒲松龄纪念馆"腾飞的青蝴蝶"古树前合影

二、丰子恺从来不写"丰子恺"

在中国文艺的星空中，我觉得丰子愷先生非常耀眼。我读过不少丰子愷的文艺著作，尤其是拜观绘画作品，从来不见"丰子恺"。我也读过许许多多写丰子愷的文章，却是一律的"丰子恺"。每每看到这个情况，我心里又非常难过，不知是什么滋味。

在丰子愷的绘画（这里不以"漫画"称，因为丰子愷的画不是漫画可以包含的）作品中，丰子愷从来不写"丰子恺"，是一个定律。这并非丰子愷故意守旧而一定要用繁体字。丰子愷是一个与时俱进的艺术家，这一点在其文艺作品中处处得以体现。我们现在的人，将丰子愷写作"丰子恺"，以为是坚守汉字的规范，实则非也。一个有着深厚中国传统文化功底艺术家的名字涵义，只有他自己掌握得最好。文徵明倘若当年写作"文征明"，他是要被杀头的；别人把钱锺书写成"钱钟书"，钱先生是不承认的，程十髪作品上如果署名"程十发"，那一定是赝品。这里的"徵"与"征"，本来就是两个不同意义的字，不是繁简问题；"锺"本身就是"鍾"的简化；"髪"则专指头发。

丰子愷不能写作"丰子恺"，坚守文字规范的叶圣陶先生做到了，华君武没有做到（有题匾），我以为高下分明。丰子愷确实是太了不起了，为了尊崇，希望

105

大家今后再也不要写作"丰子恺"了。

刊发于2016年3月南京《开卷》杂志

三、"非遗"不属于遗产范畴吗？

马上又到2016年6月的中国文化遗产日。再次翻阅2015年7月7日《中国文物报》，在连读三遍当代博物馆专家苏东海先生《"非遗"不属于遗产范畴——关于修改非物质文化遗产概念的商榷》的文章后，我很受启发。这里首先声明，我对苏东海先生之道德文章向来敬佩；但作为学术争鸣，我也想就苏先生这"非遗"概念商榷内容中的其中一小点，发表一点不同的看法，以求教于苏先生和关心中国文化遗产的广大公民与文博专家。

苏先生认为物质文化遗产与非物质文化遗产有三大差异。其中第一点在在于物质与精神的差异，说"物质文化遗产是有形的物质，文化内涵寓于物之中"。这符合马克思辩证唯物主义"物质第一性，意识第二性"的"存在决定意识"的理论定律，自然不错。然而紧接着，苏先生却说"非物质文化遗产没有物质外壳"，并从这个认识判断"'非遗'不属于遗产范畴"。我以为，苏先生的这个概念定评不甚合理。

我想，以下还是用事实来作一番验证说明。

非物质文化遗产难道都没有物质外壳吗？然也，亦不全然也。非物质文化遗产没有物质外壳的当然很多很多，如民歌、舞蹈、游戏、口头文学等等，这些项目一般不借助道具也完全可以表演。如我非常熟悉的本家74岁文木根先生的江西省级非遗项目二塘长工山歌演唱，就不需要借助任何"物质外壳"，甚至也不要任何刻意选用的服装和道具，只要有他所能理解的情感和自己的歌喉、嗓音即可。

演唱艺术要借助"外壳"的也不少。我读过一部长篇小说《格萨尔王》，对书中叙述的牧羊人晋美在藏戏说唱过程中神奇的表现，印象尤其深刻。基本不识字的晋美，那近乎无休止的对格萨尔王这个藏族英雄人物的说唱，据说是来自"神灵的天助"。这个仿佛精神上的玄妙，在同样神奇的作家阿来看来也是无从考证的。但我注意到，晋美在他那神奇的说唱之前，首先要借助一顶藏族《格萨尔王》说唱艺人必须戴上的一种长方形叫"厦"的帽子，没有这个"厦"的"神力"，说唱就进行不下去。由此，我还想起曾经欣赏过的一场《梵音古乐》表演，除应用了长号、短号、铃铛等器乐外，几十个藏族演员头上都戴了那类似叫"厦"的帽子。这个"厦"，很多都与唐卡一样，本身就是文物啊。还有一些表演艺术，也要借助"物质外壳"道具的，如昆曲、古琴等，这里尚且不说。

瓷都景德镇，在陶窑搭建、陶瓷制作、陶瓷书法等几个方面，都有国家级非物质文化遗产项目，每个项目又分别都有国家级非遗代表性传承人。它们这些非遗项目的陶窑与陶瓷作品，都有其"物质外壳"。所以在陶瓷生产过程中，非遗寄寓于"物质外壳"，最为明显。没有陶瓷艺人的非遗技艺参与，历史上的陶窑、陶瓷器具和今天的陶瓷艺术品都不会存在。所以我们需要拷问，这些过程真的不属遗产范围吗？

至于涉及建筑技艺的桥梁建造、民居雕饰技艺等等，都是非遗项目。这些非遗技艺本身，就要附载在各自物质的外壳上，如果没有历史的"外壳"，这些非遗就没有见证物；同样，如果没有这些现实建造的"外壳"，非遗技艺的价值就无法体现。这些建造技艺非遗，他们的来源，本身就寄寓在各式各样的诸多建筑类文物保护单位"外壳"中。例如我们进贤县三里乡的江西省省级文物保护单位雷家花屋，多年前我曾在《中国文物报》上发表过一篇文章，介绍这处有确切纪年的"样式雷"建筑的独特非遗工艺，引得上海与香港的建筑研究专家关注并反复来雷家花屋考察——他们多少年都在苦苦寻觅"样式雷"建筑非遗工艺的"外壳"呢。我还想，如果这些非遗技艺不能和物质的"外壳"相结合，我们在编写申报各级非遗项目的资料中，就只能云中谈月了。

再举一个我自己亲身经历的例子，我们进贤文港毛笔制作技艺（江西省省级首批"非遗"项目，进入2014年7月文化部在《中国文化报》公示的第五批国家级非遗项目名单），在申报非遗项目的资料准备过程中，我们不仅要一个动作一个动作地拍摄毛笔制作技艺过程，毛笔工匠在用毫（毛）操作时还要讲解毛笔笔头羊毫、加兼毫与外层附毛的比例，百余道工序，都要落实到"物质外壳"上，而且我们还利用了如清末注册商标的"临川李鼎和"毛笔实物（文港历史上属临川，1969年划归进贤）这样的"外壳"。不仅仅如此，我在前年这次国家级"非遗"资料的整合中，甚至把承载那文港毛笔制作技艺的周坊、前塘两个毛笔村落的建筑文物的大"外壳"也利用进去了。

我这样说一点点自己的想法，在此与苏东海先生略略商榷：非物质文化遗产不全是"没有物质外壳"的；或者进一步说，像物质文化遗产一样，有这个"外壳"就在遗产范畴内，那么如上所举例借助"外壳"的非遗项目，就不能把他们划分到遗产范围之外吧。非遗技艺本身与其借助或承载的"外壳"，是无可分割的。明末一部伟大的科技著作《天工开物》，用宋应星自己在是书序言中对资助出版人涂绍煃［字伯聚，清康熙十二年（1673）《进贤县志》记录为"进贤九都中结人"］的感言说，是"诚意动天，心灵格物"。对照"涂版"是书之诸器物图像，真乃符合中国哲学"格物致知"的辩证唯物主义思想。《天工开物》内无论古代农业与手工业技艺，一切都借助集历史、科学、艺术价值为一体之物质（文物）的"外壳"。谁能说这内中的非遗不是遗产呢？

我在地方从事物质文化遗产研究与保护工作三十年，几乎是独立承担并成功申报了三处全国重点文物保护单位和一大批省市县文物保护单位，亲身创建和设立了进贤县的文物博物馆机构，用文章对县境内的九个中国传统村落也全部进行了物质文化遗产与非物质文化遗产资料的整合。中国传统村落是最近几年才有的文化遗产的另一种名称，其基本要求就是传统村落既要有历史的传统建筑，又要有历史的非遗项目。我主持文港毛笔制作技艺的国家级非遗项目成功申报，就是我几十年把物质与非物质文化遗产的研究结合得很好的成果。所以我还感觉到，至少是在我们这个地方，物质文化遗产与非物质文化遗产相辅相成，粘连得十分紧密，倘若在研究保护上分灶吃饭，好像不大合适。若把非遗剔除出遗产范畴，那是节外生枝的添乱。这些或许是题外话，也请苏先生鉴谅。

四、再说鲁迅书法鉴定

近十年来，国内媒体时有关于名人手札或曰书法收藏的文章报道，我也有一定的关注。说到名人手札或书法，似以新文化运动以来的名人尤其是鲁迅先生的书法收藏与鉴定最受到关注。而单单关于鲁迅先生的这个话题，我过去曾经写过辨识文章。这里再次谈起，一是因为我骨子里的鲁迅文化艺术情结，一是对一些违背相关事理的言行不以为然。今番再举两例说事。

第一，2015年12月5日，北京匡时拍卖一件鲁迅款"放下屠刀，立地成佛。放下佛经，立地杀人"偈语的毛笔字作品，并以304.75万元成交。一年多后，我再三阅读那些报道，感到不可靠，立即翻检手头的《鲁迅手稿全集》（文物出版社1982年版）、《鲁迅辑校古籍手稿·嵇康集》（北京鲁迅博物馆、上海鲁迅纪念馆1985年合编）、《鲁迅著作手稿全集》（福建教育出版社1999年版）等多种鲁迅著作手稿印本，对这件被拍作品，提出如下三点质疑。

1. 文字风格对不上。这件作品，有学者说只是近似，我看有一定道理。鲁迅手稿，书写儒雅，规矩而飘逸，书卷气扑面而来，至少在我的审美趣味中有一种至善至美的感受，配合上他的文风和文采，其美学效果，是当代任何一位书法家无可比拟的。鲁迅书法，也和他刚毅性格形成强烈对比，新文化运动以来的学者也罕见如此奇特之效。被拍的这件作品，从视觉上没有这种冲击。要说"近似"，我看只有"鲁迅"二字。那十六字，比照一大摞鲁迅手稿，很难对得上号。如果不信，请鲁迅研究专家和国内外书法收藏界同仁参阅《鲁迅手稿全集》（文物出版社1982年版）等鲁迅手稿文本，或许一目了然。

2. 标点用法对不上。鲁迅文字书写过程中，特别讲究标点符号之应用，这与他深厚的文学功底与高雅的审美情趣有关。在鲁迅先生所有的手稿中，他几乎全部是严格按照汉字书写规范标准行事的，例如引号应用在横写与竖写中的不同，他就一定不同；写错了或写得不对，他就画一个比较标准的方框再用斜线遮盖；抄写没有标点的佛经，全文就一定没有一个标点。被拍的这件作品，属于乱打点，且前三句有点，后一句无点，这些点又是什么符号呢？不明确。反复检阅鲁迅手稿，似没有出现过类似的情况。对于旧时文字的"句读"与"圈点"，鲁迅的功夫是相当扎实和忠实坚守的，更何况他还曾经大声疾呼"须用新式标点"。

3. 章法布局对不上。鲁迅先生在抄写文章时，非常讲究章法布局。他看报社送来的文章清样,一定会有自己的意见,如标题字大小、上下位置退升格、标点纠正与改动、名字调整等,都要从页面上通盘考虑,提出修改意见而从不马虎。至于送朋友的作品,还没有见过像此件被拍卖作品这么马虎草率、这么不经营位置、这么不讲究章法布局的。这件作品,很不符合鲁迅书写的一般风格。

关于这件鲁迅偈语作品,当时即有人质疑。这里我再提以上三点意见,其他的不说。

第二,再说一件不远的事。在2017年2月22日的《文汇报·笔会》版面上,有上海鲁迅研究专家王锡荣先生《直面名人手迹危机》的文章,说日本拍卖市场即将拍卖"鲁迅手稿"《靠天吃饭》,还说到拍品水平低,一看就不是鲁迅手笔。在王先生的文章以外,我没有见到该待拍作品照片,不敢发表意见。但我认为,王先生的话也不一定准确。首先,对鲁迅书法鉴定,我就不怎么相信国内相关专家的眼光——在过去几次出版的鲁迅著作的手稿问题上,本身就很不准确。2006年4月,我到北京鲁迅博物馆找孙郁馆长,他随即拿出《鲁迅辑校古籍手稿·嵇康集》(北京鲁迅博物馆、上海鲁迅纪念馆1985年合编),我当场指出编辑中的不少问题,得到这位国家文物鉴定委员会委员的认可。当然,孙郁先生没有参与这几次的鲁迅著作手稿编辑工作,但王锡荣先生参加了编辑工作且没有发现任何问题。所以说,王先生在这篇文章中没有附"鲁迅手稿"《靠天吃饭》的影印件,不能证明"一看就不是鲁迅手笔"的结论。从纸质文物艺术品鉴定与研究的角度讲,刊出文章不附影印件,是很不科学的,至少是欠妥当的。

对于鲁迅书法的鉴定与研究,我认为目前中国学术界是做得不够的。2006年,我对鲁迅、许广平同钞《嵇康集》的文字手稿进行了分辨,之后再对《鲁迅著作手稿全集》(一函十二册)中的鲁迅与非鲁迅书法进行了分辨(北京萧振鸣给我来信;上海陈子善、王锡荣、陈克希,绍兴钱小良等国内二十多位鲁迅研究专家,都在我进行分辨的这套书的前面签了名,表示认可我的鉴定),并两次写成辨识鉴定文章,分别刊发于2007年11月的《中国文物报》与2008年1月的《鲁迅研究月刊》,产生了一定影响。就因为当时对鲁迅书法有大量非鲁迅书法的辨识,所以2007年11月在江西进贤举办的(第一次)"鲁迅与书法"学术研讨会,就是由时任北京鲁迅博物馆馆长孙郁先生与我共同发起的。孙先生还在我2013年7月文物出版社出版的《求鼎斋文稿》序言中说到因为我的鉴定,所以我们才共同发起"鲁迅与书法"学术研讨会。这之后,北京鲁迅博物馆常务副馆长黄乔生先生,再嘱咐我参照《鲁迅手稿全集》(文物出版社1982年版),对鲁迅手稿或曰书法继续辨识,我当然遵命。我以为,学术文物界对鲁迅书法的鉴定与研究,是非常严肃的事情,也有一定效果,但确实是很不够的,希望今后要特别加强。

五、"李渡酒好",拿来集句藏头诗

2015年9月11日,华泽集团在江西省进贤县全国重点文物保护单位李渡烧酒作坊遗址内,召开了中国白酒起源研讨会。研讨会由进贤县三阳集乡籍、当代中国第一酒博士、佛山大学文学院院长、广东省国学研究会常务副会长万伟成教授作《李渡烧酒作坊遗址与中国白酒起源》的主题报告。万伟成报告后,随即出示赠李渡酒厂集句"李渡酒好"藏头诗一首:

李白一斗诗百篇,(杜　甫)
渡河问我游梁园。(高　适)
酒后留君待明月,(丁仙芝)
好把仙方次第传。(翁承赞)

这首集"李渡酒好"的四句七言藏头诗,分别出自杜甫《饮中八仙歌》的第一句,高适《赠别晋三处士》的第二句,丁仙芝《余杭醉歌赠吴山人》的第七句,翁承赞《寄示儿孙》的第八句。真不错,这四个集句皆为唐诗,且各句在原诗中的顺序放到这里正好没有错位。有意思的是万博士说:"高适的梁园在开封,非常有名;而开会前几天,我接到正式通知的时候,还真在广东佛山也很有名的梁园。"开会这天是八月初一,"酒后留君待明月",我对酒博士说,李渡酒厂要留你半个月,因为中秋后一日要举办李渡烧酒酿造技艺传习讲座,不正巧合了"好把仙方次第传"。

王国维的"三重境界",集晏殊、柳永、辛弃疾三位著名词人句,成为成就一个学者必经之路诗意般的总结,非常有意思。如果没有八百年之后王国维的

再利用，古之晏、柳、辛，即便他们有才情、诗词再好，恐也难成为今天艺术殿堂的高雅崇拜。

拿来主义的艺术再创造，其效果往往是出人意料之外的。所以我们艺术家，可以到古代诗词中去遨游，为推动艺术发展，创作一些有趣的作品。

六、吴冠中艺术审美"反奴才"的鲁迅精神

2019年是吴冠中先生一百周年诞辰。今年开春以来，保利艺术博物馆全球征集吴冠中艺术作品，在香港、北京进行"吴冠中百年诞辰收藏大展"。6月，北京嘉德春拍夜场一幅《狮子林》，又以逾1.4亿元成交，创吴冠中国画最高纪录。11月，清华大学艺术博物馆"美育人生——吴冠中百年诞辰艺术展"又推出了三组共111件海内外文化教育机构收藏的吴冠中艺术作品，产生巨大影响。我以为这些都是好事。这当儿，我想起早些年关于吴冠中"风筝不断线""笔墨等于零""形式是画家的生命""风格是背影"和"一百个齐白石抵不了一个鲁迅"等观点。有人提出吴冠中艺术创作的中心思想不明确。特别是在纪念五四运动一百周年过后的一些日子里，我想到了吴冠中又联想到了鲁迅，觉得有几句话想说。

绘画艺术与文学艺术一样，都有其中心思想。明初大文人苏伯衡在《空同子瞽说》一文中，虽阐明"文无定法"。然亦有"有统摄也"（人民教育出版社作注：即文章有中心思想，中心明确）的理解。

我对吴冠中艺术中心思想的理解，应该有一个由头。怎么理解"形式是画家的生命"与"风格是背影"？这形式和背影又是什么？记得大概三十年前，吴冠中写过一篇"风筝不断线"的文章，从字面上理解的意思，是希望自己的作品能像风筝，高高飘扬在空中，永不断线。从精神层面讲，点与线，在其绘画作品中所体现的全部意趣，像飘扬的风筝与牵风筝的线之间的联系，蕴含着情感，能启发高雅审美情趣的阳春白雪向下里巴人普及。这如诗般形象的表达，当然是好事。吴冠中本人，实际就是这个阶梯的联络员，只是很多人骨子里低级趣味，不能理解罢了。如果我的理解形成如此一段话似乎还很空洞，那么我就要点出一个例子，即江南水乡嘉兴缪惠新的画作《背影》。或许那就是理解吴冠

中这层意思最好的注脚。

我以为，无论吴冠中的艺术是他青年从中转到西，还是其晚年由西返向中，他骨子里都还是有宋明以来理学中"格物致知"的意识在起作用。例如，他早年在下放劳动过程中以粪筐当画架的体验，以及江南山水情结、苏州园林情感寄寓、"大漠落烟"的感受、渔网如书法等等，其主张艺术养料汲取与表现的对象，都是来自自然的理念。所以他的艺术创作，无论油（西）画的民族化，还是渗透着西方艺术元素的中国画探索，抑或对艺术的审美理解，都与众不同，不落俗套。他的艺术创作的不雷同，也表现在同一题材上，例如这次拍卖的《狮子林》与捐赠给上海博物馆的《狮子林》就不一样，都是因为他能够拉住"放风筝"这根主线。怎么在其艺术创作中拉住"放风筝"这根主线呢？苏州狮子林我去过多次，前几天我又去了。这次我特别在狮子林中间那石头缝隙转来转去，有意识地去体会画画与放风筝如何联系。这《狮子林》，你不说，也许人家根本就看不出来。你看看，他画的狮子林的石头，用线连起来，且连得那么流畅。其间诸多的点缀，又似洞察秋毫的眼睛。线不断，扎根于大地。有笔有墨。这或许就是"艺术为我所有，而我不是任何艺术的奴才"。他的意思是脱离了实际的笔墨等于零。我以为，这是吴冠中骨子里贯穿的鲁迅批判意识对艺术创作这一事物理解的透彻。因此在这之后，在他批评没有格物及高尚精神的艺术"笔墨等于零"的时候，并非批评绘画笔墨线条等方面的技艺。也因为这个"笔墨等于零"，使原本交好的张仃与吴冠中既而"交恶"。在我看来，有着共同精神领袖鲁迅先生且年龄相仿的张仃与吴冠中这对艺术大师，其实艺术创作的思想趋向是一致的，只不过先前受教育的路径不同罢了。张仃为什么会首先对吴冠中的"笔墨等于零"发起无情而犀利的批判？因为他崇拜并得益于黄宾虹。张仃艺术成就的来源，恰恰又是长期扎根民间深入实际而形成的特别的笔墨功夫。吴冠中批评的"一切脱离了实际的笔墨等于零"，绝非针刘一向十分勤奋的张仃。其实，他们两人的笔墨都是讲究联系实际的。

再后来，吴冠中干脆说"一百个齐白石抵不了一个鲁迅"，是因为齐白石说过自己是青藤徐渭门下的"走狗"，而鲁迅精神，则恰恰是反"奴才"与"走狗"的。"奴才"与"走狗"，都是一味地顺从，丝毫没有批判意识。尽管古之青藤徐渭在五百年前是相当了不起的人物，但中国画发展到今天还是停留在"奴才""走狗"的思想层面，未免没有得到多少改观。鲁迅先生是新文化运动的主将，他同样把自己唤醒民族自主意识的批判精神运用到文艺创作中。恰恰百年前的诸多文艺家不能很好理解这一点。所以"一百个齐白石抵不了一个鲁迅"还是很有道理的，可以发人深思。他批评画院，甚至提出解散美协等机构，都是因为那个时代，很多所谓的艺术家，见到在高位的人就拍马屁，沦为"奴才"。他没有办法，无可奈何，看着难过，所以说了直话。那一系列让人听了觉得背心发凉的直话，其实也是他在艺术追求道路上得出的精神文化结论。我们今天稍稍扪心自问，可千万不要生气。另外，从吴冠中大量撕画及有选择性地捐画等行为看，吴冠中是一个风格极其明显、特立独行的思想性艺术家。这行为本身，也充满了鲁迅精神。张仃虽没有表达类似思想，然他的笔墨本身就充满了鲁迅精神。中央前几天决定，中国美协、中国书协从8月1日起脱离行政，或许就是对吴冠中早年呼声的回应。

我还以为，对艺术审美思想的认识，要有吴冠中的人文情怀。可是中国现今各行各业"奴才""走狗"太多，人文情怀很难贯彻。这些年，诸多知名艺术家与收藏家之间的笔墨官司，足见当下世道人心之趋向。吴冠中走的是鲁迅羊肠小道似的独木桥，他要在这条艰难的道路上平衡这种关系，别人没有这种精神就难以理解，因此有很多人指责他。从吴冠中所有思想行为表现看，吴冠中可谓当代中国艺术思想界的鲁迅。吴冠中讨厌"奴才""走狗"，其艺术的审美中心思想，就是当前中国艺术界清除种种恶俗所需要的反"奴才""走狗"思想。如果当下的中国艺术界多有几个吴冠中，黑恶势力就难以立足。所以说，吴冠中"一百个齐白石抵不了一个鲁迅"的观点，也深有寓意。

五四运动百年纪念活动虽然过去，但其核心精神是什么？我们关注一下五四运动百年纪念活动文化论坛的一些演讲或文章，也许就不难理解吴冠中生前那些逆耳忠言了。

2019年11月11日初稿，2020年2月29改稿
刊发于2020年3月长沙《艺术中国》杂志

明代进贤牌坊书法三例

江西省进贤县有诸多的明代牌坊，牌坊上有匾额，匾额其实就是牌坊建筑上的文化符号，匾额上的字有的还可称书法。我认为比较有代表性的牌坊建筑上的匾额书法，无论从文物本体研究、历史文化挖掘，还是书法艺术价值讲，都很值得关注和利用。这里例举三处明代功德牌坊匾额书法如下。

解缙书法："昼锦"

进贤县七里乡罗源陈家的陈氏牌坊，是全国重点文物保护单位。陈氏牌坊由砖石结构的昼锦坊与木结构的理学名贤坊共同组成。这里只说昼锦坊。昼锦坊是明永乐八年（1410）兵科给事中高旭与进贤知县佘曜为时任四川右参政的陈谟而立的功德坊。现年90岁的陈显明老师，是陈家村的文化人。记得早在1985年文物普查后期，陈老师就告诉我，说昼锦坊原本是陈谟府第的门牌，后来成为我们实际上的陈氏宗祠大门坊。陈氏宗祠正面比昼锦门坊宽两间，即一字五间，在抗战期间毁坏。宗祠大堂正中上方有木匾曰"方岳第"。我们知道"方岳"，掌一方之重臣也。明弘治十五年（1502）河南信阳进士何景明《送熊廷振之楚藩》诗有句云："同榜衣冠照乡里，十年名位登方岳。"任四川右参政的进贤人陈谟，当然是方岳了。建方岳第并昼锦坊事情的由头，是永乐初年，陈谟因为参与《永乐大典》在江西选调抄书手而深得主编解缙赏识。待陈谟一并参与书抄的《永乐大典》修毕，即被升为官阶从三品的四川右参政，他时年25。永乐八年，陈谟主修陈氏宗祠，请解缙题匾，解缙写了"方岳第"与"昼锦"。朝廷命官兵科给事中高旭与进贤知县佘曜为春风得意而"富贵还乡，衣锦昼行"的陈谟喝彩，乘机为其在宗祠前立坊，遂将解缙赐赠墨书"昼锦"二字作为坊匾，一并也将他们自己的名字镌刻上石。陈显明说自己熟悉的"方岳第"木匾上有解缙落款,只是被村上一个他不便说出名字的人拿到抚州卖钱了。"方岳第"与"昼锦"两匾,确确实实都是解缙写的,1966年"文革"中被毁的《陈氏宗谱》中有记载。解缙留下了不少精绝的小楷,然盈尺大字不多见。这匾上"昼锦"两个凸起的楷书大字,横平竖直,方圆兼融,一笔不苟,是书法中的上佳作品,足见大学士解缙之才子气象。这处全国重点文物保护单位中有明确纪年最早的昼锦坊,书法价值大。

马文炜书法:"父子恩荣"

进贤县文港镇曾湾村,是第二批中国传统村落之一。村南有九位朝廷命官为吴廷相、吴撝谦父子而立的"父子恩荣"功德坊,是进贤县文物保护单位,也是这处中国传统村落的重要构成部分。坊四柱三间式砖石结构,顶檐砖砌,上盖瓦灰,装饰简约。门坊高4.3米左右,两边砌有"八"字砖墙。"父子恩荣"坊形制较小,用材石质也不甚讲究,匾石很早就断裂了。同七里陈家"昼锦"二字一样,曾湾匾额上的"父子恩荣"四个楷体大字,越400年而仍漆黑如故(或"犹新")。早年在文港当地,一直相传"父子恩荣"四大字为山东安丘进士、时为钦差巡抚江西右佥都御史的马文炜的书法。"父子恩荣"四字确实端庄流畅,潇洒灵动,有正大气象,艺术效果堪称一流。记得2002年,我将"父子恩荣"四字照片示以《华声报》原总编周俶先生。后周先生转告,马文炜无论在《明史》《中国人名大辞典》,还是地方文献,皆有传,在家乡受到推崇,故而他难得一见的书法引起了山东安丘文化学者的极大兴趣。还是与"昼锦"书法一样,"父子恩荣"没有书写者名款。

"父子恩荣"坊匾额两侧,从右往左,分别竖刻八行文字:

钦差巡抚江西右佥都御史曹大埜　马文炜

巡按江西监察御史贾如式　孙旬

分守湖东道左佥事曹楼

钦差湖东道兵备副使唐本尧

抚州府知府居守　王之麟

临川县知县王永宁　为

嘉封大夫刑部郎中吴廷相　立
万历十三年岁次乙酉季冬月吉旦

坊匾两边这些小字，则显得圆融、宽宏、随意，相传是临川知县王永宁的手笔。进贤境内功德坊匾字多不落款的做法，沿袭自明初。"父子恩荣"坊前"八"字砖墙东西两侧各嵌红石，分刻"起秀""腾芳"，亦填墨漆。有趣的是，为吴廷相、吴搞谦父子立坊的九位明代职官，全是进士出身，吴搞谦本人当然也是进士。一座小型的德功牌坊，竟然与十个进士人物相关，而且十个人全是朝廷命官，确也少见。

汤显祖书法："科甲第"

进贤县文港镇周坊村，是第三批中国传统村落之一。周坊村四十多幢有匾额的清代民国建筑，整体就是进贤县文物保护单位。村上原本有一座科甲第牌坊，据说在1953年倒塌，所有的建筑构件也随即散落，之后五十年无人问津。2003年搞毛笔文化村落调查，我请村干部从门前水塘中打捞起一块石匾，是汤显祖为万历十四年（1586）周坊村进士周献臣书写的"科甲第"，落款"壬寅汤显祖题"。村民看重祖上光彩，次年的2004年，为周献臣建了一座新牌坊，嵌入了"科甲第"老匾。汤显祖为什么给周献臣题写科甲第匾额呢？原来也有故事。在1922年《周氏宗谱》中，收录有明万历壬寅（1602）《周氏宗谱》，序中对周献臣有记载："以论劾首相太宰失官，乃筑鸿乙台……休汝里中。"是啊。比周献臣早一届即万历十一年中进士的同乡（其时同属临川，隔壁乡镇）汤显祖，同在南京陪都为官，见有共同志趣的周献臣如此遭遇，能不为之动情吗？因此既为《周氏宗谱》写序，索性又为周献臣书"科甲第"，以示友好和安慰。"科甲第"匾字幅盈尺，圆笔行楷书就，略显拘谨，然书卷气十足。但与其他功德（名）坊不同的是，"科甲第"匾不仅有落款，而且字迹边缘镌刻后的上色也弃黑从绿（先国注：据我多年对旧时传统建筑的调查研究情况，发现屋宇上的绿字之石匾，在临川县多见，进贤县则少见）。作为地方文化遗产研究与保护管理者的我来看，自这"科甲第"匾重见天日十多年来，探访拜谒的学者书家不计其数，好像以其为书法的却为数稀少。倒是2016年汤显祖逝世400周年纪念活动，抚州的文化展示，有这幅汤显祖唯一的匾额书迹，令人神往。

　　进贤县这三块明代牌坊匾额上文字的书写者，解缙与汤显祖，虽然名气大、字好，但也不以书法出名。马文炜虽也青史留名，但一般人根本就不知其名，其书法却真真可谓气象万千。关于"昼锦"与"父子恩荣"两匾书法，分别相传为明早期解缙和明晚期马文炜两人所书的问题，有人提出质疑，这是可以理解的。我为什么早些年会尽力去调查这件事情，也就是想让"相传"得以证实。调查没有得到确证的结果，当然是遗憾的。但我这里要扯远一点，说明一下这"相传"也绝非空穴来风。如与陈谟同宗的进贤架桥艾溪陈家全国重点文物保护单位——清光绪进士陈志喆的羽琇山馆匾额，也没有落款，然"羽琇山馆"四字，一直相传为同科进士徐世昌书写，二十年间我也找不到证据。倒是在事后的2017年冬天，我发现了被铲除了大字的另一块"魁寿扈硕"木匾，其上并留有落款"徐世昌"的大名。之后我请章文杰同往照相，以备证明"相传"的可靠性。所以我调查过程中得到的"相传"，都不是编造的。还有关于书法，从这几块明代匾额书法看，我们比之古人，现在要称自己为书法家或书法大家，确实还是谦逊一点为好。当然这是后话。

刊发于2018年9月28日北京《中国文物报》

也说戴叔伦的"诗伯夜台"碑

这是一个被广泛传播的唐代大诗人戴叔伦"诗伯夜台"碑。另有几个小字,我辨识为"万历岁次三月张翰冲为"。张翰冲,明万历四十四年(1616)三甲第一百一十名进士,福建晋江人。因为这块所谓的"诗伯夜台"碑的主人戴叔伦跟进贤也有关系,所以我在这里也想说说这块碑。

戴叔伦是润州即今天的常州金坛人。戴叔伦从抚州刺史任上下来后,有一段时间隐居在锺陵小天台山,躬耕夜读,教书育人,还植桑种茶,兴修水利,深得锺陵黎民爱戴。他在这里留下以自己家乡而命名的润溪港与润溪桥(进贤县与南昌市文物保护单位);他隐居的锺陵乡杨坊湖边的小天台山,也被锺陵士人敬其贤能而称为栖贤山(《中国名胜辞典》有录)。

据说"诗伯"为大诗人之称,"夜台"即指坟墓,合起来翻译成白话就是"大诗人之墓"。对于先前研究者的这个解释,我们也就认同吧。

清王椷《秋灯丛话·卷八·戴叔伦墓碣》,记载了戴叔伦墓的发现经过:"乾隆甲子,江南饥,制府尹公题请以工代赈,修浚各州水道。于常州荆溪开一引河,命巡检张某督其役。掘得一古冢,有短碣,署'唐诗人戴叔伦墓'。碣底镌刻数行曰:'筮之吉,卜之凶,六百年后遇大工。寄语荆溪张巡检,将我骨骸葬其中。'张以白制府,乃令改凿河道。筑其墓,岿然高数尺,环种松柏,表碣于旁,并镌碑记其事。"

1991年第1期《文献》,蒋寅《梁肃所撰〈戴叔伦神道碑〉的文献价值》一文,引光绪十一年(1885)编修的《金坛县志》记载:"翰林学士梁肃碑今在,惟唐故戴叔伦神道碑数大字,余不可辨。"

韩崇《宝铁斋金石跋尾》,在清道光年间,梁肃碑就"文字漫灭不可辨,惟碑额正书'唐故戴公神道之碑'八字完善,在金坛县南门外,屹立道中。碑末有李都转彦章题名。旁一碑,大书'诗伯夜台'四字"。

金坛地方的研究资料,也说到明万历年间,金坛县令张翰冲奉旨开挖丹金溧漕河,戴叔伦墓及专祠正好在规划的河道之中。遂由政府拨款,将他的墓迁到县城文明门外城墙旁,并重建了诗伯专祠。县令张翰冲还亲自为他题写了"诗伯夜台"墓碑。祠坛墓园图形见载于宗谱。此后,直到太平军攻打金坛城,诗伯专祠毁于兵燹。至清光绪二十二年,戴氏族人又在县城中心(今沿河东路),复建了诗伯专祠,又名"金沙戴氏大宗祠"。

叔伦公后裔分布在金坛、句容、溧阳、武进等地的分支都建有戴氏宗祠,都以金坛宗祠为总祠。但叔伦公墓仍在旧址。直到新中国成立以后,宗祠被政府征作他用,墓区因城市扩建被毁,其余碑刻均亡佚,"诗伯夜台"墓碑也被砌到小南门轮船码头下面。该碑后被县文管所收藏,今复立于戴叔伦新墓园内。此碑也是如今所见戴叔伦墓园内最古老的一件文物了。

2006年12月,金坛戴叔伦后裔戴炳元、戴裕生先生,为建金坛戴叔伦纪念馆,特意来江西鄱阳、抚州(临川)、进贤、余干四县市,探寻戴叔伦足迹,丰富研究资料。两位极其热心的戴氏后人,在由我带领拜谒过进贤栖贤山戴叔伦遗迹后,向我出示了这块四字碑的照片,并谈了他们与上面差不多的理解。但我认为,"诗伯夜台"四字墓碑,现在这样从左至右又从上往下排列的方法是不对的。这样摆放,一是使过去的研究者不能自圆其说,一是会误导读者和后来的研究者。我觉得应该将"诗"与"伯"和"夜"与"台"分别左右调换一下位置,那么"诗"与"夜"在右边,"伯"与"台"在左边呈上下排列就对了。这样的话,"万历岁次十月张翰冲为……"的上款就上下连贯了。至于"为××"而立的碑,因为考古讲究事实,虽然当年"掘得一古冢,有短碣,署'唐诗人戴叔伦墓'",但在没有见到大诗人戴叔伦的其他文物的情况下,当然下款的文字还不能肯定。还有金坛地方文史研究者"县令张翰冲还亲自为他题写了'诗伯夜台'墓碑"这句话,也不一定恰当。据我三十多年在地方从事文博研究工作和书法鉴赏的见识,明代在为人立碑或送匾额的时候,一般右侧书写"××为",左侧书写"××立"。真正碑与匾的题写者,有的会明示,有的却隐去。所以说,县令张翰冲再次为前贤戴叔伦立碑是一定的,上下完整地连起来,就是"万历岁次十月张翰冲为,唐诗人戴叔伦　立"(先国注:但愿"为"字后如此)。而下节这几个字应该在"伯"与"台"的左侧。现在的情况是"伯"与"台"的左侧有些许小字痕迹,故无法定评。总之,张翰冲"亲自为他(戴叔伦)题写",则实在没有根据。

  不能明白的是,组装起来的"诗伯夜台"四字碑,四围有平整的切割线,这四个碑字的安装,无论从事理或书法方面讲,皆极不合规矩。他们认为,"解放以后,宗祠被政府征作他用,墓区因城市扩建被毁。其余碑刻均亡佚,'诗伯夜台'墓碑也被砌到小南门轮船码头下面。该碑后被县文管所收藏,今复立于戴叔伦新墓园内。此碑也是如今所见戴叔伦墓园内,最古老的一件文物了"。这似乎可以肯定,四块石碑上:"诗"字的上与左、"伯"字的上与右、"夜"字的左与下、"台"字的右与下几面的切割线,一定是先人所为,新中国成立后只是照原排列法安装罢了。这就奇怪了,古人都尊重文字,严谨行事,而为什么安装"诗伯夜台"碑时,会违背排列方法且在四围平整切线?难道他们不知道"万历岁次三月张翰冲为"的半截落款刻在"诗伯夜台"四字中间,会让人感到莫名其妙?四百年前的"诗伯夜台"碑文物本身不会说话,任人摆弄也无可奈何。只是我们现在的文史、博物、书法专家,在研究过程中起码不要回避常识,人云亦云,胡乱跟风解读。

三件瓷板画像

一、陈志喆画像

2017年春节后的元宵节，全国重点文物保护单位羽琴山馆和云亭别墅所在的中国传统村落进贤县架桥镇艾溪陈家村，准备开建本年度的江西省第一家村史馆。这当然是好事。我与章文杰到场，请求村上多找一些陈家村历史人物的相关资料。不几日，村人76岁的医生、南昌县向塘镇医院原院长陈冬保，在南昌市陈志喆孙辈家找到了陈志喆瓷板画像两块：

第一块中年画像。瓷板画高38.8厘米，宽26厘米。落款"邓碧珊写照"，并画有一枚"万古不磨"印章。邓碧珊（1874—1930），江西余干县龙津镇邓家村人（先国注：我家进贤县二塘乡潭津村往信江上游十公里处），从小有一定文化基础。民国初年，他到景德镇绘瓷板肖像画，而且还是瓷都艺术界公认的瓷制肖像画创始人。邓碧珊为景德镇瓷艺高手，著名的"珠山八友"之一。这幅画像上的陈志喆，身体肥胖，福态圆融，穿着也得体，大概在五十岁左右。邓碧珊比陈志喆小十几二十岁，所以这幅画像是邓碧珊三十多岁的作品，代表了邓碧珊瓷板人物画的水平。邓碧珊落款的书法也有功力，符合邓碧珊在"珠山八友"中书法魁首的地位。

第二块老年画像。瓷板画高39.3厘米，宽26.2厘米。落款"南昌丽泽轩梁兑石监制"。在这画像上方，有陈志喆自题："少年之我，急于功名。中年之我，累于宦情。老年之我，教子一经。见善必行，注重养生。貌则和平，心则朴诚。一片性灵，托于丹青。"梁兑石为民国时期南昌瓷板画艺术家，瓷画人物艺术高超，所开丽泽轩画像社，为国民党政要人物画了很多瓷板画。1952年被人举报，丽泽轩画像社倒闭。陈志喆当然算得上是晚清至民国早期的江西名人，但这瓷画像是否为梁兑石所画就很难说，因为南昌丽泽轩的其他画师，技艺确实个个旗鼓相当，堪可比较其师梁兑石本人。梁兑石为顾及员工面子，从他店铺出去的瓷画人物一般都落款"梁兑石监制"。陈志喆的这幅画像够得上水平，只是前些年后辈搬家不小心碰断，破坏了瓷画像的艺术效果。然陈志喆本人的自题，内容很一般，与他晚清在广东博罗与四川江油两地知县任上的《粤游草》与《蜀游草》诗文水平相差甚远，似不能增色。

陈志喆，清光绪十二年（1886）二甲第三十一名进士，很快到广东博罗和四川江油任知县。进入民国后，因前与徐世昌同科（徐为清光绪十二年二甲第四十六名进士）并友善，被其任命为首任江西省通志局局长。陈志喆在父辈所建的老宅基础上扩建羽琌山馆建筑群期间，徐世昌还送两方木匾，其中一方"羽琌山馆"木匾丢失。现存一方"魁寿扈硕"木匾，四个大字被勾勒字迹笔画，边缘并上金，但因早年刨平木板表面而看不甚清，上款隐约显"西岑……寿"等字迹，下款亦见徐世昌名印。陈志喆效法龚自珍，在自己家乡建了一个占地近七亩的庄园，六幢悬匾的屋，也叫"羽琌山馆"，规模比五六十年前龚自珍苏州的羽琌山馆大得多。时在今日，龚自珍苏州的羽琌山馆早已荡然无存，陈志喆进贤的羽琌山馆位列国保，扬名海内。

二、江老先生子彬像赞

大概在1987年至1988年冬春之间，我到进贤县文化系统管理文物工作仅仅三年时间，刚刚学到了一点文博知识，即有同事认为我学得不错，很懂专业。记得那天，县图书馆副馆长陈宝珍请我到楼上一杂物间看一块瓷板画像。我当即看了这块江老先生子彬像赞，并记录了如下文字：

先生英姿，浑不似庸侪凡辈；凭看去：仪容恂恂，貌岸巍巍。闾里于今传颂永，武库曩昔早声蜚，虽资财积累冠锺陵，不矜式。　寿逾耋，才仙逝，生平事，多善迹，应玉树甡甡，金兰荟萃。形骸纵教归窀穸，精神长是留人世。愧余碌碌乏长才，难描契。

（右调满江红）

江西省立第二中学校长车鞠拜撰

民国三十七年二月　穀旦

南昌容芳瓷庄写真

锺陵首富江子彬，到底是个什么人物呢？谁也不知道。我就把记录的文字，请教当时正在忙着编辑《进贤县志》的老先生们，还是没有人知道。不知道也罢，我把这瓷板画像收入我们单位。

关于车鞠。1948年，江西省立第二中学（今南昌二中）的校长车鞠，在二中现在公开的历任校长名单中，是找不到的。网络上显示南昌二中1942—1948年的校长是李中襄。为这瓷板画主人江子彬写像赞词的车鞠，为什么没有出现在二中历任校长名单中？由此，我想起旧知识分子傅登仁先生过去对我说过"车鞠在新中国成立后被镇压"。这或许就是车鞠被除名的原因吧。我又回忆起大概在1988年前后，我特意到进贤县志办，要调查这块瓷板画上的锺陵首富江子彬和为其题写像赞的车鞠。正好当时傅登仁先生只知道车鞠，谈了一些相关的情况。不久，记不清县政协哪位干部，带着车鞠在美国的儿子（未问大名）找到我，看了这像赞词并照相带回。当时车鞠的儿子在客套的招呼外，好像没有跟我说一句话，所以具体情况不详。

关于"锺陵首富江子彬到底是什么人"的问题，我一直在探索。近日到进贤县民和镇常湖江家，翻阅《江氏宗谱》，发现还是没有收入。一些村民知道这么个人，说江子彬与常湖江家同谱，但他家住二三十里外的邻乡下埠集方家巷，其田产广袤无边，民国时何止"锺陵首富"，而是进（贤）、余（干）、东（乡）、临（川）四县无人可比。江子彬确实积德行善，影响很大，抗日战争时期以九十高龄无疾而终。1950年土改，因其家庭田亩财产太大，被划为恶霸地主。所以，《江氏宗谱》民国之前老谱早已不存，江子彬相关信息全部消失，新谱就更没有其家庭人物名号。

刊发于2018年11月13日北京《中国文物报》

愿我三教通一管，与君四德治五经

2017年春节，中国毛笔文化博物馆挂出一副"愿我三教通一管，与君四德治五经"的七言对联。对联的边沿，题跋曰："三教者，儒、道、释也。四德者，既云锥颖之尖、圆、健、齐；又云《易经》乾卦之元、亨、利、贞也。五经者，《诗》《书》《礼》《易》《春秋》也。锥管虽小技，而技进乎道，技亦可载道也。农耕兄之胸次，岂止于技哉，书于道中矣。"落款"文港邹农耕撰联，腾桥邱才祯书于清华园。时丁酉之春"。

驻足这副对联前，我仿佛喜气洋洋，心潮澎湃，感慨万千，更有几点所思。

第一，联意文情并茂，境界高远。"愿我三教通一管，与君四德治五经。"被人称为博雅君子的邹农耕，博览群书，儒、道、释三教之经义，皆了然于心，并升华为自我的精神灵魂。邹农耕在十五年前，就已经将邹氏农耕笔庄经营成为中国文房四宝界的十大品牌之一；十年前又创建中国毛笔文化博物馆并创办《文笔》杂志，且现在也双双名扬海内外。在获得这样一系列毛笔文化事业（或曰毛笔文化产业）成就的基础上，创作出来的这副对联，或许可以说是他将其生命的注脚贯穿于"三教通一管"的终极追求，斯为邹农耕真实的文化背景写照；"愿我"是其志趣，也是他处事谦恭的一种态度。邹农耕的人生修为，将儒、道、释的精髓具体化，借毛颖的尖、圆、健、齐之"四德"，似合利己之"五经注我"，并上升为"技进乎道"；又能一语双关地在这里转化利用为形而上利人之公共理想的"与君四德治五经"，这更是他求学高贵的一种胸怀。我以为，邹农耕联意中的文采，可谓情思并茂，如此巧妙地应用于诗意化艺术表达的对联，不愧为当代诗联中的奇杰之作。这种把经营毛笔与读书做人的道理讲述得如此之透彻，结合得如此之完美的对联，真乃前所未见，令人神往矣。

第二，书法艺术上佳，意趣无穷。对联以书法的形式来创作，纸面上表现出的斗笔行书,笔笔到位,字字得体,且一气呵成,幽雅大度,章法自成,气象万千。题跋亦令人遐思,又让人欣慰。书作者邱才桢,清华大学中国美术史博士研究生出身,英国大英博物馆访问学者,现任清华大学副教授、硕士研究生导师。邱才桢对中国古典文学、中国书法绘画历史,以及西方美学和艺术哲学,都有相当广泛的修养。尤其是他在中国书法研究与创作方面,造诣精深,其临摹中国传统书画的功夫,更是形神兼备。从这副对联上可以看到,邱才桢不仅能很好地掌握书写大字的笔墨线条和章法布局;在小字题跋之内容上,更表现出作者熟练的国学功底,且能够自然变换字形与笔墨,不致使题跋小字在形式上与对联主体雷同,真既可吸引观者眼球,又能让人在对联前驻足遐思。这就不仅仅是书法的功夫所能达到的效果,而确实是我们所崇尚的国学基本功应用的结果。面对如此大幅面的宣纸,许多书法家平时仿佛总是感觉自己没有驾驭作品的能力,就是一些文艺素养扎实的艺术家,在作品完成后也往往会留下诸多遗憾。然邱才桢这里没有,从内容到形式,人多说上品,可得九十五分。

第三,寄寓毛笔传承,任重道远。这是我从邹农耕是文港毛笔制作技艺省级非遗项目代表性传承人这个角度想到的。因为这几年我主笔撰写文港毛笔制作技艺省级非遗项目申报国家级非遗项目材料时,反复请教邹农耕与周鹏程两位代表性传承人文港毛笔制作技艺的核心价值特征,曰"文港毛笔制作'尖毫的包容性'"。这仿佛也让我找到了申报国家级非遗项目的突破口,奇绝也。

这副对联,撰写与书法,邹文港(农耕)与邱腾桥(才桢),按往昔地域讲,皆"临川才子"也;其作品,又珠联璧合,可谓上乘佳构。丁酉春节,摆放于艺术殿堂中国毛笔文化博物馆,无论是制作毛笔的工匠,还是创作书法绘画的艺术家,抑或过往君子,我想都是一种激励吧。

刊发于2017年2月15日武汉《书法报》,刊发后一月略改。

暗合过去，引领未来

——例举景德镇陶瓷仿古与创新的两颗明星

有1700年瓷业生产历史的景德镇，自北宋影青瓷、元代青花及釉里红成熟后，迅速确立其在中国乃至世界陶瓷史上的地位；经明清两代不断创烧的青花、青花釉里红、青花斗彩、五彩、粉彩、珐琅彩及各种颜色釉到近代浅绛彩新瓷，景德镇千年窑火越烧越旺，日趋辉煌。"中华向号瓷之国，瓷业高峰属此都"是郭沫若先生客观而又豪迈的总结；"瓷器—中国，中国—瓷器"是中国的骄傲，景德镇人当然更加引以为豪。一种艺术养活一座城市，一种艺术称呼一个国家，全世界没有第二个特例。

陶瓷历史文化的辉煌，景德镇人十分珍视。景德镇人并不戴着先辈世代相传的光荣牌沾沾自喜，他们一直都在追寻着灿烂的明天。新中国成立后，景德镇陶瓷艺人，在继承前人艺术成就的基础上，不停地进取，更上层楼。尤其20世纪末期以来，景德镇陶瓷生产达到了前所未有的繁荣。13位又加13位中国陶瓷工艺美术大师，百余位江西省陶瓷工艺美术大师及数以千计的高级陶瓷工艺美术师，犹如景德镇夏夜天空中的繁星，红光闪烁，璀璨夺目。景德镇的奇迹，真乃天上人间，遥相辉映。一点也不夸张，今天的景德镇陶瓷艺术生产，不囿于简单的对前人传统的继承与模仿；今天的景德镇艺术家，也不是师傅带徒弟的自然过渡，而是充分利用他们的文化艺术与科学知识理论修养，利用他们的实践体验与中国和国际审美趣味的相融作为切入口。所以景德镇陶瓷艺术家的作品能够昂首阔步，走向五洲，走向未来。

在景德镇五光十色的万花筒世界，耀眼的星河中，有两位令国内外陶瓷收藏界注目的中坚人物——他们是新中国成立以后，甚至改革开放以后培养起来的学院派陶瓷艺术家黄云鹏与程云。黄云鹏与程云，一个仿古，一个创新，皆具特色。

一、黄云鹏

　　黄云鹏，1966年8月毕业于中国景德镇陶瓷学院美术系本科，随即被分配到中国一流陶瓷收藏单位——景德镇陶瓷馆。从事古陶瓷研究与复制以至多年担任馆长，黄云鹏全面调查古窑址，大量采集历代陶瓷标本，反复比照丰富的馆藏实物资料，进行系统细致的古陶瓷研究与鉴定。基于几十年的陶瓷美术理论与古陶瓷研究实践基本功的训练，黄云鹏在国内外权威陶瓷学术研讨会及顶级陶瓷研究刊物上，发表了十多篇近20万字的论文，反响巨大。他编绘的《景德镇古陶瓷纹样》、编著的中国工艺美术丛书《景德镇陶瓷》及中国陶瓷丛书《景德镇民间青花瓷器》，都是中国陶瓷史上的重要研究成果，在海内外陶瓷界有相当影响。

　　黄云鹏的古陶瓷研究与复制最早始于1981年底。理论是实践的先导自有道理。他对古陶瓷理论多年孜孜不倦的追求，一旦用到古陶瓷复制的实践中，心灵的智慧火花，就结成超凡的陶瓷艺术之果。黄云鹏研究复制的元代青花和明代永乐、宣德青花瓷，1982年大获成功；1983年参加全国陶瓷同行业评比，以遥遥领先的分数获得金奖第一，被人呼为当代中国青花仿古瓷"开路先锋"，让我国当年古陶瓷研究国宝级专家冯先铭、耿宝昌惊叹不已。黄云鹏一发不可收。他频频拿出各式仿古青花瓷参展，又连连夺魁。景德镇民间仿古陶瓷艺人辗转求情，拜谒请益者如雨后春笋，顿时将景德镇仿古瓷生产推向新中国成立后最高峰。当年最早拜在黄云鹏门下研习仿古瓷的艺人，今天已不少是"腰缠百万贯（金），骑鹤下扬州"的潇洒绅士了。他们戏称自己为"黄埔军校的第一批学员"，意下充满了对仿古大师黄云鹏的深切感念。

　　黄云鹏古陶瓷研究的理论与实践结合到位，学界认可，先后被精明的海内外同行聘为教授、研究员，传道讲艺，声名远播天下。黄云鹏青花仿古瓷产生了相当可观的市场效益。十多年前，黄云鹏被一位香港陶瓷艺术品投资商看重，力劝其由从艺转向兼而经商，并很快合资兴办了佳洋陶瓷有限公司，黄云鹏任副董事长兼总经理，主要从事青花高档仿古瓷制作，兼及景德镇历代各种工艺瓷仿古。黄云鹏从艺经商两不误，甚至达到了从艺与经商或曰经商与从艺的良性循环。这或许就是一个成功的艺术家的境界。黄云鹏仿古，严格按照古代器物造型制作，各个部位尺寸要求都相当精确。七八年前，国家文物局扬州培训中心几位专家参观佳洋陶瓷公司。黄云鹏出示明代官窑青花瓷盘四件（一真三假），任专家挑选，专家莫辨。因为瓷盘从器型、绘画、釉色、烧造工艺及达到的效果，真假毫无二致。专家用手托瓷盘的分量，黄云鹏告知，重量相差不到一克，令人赞叹万分。不是我们的专家水平值得怀疑，而是以黄云鹏为代表的当代青花瓷仿古水平，达到了前无古人的化境。现代鉴定，仅仅依赖人眼远远不够，而必须借助现代高科技手段来共同完成。难怪目前我国最活跃的古代青花瓷鉴定大家张浦生先生，逢人便说"景德镇不得了，黄云鹏是一个奇迹，再有本事和名望的古瓷专家，一年不去景德镇一定落伍"。我看过黄云鹏的作品，信然。

成功的背后是艰难试验。我亲自看到黄云鹏的特别工作室桌面上，摆着十来件青花及青花釉里红仿古瓶罐试验资料，每件器物上面都密密麻麻画（写）满了图案及绘制日期。黄云鹏告诉我，仿制一件成功的元代或明代青花瓷艺作品之前，事先的青花绘画试验少说要进行几十次，多则上百次，每一次的化学成分数据要写满一张纸，其间还要记录当天的天气及窑火等各方面的综合信息，然后根据情况，找出最适合的那一个样式，严格照样仿制，丝毫不能马虎。看到那么烦冗的劳动，即便专职瓷胎、釉料化学数据测试人员也会感到复杂麻烦，何况黄云鹏的青花仿古瓷的研制全套工序，都得由他一人来完成啊！黄云鹏的秘密工作室，轻易不对人开放；而一旦深入其境的人，都感到复杂得不可思议，相当艰难。科学的道路崎岖不平。

黄云鹏仿古，不仅依照元明清各时期青花瓷不同的胎质、釉料、工艺特点，还要采集各种瓷片标本到上海硅酸盐研究所，进行化学分析。为他提供陶瓷化学分析的专家，多年主要合作者，是国内甚至国际著名的古陶瓷鉴定科学家张福康先生，其数据科学性、权威性有国际水准。黄云鹏还要参照北京故宫博物院，上海博物馆及海内外有名的公私收藏实物，再加上他多年在景德镇陶瓷馆接触到的大量历代古陶瓷，及其这终生追求的事业对他心灵的净化，方能使他的作品在研制过程中得心应手，达到"仿古暗合，与真无二"的境界。中国历史博物馆收藏黄云鹏仿元青花三顾茅庐罐，是十分严肃的国家级博物馆对他的艺术成就的肯定，了不起吧！黄云鹏如果没有在陶院系统的文化理论学习，没有在陶瓷馆的实践摸索与研究鉴定，没有从艺与经商结合的观念转变，没有对古陶瓷深厚文化内涵及现代科学手段融会贯通的运用，没有景德镇这方神奇的水土……没有其中任何一个，就不会有今天精美绝伦的"黄窑"仿古瓷，也不会有今天景德镇又一道绝佳风景。

黄云鹏青花仿古瓷的成功，对景德镇乃至中国的瓷业生产都是一个不小的贡献。黄云鹏声名在外，也财源滚滚，经济丰收。黄云鹏青花仿古瓷在日本、东南亚及西方各国走俏。日本陶瓷界研究中国陶瓷，可谓用心良苦，东京设有最高奖项"黄云鹏奖"，日本首相桥本龙太郎等诸多头面人物、权贵皆青睐黄云鹏仿古瓷并收藏其作品。一美国收藏家对收藏多年已被拍卖百余万美金的元代青花大罐仍留眷恋，只好附着原物各部位彩照及全部尺寸和重量资料，请求黄云鹏复制，出价相当不菲。美国收藏家完全相信黄云鹏精湛的青花仿古技艺。仿古瓷艺术品达到乱真的境界，其价格只能由心定，这就叫艺术无价吧。外行人无可理解。

黄云鹏仿古艺术陶瓷并非一味贪大求洋，他也看重国内市场。京、沪、宁、杭、苏、扬，还有广州、深圳等经济文化较发达的地方以及港台地区的陶瓷收藏界内，黄云鹏也当然大名鼎鼎，善价求其仿古瓷作品者越来越多。黄云鹏十分看重国内文物收藏单位和诸多收藏家这份情感，主动接洽。前七八年，他就与北京故宫博物院、上海博物馆、南京博物院等国内重点文物收藏单位，建立密切关系，把佳洋陶瓷公司作为陶瓷藏品定点复制企业，小批量鉴制生产各式青花仿古瓷，价格在几千元至几万元之间。前年元青花鬼谷子下山拍卖2.3亿后，黄云鹏即与张浦生联手仿制20件，单价3万被抢购一空。虽然与黄云鹏特制大型仿古瓷、精品仿古瓷十几万至几十万的价格有巨大差距，但也是我国青花仿古瓷传承中的好事。故宫现在就有不少黄云鹏各式仿古瓷比照陈列。

黄云鹏在精心研制青花仿古瓷之余，也需要放松精神。犹如历史上景德镇的陶瓷艺人，在繁重的瓷业生产空暇中，也会搜罗点陶瓷玩玩，陶冶性情，聊以自慰。他的陶瓷绘画基本功在大学期间学得很不错，山水人物、花鸟虫鱼、书法，无所不能。黄云鹏艺术陶瓷绘画，随意中蕴含严谨，豪放却不失力度，最为拿手的是梅花与鱼藻纹。黄云鹏说，仿古中不能忘却创新，要在古人与今人之间架起一座精神的桥梁，以保持仿古瓷作品的生命力。正因为黄云鹏有这样的思想理念，这样的心态，他的仿古瓷艺作品才能融进无穷的妙趣。

佳洋陶瓷公司创办十年，其效益与信誉度如日中天，前景可观。黄云鹏对自己的事业信心百倍，并不仅仅在考虑赚钱以谋求公司的发展，还有雄心壮志，要弘扬景德镇的陶瓷文化。他要以公司迅速壮大的经济实力为依托，抓住景德镇欲向世界打响陶瓷文化这张牌的契机，尽快扩大自己的事业。黄云鹏新的陶瓷艺术馆，由官窑瓷标本、民窑瓷标本及近现代名家作品三个陈列厅组成，作为景德镇展示千年陶瓷文化、对外宣传的一个窗口，每年举办春、秋两次古陶瓷鉴定和仿古瓷制作实践活动。他要办成世界最好、最大的仿古瓷基地，办成陶瓷鉴赏与陶瓷艺术教学的中心。

他聘请了海内外30位第一流的陶瓷鉴定专家当顾问并以他们为古陶瓷鉴定的主要师资力量，他要把景德镇陶瓷艺术的光辉，把景德镇千年传统窑火的工艺，向世人毫无保留地传授、推介。目前海外教学还处于初级阶段，然成效初见端倪。日本、韩国、美国、加拿大、德国、英国、法国的民间陶瓷艺术家前来参观考察、学习技艺及定制仿古瓷者络绎不绝。越南官方派来的十人学习团，到黄云鹏门下拜师学艺，三四个月水平即突飞猛进。他开放而不保守的教学方式，得到越来越多的国外陶瓷艺人交口称赞。黄云鹏不仅在为景德镇陶瓷文化传播做贡献，其实也为中外文化交流做了积极贡献。2004年景德镇置镇千年纪念活动中，黄云鹏用自己的仿古陶瓷艺术，为景德镇人民交了一份出色的答卷。

二、程云

今年51岁的程云，出生于景德镇一个文化根基深厚的陶瓷世家。其祖父程大有是民国年间景德镇私人开设陶瓷图书馆的学者艺术家，与"珠山八友"亲善，是民国年间景德镇借鉴西洋艺术发展起来的陶瓷刷花工艺瓷制作者最出色的代表；父亲程斌又是新中国成立以后陶瓷刷花工艺瓷之佼佼者，有"牡丹之王"称号；亲属三代中研究陶瓷艺术的亦不乏其人。长在这样的陶瓷文化家庭，程云受到熏陶，自幼即爱好文学、书法、绘画。少年的程云，课余临摹连环画，还特别爱好漫画，初中漫画创作得过全省第一名。高中在《江西日报》副刊发表学生书法作品，表现出少年才子严谨的绘画书法功夫与深邃的文化思考志向，为后来走向陶瓷艺术的路打了基础。

他大学四年学的又是美术，毕业分配到人才济济的景德镇艺术瓷厂，接触到艺术陶瓷生产的每一道工序，了解到诸多陶瓷艺术家不同的成长路径。凭着要将陶瓷文化发扬光大的执着精神，程云理论与实践相结合，如鱼得水，活跃万分。从陶瓷艺术作品的胎料选择、淘洗、成器、修制，到绘画、雕刻；从青花、釉里红、粉彩、五彩、颜色釉、刷花到新彩，程云什么都实践，无所不能，无所不精，并很快成为艺术创作研究室主任。他的粉彩橄榄瓶《仕女游春》是其成名作。他在而立之年便成为景德镇"陶瓷百家"中最年轻、最有文化的出色者，高级工艺美术师。

春风满面的程云，年轻得志，当艺术创作的光环向他闪耀的时候，更是身轻如燕，脚底生风。艺术瓷厂的领导及艺术家们看到程云飞快地成长，对他寄予厚望。不安于现状的程云，深感责任重大。他踌躇满志，毅然报考安徽大学美术系美术教育硕士研究生。在中国美学大师的摇篮——安徽这方神奇的土地上，程云苦苦钻研古今中外美术大师的美学理论，从蔡元培、黄宾虹、朱光潜、宗白华、潘天寿、丰子恺、邓以蛰、常任侠、王朝闻到蒋孔阳、李泽厚；从达·芬奇、米开朗琪罗到伦勃朗、马蒂斯；还有中国的孔子等诸子百家及外国的苏格拉底、亚里士多德、柏拉图，程云转益多师。短短三年工夫，他研读过的美学、艺术、哲学经典作就有上百部，硕士毕业论文引用资料翔实丰富，论文答辩引经据典，对答如流，联想丰富，见解独到，令在场导师惊讶万分。

十几年前，我国较高层次美学教育研究人才还很缺乏。程云硕士研究生成绩特别好，本可分配到沪宁杭经济文化繁荣地区从事教学或科研工作，但他还是喜欢陶瓷这门艺术。几乎所有成功的陶瓷艺术家都认为，陶瓷艺术离不开景德镇。程云回到故乡景德镇从事陶瓷美术教育工作,执教于景德镇陶瓷学院美术系本科。美学教育三年研究生的学习,使这位当年陶瓷教学最年轻的教授如虎添翼,活跃驰骋于陶瓷美学教育领域的疆场。陶瓷艺术理论教学提升到美学教育的高度,是陶瓷院校系统教育上台阶的标志。我们记得,20世纪初期,蔡元培先生不是还提出过"美育救国"的方针吗?陶瓷学院本是一所普及陶瓷艺术教育的高等学校,程云的课上台阶上档次,自然提高了学校的知名度。程云的课,不囿于按部就班的高头讲章。他美学、哲学、文学相掺杂的启发式讲学,是开通学生陶瓷艺术创作灵感的最好钥匙。程云教学,还能利用美学与哲学相关的心理学原理,针对学生不同生理基因及性情特点,从不同角度启发思维——他将此称作"对症下药"。他学过弗洛伊德,他的创作品中有留痕。程云的学生,都能搞创作,自然而然是也。程云的课堂,活泼异常;程云家中,也常常高朋满座。程云创作每一件艺术作品,都要经过苦苦的深思熟虑,从器型到绘画内容、所用彩料、章法及其创作过程中文学、美学的思考,都要举一反三,尽力做到真、善、美三者和谐统一。每成功一件作品,他都要向学生或同道朋友展示,讲述创作意图,还敢于不耻下问,虚心听取各个层次观赏者意见。因此,他的作品都有较好的文化精神意义和观赏价值,常常是出手即被艺术收藏单位或个人善价收藏。这里以几件被收藏的作品为例。

《仕女游春》粉彩橄榄瓶,是程云30岁左右之成名作,由景德镇陶瓷馆收藏,参加1992年景德镇首届国际陶瓷节展览,并被多次送往全国各地展出。改革开放之后的1985年左右,我国画坛上呈现百花争艳的气象,民间装饰工艺在绘画上的运用得到较大发展。程云是最早运用这种手法到陶瓷装饰上的艺术家,一展示即引人注目。民间装饰工艺绘画需要比较扎实的基本功,在宣纸上表现好的效果都不容易,将工笔粉彩装饰在陶瓷上就更难。程云该作品是景德镇该种装饰手法具有代表性的作品,被专家称赏。

程云对中国画中的工笔、写意,西画中的油画、素描、水粉画及雕塑都有较全面的修养,创作起来比较顺手。山水变形敞口尊的创作,源自一次水库的写生。他以尊比作容水的水库,水库的边沿曲线就是尊的口沿,口沿弯曲象征水库的岸沿;尊口沿变形成"U"形似水泄而下的口子,青山环绕,蜿蜒曲折,若隐若现，顺流而下，有中流砥石，有舯公摆渡。这是艺术作品对生活的模仿。

工笔略带写意的《江南水乡人家》赏瓶是程云到江浙水乡采风的结果。"小桥流水人家"，表现江南生活风情，画面清新，让人爱不释手。该类作品极受苏沪浙文化人、艺术收藏家喜爱。程云不喜欢大批量"克隆"复制，因此获得者宝而珍之，欲求者只能欣赏照片罢了。程云说，艺术作品来源于生活，艺术家不能过多重复自己。程云只能常常走出去，寻找创作的灵感。

程云在安徽学美，也多在安徽寻找美，尤其钟情徽州民情风俗，其作品表现皖南生活的较多。方形《老屋——根》瓷尊，高60厘米，下小上大，画徽州村落老屋上下搭到三个面块，白墙黛瓦的皖南民居，用偏清黄色注重光与影的效果表现，似国画，似油画，又似影像；行书阳文字"老屋"与"根"镶嵌在米黄色凿雕瓷面上，无图案部分用青色，体现素雅的美。程云创作该作品，是受一位移居海外的长者启发。长者生在皖南，新中国成立前去台湾，后漂洋过海到美国谋发展，终成巨富。为了却报效祖国的心愿，他几番到家乡看老屋寻根。老屋历经风雨沧桑自然斑驳，程云在创作中有意识地把"屋"字切除左上角；根当然要扎在土地上，它的用色自然也贴切。"老屋"明摆着，用阳文字表现立体感；豆青釉下部隶书阴刻"老屋故乡留下游子多少悲欢和思念忘不了我的根"，思念隐隐藏在心中，阴刻也表现心中的隐痛。作品的文化精神内涵与审美价值，确确实实令人回味。这件打动人心的作品，又让多少游子为她驻足流连，依依不舍。此成功之作，因为烧制过程中窑变的关系，无法重复，令程云珍视有加。目前有几位公私收藏家出价数万元收藏，程云正考虑其最有意义的去处，价格是次要的。艺术家往往就有这种情怀，也许叫缘分吧。

"读万卷书，行万里路"历来是中国文人艺术家摘取艺术硕果的必然途径。在这艰苦卓绝的历程中，"外师造化，中得心源"是艺术家深入生活、感受自然的心灵结晶。《秋野牧歌》就是程云前年到西部采风回来后的力作。瓷器的造型与画面的结合，一望便知是西北高原厚实辽远的景象，令我们也仿佛走进画中，顿时心胸豁达。这就是"腹有诗书气自华"的学院派艺术家心灵的写照，是民间艺人很难达到的境界。北京的艺术评论家对该作品推崇不已。

景德镇的陶瓷艺术家，无论民间派还是学院派，绘画技法好的数以百千计，但能将过去普通生活的场面移入艺术创作并有所创新的就不多。《粉彩童乐》镶嵌器，立体两正面弧线形成一块砖状，绘婴戏图。画面活泼的常见，妙在程云用砖型寓一扇厚重的历史之门。画面两面都用老式的被关上的门，表示以往民间生活常见的场景被历史的大门关上了。砖型平面的弧度，又显得历史也不那么死板。作家用文字、画家用笔墨表现艺术理想的真谛，陶瓷艺术家还要把器型综合进去，用画龙点睛形容程云的计设，在这里不过分。这件艺术作品发表在国内外权威的专业刊物《景德镇陶瓷》（2002.6），震动不小。难怪著名的刘新元先生会说："程云是靠自己的创作实力逐步引起陶瓷美术界广泛关注的。"（引自该期杂志封二）程云工作室陈列的好东西越来越多。他的创作冲击力很大，令南来北往的陶瓷艺术家、艺术评论家啧啧称奇。

近二十年来，程云创作了数以千计的陶瓷艺术作品，传播了景德镇博大精深的陶瓷文化，为国家争得了荣誉和经济回报，培养了一大批新人。这应该值得他骄傲。但程云不满足现有成就，还认为干不过来。他的作品多次出访东南亚各国，最近马来西亚又邀请并调去他手头仅有的百余件作品，要举办一个为期半年的巡回展览。程云创作态度十分严谨，不因为别人看重他就粗制滥造。他也不喜欢"赶浪头""能弄钱就行"的想法。被别人收藏的东西他一定要让别人满意。他的作品被海内外多家博物馆、美术馆及收藏家看好并收藏，《人民画报》、中国美术学院的期刊及《景德镇陶瓷》等国内多家画报，多次介绍他的作品。他做得相当不错。

程云正处于创作盛年。景德镇陶瓷界中国工艺美术大师领军人物王锡良先生，景德镇陶瓷学院院长秦锡麟，中国工艺美术大师评委周国桢教授，中国轻工业陶瓷研究所徐庆庚、景德镇市雕塑瓷厂李恭坤两位中国工艺美术大师等诸多景德镇陶瓷界权威人物，看过程云近年的艺术作品，都说后生可畏，十分赞叹，非常看好程云，认为他将对景德镇陶瓷艺术的发展做出较大贡献。2004年景德镇隆重推出30位杰出陶瓷家作为景德镇置镇千年庆典，在《人民画报》上发表，其中就有程云，这就是最有力的证明。

"江山代有才人出。"20世纪以来，景德镇的陶瓷生产得以有较大发展，一大批承前启后的艺术家功不可没。从民国时期的"珠山八友"到当代的中国工艺美术大师,陶瓷艺术的传承像传递接力棒,不会断档,不会冷落。现在五六十岁的学院派艺术家,如黄云鹏与程云,就是21世纪初期的代表性人物,当然这有一大批人。我们完全有理由相信,这批有文化美学修养又勇于实践的陶瓷艺术家,会比前一辈大师做出更加辉煌的业绩来。我们理应为他们喝彩。

上半部改题,刊发于2008年3月江西《大江周刊》

中国工匠画家王有彬

我们进贤自古以来，真乃钟灵毓秀，物华天宝，人杰地灵。仅仅就中国画方面，在千余年前就诞生过像董源这样的画圣；四百年前，又让隐逸在三十八都介冈灯社的八大山人的艺术变法得道；近代李瑞清甚至李氏家族，更是把中国绘画传统艺术的教育推上了一个高峰。在这样一块连续诞生与传承绘画艺术的抚河流域的土壤上，今天则有一个充满了中国工匠精神的画家王有彬。

说到中国绘画艺术，我今天为什么讲王有彬？王有彬与中国工匠又有什么关系？因为我们这个时代，已经真正认识到并在推崇中国工匠精神。我一贯认为，艺术家必须至少要有"读书、耕田、做手艺"这三种看家本领中的两种，方可为之。王有彬有这三种本领中的两种半。从精神层面上讲，王有彬算是一个艺术家。但无论从学历还是性情上讲，王有彬都算不上一个读书人，而最多算半个读书人。王有彬确实是耕夫、手艺人。王有彬告诉我，他当农民时，禾栽得好（插秧好）。王有彬怎么样"禾栽得好"呢？那就是王有彬在青少年时期当农民时，每当早、晚两季插秧的时候，他总是生产队里第一个下田"牵系"的。牵系，即从水稻田中间插秧，几十米不用吊线，可以横平竖直，一口气到岸，技艺次者在右侧跟从；到岸后，再贴着牵系的第一沟禾苗返回，跟从者亦如前。"禾栽得好"就是这个概念——神奇，"禾栽得好"就意味着中国种田技艺的高境界，"禾栽得好"实则也就是天然的绘画艺术的基础。被人称为"中国笔王"的周鹏程，当然是工匠，也是栽禾"牵系"的高手，日前就与我聊到很多书画家不懂工匠技艺对把握笔性的理解。我看现在千千万万四体不勤、五谷不分的城里人还有乡下人，都不可能明白这个道理，甚至会以为这样的技艺是天方夜谭。其实不是。因为我懂，我也会，所以我在五十年前的少年时期，就有这个超乎常人的艺术审美意识。当我前几年在《美术报》上发表文章讲这个故事之后，艺术界在上海美术馆用栽禾体现艺术的时候，我真的去问王有彬："你懂这个吗？"他淡淡地笑着说："我不仅会栽禾，而且好早就会'牵系'。"从此，我对王有彬刮目相看。

王有彬在过去农闲时，经常外出做木工打家具，做成家具后又做油漆匠。他说这样方便，省得人家请了木匠又去请油漆匠，多花钱多供饭还又耽误时间。王有彬说："近代的齐白石木匠做得精致，明代的仇英油漆画好，这两个工匠都是中国绘画艺术史上的大家，甚至巨匠。他们能成为中国绘画艺术史上的杰出人物，都与其早期的木匠、漆匠的训练有关。还有我接触到的很多民间木雕师，以及寺庙里的佛像泥塑画师，不少人都是技艺精湛的工匠，他们在做手艺的过程中，没有一个不是把艺术审美的情结带入工作的物体，所以他们很多都是我学习的榜样。"我想，王有彬出身贫寒，他的绘画艺术的启蒙和自觉意识或许就从其朴素的情感而来。早些年的王有彬，在朗朗的天穹下，无论耕种栽插、细活木工、油漆涂抹，都挥洒自如，有滋有味；在清亮的月光中，又行有余力追慕艺术，不管工笔写意、勾勒皴擦、民间俚语，又冥思苦想，反复揣摩。王有彬在耕田、做木匠与做油漆匠过程中，能把每一个劳动的动作比画着用笔，又可以在每一件工匠的作品中体会格局与章法，与自己心中追求的艺术串联起来。王有彬与生俱来的性情更有志于中国绘画艺术，崇拜古之工匠的仇英与齐白石也是出于自然。在做活计糊口之余，王有彬几乎把自己全部的精力投入对绘画艺术的追求。尤其在1990—2005年之间，似乎更有着一种朝向。他花了十多年工夫学习仇英和齐白石，尤其是仇英。王有彬在大量临摹过仇英的山水作品之后，又花了几年时间跟着仇英，临摹了张择端《清明上河图》与萧照《高宗中兴瑞应图》两幅代表作。王有彬告诉我，一个从事研究古代山水画临摹作品的朋友认为，他的这两幅临摹作品，形似方面可以得90分以上，神似效果也非常不错，因此都被其请走。这就是一个口口声声说自己是农民也是手艺人的王有彬。我看到的现在的王有彬，则是一个有着中国工匠精神的艺术家。至少是近二三十年来，几乎没有什么人关注工匠，甚至对技艺不屑一顾，我看这真是一个大大的误解。所谓工匠或技艺，其实就是在制作或制造物件中靠双手来完成的，其劳作的过程就是审美。

前几年，进贤地方乡贤杨群华先生，就因为看上了这样一个憨厚朴实的农民手艺人画家的王有彬，故而将其介绍到北京。在三年时间内，王有彬先后师从白十源、范扬、陈绶祥、薛永年等诸位先生，进修深造。恰巧这几位当代中国文化艺术大师，对中国工匠精神都有特别的推崇，因此带着王有彬精进技艺，使其文化更上一层楼。

丙申春二月，一个阳光和煦的日子，樱花山岗红谢，翠柳枝头蝉鸣。在我们文联艺术家的聚首中，王有彬说："我先不先（起先）频繁跟着白十源先生，打开了很宽广的眼界，仅仅从古代建筑的雕刻艺术方面，从工匠到工艺，就丰富了自己相当的技艺，而且于绘画也非常有益。后来的一次随意写画，可能有缘分，泼墨竟然也出彩，让正在以学院派体系教学中的范扬先生，也转向民间，照着我的画又临摹又题字，真让我高兴又不好意思。在陈绶祥教授所带的我们这一期高级理论班十几名学员中，我的文化理论基础算比较落后的，可不知为什么，陈教授好像特别关注我，有什么活动也总是首先告知我。这或许是我绘画艺术生命中民间工匠的体验多一点的缘故吧。还有薛永年教授，一次从《蛙声十里出山泉》这幅画开讲，当谈到齐白石的自然物事生活体验和做木匠对他后来绘画艺术的影响时，同学们都看了我一眼，似乎在我这里找到了学画与中国工匠精神的对应关系。"我以为王有彬说得真不错。在2016年3月的全国两会上，李克强总理就谈到弘扬中国工匠精神。会后薛永年先生率先在《中国文化报》上发了一篇这样的文章，谈工匠精神对绘画的意义。这之后，又有范小青写文章，说作家也要有工匠精神。没有这个精神真不行。我看有所谓的书法博士不会写楷书，连基本技艺都不会，我就不相信他们能在书法研究上"博"出什么名堂来。王有彬懂得不少劳动技艺，我想，如果他再去艺术学院里"博"一下，可能就更好了。

我与王有彬相识于2009年国庆前夕的一个笔会上。记得当时他画鱼虾，很有齐白石的味道。他回应说，如果对临，会更像。我并没有在意，因为临摹功夫好的人太多了。后来他到北京荣宝斋进修中国山水画，其临作令老师和同学都感到惊讶，认为他临摹强，创作也一定不错。后来才有人频频索画。在他的中国画中，一些以寄托和表达自己心中逸趣的山水画作品，有使人如身临其境之妙。尤其是画我们进贤自己的风景,犹如董源山水画的"峰峦出没,云雾显晦,溪桥渔浦"。在其笔下,同样用披麻皴,无论著色浓淡,皆现用笔苍润,线条清逸之气象。典型画作如《农郊晚唱图》《丘壑松风图》《携琴访友图》《山居读书图》,就是用董源笔法,写唐代诗人戴叔伦的锺陵风景;《青岚平远图》《山野劳作图》《水乡耕田图》等作品,则是他回顾过去自己的生活状态,并且再次师法自然,亲临山野所见景致的摹写,同样可谓苍润古朴,清新雅逸。总之,王有彬这个不怎么懂古体诗词的工匠艺人,画中也蕴含诗意,这是他目前在中国山水画创作达到的一个自由境界,依我看算是非常不错的。

自宋元明清至现当代,王有彬临摹过的工笔与写意画,不下几十家,练就的笔墨传统功夫自然不错。近几年,他在画中掺入了不少写意的元素,特别是研究张大千和师法薛亮方面,如《梦中奇境》《天飘祥瑞》《故乡老宅》等带有魔幻意象的作品,也得到一些艺术家和收藏爱好者的欣赏。这是他在绘画艺术语言方面新的进展。

现在我们讲中国工匠精神,是一个十分可喜的认识。王有彬原本就是一个工匠,他现在作为一个画家,则完全可以称之为中国工匠画家。

2017年10月15日

明春，明春……

第一次见到他是在2008年的冬天。朋友告诉我，他叫徐明春，广西三江侗族人，读完大学即被留在独山县莫友芝纪念馆从事文化研究，书法如何如何好。那天，他立在朋友的一张案桌前写字，分送朋友，见者都给面子。整个过程，他几乎没有说什么。我也只是跟着打哈哈，当然也笑纳了一幅他写的毛笔字。一切都好像在无所谓中。

后来，还见过两回他在与朋友的聚首中用行书写的字，我也只是随意看看。再后来，见到他为朋友刻的几方印章，才让我眼睛一亮："哟，莫非他真有点功夫？"

2013年春天，我在北京又碰见了他。又是朋友带着我，从复兴门开车往东郊的宋庄艺术家村，看望徐明春。宋庄真是辽阔宏大，据说这里奇才、怪才云集，我不知道，他怎样在这高贵的艺术天堂里延伸飞张？及至进入他的工作室，端详桌面上的一方方印石，展卷一幅幅散发着墨香的各体书法，顿时兴奋不已，同时也敬服不已。他三十岁不到，竟然有如此气象，真乃罕见。我相信自己的发现，这几年朋友相聚的随意应付与今天难得的惊喜，仿佛都没有错。

我在他的几个大书架前浏览张望，文学、美学、书法、绘画、艺术史著作，一应俱全。我翻阅一叠书画册页出版物，发现内中处处徐明春。我拿起一本中国文艺出版社的《丹墨明春》，丹红印章，墨黑书法，点头称是，不舍放下。他说这是自己在北京随沈鹏先生学习一段时间的总结，只求方家指教而已。

讲书法，当然首先要讲临摹碑帖。徐明春取法是高古的，他的书法与印章能走到今天的高度，出处不高远也是万万不可的。我自己在青壮年时期，也费了很多工夫对临甲骨与金石，总觉得难入堂奥，因而放弃。然看到徐明春类似的临写，则仿佛感到纸面上灵性的跳跃。他的笔法不仅仅是当代许多偏重金石的书法印章家们所倚靠的丁辅之、吴昌硕、齐白石一路了，而且有不少的莫友芝。如一幅有很重《张迁碑》味的汉隶书法，就是莫友芝的笔法，他做到了临古不泥古。更有意思的是，他写汉隶还可以"解读莫友芝"。我以为这就是令人耳目一新的高明了，因为别人很难做到。明春真是迷恋莫友芝。我看过他一幅写莫友芝诗两首的小行楷，精致得像晋唐人物写经，犹如我在安徽省博物馆研究员石谷风先生家见到的千古残墨。他注明用的是甘肃纸。看来有真功夫，书法可以不择纸墨笔砚了。

篆刻，徐明春之奇特，更像电影一样，一幕一幕在我眼前浮现。两年前一方白文"无智亦无得"的印章，大概能代表收入他这本册子中作品的水平，很好很好。只是我日前又见为他两个朋友所刻的"鄢平之印""杨群华印"更加精彩，推想是知遇的恩情而产生的真情效果所致。明春似乎也默许我的这种理解。关于刻印，他在清华大学及中国艺术研究院，都有令人神往的演讲，是别人告诉我的，我信。

徐明春也画画。在印石上刻画，在纸上写文人画，都古朴清纯，我也喜欢。

徐明春23岁加入中国书法家协会，应该是中国书协中最年轻的会员之一。这之后，他在中国书协举办的第十届全国书法篆刻展荣获最高奖（此次展览篆刻仅四人获奖），还多次在中国书协、西泠印社等机构举办的书法篆刻展览中得大奖，十分被人看好。这两年，求徐明春写字、画画、刻印的多起来。虽然有市场，他却很谨慎。我更以为，他的希望不在于现有水平，而是因为他确实有不俗的艺术追求。

徐明春是广西人，娶江西景德镇乐平女子为妻，妻儿生活在贵州，他自己这几年又在北京求艺，有机会四处跑。现在我们每年都会在春节期间见面，而每每好像都有新的惊喜。甲午（2014）开正，他又在我们江西进贤杨群华艺术沙龙待了一个星期，写画镌刻了不少作品，令朋友高兴。可杨群华并没有随大流表扬打哈哈，而是一针见血，督其多读书，少"走穴"，修炼书画印艺术的文化精神。据说他用了两个晚上反思。这就好，可以让我们年年盼望他的下一回归来。他总是笑着说："一定，一定！"我则回应："明春，明春……"这或许就是我对一个非常年轻的徐明春来日攀上艺术高峰的呼唤。

刊发于2014年3月1日杭州《美术报》

功夫在字外

在最近的一些文化艺术杂志上，陆续见有我熟悉的薛元明、张恩和、曾印泉等先生的文章。他们几位写书法或者与书法相关的文章，仿佛都谈到"书法，功夫在字外"的问题。关于这个，当然也巧合我的心性。既然如此，我也想在这里借题发挥，谈点对书法及"字外功夫"的认识，并试图以此提出对当前社会所谓的书法界自我吹捧与过分抬高书法价值，提出我的一点批评意见。

还是六七百年前，揭傒斯与虞集、杨仲弘、范德机等"元四君子"，来我所在的鄱阳湖南端的进贤县北山，与隐士朱志同会晤，且分别留有被明清两代几个版本的《进贤县志》收录的《访朱志同与可堂》诗。历史上，他们被认为是一伙有真本事的人，无论是体现内心精神修养的诗文还是外在形式技艺的书法。志书没有记载他们的书法成就，那是因为古人认为写好毛笔字是其本分。当然，揭傒斯诗文功夫尤其扎实，世人看重他的文章，所以君子美名，当然得自于其文采与人格；书法成就被掩盖，是因为相比较"经国之大业"的文章，写字不过"雕虫小技"耳。比照赵孟頫，揭傒斯何尝不是书法家！近些年，国人皆多偏见，无谓地夸大甚至过分吹捧今天的书法家，忽略了支撑书法艺术的是人格和学问。学者兼书法家的薛元明先生，关于揭傒斯诗文与书法成就的见解，亦可谓发人深省。

因为十几年参与辨识鲁迅手稿中的鲁迅与非鲁迅书法，我得以结识张恩和先生。知道张先生师事文化人师启功，其书法亦得启功神韵。由张先生谈启功人品学问书法，自是高妙。记得1993年看电视，启功戴着中央文史馆馆长、中国书法家协会主席、北京师范大学古典文学教授三顶"大帽子"。主持人问启功最看重的是什么头衔，答曰还是古典文学教授。在张先生的文章里，启功的人格魅力和做派，如说拿毛笔写字是学习中国文化的本分，从来不以写字去卖钱、不去争当中国书法的博士生导师，就是明证。这也印证了启功当年的实话。我多次接触和气谦逊的中国社会科学院现代文学研究所教授、博士生导师张恩和先生，也多次欣赏其书法。但在领教张先生学术与艺术成果的时候，他不仅表述了文化大师启功同样的思想，还常常拿鲁迅等新文化运动以来的诸多文人的学问、文章、书法作比较，处处乃"书法，功夫在字外"的见解。

曾印泉先生的书法，推想现在行业内的人都不会陌生，因为曾先生在几十年前很年轻的时候，就多次受到书法界著名期刊的表扬与推崇，应该说在书法艺术方面成名甚早。然据我所知，曾先生在书法成名之前，并非以拿毛笔写字为专业，而是先学历史考古、古典文学和诗词，继而研究民间文化，然后写小说。这不仅说明他文化基本功的多元性扎实在先，而且身体力行的是学术与文章。至于他的书法面貌的形成多源于黄庭坚，则也不能不说其间有黄庭坚诗文的因素。我多次领教过，曾先生至少是对唐诗宋词功夫下得很深。前两年过北京相见，相约坐在他的书法艺术工作室里，我们谈话的内容基本都不是写字，而是文物、古书与文献，他欣赏的师友也多为有成就的文化学者。我们仿佛都能体会到，曾先生同样看不起不学无术的所谓"书法家"。

不是套谁近乎，关于书法，我也一直以为"功夫在字外"。如果硬要说某某戴了"书法家"帽子的人所谓的涂鸦，一定值多少多少钱，那我不免要泼冷水，或者我们起码要考量一下某某的文化高度。千万千万，不要把是人是鬼的书法都值钱的谎言当真理。拉杂了这么几句，未知城乡君子小人，以为妄议否？

刊发于2016年6月邹农耕《文笔》杂志

上编　凭栏临窗

从一个笔工说工匠精神

在今年三月的两会上，李克强总理反复提到中国工匠精神。真是久违了。弘扬中国文化，倡导民族精神，这个提法还真如一股清风，一场及时雨。很快，尊重和发扬中国工匠精神的呼声，似乎达成了中华民族的一种文化共识。一两个月时间内，先后有中国工艺美术研究所所长邱春林教授、中央美术学院薛永年教授、上海市作协王安忆主席等文化、艺术、学术名流，分别在《人民日报》《中国文化报》等权威媒体上发表文章。到目前为止，在报刊上谈论中国工匠精神价值与意义的文章不计其数。我想以笔工李小平为例，也来说说工匠精神。

就在今年四月的北京全国文房四宝艺术博览会上，研究与弘扬中国工匠精神的国家级层面召集人邱春林教授等专家，首先来到了中国毛笔之乡江西进贤县文港毛笔展区，地方政府也郑重推出了前年被国家有关部门授予"中国毛笔工艺大师"的李小平先生。我们文港文房四宝协会与《文笔》杂志编辑部同仁，坚信李小平的毛笔制作技艺堪称当代中国文房四宝行业最能体现中国工匠精神的一个典型，故而推举他作为代表。在北京展览馆现场，我亲眼见到，邱春林等人，用了两个多小时，观摩李小平制笔、修笔、刻笔、试笔、谈笔。专家们确实都眼界大开，感慨不已。这之后的两个星期，中国艺术研究院在北京举办"中国工艺美术理论与批评学术论坛"，李小平带去一篇三千多字的《我对毛笔行业的几点想法》的论文，在论坛上发言交流。这篇会上唯一谈毛笔制作技艺并能很好体现中国工匠精神的论文，当即引起国内百位业内专家学者的特别关注，文章也被收入中国艺术研究院《工艺美术如何传承工匠精神》论文汇编。在这之后，北京《三联生活周刊》《紫禁城》，杭州《湖上》等国内多种刊物，都对李小平进行跟踪采访报道，无一不体现出一种中国工匠精神。正因为有人看到了毛笔制作者体现出来的中国工匠精神，八月上旬，中国文房四宝协会又组织了国内毛笔行业的十几位顶级专家，前往北京讨论修改三四十年前制订的《中国毛笔制作标准》草稿。进贤文港方面被邀请去的邹农耕与李小平当然都提出了很好的修改意见，令人刮目相看。从这一点看，中国文房四宝协会不仅在宣传工匠精神，更是在利用工匠精神。

李小平究竟有什么了不起？按李小平自己的话说，做手艺的人，就应该以我们先前的传统为榜样，尊重文化，冷静一点，谦恭一点，认真一点，在自己所从事技艺的基础上，真正做到精益求精就是了。但我看到的李小平，则是一个以毛笔制作为基本出发点，追求艺术延伸到中国文房四宝的各个行当，灵性四通的人了。"清和咸理"，莫过于此。

中国文房四宝行业中体现出来的工匠精神，自然就是高雅的文化。为什么现在国内有那么多的书法家、美术家、都频频来文港拜访李小平等一批承载着中国工匠精神的笔工？就是因为他们身上有许多值得学习的因素。李小平通过让诸多书法家、美术家们亲身体验现场制笔、刻笔、写笔，使书画艺术家们有了对毛笔笔性的基本认识，同时也让他们确实感觉到了毛笔制作过程中体现出来的工匠精神对书画艺术创作的启迪。我想，这种工匠精神传统文化的因素，其实就是中国特色，在书画艺术创作中，是万万不能"转基因"的。

前面说到李克强总理和一些有成文化人对中国工匠精神的推崇与赞赏，又例举了李小平所表现出来的中国工匠精神的可贵，我因此联想到当代许许多多的书法家、美术家、工艺家在这方面的短板，感到有相当的落差。真希望他们到民间去，拜访工匠，相信一定不会让君虚行。倘若有人相信我这个大老粗的话，且耳闻目睹有益，中国工匠精神的意义与价值，或许就体现在这里。

刊发于2016年10月26武汉《书法报》

为余秋雨老宅申报文物保护单位叫好

前几天得知，浙江省慈溪市桥头镇文化站站长余孟友，在目前进行的第三次全国文物普查中，欲向慈溪市人民政府申报，将当代文化学者余秋雨先生老宅（他们称故宅，我改成老宅），定为慈溪市文物保护单位，引起一定范围内的争议。作为一名几十年从事地方基层文化遗产保护与管理工作的工作者，我对此有些想法，希望发表在余秋雨老家报纸的版面上，来共同探讨这个有趣的问题。

我们知道，历史文化遗产内涵的不断丰富，有赖于其外延的逐步扩展。我们国家经过6次公布全国重点文物保护单位，从特别重要到重要，从非常遥远到比较遥远甚至不太遥远，到目前为止已有2351处，还比不上土地面积与人口都只占中国百分之几越南的3000多处。这有些不符合中国在世界悠久历史上的文化地位。在第三次全国文物普查中，其实我们也认识到过去的不足，因此普查的对象与方法，在前两次普查的基础上有了充实和改进。工业遗产与近现代建筑受到十分重视，就是一个很好的证明。文物的多样性，在过去的观念上有了新的理解和突破，河北省黄骅市的一片古枣树林被公布为第6批全国重点文物保护单位即是证明。对文物的认识发展，文物保护单位也必然跟着丰富起来。

余秋雨老宅要公布为慈溪市文物保护单位，我看完全够格。首先是余秋雨的文化价值。我以为，在国内60岁左右及该年龄以下的文化人物中，余秋雨可以算得上一个特例。余秋雨说自己是一个文化学者，应该比较准确。余秋雨在20年前，已确立了他的文化地位。我也是余秋雨文化散文的受益者。虽然上海有成就的学者金文明先生专门写了一本书，为余秋雨的文化散文指疵，但金文明写那书的一个重要目的，就是要更好地维护余秋雨的文化地位。正因为余秋雨特殊的文化贡献与地位，他的老宅才有保护和申报文物保护单位的意义。何况余秋雨离开老家也47年了，那老宅也应该是民国之前的建筑了。既出过有价值的文化学者，又是老建筑，等于双重的文化遗产，余秋雨老宅申报县级市的文物保护单位，理所应当。南昌市区黄秋圆故居，建筑不老，其人也没有余秋雨影响大，还是江西省省级文物保护单位呢。我所在的江西省进贤县三里乡政府院内有个罗复隆栈，是当地商人冠名，1948年的建筑。因为新中国成立后一直被乡政府、人民公社、"革委会"使用，现在还被乡政府使用，我们以此为基层人民政权的见证物向上申报。2006年，此处被公布为南昌市市级文物保护单位。这两个作为例子的建筑文物，历史都不比余秋雨老宅长，文化价值更远不如余秋雨的高。

相应级别文物保护单位的批准，是各地据情而定，没有一个十分明确的标准。文物本身的历史科学与艺术价值，不同人的具体认知也有差距。余秋雨老宅，被其家乡认定的文化价值，有浙东人文化继承的延续性的因素。前年，在余秋雨60周岁的时候，宁波出版社已出版了《慈溪余秋雨研究》一书，工作做得很好。所以我说，余秋雨老宅，别说申报县级市的文物保护单位，就是再高一些又何尝不行？对一个地方来说，一个有相当文化贡献的人，不说"千年等一回"，几百年出一个也真不容易。这些年，很多地方都在为健在的艺术家建馆，有的也维护其旧居，这都是在为尊重文化做实在的事情啊！我十多年前，曾给河北香河县方面写信，恳求他们善待文化大师张中行故里或建馆，当然没有被重视。我还以为，保护真正的文化人遗迹，要有前瞻意识，文化遗产保护才能变被动为主动。我们国家这方面的教训太多了。如果我们的文物（文化）系统，多一些余孟友站长这种积极分子就好了。没有文物或文化干部的积极性，有文化的地方也会变得没有文化。我们很多地方，历史上有很多文化人，但没有留下一定的遗迹或文献资料，不成千古遗憾吗？我们应该吸取历史的教训。慈溪市这次积极主动的做法，非常值得我们学习借鉴。

第三次全国文物普查工作正在如火如荼地进行中。不久，我又面临着文物保护单位资料的整理与各级文物保护单位申报，任重道远。《中国文物报》为我国文化遗产保护事业起舆论引导和规范学术行为的作用。我觉得可以借此平台，或鼓与呼，或讨论做法。

刊发于2008年9月8日《慈溪日报》

再说余秋雨老宅申报文物保护单位事

余秋雨老宅申报慈溪市文物保护单位，引起一些质疑，赞成的意见不多。我是极力推崇的，看过一些反对的意见，想再说说我的看法。

关于生人祠的意见。生人祠，很多人不了解过去的情况，其实古代也有。江西进贤县七里乡罗源陈家村的陈氏牌坊，是全国重点文物保护单位。该坊是明永乐八年（1410）为本村年仅25岁的四川右参政陈谟立的，牌坊后面就是祠堂。祠堂当年是为陈氏家族建的，但祠堂内的匾额与对联上，都写着与陈谟相关的内容，且多为当时《永乐大典》主编解缙墨迹。600年前建的这座牌坊与祠堂（祠堂民国毁），也可以理解为生人坊与生人祠。现在该村人还说，牌坊留着是国保，要是陈谟祠堂在就更壮观。口口相传，说明生人祠在古代就得到认定。而且陈谟当年还属小青年。安徽歙县明后期的许国坊，建坊时许国正当中年，也是生人坊，今天朝拜者相当多。我们当地一名新富豪，前年出资百万修祠堂。出资人并无他意，但宗亲在内部布置上，自然考虑了他的资料收藏与陈列，无形中也有了生人祠的意味。以上几个例子可以看出，生人坊或生人祠并不都有多么不好。

余秋雨老宅有上百年的历史，我在网上看照片很不错。这样的建筑，本来已属第三次全国文物普查的内容。我们地方有人民公社字样的东西都有记录。南京东南大学教授喻学才先生，看到我们这里一个1978年左右建的村庄李渡桐车港，说有新中国成立后江西建筑特色，希望予以保护。喻先生的意见，对我地新农村改造和建设都起到了指导实践的作用。一个地方一定时期一种建筑风格的形成，也是一段文化过程，值得珍惜。余秋雨老宅，可能慈溪或宁波地区还留存不少，那些毕竟都是旧时的浙东地方文化遗产，更何况还是名人老宅呢！冯骥才先生说，中国最大的文化遗产是乡土老建筑。冯先生的理解，是一个人文知识分子良知的呼唤。我们文化遗产保护与管理者,认识万万不能落后。天津与南京,这些年特别重视民国建筑保护,就是很好的榜样。对于这些历史的民国建筑,哪一幢涉及名人的历史建筑又不是说得清清楚楚呢?我们有些人,不必听到是余秋雨的老宅要申报文物保护单位,自己心里就不高兴。我曾在宁波看到,马路中间围起来一座残存两条腿的牌坊,说明宁波人的文化遗产保护意识非常到位。我把这个例子说与我们地方领导听,并想借宁波做法,将散落农村残破又无人管理的牌坊,移来博物馆庭院。文化遗产保护的做法,大家可以互相学习。

有人不反对余秋雨老宅本身申报文物保护单位,但担心余秋雨本人的文化价值是否能在历史上立得住。我以为余秋雨完全可以让不少人仰慕很久。与当代中国60岁左右至青年一代的文化人比较,余秋雨的学问不能算顶尖,但余秋雨的文化散文无人可比。一本《文化苦旅》,早已使我对余秋雨敬服。那文笔,那气势,那联想,那思绪,都是罕见的文化俊才的驰骋,非常非常出色。我从不胡乱吹捧任何人,然我一定从心底里敬服有文化成就的人,而且我相信我那真诚的文化情感。

一个民族或一个国家出不了天才是悲哀,而出了天才不被识更是悲哀。缩小到一个地方,也可以套用这句话。江西曾有如陶博吾先生、王咨臣先生、陈静吾先生等悲哀的例子,希望中国任何地方,不要再有过去的悲哀。

我总的意见是,余秋雨老宅申报慈溪市文物保护单位,理所应当。市级文物保护单位公布以后,申报浙江省级文物保护单位,又何尝不可呢?

刊发于2008年9月18日《慈溪日报》

出水文物与环境和风俗

江西是瓷器的故乡,瓷器是泥与火的艺术;承载瓷器艺术的是水,江西丰富的水资源又让瓷器走向四面八方。景德镇瓷器经昌江入鄱阳湖进入长江,漂洋过海,送到欧亚大陆的有元青花大器,富贵高雅;后来郑和下西洋,精美的"永宣"青花瓷令中国人自豪。民间船舶也没有停止过海外贸易,沉没的瓷器运输船不少。英国人,还有很多欧洲其他国家的人,对打捞几百年前沉入海底的瓷器运输船相当有兴趣。

鄱阳湖是了不起的。湖面之大,湖水之清,淡水鱼类之丰,独步华夏。鄱阳湖也很神奇。它不大张扬,却能翻船夺命,毫不留情。古之朱元璋、陈友谅的大舰,六十多年前日本侵略者的兵舰,都被鄱阳湖东面都昌县附近的一股暗流轻轻地吞没了。侵略者死了不会有人惋惜。人们只觉得鄱阳湖的深渊吃掉了精美的瓷器有点不公平。那股巨大的暗流被今天的人们称为"魔鬼三角区",是因为惋惜艺术。据说我国的水下考古事业发展得很快,鄱阳湖都昌县"魔鬼三角区"沉没的元明清几代陶瓷文物,某日出水一定轰动世界,那该有多少谜团要揭开呀!

类似信息,老百姓也多少知道一些。"条条道路通罗马。"鄱阳湖的支流有赣江、抚河、信江、修水等,都与景德镇昌江相通,江西境内水路运输景德镇瓷器有得天独厚的条件。我孩提时期,家乡信江支流边上的船舶码头,就停着运输景德镇瓷器的木帆船,江西各河道码头都有景德镇瓷器的整器与破碎品。过去说沧海桑田,千年巨变,现在不用那么久,几十年即可面目全非。鄱阳湖的支流基本被泥沙淤塞得不能通行了;我熟悉的家乡信江支流河床至少抬高了三米,码头已失去昔日繁华的商贸功能。抚河在明清时期是整个抚州地区各县与外界交往的主要通道,而现在下游河床泥沙淤塞被填高了好几米,沉没的东西都被沙埋了。现在搞建设，规模大，用沙多。瓷器都埋在沙中，挖沙船主都很用心捞瓷器。他们能像考古专家一样小心，探明水底沙中的瓷器；能潜入水底，用手翻沙找方位，使水中的瓷器文物重见天日。

　　出水瓷器多为民间日用瓷，碗盘为主。有意思的是，抚河水底沙中出来的碗，多为四件、八件、十六件这些数字。用附近老百姓的话说，是四方桌、八仙桌的缘故。十六件的呢？则是为亲朋邻里多带的一套，未知确否。现在的人多不喜欢"四"这个数，说是"死"；都喜欢"八"（发）。我倒反其道而行之，取"四"（死）弃"八"（发）。朋友收藏中，有几套都是四件的，无论晚明或前清。朋友喝酒就用这样的套碗，发思古之幽情，醉翁之意不在酒，特有意思。去年考古发现元代酒窖的李渡是千年古镇，抚河流域有名，吃酒有名，酒楼多以"四""八"称之，民间留存酒碗（杯），亦多为四件或八件，类似出水瓷器，与古风吻合。沉水瓷器被沙掩埋，历经百年沙的摩擦与水的冲刷，尤为洁净，看着让人喜爱。一套八件青花碗为清代前期物，底足为外高内底斜平，胎釉皆白，青花发色纯，绘画随意，足见民间陶瓷艺人不凡的品格。一件为口径8.8厘米、高6.7厘米的青釉小香炉，中兽足，有明代遗风，内中有墨沁，古人不一定用它装香，但确是见过笔墨的，小香炉的文化得到了外延的拓展也无可非议。这两件（套）瓷器都出自抚河沙层中。抚河几千年通舟楫的便利，早已被几米深的泥层塞死了，人们优哉游哉的生活也只在古书的记录里。

　　环境变了，风俗也变了。出水文物的国家收藏行为，是否也应该提到议事日程上来？

刊发于2004年4月7日北京《中国文物报》

心机·表象·常识

昨天，杨绛先生以105岁的高龄走了。儿子问我："你知道文人高寿的原因吗？"我当然不知道。他说："文人处世，多无心机。"儿子不算是读书人，他从社会生活的体验中，得出这样一个结论，令我惊叹。回想起大约在1993年春节后，我在张中行先生家里，谈到当代中国文化人的事情，张先生说："20世纪的中国，最有成就的一对夫妻，依我看，要算钱锺书与杨绛了。"在我们谈及钱锺书先生仿佛不通世故的时候，我问到钱先生前不久为何不肯与季羡林、钟敬文、启功、张中行、张岱年、任继愈、侯仁之、汤一介等十一位（具体记不全）中国杰出学者（文人）集中先后在中央电视台《东方时空》出场时，张先生就说到人情世故与心机的问题。现在这些人都归道山，想想这些全部高寿而作古的文人，看来他们为人处世真是没有多少"心机"。如果我要按照这个思路去理一下，无"心机"之高寿文人可能会有一大串。相反，有"心机"而遭不厄的例子也同样会很多。现在很多人都研究养生，希望长寿，当然也无可非议，倒是人情世故中的所谓"心机"，不知有心人如何摆放？

也是昨天，广东省政协原主席朱明国以贪污受贿2.32亿受审，法理当然。但我看到，有人写文章，慨叹他满头白发，仿佛他是坐牢后才这样狼狈不堪。其实不一定。六十多岁甚至五六十岁的人，满头白发的多的是。只是很多满头白发的中老年人，以为满头白发是丢人现丑的事情，作了伪装而已。表象其实是很容易戳穿的，只要你有点常识。如果你没有某个方面一般的常识，就稍微想想。我这个话可能讲得不大客气，但确实没有坏心，见者觉得难听，谅解也就算了。

这里再说常识。我在文物博物馆界工作几十年，对文物收藏有一定的关注与认识。很多人写文章，说中国有7000万甚至8000万收藏家。对于这种不讲常识的文章,我想引发一些人稍稍的思考。7000万收藏家是什么概念?中国有近14亿人口,7000万的概念,就是中国每20个人里面就有一个收藏家。这个牛吹得太过分了吧。我所在的江西进贤县有近90万人口,经济、文化、交通等条件可谓全省一流;我们还有一个中国毛笔之乡文港镇,生产与销售全国毛笔总量的70%,在收藏字画方面绝对有着中国较大的优势;我还算是进贤县收藏家协会会长。可我们进贤县收藏家协会只有会员23人,其中有两三个人勉强可以算收藏家;文港镇做字画生意的不下3000人,而真正收藏字画的也仅仅几人而已,在全县近90万人口中,真正的收藏家好像没有几个。邻近地方,更不会超过进贤。中国收藏界人数的情况,由此可见一斑。所以我希望人们都稍稍想想,讲点常识。

刊发于2016年8月石家庄《杂文月刊》

我们，诗意地栖居

春天真好。生命历程中，我们走走停停，又停停走走，不管在哪里，一定能看到很多美丽的风景。

年后谷雨诗会。一位银行行长，请我们几个平时喜欢点诗文书画的朋友吃饭。这位行长说他读大学虽然学物理，但在当教师的十四年间，钟情于诗词散文书画。后来转行，生活发生了很大变化，唯一不变的，就是那份对诗文书画的情愫。行长夸奖我们是文人艺术家，随即朗诵了李清照词一阕，并就词的文辞理解而请教，非常虔诚。行长带来的几名下属，也有同样的雅好。行长说因为物质条件好了，他们都尽量在用艺术修饰自我的精神家园。那一刻，餐馆内华灯下的杯觥交错、喜笑颜开，与窗外淅淅沥沥、雨打芭蕉的庭院，共同组合成一幅诗意的风景。

前段时间，我看到一张照片。一名残疾老人，坐着自制的轴承托起的木板车，十分艰难地在大雨中匍匐前行。一个女青年，踮着脚，头与身体微微右倾，全然向着残疾老人撑雨伞，缓缓前行。两个人的身上都湿透了，女青年那握在左手心的手机或许也报废了。残疾老人与女青年在画面上显露的都是背影，可他们与朱自清的名篇《背影》一样，灵与肉仿佛都在那一刻，透亮得美丽极了。路上没有一个行人，然见证这个场面的，是路边石栏杆上同样淋雨的小石狮。这样一幅画，这样一首诗，这些日子，让我久久感怀。

很早很早的从前。楚襄王游于兰台之宫时碰上的飒然之风，被宋玉解释为"大王之风"，叫雄风；进而还有"庶人之风"，叫雌风。宋玉是诗人，所以有《风赋》。我想，雄风雌风皆风，不外诗人情感寄寓也。风的想象竟然演绎得如此曼妙。更有"贤哉回也，一箪食，一瓢饮，在陋巷，人不堪其忧，回也不改其乐。贤哉回也"。这《论语》里的故事，也是诗，太美了。因此我推想，古人这不是安贫守道的自我欣慰,而确实是一种诗意的栖居。

"日光之下没有新事",原本就是诗人的卓识,今古一也,浪漫情怀的感觉却比比皆是。我们,实际都生活在如此这般的风景里。倘若我们是诗人或艺术家,就这样,诗意地栖居,大概可以吧。

诗联集锦

建筑匾额·书法·照妖镜

进贤历史建筑的匾额上：
雕刻着宋代"豫章世家"，
与一幅"宰相传茶"的故事，
叙说着罗点有悖当年官场的媚俗，
冒死进谏规劝皇上要干正事。
明代陈谟抄写《永乐大典》告成，
大学士解缙恭楷书奉"昼锦"，
之后两百年陈氏家族"龙章世锡"，
缘于又一个"理学名贤"的陈良训。
吴廷相吴撝谦父子，
从"宪台风纪"到"父子恩荣"，
那为之书丹喝彩的十二位进士，
几百年过去仍然引人注目！
东河坜高大的黄连茶可以作证，
"剑应星辉"的志向直指长庚，
雷梦麟的《读律琐言》，
抑或就是社会文明新的一番刍议。
汤显祖题"科甲第"牌楼，
因为周献臣力承"爱莲遗范"之"性道家风"，
著《鸿乙集》抒发家国情怀。
晚清陈志喆虽说敛财，

趣味却步趋龚自珍,
留下中国唯一的"羽琹山馆",
与雅士聚会在"磨砚山房"改过自新。
如今中国毛笔文化博物馆,
"一以贯之"在观照锺陵古邑,
我们见贤思齐,
中国梦不是就满堂诗情画意?
推想清风中这一方方的文化理想照妖镜,
也让不肖子孙不寒而栗!

杭州拾得道復田黄石

乌鸦皮,里着油润细腻

萝卜纹,红丝,格

还有那,不掩的瑕疵

全都透过包浆,一览无余

诗书画的韵律,赖章法清爽

有人说,高贵的象征

在在尽显,田黄品格

缘分与我,仿佛天意

苏州:白阳山人陈道復

是诗人,法书家更是画家

五百年啊,万千雅士得你启迪

唯独你的雕琢

怎会尘封在安徽佬的旮旯里

闷热的夏天,一个朝拜天堂的过客

真真的心,却不经意瞄上了你

几番摩挲,蹲下又站起

几番离去，跑离酷暑

几番惦记，拖着疲惫还反复应对

因为我不带上你

会有久久悲切的歉意

沟通了的怦然心动

都在瞬间

超然物外而浸润情感

真诚善良就演绎美丽

注：2003年6月在杭州此石深得来新夏、叶三宝、陈文增诸学者、艺术家肯定。

少年追忆

五十年前

在鄱阳湖草洲一个渡口边

曾经有一个少年：

蓑衣洲村前锄鱼[1]

童家池畔剁芦根[2]

土矶屋里识字

大林桥下耕田

像如此这般

渔樵耕读的生活

陪伴着他

从少小过到青年

现在他老了

几番追忆起那昔时光阴

泪眼中往往充满了感念

注：[1] 锄鱼，即在鄱阳湖水域用一种五齿铁镰捕鱼的方法。

[2] 芦根，即鄱阳湖畔草洲生长的一种硬秆水草，剁来用作柴薪。

乌鸦·八哥·麻雀

几十年前的潭头嘴

村庄东西两边　各有一棵高大的枫树

住在我家的土坯屋里

感觉有点冷和饿　但也很好玩

因为有乌鸦和八哥　更有麻雀

尤其是那鄱阳湖冬天的风呀

呜呜地刮　很像我们乡下的鬼叫

饥寒中满是寂寞与无奈

我只能和乌鸦八哥一样

盼望着下雪

大雪来临前两天

他们会在天空飞翔

从村庄的东边飞到西边　又从西边飞到东边

在两棵枫树的高处

争巢占窝　还打架

有点悲凉　有点可怕

父亲说　那是"兆雪"的风景

每当雪后放晴

叽叽喳喳的麻雀又会来凑热闹

让那吵闹着的荒凉添着生机

今天的城市里　到处花天酒地

我却独上高楼

每每忆起旧时风景

慨叹那没有了的村庄与枫树

还有那几乎绝迹的乌鸦八哥甚至麻雀

这缺少乌鸦兆雪的丰年啊

变本加厉地"珍珠如土金如铁"

不也同样冰冷寂寥

2017年12月

为桂桥嵌名联

香种天水筑桥爱吾庐外半千亩沃土耕耘云小气象；

双株馥郁折桂省私斋中六百年艺文传承呈大风流。

注：[1] 香种天水、爱吾庐、双株馥郁、省私斋，皆桂桥村屋匾。

[2] 该对联由来，可参阅收入文先国《求鼎斋丛稿》内《香种天水，雅聚桂桥》一文。

为文港毛笔撰联

博雅君子邹农耕广布九天雨露；

大国工匠周鹏程专注一意毫端。

注："九天雨露"与"一意毫端"，皆旧时文港毛笔名。

为余干县撰旅游口号联

登李梅岭，上五彩山，放眼千年干越，遥望历史；

游鹤鹳汀，览九色洲，舒心万顷鄱湖，近亲自然。

下编　进邑着墨

进者，贤也

——进贤（兼谈锺陵）县名之由来

进贤，位于江西省鄱阳湖南端，省会南昌东南六十千米。进贤自古以来，除1949年中华人民共和国成立后行政区划时有变化，一直都隶属于豫章、洪州、南昌管辖。进贤县的前身为锺陵县。早时锺陵县管辖的地方较大，包括南昌市、南昌县、新建区甚至东乡县西部的一些地方，都在锺陵县境内；现在进贤县的全部，只是其中的一部分。

关于进贤并上溯锺陵县治的具体名称和位置，目前所见最早的有明嘉靖四十二年（1563）邑人汪集（嘉靖十四年三甲第二十九名进士）与万浩（嘉靖三十二年二甲第一名进士）纂修，傅炯（嘉靖二年二甲第一百零七名进士）撰序的《进贤县志》"卷之一疆土"记载："……进贤为禹贡扬州之域。春秋为楚之东境吴之西界。秦隶九江郡。汉隶扬州豫章郡，为南昌县东境。晋隶江州，太康元年分置锺陵（破山得钟十二，故以名），七年废为镇。宋齐梁隶豫章郡，陈大业初郡改豫章。隋隶洪州。唐武德五年复为县，八年废为进贤镇。宋隶洪州隆兴府，崇宁三年，郡守张绥请分南昌之归仁、真隐、崇礼、崇信及新建之玉豀、东西二乡，升镇为县。"这样从历史沿革来看，进贤县之前称建于晋太康元年（280）的锺陵县，到现在有一千七百三十七年的历史；建于宋崇宁三年（1104）的进贤县，到今天只有九百一十三年（先国注：清康熙之后的《进贤县志》，皆作宋崇宁二年进贤置县，与前志有一年误差）的历史。关于进贤与锺陵县治的具体位置，明嘉靖四十二年《进贤县志》"卷之二建设"记载："儒学在县治南面三台峰常湖九曲。晋武帝置锺陵县时在治东南二里。"这里虽然把进贤县治和过去的锺陵县治的所在位置讲得还算清楚，但没有附图，后来也没有发现任何可资借鉴的考古资料，所以更别说弄清楚一千多年前锺陵县所管辖的具体范围了。不过，我觉得如五百年前之傅炯、汪集、万浩等明代朝廷命官，都是有着深厚的家乡情怀和扎实的学问功底的进贤籍进士身份的文人，离进贤设县时间相对较近，又有前朝省、府（州）、县志借鉴。这样一批有本事的人物，为家乡修志，其所整理的资料应当比较可靠。奇怪的是不知为何，明弘治十八年（1505），二甲第九十五名进士、吏部尚书万镗在为明正德《进贤县志》（惜该志不存）所作序文中虽说到"然史有专职，有常局，有众长可集，有图籍可稽"，但在明嘉靖《进贤县志》中，却没有找到进贤地名之由来的记录和这之前的进贤县境图。

关于进贤地名的由来，仿佛有三种说法，这里按时间先后顺序，分别叙述如下。

第一，清顺治十五年（1658）三甲第十三名进士、湖广彝陵州（监利）人聂当世于康熙十二年（1673）进贤知县任上总修的《进贤县志》"卷之一舆地志分野"记载："周礼保章氏以星土辨九州之域，所对封域，皆有分星以观妖祥……今按天文志，长沙星过左，辖中有进贤星。今长沙去此不远，而婺州长沙皆星立名，而进贤以星名，当无可疑也。""进贤以星名"这一说法，是清康熙年间《进贤县志》纂定者"生员邑人章兆瑞"在该志"分野"后记中的理解。我以为，章兆瑞可能是根据《河图洛书》的星象来对应地舆。这也颇合唐王勃《滕王阁序》里以"星分翼轸，地接衡庐""物华天宝，龙光射牛斗之墟"等几句写洪州地势之意。清同治《进贤县志》与光绪补刻同治版《进贤县志》，仍续此说。从明嘉靖《进贤县志》可知，早在唐武德八年（625），即有"进贤"镇之名，而明代县志则没有"进贤以星名"这个记录。尽管"进贤以星名"或许是进贤地方文士章兆瑞的一家之言，却得到后来地方修志者认同。当然，在《大清一统志》等古代志书的"舆地"卷中，对锺陵、进贤两个地名由镇到县的记录还比较纷繁，这也令人莫衷一是。

第二，是一段有趣的故事。从澹台灭明这个人、这个故事到进贤这个县，由我根据进贤地方比较流行的传说，为2015年5月在进贤县子羽公园落成的澹台灭明铜像花岗岩石基座作说明，并已经这样刻石铭记：

澹台灭明,字子羽,鲁国武城(今山东平邑县)人,生于公元前五一二(一说公元前五〇二)年,孔子七十二贤人中排列第十二位。相传因其状貌丑陋,虽欲事孔子而被薄之。既已受业,退而修行,教书育人,恪守发愤图强、处世无机巧、为人信守诺言等准则。尤其南游讲学于吴头楚尾之豫章(今南昌进贤)一带,从学弟子达三百人,深得人心,广受推崇,真乃"设取予去就以为诺,名施乎诸侯"。时言偃为鲁武城宰,孔子问曰:"汝得人焉尔乎?"偃曰:"有澹台灭明者,行不由径。非公事,未尝至於偃之室也。不至吾处。"孔子闻之,曰:"吾以言取人,失之宰予;以貌取人,失之子羽。"澹台灭明践行着"天行健,君子以自强不息;地势坤,君子以厚德载物"的精神,是最早表达中国人文意志的先行者,且以显著效果实现了孔子"有教无类"育人思想的主张。历史在孔子与澹台灭明之间留下了"以貌取人"的典故。进贤县名之由来,亦因域民信奉"南游至此"的澹台灭明秉承"非公事不见卿大夫"之道义精神而故也。

这尊供奉于进贤县子羽公园内的澹台灭明立身铜像,高四米有余,据说由中国美术学院一雕塑家创作,应算是目前进贤县城市雕塑中最珍贵的艺术品。县里的人都说,澹台灭明是进贤文化的标志,所以要特别敬畏。既然我们这个进贤县在二千五百多年前因为澹台灭明这样的"进者,贤也"而得名,今天我们进贤县八九十万黎民,也确实为澹台灭明而感到骄傲和自豪,那么我们就应该很好地理解与弘扬澹台灭明的精神文化内涵。我想,澹台灭明积极进取的精神文化在我们这块地方传播,正好对应了孔子《论语》中的"进吾往也,贤思齐焉"——这或许也就是最好的诠释。因为澹台灭明而以进贤名者,仿佛大可取也。

第三,是说唐代诗人戴叔伦隐居锺陵栖贤山留下好声名后,人们为了纪念他,至北宋崇宁升进贤镇为县。但这一说法好像也不很合理,因为至少在比戴叔伦还早的唐武德八年,就已经有了行政建制的进贤镇。即便"进贤"地名不因戴叔伦而来,然也或许是因为在澹台灭明之后这里再次走进了戴叔伦这样的贤人,锺陵地方的人们才为之争得"进贤"县名,似也未尝不可。然不可忽视的是,上海辞书出版社《中国名胜辞典》收录有"栖贤山"词条,称因戴叔伦而名以进贤县。在戴叔伦的金坛老家和与进贤相邻的余干县黄金埠镇的戴氏后裔中,亦流行这种说法。在明嘉靖《进贤县志》中,更有栖贤山与戴叔伦的词条。尤其有意思的是，在栖贤山因戴叔伦而成名后几百年，明万历年间黄汝亨、金廷璧、樊良枢、熊明遇熊人霖父子、饶伸等一批有进士身份的朝廷命官，还因戴叔伦对栖贤山而有着遥远的敬畏。如黄汝亨题"栖贤留胜"，饶伸有句云"栖贤润溪，以戴公重山川"，都是称颂戴叔伦的。但是，因戴叔伦而名以进贤县的说法，则没有任何可靠的历史文献记录，甚至连栖贤山旁十分尊崇戴叔伦的金廷璧，在明崇祯《进贤县志》序文中都没有说到戴叔伦与进贤县名由来的关系。我以为，这一说也就姑妄听之吧。

如果说，进贤以"进者，贤也"而名之，那么我们进贤人，就不能懒散无为，不能墨守成规，不能庸俗势利，不能投机取巧，不能奴颜媚骨……否则，我们对不起先贤，再怎么筑澹台灭明镀金铜像也没有任何意义。记得三十多年前的1985年，县志办的几位老先生，到一些地方收集进贤古代的文史资料。据说无论走到何处，他们都会受到人们异常的尊重并问长问短，就是因为"进贤"的地名。是的，我们今天的进贤邑人，千万不要辜负了自己家乡儒雅而美丽的"进贤"这个地名。

既然进贤县的前身为锺陵县，那么，最后也应该做点锺陵地名由来的交代。在我所见到的历史文献包括旧县志、族谱、墓志及民国时期的相关资料中，锺陵就写作"錘陵"或简化的"锤陵"，而不见"鐘陵"。但也有例外，如中国毛笔文化博物馆收藏有一件北宋诗人黄庭坚的书法拓片，落款为"鐘陵黄庭坚"。这大概是最早把锤陵写作"鐘陵"的例子。明嘉靖《进贤县志》"卷之一山"载："鐘山，邑治西师过渡下五里，旧名上下破山。"在此条目下，并有高宾《鐘山》诗云："鐘陵字号缘鐘得，得处分明两破间。事贵有徵名贵雅，破山应合改鐘山"。清康熙《进贤县志》又一次载明了师过渡的位置，即今天进贤县城西北靠山的青岚湖边上某渡口。清同治《进贤县志》"卷二十五艺文·诗"中，再次收入高宾的《鐘陵》诗。同时，有与诗人高宾同时代的明嘉靖四十四年（1562）科考会试第一名（会元）、殿试进士第三名（探花）陈栋（进贤架桥艾溪陈家人）的和诗《前题》："鐘陵旧号晋时闻，鹤岭南峰势不群。王气秦淮南更厌，鼋鼍载何厌原分。"同样是在明嘉靖《进贤县志》中，因为高宾诗中的鐘山和鐘陵之"鐘"的应用，才使和诗的陈栋也"鐘陵旧号晋时闻"，而违背了"太康元年分置锺陵（破山得钟十二，故以名）"的记录。在中国古文字中，"鍾"与"鐘"是两个不同的概念，所以我们进贤前身的锺陵绝对不是鐘陵。我以为，这个令人费解的问题在明嘉靖《进贤县志》中出现，显示了旧时修志人对诗作者物事理解的尊重。另外一点，就是进贤民间"锺陵因过去有钟将军的陵墓而得名"的说法，似乎也很牵强，因为在旧县志中，确实没有记录哪位钟姓将军有墓。

2017年10月23日
发表于2022年8月江西高校出版社出版的《大美军山湖》

进贤县重要建筑文物与传统村落概述

一

进贤县位于江西省中部偏北,鄱阳湖南岸,抚河与信河的下游,是南昌市的东大门。东邻东乡县,南接临川区,西隔抚河与丰城市、南昌县相望,东北以杨坊湖和信河为界,与余干县毗邻。全县东西宽约52千米,南北长约65千米,土地面积1971平方千米;全县21个乡镇,总人口近90万。

在这块美丽富饶的土地上,早在新石器晚期,就有人类活动的迹象。如在1993年秋天,美国考古专家马尼斯博士联合北京大学考古系、江西省文物考古研究所、进贤县文物管理所三家文博单位,针对"世界水稻起源"问题进行科学研究,用了十天时间,于县城东南不远高岭村的进贤县文物保护单位的城墩遗址东、北两侧,发掘出了约5000年前的稻谷,证明了进贤区域人类生产生活历史的悠久。沿进贤境内的浙赣线一带,有大量商周时代文化遗址存在,其中被公布为文物保护单位的就有七座连城遗址、寨子峡遗址、南土墩遗址,还有被发掘过的如县城南邹家遗址和温圳镇小石坪遗址。这些约5000年至约3000年前的古文化遗址出土的遗物,足以证明史前进贤文化的久远性、丰富性与先进性。尽管商周古遗址历史也算比较早,但由于过去一直没有文字记录。且这几十年中,虽然有过几次这方面的考古调查发掘,但因为这些遗址出土文物(标本)不够丰富,即便有些考古成果也被考古单位带去研究,但没有形成科学考古发掘报告,以及遗址本身照相效果实在不好等,所以这里也就一般不对古文化遗址作展开论述。

进贤县的前身,最早是晋太康元年(280)设立的锺陵县。据旧《进贤县志》,锺陵县治的具体位置,也就是今天的老县城。不过同样是没有过去比较详明的文字和图纸,更没有科学的古邑城址的调查和科学考古发掘,所以我们还是难以确知。至于有900多年历史的进贤前身,有1700多年历史的锺陵县境,究竟管辖面积多大、变化如何,恐怕更是一个解不开的谜团。那么,前身归前身,锺陵县的事,除不甚详明的遗址和墓葬外,真正留存的文物和文献,还是归到北宋崇宁二年(1103)设立进贤县之后吧。

至于设立进贤县之后边缘地区的行政归属,也在不断地变化中。在我们今天能够找到的宋代江南东路行政区划的地图中,进贤正好在这图北段中上部分。原本进贤衙前东北侧的雄岚峰北面发源的越溪水,曲曲折折往北流向润溪注入阳坊湖而汇入信江,成为江南东路和江南西路的分界线。由此我们知道,原来由南昌(洪州)出发,经架桥土坊驿,顺官马大道一直往东至润溪驿(润陂),过桥一半,即进入属于南京管辖的江南东路了。这真是进贤历史上十分有趣的事情。随着历史上进贤县行政区域的变化,这些变化地块所遗留的文物自然也变化了。如宋代进贤进士罗必元家乡的杨桥殿,以至原本为进贤第一高标的雄岚峰山脉的一大片土地,在明正德年间被划入新设立的东乡县管辖。这块地方当然有不少的文物遗存,其中包括宋末罗必元墓葬和墓道,明末艾南英、陈际泰等四才子聚会的诗文题刻石等重要文物,但我们这里也只好隐去不表。还有自宋末元初以来就属于进邑的,从今天温家圳开始沿抚河以西的黄马、武阳、塔城、泾口等一长条地带,有的在晚清民国、有的在新中国成立后划归南昌县管辖。这地带留下许多极具历史人文价值的遗迹。如元代大儒伯颜子中,明正德十二年(1517)状元舒芬,明末进士熊明遇、熊人霖父子,明末清初朱耷及其好友饶宇朴、饶守朴兄弟,清末台湾首任巡抚刘铭传祖居地等原本属于进贤的各种文物遗迹,这里自然也不详述。这些内容的不记述,自然就等于原本属于进贤东、西这两个区域的文物、遗迹,因历史上行政区划的变更,导致现代文本资料的消失。但是历史行

政区划翻来覆去的切割，有失也有得。1969年3月，历史上一直归南昌管辖的进贤县被划入抚州地区，原临川县北部抚河以东的温圳、文港、前途、长山晏、李渡五个乡镇被划归进贤，这也极大地丰富了进贤文化。尤其是这新入地块上的李渡烧酒作坊遗址、周虎臣与邹紫光阁毛笔作坊，以及历史人文价值深远、建筑艺术文化精湛、非物质文化遗产丰厚的六处原临川管辖的中国传统村落，真乃给进贤的地域文化大大的增添了光彩。

二

这里主要讲有900多年历史的进贤县留下的文物保护单位的情况。进贤县自从1989年设立文博单位，30多年来，先后被国务院、省、县三级政府公布的文物保护单位共有70处，其中全国重点文物保护单位3处，江西省省级文物保护单位8处9个点，不重复计算的进贤县县级文物保护单位58处（这其中又有的被公布为南昌市市级文物保护单位，按传统体系的中央、省、县三级管理制，这里市、县级文物保护单位列一起）。在这被公布的众多文物保护单位中，如果要以类别论，进贤县比较有特色的当属传统建筑。

在各级文物保护单位中，最有价值和意义的，当然是被国务院公布为全国重点文物保护单位的不可移动的文物。省、市、县三级政府公布的文物保护单位，都不能在名称上冠以本级"重点"。在目前国内4000多处全国重点文物保护单位中，进贤就占有3处，可谓是文化价值上一种不小的光彩。

这3处全国重点文物保护单位，第一处是在中国酒文化历史上年代最早的李渡烧酒作坊遗址。它的跨度自元，经明、清、民国，一直到1949年中华人民共和国成立后。这处遗址本身，其实也包含着地下遗址与地面建筑。地下遗址，也有建筑的工艺，如在元代地层中十三口酒窖的位置和窖口沿的砌砖，在明代地层砌筑的红石质水井和建造的井台、水沟，在明代地层砌筑的炉灶，在明清两代地层分别砌筑的两个蒸馏设施等，都反映了当时的建筑工艺；地面上，1958年建造的两幢600多平方米的厂房，是在这处遗址上后来添加的建筑成分。另有遗址外北面后街现49号至51号两幢酒铺及街道对过儿梅氏"派衍寿春"酒库共3幢与酒文化相关的清代建筑，虽未被纳入李渡烧酒作坊遗址"国保"范畴,也一并在此展现,权作过去李渡酒文化内涵在商业上的延伸。

第二处"国保"是位于七里乡罗源村委会十八圩陈家的陈氏牌坊。陈氏牌坊由昼锦坊与理学名贤坊共同形成一个明代院落式牌坊建筑。陈氏牌坊,一为明永乐八年(1410)的石质昼锦坊,一为崇祯十年(1637)的木质理学名贤坊。这两座都有绝对纪年的国保牌坊,是用于纪念陈谟和陈氏家族的诸多相关人物,见证着这个家族从明早期至末期两百多年的辉煌历史文化。尤其是至今有618年历史的昼锦坊,为国内牌坊类国保文物单位中历史最长的建筑。明末崇祯木结构牌坊在前面的再立,同时也见证着整个明代牌坊建筑工艺的变化,亦可谓双双具有鉴定明代同类建筑时代标准器的意义。

第三处"国保"是位于架桥镇艾溪陈家村的羽琌山馆和云亭别墅,俗称"西庄园"与"东庄园"。羽琌山馆和云亭别墅,其实就是这村落内两个晚清进士官吏的庄园建筑。此羽琌山馆,与略早然不存的苏州龚自珍羽琌山馆同名,所以很有意思。而在门楼上有清同治二年(1863)绝对纪年的"云亭别墅",虽只有155年历史,却是全国重点文物保护单位几处别墅类建筑中的最年长者,十分令人神往。一个村落有两处旧庄园建筑且属国保文物单位的例子,迄今为止,国内确实未见。

所以说,进贤县的三处全国重点文物保护单位,表面看来,不一定特别起眼,然各自在国内都具有独特意义。

进贤县8处9个点江西省省级文物保护单位分别是白崖山红石场遗址、豫章世家坊、珠子塔、艾溪陈家古建筑群、雷家花屋、节孝坊、节凛冰霜坊、文港毛笔作坊(包括周虎臣毛笔作坊与邹紫光阁毛笔作坊)。分布在这九处村落及其周围的省保文物,除白崖山红石场遗址外,其他八处全部为地面建筑类文物。

进贤县省保单位的建筑文物,也各具特色。

文港镇张罗村豫章世家坊,宋代罗典书题匾额。一坊之上,集宋、明、清三代历史文化信息(宋代之匾牌、明代之结构、清代之重修),且为进贤境内所有建筑类文物保护单位中,唯一正面涂彩的古牌坊,殊为难得。这种色彩工艺在建筑文物上的使用，是临川文化因素的渗透，丰富了进贤建筑文化之工艺。

三阳集镇藕塘塔下村军山湖一汊口边，有一元代泰定二年（1325）的珠子塔：七石叠成，六面图文，高与人等，形制小巧，简单至极，可谓进邑大地，塔之唯一；独步国内，光彩四溢。

架桥镇艾溪陈家古建筑群，撇开其中的东、西两庄园不说，另外明代建的村总门楼、门塘，清代及民国建的20多栋古旧建筑，既标示着江西义门陈氏"八百头牛耕日月，三千灯光读文章"这个家族上千年的耕读文化传承，又反映了艾溪陈家五六百年文化与经济的繁荣，具有赣中地区的典型性。这处全村整体的古建筑群，当然是进贤县内规模最大的文物保护单位。

三里乡的雷家花屋，为江南地区孤例的两幢有绝对纪年的清乾隆年间"样式雷"建筑，规模较大，石雕木雕，工艺精湛，引得国内外诸多古建专家的高度关注，名扬四海。

三里乡科第村有清乾隆十四年（1749）圣旨的万家焦氏节孝坊，为其立坊者，是清廷尹继善、塞楞额□、金德瑛、彭家屏四大要员。该坊上的一些信息，对研究清史还有一定价值。

锺陵乡锺陵桥头的清锺陵节凛冰霜坊，为其立坊者也有苏凌阿、福长安、陈淮、万宁（有的人名脱落）等一批朝廷命官。这种六条腿等腰式排列的牌坊，形制特别，在江西省级文物保护单位中，确实罕见。

文港毛笔作坊，指的是周坊村的周虎臣毛笔作坊与前塘村的邹紫光阁毛笔作坊。清代至民国年间，"中国四支笔"中的苏州（上海）周虎臣毛笔、武汉邹紫光阁毛笔，皆分别出自这两个村落。周虎臣毛笔作坊与邹紫光阁毛笔作坊，都是成片的清代民国建筑群，各有1200多平方米的传统建筑存在，而且这两处省级建筑文物还承载着省级的非物质文化遗产　　文港毛笔制作技艺。这在国内文房四宝界有唯一性，极具文化价值。可惜的是，这两处省级文物建筑这几年破坏比较严重，尤其前塘村历史最早的玉树长春屋内架在2010年被烧毁，一两年后，并列的两幢古旧建筑又被拆除建新楼，古村原有环境风貌被彻底破坏，留下来的文字与相片，亦可作为这处国内文房四宝行业独有文物保护单位昨天的记忆。

县级文物保护单位中的古建筑,当然也有一些不错的,然非常有限。一些较有价值的建筑文物,在这本书中只好列入传统村落部分去介绍,如明代文港镇周坊村汤显祖为村人进士周献臣题匾的科甲第坊,清代前塘村的邹紫光阁毛笔作坊,明代曾湾村的三处门牌坊及长山晏乡五桥村的四眼井与两眼井等等较有特色的文物建筑,都只能这样收录编排。还有宋代江南东路和江南西路两省分界线的锺陵乡东北之古润陂街并驿站的润(陂)溪桥,因为其早期行政区划的特殊价值,也作特别处理,列其后编排。

三

近几年,又有一种新名称的文化遗产类型出现,叫作传统村落,传统村落又分为中国传统村落和江西省传统村落两个层次,到目前为止,进贤县共有九处中国传统村落与两处江西省传统村落。一个县有这么多的传统村落,且比较集中地分布在抚河流域下游进贤县西南部分的这一区块,至少在江西境内各江河水系中是一种奇特的现象。国家部门对中国传统村落的要求,首先是要在保证原村落建筑格局巷道肌理的基础上,传统建筑要占村落全部建筑面积的百分之三十五以上(另一种说法是至少要有三千平方米以上)。对传统村落的要求,还有一点就是要保留了一定的非物质文化遗产。

关于传统村落这类文化遗产的存在,我们不难发现一个非常值得关注的现象,就是进贤县境内总共十一处的传统村落,全部集中在邑内西南片区的抚河流域和青岚湖水系沿岸,而东北片区的信江流域和军山湖水系沿岸,则没有一个传统村落。这说明一个什么问题?其实对照今天的进贤地图和现实,我们也很容易明了,进邑范围内从古至今,无论经济还是文化,西南片区都较东北片区要发达。这个问题,从历史、文化、社会、经济各方面来讲,也是非常有研究价值的。

进贤县内的十一处传统村落在这些方面的展现各有特色。如第一批的两处中国传统村落杨溪李家村、沙河晏家村,都不以一定规模和质量的传统建筑与相应的非物质文化遗产的存在彰显特色,而是以人文价值的厚重而鹤立鸡群。如周坊与前塘两村,既有一定存量的传统建筑,其传统建筑又承载着毛笔制作的传统技艺,独具意义。西湖李家村,在传统村落的建筑外观和村民传统生活习俗的继承方面,都有其典范意义。十一处传统村落的管中窥豹,亦分别概述如下。

中国传统村落:

架桥镇艾溪陈家村,有多项国家级和省级文化遗产,这里主要讲全国重点文物保护单位的羽琴山馆和云亭别墅,还有该村整体的中国传统村落这两项。因为"国保"和中国传统村落是连在一起密不可分的,虽然是两项,也只好拢共到一块介绍。而因为是具有更高的历史、科学、艺术价值的"国保",艾溪陈家村就要放在比该村历史长而且属江西省第一个中国传统村落的杨溪李家村之前了。艾溪陈家村所保存的传统建筑有近两万平方米,在进贤县内所有的传统村落中,应该是规模和面积最大的,但历史的非遗项目确实不甚有特色。

温圳镇杨溪李家村有800多年的建村史,在宋元明清600多年的科举考试中,诞生进士14人,举人26人,科举成绩可谓县邑内最为出色。因为有历史以来村落文化发达,经济也相对繁荣,故而村落早期建设也有规划。旧建筑中的祠堂,明代就特别讲究。现存作为李氏家庙的总祠堂,占地一亩多,内中石础及木柱足见其宏伟。但这维系李氏家族间亲情的体面建筑,今天已是破烂不堪,修复艰难。好在李氏于明末已分设祠堂,且分祠堂保存尚好,说明村落发展得快,李氏也较有宗族集体荣辱观念。私人建筑,村上尤以李瑞清故居之规模、工艺较为出色。至晚清,又有李世璋父辈之大夫第。民国洋屋,是李氏商人在外经商发达后衣锦还乡的炫耀。杨溪李家村,从传统建筑遗留的规模和工艺方面讲,在中国传统村落中不算有特色,然从这个村落在清代至民国早期出了一大批教育文化人才和教育文化遗产的研究价值来看,在国内肯定有绝对优势。

文港镇沙河晏家村落的历史超过1000年,比进贤9个中国传统村落和2个江西省传统村落建村的时间都长。这个村落规模比较大,但遗留的传统建筑却不大好。村落的主要特点是在北宋期间诞生了晏殊、晏几道父子这样的文化人物及宋元间不少的科举人才。古代人物和文献是其特点,如清乾隆十年(1745)《晏氏宗谱》上翔实丰富的历史人物简介资料,就是最好的证明。

文港镇周坊村，留存的清代至民国建筑过万平方米。这些建筑的特点是匾额较多，且多反映该村周氏的迁徙过程和文化特征，尤其是那1000多平方米的清代周虎臣毛笔作坊群，见证着周坊村这个毛笔家族两三百年毛笔文化的辉煌和贡献。这个国内最早的周虎臣毛笔作坊群的存在，有着其无与伦比的独特文化价值。

文港镇曾湾村的特色，是基于明末"进士""宪台风纪""父子恩荣"三个门坊的建设，进行村落重修门塘和直巷规划的，且延续几百年不多更改，极具历史文化价值。

罗溪镇旧厦村的特点，是保留了传统村落传统建筑部分的巷道格局，而且留下了清代重建的元代初建村落时建的总门关。这是别的传统村落所没有的。

前坊镇西湖李家村，这个县内清代传统建筑保留最少的中国传统村落，有一个最大的特点，就是在传统村落的建筑保护过程中，遵照原来的格局，道路尽可能地红石铺就，方合形的房屋两侧全部改成"山"字形墙，从外观上全面实现了赣鄱地区传统风格（近似徽州地区）。另外，就是较全面地保留了传统的生产生活方式，尤其在众多非物质文化遗产项目的传统保留方面做得十分出色。所以，这是一个极具典型意义的"看得见青山，望得见绿水，留得住乡愁"的中国传统村落。

李渡镇桂桥村，基本算是一个在明代村落基址上再次规划建设的清代村落。桂桥村的传统建筑主要在村庄中心，围绕着三条南北向巷道，集中成片建筑。尤其以大夫第排屋为组群的清代建筑达3000多平方米，在江西省内不多见。该村建筑多有匾额，文化寓意都表现在桂氏门楣上，"礼义廉耻"书写在房屋正面墙上，说明桂氏几百年崇尚读书和尊师重道的正气。该村民国初期的教育家桂瑞藩，更是江西省内较早实施新式教育的典范人物。惜桂瑞藩故居于2013年被焚毁。

桂桥村非物质文化遗产项目丰富，进贤县11个省级非遗项目中3个与桂桥有关。省级非遗项目李渡烧酒酿造技艺代表性传承人桂建霞即属该村人。另一项省级非遗项目李渡道情，实际上就是桂桥道情。还有一项省级非遗项目李渡车仂灯的表演者也是桂桥人。

文港镇前塘村，主要的传统建筑构成是邹紫光阁毛笔作坊，前文已述，这里不表。另有村后大樟树西侧的两幢民国建筑，是1958年人民公社时期的农村生产队食堂，门前及屋内的字画，属于当年的见证，具有新中国成立以后较高的历史文化价值。前塘村的省级非遗项目，有属于文港毛笔制作技艺中的邹紫光阁毛笔制作技艺。现在前塘村邹氏制作毛笔早已今非昔比，然古之邹紫光阁毛笔仍在发扬光大，年前还被评为"中国名笔"。

江西省传统村落：

长山晏乡五桥村，有着江西省传统村落的名号，但在前两年的申报等待批复的过程中，村落几千平方米的传统建筑被全部拆除，目前只留下作为县级文物保护单位的四眼井与两眼井。该村原有的毛笔制作与夏布制作两项非物质文化遗产的制作技艺更是早已消失。作为以一定的传统建筑存量和相应的非遗项目为基本要素的江西省传统村落，五桥村实际名不副实，但因为有这个名号，所以也要录在这里。

罗溪镇三房村，存量不少的传统建筑，全部属于进贤县文物保护单位，其中的节孝坊屋还被公布为南昌市文物保护单位。传统建筑破坏严重，很难修复。节孝坊屋原也承载了南昌市级非遗项目烙画技艺，但传承人周方员前年谢世。此技艺虽在村上后继无人，但因邑内别处曾受周方员烙画艺术影响，其技艺不致完全消失。

四

进贤县境内留存有重要建筑文物和被公布为国家和省级传统村落的点，和省内外县邑相比较，应该算是一笔非常丰厚的历史文化遗产。但是，这些点上留下的传统建筑总体状况不佳，历史文化环境要素特点突出的就更少。如古树名木、古旧戏台、风水宝塔、古寺书院、古道津梁，不仅稀少，甚至完全就没有。这是我们这些点上无可弥补的劣势。劣势的存在不可扭转，那么我们就应该展示自己地方的优势。按理说，对于进贤比较重要的建筑文物或传统村落建筑中的一些精品，我们至少应该描绘立面图和一些建筑剖面或建筑结构图。然限于能力，实在又不能尽善，此乃遗憾中的遗憾。我们相信，在现在的基础上，进贤这方面的工作一定会得到加强，本邑重要文物与传统村落的研究、保护、宣传、利用也会做得更好、更出色。

2018年12月12日

本文属2018年12月进贤县政协主编的《进贤县重要建筑文物与传统村落》概述部分。

注：文港毛笔制作技艺于2021年5月被国务院公布为国家级非物质文化遗产项目。

下编　进邑着墨

九曲十弯越溪水，三桥两省分界线

开篇，先说一下文章的这个题目。什么叫"九曲十弯越溪水，三桥两省分界线"呢？我要解说的，就是在今天江西进贤县东边与东乡县西边的交界处，有一条有十八个明显弯道、古称越溪水的又窄又浅的河道。而且在这九曲十弯的越溪水道上，自中上游至下游这一段，现在还基本完整地保存着三座古代石桥。更有趣的是，这越溪水河道，本身就是宋代江南东路与江南西路两路的分界线。

这两路的分界线，虽早已成为历史，然古老的越溪水今天仍是进贤与东乡两县的分界线。山川依旧，只不过级别降低罢了。

江南西路的辖区大部分在今江西省。从宋代江南西路地图看，江南西路的行政区划范围，现在江西省东南部区域变化不是很大，而东北部包括现在的九江地区鄱阳湖东侧、上饶与景德镇地区的全部地方，则归属于以南京为中心的江南东路管辖。南昌地区或曰旧时洪州府进贤县的越溪水，既然为江南东路与江南西路的分界线，那么这里又有些什么可以作证呢？八百年来，在我们的古代行政区划和历史地理研究界，单独对这方面的研究，好像都不是很深入。近日，我和我们地方的文史工作者万卿、余辉、章文杰等人，似乎在这方面有所作为，发现了宋代江南东路与江南西路分界的山脉、界石、村落、水系、古树、古桥等自然物和文物。这里结合一些古代诗文和文献，作些初步探访和调查的叙述。

一

首先说古代"进贤地脉"雄岚峰。

明嘉靖《进贤县志》卷之一"疆土"有句云"进贤地脉，发自雄岚峰"。清同治《进贤县志》有图,也把雄岚峰画在进邑范围内。进贤民间,也总听说靠近进邑东边即现在东乡县境西边的雄岚峰,是过去进贤的地标。二〇一八年五月,我在自己编辑的地方文化期刊《进贤文蕴》上,刊登了南昌铁路局机关干部万卿先生《解读杨万里〈过润陂桥诗〉三首》的文章。万卿在文中略略谈到他早几年就发现了宋代两路分界并引起专家现场考察的事,引发了我极大的兴趣。工作三十年中以全部的业余时间用于地方文史研究的万卿,本身就是润陂人,对这一带的情况非常熟悉。万卿又特别积极热情,不几天便主动邀我一探究竟。万卿还不知从哪里找来一张几十年前国家测绘的进贤东乡两县交界处的地形图,从等高线上计算,我发现进贤县邑正东直线距离二十至二十四千米的地方,有一大片海拔高度一二百米的地块。既然是"进贤地脉",自是非常重要。所以我们商定,第一站要拜访的,就是雄岚峰。

端午仲夏,天气燥热,万卿驾车,走过进贤东的衙前乡。汽车在高低不平又狭窄的山间公路上穿行十几千米,来到雄岚峰下东面的村落,便是秋源。还未进村,就看见这里山峦葱绿,茂林修竹,古树参天。进村后山路上,迎接我们的是一眼古泉边上一棵七八百岁的古槠树,古槠长在山脚坡坎上,我估摸着树下蔸部最少也要四人合抱,古株的根,稳固地扎入下底泉边,吸收着山丘上落叶的肥力和泉眼甘甜的滋养,所以长得枝繁叶茂,亭亭玉立。村民们说:"古往今来,村后古槠边的这眼甘泉,从不干涸,你们看,我们什么时候都在树边挂着一两个取水的舀子,供村民和路人随时取水饮用。"这进村的第一印象,就让我们感觉到燥热中的一丝清凉和甘甜,真是高兴啊。

饮泉进村,满怀欣喜,"秋源世家"乐氏石门坊,便赫然眼前。又见三棵古树,南北向立,一字排开,其中尤以一棵罗汉松和大香樟最为奇特。两树皆挂牌保护,分别标明有一千五百年和一千二百年树龄。那粗壮而不算特别高大的罗汉松,在三棵古树中间,于禾场上格外醒目。但约一点五米高的石栏护圈,影响观瞻。待我近栏拜谒,只见十几米高直径约二米的古树,躯干敦立,雄浑苍劲,灰白色斜竖的皮纹,沟壑纵横,像无数的水线,从上往下,似风似雨,旋曲流畅。宽阔的冠覆,郁郁葱葱,遮天蔽日,足似屋大。树蔸底东南向空洞里长的结,极似罗汉。细针叶林树种,在肥沃的土地上,竟然能生长得如此久远、粗犷、繁茂、神奇。凡事有比较才有鉴别,秋源这棵罗汉松,比进贤老城区那唯一挂牌之清初县衙老基前(现在县人民医院内)罗汉松年长一千二百年,腰粗十几倍;比宜丰天宝那棵长在石砌围挡上一千二百年仅仅两米圆径的罗汉松也要粗壮高大好几倍;甚至比之永修县柘林镇司马村两棵一千八百年的罗汉松,也要粗壮、茂盛、美丽、顽健得多。所以说,秋源村的罗汉松,是历史,是文化,是艺术,更是神奇!奇特啊奇特,非常奇特,未知偌大中国,他处亦有否?我站在秋源这棵罗汉松前,真真感慨万千,久久地对其行注目礼,心情无比激动。

三古树最北侧,靠近"秋源世家"坊的古樟,可谓体量最大,加上一界石,其文化含量自然也高。古樟为江西各地区常见阔叶乔木,具备高大挺拔、枝丫繁多、树叶青翠等特性,大都不足为奇。然秋源村中古樟,确实值得特别说说。先是古樟下部,盘根错节,蔸底形状,可谓古怪,树蔸靠东边沟一线,凸出的树根南北长达十米有余,占地面积近二十平方米,这是秋源古樟外在的出奇之处。秋源古樟与他处古樟不同的文化含量,体现在紧靠树蔸南边那块敦厚的灰红色麻石上。灰红色麻石宽面约一米,包括埋藏地下的石牌总高度不得而知,厚约零点二米。麻石宽度面南北方向,光素无字;麻石厚度面东西方向,朝东向的一面阴刻"界石"两个楷体字,西向无字。当我抚摸着这块厚实界石不得其解时,村上一位八十有六的老者,主动上前解释,说他小时候启蒙读私塾,就在这门坊后边屋宇内,天天看着这古樟和界石。近八十年,古樟一点也没有变大,界石一丝也没有移位。老者告诉我,他们祖辈的祖辈,都说这古樟是神树,界石也是神石,子子孙孙,千万千万,不要伤害它们。还说在别人村上,凡房前屋后有古树,要么堆柴,要么搭屋,要么系牛,但他们姓乐的,从来不伤害神树,将它保护得好好的。这古树界石旁边,

过去是村上出工开会的场所,社员劳作,少不了荷锄、带锹、挎镰刀,却从来没有一个人会在这界石上"震家什"(即将锄锹在石上斗紧的意思)、磨镰刀的。你们不信去别处看看,哪个古井石不被家什震烂,井口不被镰刀磨凹?界石震不得,因为它没有一千岁也有八百年。他们都晓得这个古代分界线上的界石,在当今中国,绝对找不到第二块。别说那古代界石,即便现代省级分界处的界石(或界桩)都珍贵得不得了。例如1992年皖鲁苏三省交界处所挖的一口井,以及1996年国务院在京津冀三省交界处所立的三棱形界桩,现在就引来了很多人参观。我发现这样久远的省级界石,怎能不在两三个月内,一而再,再而三地到秋源拜这界石?这确实是我内心充满了对家乡古代历史地理行政区划之文物的敬意啊。

在秋源村拜谒过几棵古树,我们顾不上午餐,立马登山。从村里山脚下起步,奋力攀登约莫四十分钟,爬上雄岚峰顶。放眼四望,只见进贤、东乡两县交界地带,丘陵低岭,连绵起伏,重峦叠嶂,而唯有海拔三百三十米的雄岚峰,一山高耸,鹤立鸡群,巍巍壮观,傲视群雄。因为群山环绕,所以集水面积广阔。巍峨的雄岚峰下,东有东乡县最大的幸福水库,西有进贤县最大的秧塘水库,两水库常年蓄水量都在千万立方米以上。然从清代康熙之前的进贤地图看,雄岚峰北面则为进邑东界古之越溪水的发源地,分别有两条支流从雄岚峰西北侧形成,一直向北,九曲十弯,蜿蜒十几里,在今日进贤县锺陵水库东面不到三里的地方,与从余干县五彩山下发源的东支流汇合成越溪水的主流,又静静地在一马平川的草洲上逶迤盘旋,在润陂港注入碧波千顷的杨坊湖,和"一江清水向西流"的千里信江汇合,再西北行五十里,在余干与进贤交界的瑞洪镇注入烟波浩瀚的中国最大淡水湖——鄱阳湖。

因为雄岚峰在宋代是江南东路与江南西路的陆地分界线,也因为雄岚峰景色绝佳且"阴幽崖冥,堑奇险峭"(清同治《东乡县志》),所以至不久后的元代,山上便恢复了原有的"王、郭、邱三仙观",据说还颇灵验,朝拜者无可数计。到了明弘治年间,雄岚峰北不远的余干儒士、曾经两任"海内书院第一"庐山白鹿洞书院山长的胡居仁,还屡屡登上雄峰之巅,也曾发出"高耸、端圆、磊落"之感慨(《胡文敬公集》)。明正德七年(1512),割进贤雄岚峰及杨桥一带地块和临川、安仁（今余江）、余干三县各划出的一部分设立东乡县。至晚明东乡县籍士人艾南英，又经常引领章世纯、罗万藻、陈际泰（四人称"临川四友"）等旧友新朋，雅集雄峰，吟唱诗词，摩崖刻石。现在的雄岚峰侧顶，仍有记录在旧东乡县志上的艾南英等人的诗词，只是距今年代久远，石上字迹漫蚀，辨识相当困难。

清光绪三年（1877）进士、辗转江西抚州、信州一带，任几邑知县的董沛，在东乡作《雄岚峰》诗，风景事例如同写实：

云气苍茫断复连，孤峰秀出众峰巅。千家供奉三仙庙，万古灵长一勺泉。

尘世衣冠都惘惘，精庐香火自年年。登高便作栖真想，愿与洪崖笑拍肩。

"江山代有才人出"，清末民国直至如今，百余年间，亦不乏探访雄岚峰留下诗文者。这里不表。

二

其次讲越溪水和越溪水上的三重桥。

因为从雄岚峰与余干县邓墩乡五彩山上游而来的涓涓细流，到越溪水中游后渐次开阔，河道也越来越深。这样，越溪就有了通商舟楫的便利。听溪水边上的居住民口口相传说，早先（大概五百年前吧）我们这沿溪的人，就有在偏上游一段地方行小舟交易货物的习惯。小舟与杂货，甚至把不宽的溪流也塞得满满的，因此也有人把上游叫作"赛货港"。在溪水东面的村落明正德七年划归新设立的东乡县之后，为便于昔日情感的延续，进贤与东乡两县民众，共同建起了一座九组二十七块条石平面铺就的八墩九孔之石桥，桥名便曰"赛货港桥"。溪水河道的命名或称谓，有一定的人缘和地缘关系。赛货港就是这一地区的人对越溪水的称呼，建桥后故而因袭前缘。赛货港与桥的称呼，平实直白，却也叫得合点文气；而当地不怎么识字的人，则称之为"柴火港"。赛货港桥现在整体向南（上游方向）歪斜，但基本完好，仍然可以行人。

也因为这越溪水（河道）通州达府（洪州府之南昌、饶州府之鄱阳、信州府之上饶），溪水西边的进贤人，便把这越溪水道自上游赛货港而来的这一段，称为通州河。就是说，只有这段河道两边的人将越溪水中游一段称作通州河，上游和下游的人并不大知道这个称呼。现住在附近锺陵乡彭桥村委会几个村落的人都说："当年我们进贤人在通州河上造了一座石桥，东乡人没有出钱。所以前几年，古老的通州桥有三段倒塌，又是进贤县政府出钱，在紧靠古石桥上游三米处新修了一座水泥桥。"和赛货港桥一样，通州桥的组合，也是每组三块条石平面铺就，全桥十一墩十二孔，共由三十六块条石组成。通州桥桥墩小巧，桥面修长，显得非常优雅，整体造型颇具宋代风格。如此古物，或许算是越溪水宋代江南东路与江南西路分界线上的一个建筑艺术品。据调查，这桥建造的时间和赛货港桥差不多，也有五百年历史。如果真是这样，那它也在造桥建筑工艺上继承了宋代遗风。我们叹息，二〇一三年夏天，那暴涨的越溪水，汹涌地冲塌了通州桥，破坏了这处古老的景观，令人惋惜。然被洪水放倒的桥面、桥墩之塌石，都还悉数留在溪中，但望日后有识者乡贤，将其扶正，让昨日风景，大致依旧。

越溪水上的第三重桥，就是最下游老百姓称三府三县的润陂桥。润陂桥的历史无疑是这越溪河道上最长的，桥也最长，名气也最大。至于润陂是怎么来的，润陂桥是怎么建的，润陂又是怎么在宋代出名的，这可能还得从唐代诗人戴叔伦说起。戴叔伦在进贤（其时称锺陵）南边百里的抚州刺史任上，好像不怎么顺遂，既而辞官，隐居锺陵小天台山。戴叔伦在这里，耕田打柴，栽桑种茶，自食其力；寄居山南金刚寺，又开明经堂，教书育人，为人师表。加上他在抚州有建设千金陂的经验，所以也在小天台山旁兴修水利，大抵各方面都很好，深得民心。后来不久，锺陵地方居民奉戴公为贤人，将小天台山改名栖贤山，把流经山前河道的越溪水也改名润陂港，将桥更命名为润陂桥。关于栖贤山之名早到什么时候，从北宋到南宋在朝廷为官的高淳人魏良臣，有诗《栖贤山访戴叔伦隐处》曰："峰列洪都秀，名贤隐此间。乱烟横古木，啼鸟恋深山。我亦寻诗到，人谁访戴还。高吟今不见，流水自潺潺。"魏良臣诗意直白，加上其时距戴叔伦相对较近，这最直接的地名和人物的表述，应该最为可靠。也因戴叔伦的影响，润陂发展很快，宋代朝廷在此设驿站，王安石、朱熹、杨万里等文人，也多过此并留诗。如王安石有诗《过润陂市》。杨万里《过润陂桥》诗三首，颇具地域特色，如其一"润陂初上板桥时，欲入江东尚未知。忽见桥心界牌子,脚根一半出江西"。杨万里的这首诗,语调实在像是拉家常。这诗的意义就在于告诉我们,八百多年前的润陂已建有木桥,只是他没想到这桥竟然还是江南西路通往江南东路的分界线。看来这是他第一次走"南昌—进贤土坊—罗溪—润陂—余干黄金埠"的宋代官马大道,觉得有趣而随意写下的打油诗。至于其二"却忆庚寅侍板舆,过桥桥断费人扶。重来一见新桥了,泪湿秋风眼欲枯"和其三"历览溪中有底鸣,萧然芦叶蓼花汀。元来轿顶呜呜响,将谓风声是雁声"两首诗,都是杨万里再次过润陂桥真情的流露。对于润陂至今仍在的风景,我等"土著"简直再熟悉不过了。

　　说了越溪水上三重古桥,有必要再说说一重新桥。炎炎盛夏的六月,万卿又带着我和余辉、郑明、章文杰几位同好,再次沿着雄岚峰和越溪水道,一直驱车往北,玩山游水观桥。这一次,在悠悠越溪古代赛货港桥上游约二千米的河道上,我们还发现了一座在古代石桥遗址上重建,又保留着更早的木桥桥桩并将其融合到一起的二墩三孔拱桥,这就是建于五十年前"文革"中的簇溪桥(后来改称港西桥)。这座一九六八年十月开工,一九六九年九月建成的拱桥,可谓雄伟、坚固、大方、漂亮。簇溪桥于水中的桥墩,利用的是古代石桥原有的旧石基础,上架偏红麻石做桥墩;水泥预制块做桥拱券,拱券两端上部再各做双小拱券,凡石皆以水泥塞缝做筋,平整如一。但桥上护栏板,因为有林彪手迹"读毛主席的书,听毛主席的话,照毛主席的指示办事"被人为打坏,影响桥面景致。簇溪桥位于东乡县至杨桥殿镇的马路上,桥面上常年为川流不息的汽车碾压,可谓半个世纪,忍辱负重,从未维修,丝毫无损。比照今天民间造桥的工艺和质量,现在的管理者和工程师是否应该感到汗颜。我想,当年的造桥者们,正因为"读毛主席的书,听毛主席的话,照毛主席的指示办事",而且"活学活用",才能创造这样的奇迹。我们很明显地看见,桥北端空阔的拱券下,还保存着古代簇溪桥的木桩,都碳化了,还稳稳地扎在水中。记得十多年前,我看到福建南靖沼泽地中的古代土楼木桩,也碳化了,识者解"水浸千年松,永远不坏的"。不是吗?簇溪桥留下的几百年石础和上千年木桩,都是岁月的印记,挺感人的。难怪我们在那当儿,会情不自禁地穿着皮鞋跨入越溪,裤管浸湿却浑然不知,这是千年古韵的魅力啊!

三

最后说说有关越溪水及越溪水河道上三重桥相关的古代诗文。

说到越溪水,人们联想到的往往是浙江地方的河道名称。其实不全然。进贤与余干的交界处即信江流域下游一带,古称"干越"。越溪水则为信江的一个支流,自然也是干越范畴。越溪水为越地西南边关,战略地位很重要,所以文化也因之而生。前面列举的诗文不说,以下再举诗文几例。

在清康熙《进贤县志》里,有唐戴叔伦《越溪村居》诗:"年来为客寄禅扉,多话贫居在翠微。黄鸟数声催柳变,青溪一路踏花归。空林野寺经过少,落日深山伴侣稀。负米到家春未尽,风萝闲扫钓鱼矶。"本文润陂桥一段说到唐代诗人戴叔伦,这诗中前两句,就已经说得非常清楚,他的越溪村居,是"客寄禅扉"。戴公在润陂地方隐居,旧志上也有录,确实是住在那小天台山(后来被人改称为栖贤山)的金刚寺内。

二十几年研究锺陵并进邑文化的万卿,说戴公写这诗,就是从越溪中游的通州桥那儿回润陂即小天台山居住地的情景感受。我也觉得其诗符合当年这一带的自然环境。

往后,宋柳永《少年游》词中有"长安古道马迟迟,高柳乱蝉嘶"的景象。这何尝又不似越溪水旁官马大道之联想风景?因为在他的《夜半乐》词中,就有"冻云黯淡天气,扁舟一叶,乘兴离江渚。渡万壑千岩,越溪深处。怒涛渐息,樵风乍起,更闻商旅相呼。片帆高举,一泛画鹢,翩翩过南浦"之情感寄寓,这分明是写实啊。当然,我不知当年柳永的行踪,但我确实熟悉这越溪一带,诸如扁舟、江渚、樵风、片帆、画鹢、南浦的自然风物,故而我以为,此越溪而非彼越溪,应是不错的。

元代四诗人的虞集、揭傒斯、范德机、杨仲弘,在当年进贤东北境的越溪至信江、西境的沿抚河一带活动甚多,其时与进贤籍或寄居进贤文人交往的有傅箕、胡伯友、伯颜子中等,多有诗词唱和。如胡伯友诗集中有《和虞阁老》。元代文人、明嘉靖《进贤县志》卷之六"寓贤"条记录的"曾为进贤监县回回氏"的萨都剌,或许一次次探访江西之越溪,故而在《萨天锡集》也留下了脍炙人口的《越溪曲》:

越溪春水清见底，石罅银鱼摇短尾。船头紫翠动清波，俯看云山溪水里。谁家越女木兰桡，髻云堕耳溪风高。采莲日暮露华重，手滴溪水成蒲萄。盈盈隔水共谁语，家在越溪溪上住。蛾眉新月破黄昏，双橹如飞剪波去。

萨都剌在《越溪曲》中，因其在进贤寓贤并为官，所精心描绘的越溪山水风情，自然极具进贤东之越溪山川地理、风土人情之因素。和寄居进贤抚河畔北山的伯颜子中一样，萨都剌同为元代著名西域文人，和元代四诗人及伯颜子中交游。如虞集在《道学园古录》中，又有评《萨天锡集·越溪曲》"进士萨天锡（都剌）者，最长于情，流丽清婉，作者皆爱之"的真情流露。

元代进士、明初礼部尚书邑人朱梦炎则记"南宋乾道进贤县令张嘉谋于越溪旁平地筑亭曰'望云亭'"，为锺陵名胜，元末毁于兵火。在清康熙《进贤县志》卷之二"建置志·官署·亭"中，又有朱梦炎诗："凭栏越溪上，怅望流云度。远水积长阴，沿林引轻素。如何天外雨，不撒江南树。万里寸心遥（极迢迢），蹉跎年将（华）暮。"余辉还发现在清道光曾燠编的《江西诗征》里也有这首诗。

又有明代胡居仁《石桥晚坐》诗："身随所寓贫何害，浓酒三杯落日残。半醒却来桥上坐，乾坤容我一日闲。"依我想，这首诗与胡居仁的《与陈大中》（初七日，蒙送至高方而别，晚经严方分水岭，瞻览雄当岚，诸峰高耸，端圆磊落，纵目怡情，惜不得与大中共之。暮投塔水，吴当杰益之家，歆礼备至，亦可谓北道主人矣。初八日，偕杰益同游五彩山，至牧阳而别，午历李梅，瞻眺诸峰，候大中至，再与徜徉。初九日，早抵家。噫！居仁所望于大中者不浅，大中所以自任不轻，必存心极其密，察理极其精，方可深造乎道也。）可以比照研究。从这封信中，我仿佛可以体会吴居仁在其《石桥晚坐》诗中的心境。如果是我们当地熟悉本邑历史地埋的研究者，县全看得出当年分界线的一条陆岸路线。我想，力卿即是。但不能明白的是，这越溪水道上今天仍然保存着的三座石桥都是明代的文物，当年胡居仁的"石桥晚坐"，坐的究竟是哪座石桥呢？万卿几次带我寻访胡居仁的足迹，他认为是中游的通州桥。而我则认为，还可以设想为现已划归东乡的塔桥或水北桥，或者是今天仍存的过去润陂市西南那始建于明成化二十二年、修在民国时期的子规桥（桥侧一石有诗："水天几度夕阳红,三代迁移变幻中。碑在人非今古迹,平湖依旧漾春风。")。因为另外三桥(塔桥、水北桥、子规桥)早在明嘉靖《进贤县志》里就记录在原进贤县的二十都与十九都,且该两桥也正好在越溪水自余干五彩山下来的东支流地段。

还有,据乡贤万卿先生多年前的研究,在他家乡越溪润陂市一带,流传着一个有趣的故事,说进贤邻县的临川籍士人李绂(1675—1750),在他考中进士(二甲第十四名)的那一年即清康熙四十八年(1709)正月,来栖贤山朝圣,并在栖贤书院山长室,留下一副对联的上联,曰:"此贤山,八景八仙八方客,孔子庙,孟子庙,朱夫子庙,儒家思辩总有异。"山长觉得这对联的上联比较符合儒家正统的教育思想,然苦于自己没有这个才华,对不出合适的下联,故而一直压在箱底,秘不示人。但这半副对联还是一直在书院山长中传了下去。至雍正七年(1729)正月,上万村七房乡绅万士贤(1685—1753)主持书院,方续成下联,曰:"彼润溪,三府三县三重桥,浪滚里,楞滚里,紧浪滚里,说话口音各不同。"万士贤又很快召集周边万、胡、刘、张、文五大姓氏乡亲,筹资重修栖贤山的金刚寺和栖贤书院,且自此将"此贤山,八景八仙八方客,孔子庙、孟子庙、朱夫子庙,儒家思辩总有异;彼润溪,三府三县三重桥,浪滚里、楞滚里、紧浪滚里,说话口音各不同"这副相隔了二十年才撰成的对联,挂在栖贤书院的正大门。而这副对联的上下联又究竟是什么意思呢?上联由受过正统儒家教育的临川大才子李绂撰写,寓意比较明显就不多说了。二十年后下联的续撰人万士贤,则是一个乡土秀才,除了有一定的传统文化功底,学得更多的则是"接地气",意即读书不仅要明儒学的道理,也要关注民间的生活风情,这样才不致读死书。润溪(陂)这地方,其时位于洪州府进贤县、饶州府余干县、抚州府东乡县交界之处,一到赶圩日,润溪(陂)街市上穿梭流动的人群,操着大家都能听得懂的"浪滚里、楞滚里、紧浪滚里"(意即"这样的、哪样的、怎样的")等不同的口音,在市面上贸易交往。那景象,仿若旧时东京汴梁《清明上河图》里的风情。这副对联,既有中国两三千年传统教育思想的主流意识,也有越溪水流域地方多元素文化的融合。这在中国其他地方所没有的多种语音趣味,就是宋代江南东路与江南西路在越溪地区所形成的特殊文化现象。抗战时期洪都中学搬来此避难,这副对联引起了有古代诗联功夫的教职员工们的极大兴趣,还一度传为美谈。

  打住打住。先是雄岚峰,雄岚峰北发源了越溪水,山水养人,越溪水道上又一而再、再而三地架起了一座又一座的桥。而这山峰、溪水、村人,桥梁,又引得了一代一代文人雅士兴味,划山划村划水划桥为界,江南东路与江南西路,原来如此。你不知道,我告诉你。你说有趣不有趣?

           刊发于2018年6月邹农耕《文笔》杂志

晏殊江山第一楼与衮绣堂探究

抚河下游东侧,旧临川今进贤县文港镇沙河晏家村,是一处有一千多年历史的文化名村。晏氏上溯先祖是齐鲁晏婴。唐末江西始祖晏墉,五代宋初,经二世祖晏延昌迁徙至沙河晏家村,三世祖晏郜,五世祖晏殊,八世祖有晏敦复……晏氏文化家族,江山才人,生生不息,谱牒有录。在目前留存的《晏氏宗谱》中,清乾隆三十二年(1767)重修的《晏氏宗谱》(以下称乾隆《晏谱》)中,有晏氏源流、人像屋基图、宋元明清序文、名宦、迁徙、诰敕、表、奏疏、议、记、序、诗、词、志、铭、杂录、家藏事泽、总图世系,林林总总,一应俱全。乾隆《晏谱》,方正宽阔(高42cm,宽40cm),非同一般,如此文献,可谓异常珍贵。这套内容丰富的宗谱,叙说着千余年来江西一个文化家族的辉煌。尤其是乾隆晏谱收录的宋元明三代序文,作者包括文彦博、宋庠、周必大、赵鼎、陈康伯、汪徹、李心传、晏应昇、虞集、邓晋、饶泰来、欧阳玄、揭傒斯、范德机、刘伯温、宋濂、宋应祥、梁寅孟、王景、范昌、李祯、赵恢、周洪谟、吴舆弼、李遂、时甘雨、严嵩等名人,数不胜数。一大批文士政要人物为晏氏家族多次修谱撰书序文,可谓史实详明,传承有绪。

进贤县文港镇晏氏家族,从1991年春筹备晏殊诞辰1000周年纪念(因故未成)活动后,即成立中华晏氏族谱编纂委员会,并根据这套乾隆《晏谱》动议再版《东南晏氏重修宗谱》,尤其是晏发根同志1996年担任副主编后,劳心劳力,积十几年之苦功,至2010年12月,完成了《东南晏氏重修宗谱》世系纲领总图488页校定,再供扬州广陵古籍刻印社于2011年5月校刊付梓,真乃功德无量。在这套新刊《东南晏氏重修宗谱》中,扫描用的晏氏先贤图像,皆出自乾隆《晏谱》;而屋基图用的《郜公肇基沙河地舆图》则与乾隆《晏谱》中《沙河支屋基图》有所区别,如将"江山楼"改为"御翰·江山第一楼","衮绣堂"也改为"御翰·衮绣堂",同时这两幢晏殊建筑的位置也都是东西方向靠拢在一起。真乃未知何故,不明其出处。

乾隆《晏谱》,可以说是历史上临川文化家族中非常有价值的一套宗谱。历代为乾隆《晏谱》所撰、书序文中的内容,这里暂且不表,我只想就这套乾隆《晏谱》《沙河支屋基图》中的"江山楼"与"衮绣堂"两个重要建筑(附带其他建筑分布)情况,作一比较探讨。《沙河支屋基图》中,旧时沙河晏家村,自东往西的所谓晏殊或曰晏殊文化建筑,一字排列并分别悬匾:江山楼、贡元、文元、科甲第、衮绣堂、尚书第、台鉴第共七幢(套)建筑。另外,江山楼略东南侧(菜)园东一百二十米处今晏家小学边有三圣庙(近些年供奉三尊菩萨);台鉴第往西约三四十米左右,为晏公庙,形成东西两侧庙宇把关的建筑格局。在图示总共所有面南的九幢(套)建筑中,江山楼、衮绣堂、晏公庙三幢建筑为两层,建筑面积似以衮绣堂为大,古井在衮绣堂南约二十米处。建筑之外,南边为大溪明塘,屋基东北为榨冈塘,榨冈塘东边有来龙山。沙河晏家地处抚河下游东侧冲积平原,水系发达,村落南北皆水塘,西边紧挨抚河,沙洲相伴大河,故而沙河村名由来已久(因为没有比乾隆晏谱更早的宗谱,故而村名历史出自何年不能臆想)。现在沙河晏家村,西边抚河仍然不变,但乾隆晏谱上沙洲原貌早已不可觅其踪;南面多个大小不一的水塘,村中长者一致说在1968年变成一个大水塘;北面水塘不复存在;西南百余米处的叶家山(实地无山),地名千百年不改,村人老少皆知,实乃有趣;村东北不远处榨冈塘地名今天仍在,但更远的来龙山地名,据村上老人讲,该地1958年成立人民公社后划归相邻大队(村),地名停止使用,来龙山今天无人知晓。

沙河晏家是2012年12月公布的第一批646个中国传统村落之一(江西省排名第二)。当时村上保留有十八幢清代之前的传统建筑,这些有上百年甚至二四百年历史的建筑,除乾隆《晏谱》上有图像及文字记录的衮绣堂(即现在进贤县县级文物保护单位晏氏家庙及后一进屋宇)和门前古井外,其他十七幢建筑如清代早期的骨鲠家风、薑桂流芳、江山毓秀、狐裘风古等少数几幢两三百年以上历史的残存建筑都没有图文资料,说明乾隆《晏谱》上的《沙河支屋基图》的图像资料更早,或许沿袭的是明代之前的资料,因为这乾隆《晏谱》上的九幢（套）建筑，除了东西两边的庙宇外，几乎都与晏殊或他后人中的有成就者相关。难怪现在唯一存在的进贤县县级文物保护单位的晏氏家庙前后两进屋宇，也被村人称作"晏殊祠堂"（门前"晏氏家庙"石匾）。其实这"晏殊祠堂"的前一进屋宇，是清代及民国（从外墙青砖很容易分辨）时期至少两次修复过的，只是在过去的建设中将后面的老旧屋宇衮绣堂连成了一体，变成了晏氏家庙的后一进屋宇。从这晏氏家庙的后一进屋宇留存的圆形石础可以看出，原衮绣堂木柱用料粗大。原衮绣堂内正堂上边悬挂的对联"狐裘风不改，薑桂性犹存"（宋文天祥撰），状元英雄信国公文天祥，铮铮铁骨，我手写我心，颂赞晏氏精神，最是恰当；衮绣堂前晏氏祠堂即家庙大门外"笼内参苓收富范，门前桃李重欧苏"（明黎近撰），临川才子未斋公黎久之，如椽大笔，龙光射牛斗，历数晏门风流，名副其实。衮绣堂内匾额如衮绣堂、进士、文元、都谏第、声蜚翰院，等等，琳琅满目之往昔晏氏（晏殊为主）文化光芒符号信物，虽为新刊，然属古存，熠熠生辉。晏殊衮绣堂，宋代宰相府第，告老还乡，构筑建筑，自然讲究。晏殊身后，宰相府第更改他用，后人将那么多对联、匾额充盈其间，又改称谓，叫"晏殊祠堂"，再换门匾曰"晏氏家庙"，这是否呼应了昔时"一人之下，万人之上"宰相政治文化风光无限的"明日黄花"之尴尬。据进贤籍首都师范大学宋史研究专家余辉博士考证，宋代衮绣堂的历史记录将近二十处，然目前国内真正留下宋代"衮绣堂记"拓片的，只有安徽池州一幅；而清乾隆《晏谱》的《沙河支屋基图》上有"衮绣堂"图像，并传承千百年流下建筑的，则国内除进贤县文港沙河晏家外，绝对没有第二处。现沙河晏家衮绣堂（外表看不出层次，内中实则两层）建筑为清代木架构与青砖外墙，然从后一进中厅两侧各五个圆形红石柱础，比照进贤和临川地方古旧建筑风格、用料及古井留存、民间传说，并结合晏氏谱牒文献中相关晏殊建筑重修记录看，当为在宋代衮绣堂位置的明代中期地基、石础、麻条石。原衮绣堂建筑四楹各七根木柱落地，中间两列正厅五圆形红石柱础，两边为尺寸小许多的七块方形红石柱础。当然，现存百余年一字三间赣中地区建筑风格的衮绣堂，与乾隆《晏谱》所绘图式样有所不同的是上部为阁楼式府第，然清代上溯之宋代衮绣堂建筑风格已不可考。这处2004年被公布的进贤县文物保护单位，在2010年至

2013年重新修复后的建筑中,也增加了好几副今人新撰的对联。2019年秋天,中南大学教授、著名中国古典文学与诗词楹联专家余德泉先生,对这些新对联的内容及好几处联律错误提出了严厉批评,认为这是画蛇添足。

  晏殊的江山第一楼,范仲淹代圣意而为之记,当属无上光彩。这乾隆《晏谱》的《沙河支屋基图》上东边绘有明晰的"江山楼"图像,少了"第一"两字,实则一回事。我的推想,是当年的绘图者把江山第一楼图像画得比较小,写不下五个字而省去两字,变成了"江山楼"。沙河晏家村人历来口口相传的,就是"江山第一楼"。所以还是借范仲淹记文之中"圣意"之光芒,这里姑且以"江山第一楼"称之。在乾隆《晏谱》中,衮绣堂与江山第一楼,虽然都是带圣意的晏殊建筑,然两幢建筑无论从规模、高矮、形制、风格等方面看,还是有所区别的。江山第一楼建筑下部不同于衮绣堂的四柱三间,而是四面实墙单拱券门洞;江山第一楼上部飞檐翘角,采用四面透空亭式,衮绣堂上部则为板壁式装饰。我清楚地记得2002年前后,在江西调查申报历史文化名镇(村)的时候,晏氏后裔、晏殊文化研究者晏发根老师说,过去村上老人特别寄情的晏殊江山第一楼,早在百余年前的清代已不复存在。晏发根认为,若非如此,那最后一次重修衮绣堂时,不会不考虑江山第一楼的重修。此话真乃在理,因之信然。故而在2003年申报进贤县县级文物保护单位定名时,我采纳晏发根意见,只将晏氏家庙(祠堂)一幢建筑申报为进贤县文物保护单位。没有像其他村庄一样采取"××明清建筑群"办法整体列入文物保护单位。2021年新一届中共进贤县委、县政府,响应习近平总书记"要让收藏在博物馆里的文物、陈列在广阔大地上的遗产、书写在古籍里的文字都活起来"的号召,采取"文化活县"战略,启动进贤县文港镇境内四个中国传统村落的研究保护与开发利用工程,沙河晏家村是其中之一。但像这个第 批的中国传统村落,却没有足够能显示晏殊(晏氏)文化光芒的文物古迹遗存作支撑,表面上做点维修也难以体现晏殊文化的独特价值。因此,作为进邑文化遗产研究工作者的我,觉得必须从历史文献中去进一步挖掘其文化内涵。那么,既然乾隆《晏谱》的《沙河支屋基图》上有江山第一楼图像及范仲淹记文,衮绣堂与江山第一楼本为晏殊文物古迹遗存双璧,而衮绣堂千年传承在前彰显晏殊历史功绩,所以江山第一楼百年重构,也是为晏殊文化研究、保护、利用增光添彩。关于自今以后的江山第一楼重建,我以为至少应该参照宋代李诫编修的《营造法式》之建筑规制重修。如何重修或重建。有人说1985年第二十九次重修的南昌滕王阁,除部分牌匾、对联有唐代王勃《滕王阁序》文中的文化信息外,其建筑风格还是主要参照宋代营造法式,然古代相关文献文物上的图像资料,也是如同乾隆《晏谱》的《沙河支屋基图》上东边所绘"江山楼"图像再加以简化。鉴于古之晏殊衮绣堂建筑(百余年前重建)的实际存在,依图复制重构江山第一楼,可以在图上原先大致不差三十米位置,参照旧衮绣堂的建筑风格与面积大小而为,但高度至少可以做成明显两层,以示与衮绣堂建筑功能和风格式样的区别,如体现木料梁架的大开大合、整体一律的榫卯结构、上部出檐的斗拱、中心亭顶内的藻井、天井前后的望板及木构主体表面素雅的简装等宋代木结构之营造法式,都要在这建筑上表现得淋漓尽致。新构江山第一楼内,可以充实范仲淹《江山第一楼记》文章内有关沙河晏家村落历史自然环境、晏殊教育背景、文化著作成果、亲朋师友关系,以及后人对晏氏历史文化功勋的赞颂文辞等,将这些饱含晏殊文化

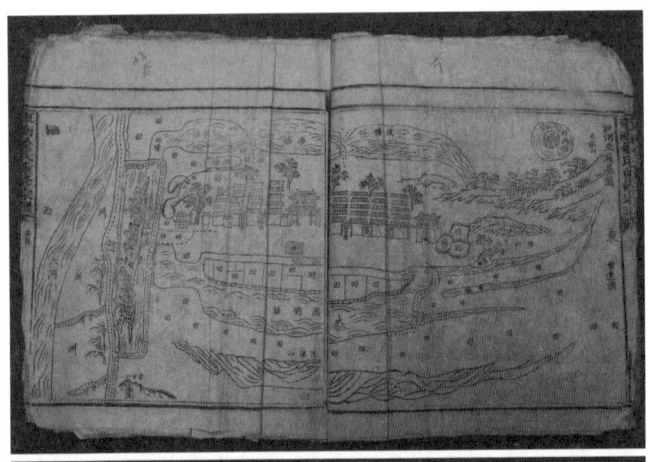

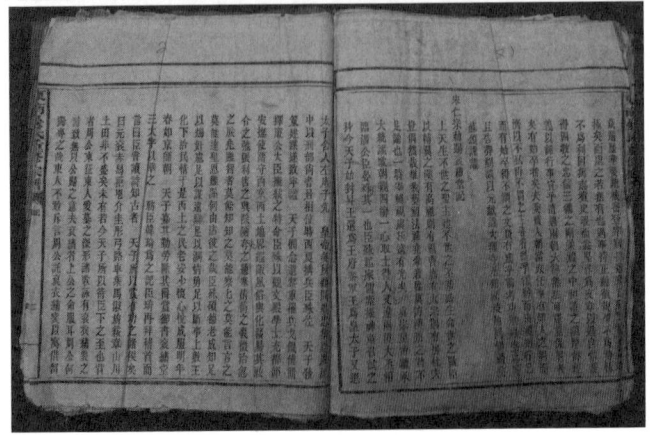

乾隆《晏谱》　图文摄影:章文杰

内涵的全部成果,在楼内上下用各种形式展示出来,让晏殊这位古临川今进贤历史最早、职官最大、文学成就最高的千古风流人物"见人见物见精神"。如此在沙河晏家村,形成以衮绣堂、江山第一楼两幢古代建筑文化遗存为"御翰"之"双璧"景观的晏殊文化收藏、研究、展示中心,达到与地方文旅融合的社会文化效果。

参照乾隆晏谱(六)中"记"之范仲淹撰《宋仁宗敕赐江山第一楼记》与韩琦撰《宋仁宗敕赐衮绣堂记》,我这里有意识地把乾隆晏谱"记"中的两篇文章(另外,有一篇范仲淹文正十二世孙乡贡进士、明成化十五年进贤教谕范时希书《十八世孙仪则重修江山第一楼记》一并附上)颠倒顺序,分别贸然句读如下。

乾隆《晏谱》　图文摄影:章文杰

宋仁宗敕赐江山第一楼记

范仲淹

庆历元年,春二月。丞相臣晏殊,得侍清闲之燕,论山川形胜。臣殊曰:"臣之居,在大江之西。山有华盖之高,水有临川之清。臣作楼其间,览山川之胜。陛下怜臣余生,丐骸骨归老焉,臣之至愿足矣。"上皇曰:"嘻。卿,旧学之臣也。

朕奚容靳。"乃飞白御书"江山第一"四字以赐之。敕参知政事臣范仲淹为之记。臣仲淹再拜稽首而言曰："天下之名山大川众矣，岱岳、衡山、洞庭、彭蠡之广，三峡、函关之奇，宜为江山第一，而未闻名之者。今皇上独取于临川之江山以第一名之。圣意于是乎有在矣。"

夫天地混元之气，融结而为江为山。而江山之在天下者，其体同也。肤寸之山，山也；万仞之崇，亦山也。杯涓之水，水也；万顷之波，亦水也。其动静其流，行其昭著，理无不同。宁有高卑广狭之计哉。人也者，天地混元之气，会萃于一身，参立于天地之间。天下之物独悟乎，心目莫非至理，故见夫江之动，山之静，而动静之体，立，一动一静，而至理存焉。至理之存，则夫天下之物，孰有加于此哉。天下之物无以加，则所谓岱岳、衡山，何足为崇广哉。沂之水、雩之风，寻常之水与风也，而曾点氏浴焉、咏焉。孔门一时高弟，举不能及，若然，则夫水也、风也，无有异也。特造悟有不同耳。临川之山水，亦非异于他山水也。岂臣殊之所遇有不同耶。抑亦皇上想其山川之形胜，人物之襟度，而藉是以发之邪。若然，则斯楼之作，在于临川，非第一也。人，而身于江山至理之间，仰俯之顷，洒然有得，彼此之间，欲展造乎，第一等之地矣。臣殊岂以此为夸玩之具。皇上亦岂偶然而命名也哉。盖以臣殊，高怀雅度，奥学雄才，居相傅之尊严，为学者之矜式，至正而不厉，至明而不察，达事物之变，而不屑于言。究天人之蕴，而不滞于迹。克乎其有容，渊乎其有道，非山川磅礴扶舆清淑之气所钟能然欤。是测人蕴地之灵，地因人而胜，谓之江山第一。孰曰不宜。洪惟圣聪，洞瞩海宇。臣殊登斯楼也，日睹宸翰天章，齐庄恭敬。如亲黼扆，如侍天颜。正己以率人，推仁而及物，使吴楚闽越之民，咸被维新之。化岁乐丰，登域跻仁寿。而臣殊，宰相中第一人也。

臣仲淹，学识谫浅，不足发扬圣意，谨书此以复明诏云。

附：十八世孙仪则重修江山第一楼记

范时希

岁成化十五年己亥岁暮之吉。文正十二世孙乡贡进士范时希书记于后：

宋仁宗天圣间，晏元献以资政侍郎，荐时希始祖、大理寺丞先公文正，为秘阁理正以谘政。教之得失。备廊庙之选也。先公常以书上谘政。公请仁皇统诸王于内宫。上皇太后圣寿,以敦世子之义请,诏宰臣,率百僚于前殿,上两宫圣寿,以尽君臣之礼,及当时之急务尤多,故与资政公相知之深。先公及拜司谏等官,屡言朝政见忤,若职出之,四方列郡,不能久于其朝,晚年始参大政,而元献公以丞相归老,仁宗乃御书"江山第一"四字,名其故乡之楼。敕先公作记,播扬其意。诚一代之盛事。今十八世仪则珍藏遗迹,录于简册,重建一楼。揭于旧區,士大夫多为之歌咏。以彰当时明良之盛。时希忝文正后裔,箆仕进贤学谕,始得识荆于仪。则以靓先生之作,所谓千载奇逢,非偶然也。抑何幸欤。故叙元献公与先公相知略节于斯册。併成近体一律,以咏斯楼之胜。岂诗云哉:

江右楼台此最高,归田元献息贤劳。先公受敕为皇记,仁主题名染御毫。当代明良胥庆会,于今子胜沐余膏。云梯久赖先人造,接武青霄看凤毛。

范仲淹所撰《宋仁宗敕赐江山第一楼记》这篇文章,没有被收入其后人所编的《范文正公全集》,也不见于范仲淹研究资料中。说到范仲淹的文章,历来古文研究家似乎都认为《岳阳楼记》属于中古时期至上美文,其实范仲淹的其他文章,何尝不是在在美矣。我们晏殊同乡(临川)进贤人,至少从体悟这篇文章精神灵性来讲,自然别有一番情趣。范仲淹这样的文豪,借其小两岁之师长晏殊口吻,说到晏殊的家乡江西,仿佛眉飞色舞,又得圣上旨意,怎不兴高采烈。且范仲淹与晏殊,同朝为官,相互熟稔,知遇之恩,深入骨髓,欣然命笔,自然文采风流。那是庆历二年(1042)春天二月,时年五十有二的北宋丞相晏殊得了清闲,谈论山川地理和风景,很是为居家抚河的清流和对岸的华盖山(现在对岸丰城市300多米高的株山)而兴奋不已。他希望自己在告老还乡的时候,回老家临川沙河晏家(今进贤文港沙河晏家)村建一幢小楼,看看山水风景。还说,如果圣上能怜悯他的余生,让这把老骨头有一个理想的安生场所,他就非常高兴。皇上欣然同意,御笔草书"江山第一"四字,让参知政事范仲淹为之作记。范仲淹非常感慨地说,天下名山大川很多,泰山衡山之雄伟,洞庭湖鄱阳湖之宽广,三峡函谷之奇,本该为江山第一而从未闻名之。今天皇上独独以临川"江山第一"而名之,圣意在此,是多么大的恩典啊。范仲淹高兴呀。又过了几百年,范仲淹十二世孙范时希,来到距文港沙河晏家只有约二十千米的进贤县当教谕,适逢晏氏十八世孙晏仪则重修江山第一楼。他的先公范文正有此《宋仁宗敕赐江山第一楼记》美文在前,他又怎能不"书记于后"呢。范时希心心念念,还是五百年前天下难得一见的仁宗御书"江山第一"。范时希的"书记于后"短文,不经意地叙述了"今十八世(晏)仪则珍藏遗迹,录于简册,重建一楼。揭于旧匾,士大夫多为之歌咏。以彰当时明良之盛"。然而,乾隆《晏谱》中的范时希,在清康熙十二年(1673)《进贤县志》"职官·教谕"中被录为"范希时,吴县人,举人"(与郭器名下同注"俱成化间任"),其他信息都对,却明显把名字"时希"误作"希时"。我查康熙十二年《进贤县志》,发现把历史人名写错的还真不少。但乾隆《晏谱》与康熙十二年《进贤县志》记录的范时希(希时)为明成化年间进贤教谕,亦足堪印证当年其先祖范仲淹文章及范时希"记于后"之文与文后七律诗一首之弥足珍贵。

晏殊诞辰1030周年,适逢进贤县地方政府顺应时代文化追求潮流,以远见卓识,填补晏殊诞辰千年纪念之缺憾。自然晏殊研究任重而道远。但作为晏殊故乡的古临川今进贤地方,由于相关文物和文献的稀缺,致使对中国历史文化史上这样一位重要人物的研究和认识还远远不够。仅乾隆《晏谱》上就有许多不为历史文化学术界所知的晏殊文化线索,倘若再不深入研究,岂不惜乎。推想进贤地方政府,在新一轮的中国传统村落保护与结合沙河人文历史研究成果后,晏殊文化的研究和利用能得到更好发展。

宋仁宗敕赐衮绣堂记

韩琦

上天生不世之圣主,建不世之丕基,必生命世之贤臣,以辅翼之。汉有高祖则有萧曹,唐有太宗则有房杜。夫岂偶然哉。惟我艺祖,法禅尧舜,君临万方。汉唐之君,不足论也。一时宰辅,视虞廷远有光矣。真宗皇帝,继承大统。讴歌朝觐,四海一心,取士得人,又逾两汉。大丞相临川公臣晏殊其一也。臣殊起家儒素,擢神童召试之科,今天子始封昇王。选为王府参军。王为皇太子,又选太子舍人左庶子。先皇帝多所顾问,广忠集思。庆历中,以刑部尚书居相位。时西夏构兵,臣殊佐天子,发策建谋,遂致宁谧。天子怜念遗黎,重罹兵戈饥馑,简择廉公大臣抚绥之。特命臣殊,以观文殿学士,兗都部安抚使,留守西京。西土地略遐,陬风俗与化移,易其政令之,弛张利害之,兴除险夸之,通塞情伪之，几微治忽之。朕兆虽智者，莫能知知之，莫能察察之，莫能言言之，莫能达圣恩。虽渥何由沾被之哉。臣殊硕德老成，知足以烛奸，虑足以谋远，辩足以洞情，勇足以断事。上敷王化，下洽民情。于是西土之民，老安少怀，心悦诚服。明年春，如京师，朝天子。嘉其勤劳，隆其爵赏，御书"衮绣堂"三大字以华之。敕臣韩琦为之记。臣琦再拜，稽首而言曰：臣尝读诗知古者，天子所以赏有功之诸侯矣。曰：玄衮赤舄，秬鬯介圭彤弓路，车乘马淑旂绥章。山川土田，非不盛矣。未有若今天子所以待臣下之至也，昔者周公东征，东人爱慕之深，形诸歌咏，有衮衣绣裳之诗，致无以公归之意。夫衮绣者，上公之命服耳，周公何独专之哉。东人不敢斥言，周公托衮衣绣裳，以寓借留者也。今天子眷顾臣殊，以其久淹外郡，思之深而欲见之切，有甚于东人之爱周公。故于其朝觐之。时不锡他物，而以宸翰天章者。他物可常有，宸翰天章非常赐之物也。惟其有非常之功，然后有非常之赐。故非功如姬垣，岂有宸翰天章之宠哉。臣殊何自得此于圣眷也。夫如是不惟群臣之有功者，知所劝其无功者宁不愧悔而知所勉哉。所关甚大矣。臣殊登斯堂也，尚思鞠躬尽瘁，勤劳王家，黼黻皇猷。日补衮阙，君臣之道两尽矣。夫将见《关雎》《麟趾》之化，不专美于周召二南，臣虽不才，当载扬声诗，以续雅颂于万一云尔。

刊发于2024年3月邹农耕《文笔》杂志

明清两代进贤区域书院事略

中国的书院制度,一般认为始于唐代,至宋代已经比较发达。尤其江西地区,宋代书院大大领先于中国其他地方书院。白鹿洞书院、鹅湖书院、象山书院、仰山书院、叠山书院、白鹭洲书院、豫章书院,在中国都有相当的地位和影响。据统计,在中国上千年的书院史上,实际存在过的大小书院数量过万,这证明过去中国书院教育制度普遍还算完善,或许还可以称为所谓的发达。而在学术界认为书院比较发达的江西地区,实则也有很多县邑的书院发展不平衡,甚至有的县书院发展还很滞后。地处抚河与信江下游鄱阳湖南端的进贤县,在宋代可能还没有书院,到元代才只有不甚明朗的军湖书院,直到明代正德年间,书院才真正建立起来,但一直都不是很有影响。书院在进贤区域不算发达,然在明清两代也断断续续不曾停止其活动。

最近,我反复比照阅读明嘉靖四十二年(1563)和清代康熙、同治及光绪补刻同治《进贤县志》,还是有一定文字量的书院内容的记录,查找历史上有关进贤区域书院内容研究的资料,终归少见。从我见到目前最早的明嘉靖四十二年《进贤县志》记载,进贤只有征士、锺陵两处书院。而按清康熙十二年(1673)及同治十年(1871)《进贤县志》记载,进贤区域内的书院数量有了很大的增加,共有征士书院、锺陵书院、栖贤书院、曲水书院、梅庄书院、龙松书院、服古书院、南台书院八处,另有未知具体位置的军湖书院。因此,我想在这方面进行一点田野调查研究和文献梳理工作,下面分三个部分,说说明清两代进贤区域书院的一些事情。

一、明清两代进贤区域书院分布的情况

这些书院建筑布局的基本情况如下。

征士书院,在县城启和门外,于明正德七年(1512),改东坛庙为之。从清康熙十二年进贤县境图与进贤城图所标示的启和门位置看,征士书院在旧县衙东南不远,即今进贤县城东面的人民医院老西门,也就是过去所讲的常湖与小石桥之间。征士书院的规模,直33米,前横约15.3米,后横约10.2米;门屋厅堂各三间。如此平面形状,有如梯形,征士书院建筑总面积约414平方米。再结合着从进贤县架桥、池溪、温圳三个乡镇目前残存的几座明代祠堂和民居看,400多平方米大的一幢屋宇,还是比较少有。后塘一口,长约15米,前广约10.2米,后广约8.3米,池塘总面积约136平方米。其平面形状,也如梯形。根据旧县志上记录的征士书院建筑与水塘的分布,我画了一个平面图,发现这是两个梯形的重叠,即朝南的征士书院建筑与水塘,都前宽后窄。如果我们人站到水塘最北面去看,恰恰呈倒置的梯形,这其中寓意,仿佛就明了了。因为历史上任何一个书院,都希望学生通过科举考试中举,而一旦学生取得科考功名,则又被看作是"魁星点斗"。学生高中后,不少地方很快又会为取得功名者竖两块石头夹住的"旗杆","旗杆"顶上挂倒梯形木斗状灯,大概寓意为"魁星点斗"。进贤县温圳镇杨溪李家村、李渡镇北田张家村,现在还分别有十四对和十一对旗杆,顶上皆"魁星点斗",而且它们都是进贤县县级文物保护单位的内容。明正德十二年进士第一的舒芬,是科举社会唯一的进贤籍状元,或许就因为征士书院教育环境的"魁星点斗"。正德县尹刘源清,当即就在"邑治南几步"(见清康熙《进贤县志·坊表》),为状元舒芬、会魁万潮二人立"奎璧联辉"坊。所以说,"魁星点斗"是多么高的荣耀啊。但让人费解的是,作为当时当地教育最重要的场所,征士书院的建筑加池塘总面积550平方米,总共不足一亩地,规模真是非常微小。明嘉靖年间,进贤县尹程光甸重修征士书院。明天启年间,会权挡檄,毁大卜书院,县尹梁应材改额为"迎春",或许是为回避书院名称。征士书院名称及创办的起因,来源于唐代魏征士在古进贤邑北能仁寺的隐居。能仁寺过去有墨池,宋代邹浩、明代汪集等人,皆有诗盛赞能仁寺与魏征士。明嘉靖四十二年《进贤县志》"乡贤祠"条下记载:"祀唐真隐、臧公嘉猷、魏公征士。"乡贤祠为"宋朝奉大夫知江州罗公必元朝请"。罗必元为宋嘉定四年(1211)进士,历史上知名的进贤籍文人,其道德文章,九百年来，一直在进贤民间传诵。在清康熙十二年《进贤县志》卷之三"建置志·官署"中则记载："三贤堂，宋淳熙间尉黄汝嘉建。以祀梅福、魏征士、臧嘉猷。"这后二三十年所供奉的人物虽然有变，但魏征士在进贤的社会文化影响和地位却一直没有变。由此可见，一个书院最初名称的由来，是要咬住当地文化积淀的。

锺陵书院，明正德七年，改福胜寺为之。从我认为不够准确的清康熙十二年进贤县城图所标示的位置看，锺陵书院在过去进贤县城水西门外，离征士书院并不远，也就是今天县城江西省财税学校偏北的位置。但是，清光绪五年（1879）《江西要览》则记录为"锺陵书院，在进贤县雾岭"。雾岭在今进贤县人民医院老西大门外五六十米的样子，那里由我认识的长者杨氏（我同事杨冰之父）告诉我，雾岭就是他家世代居住的位置。雾岭北侧有一棵二百多年的古樟，现在仍枝繁叶茂。锺陵书院的规模，直约40米，宽约67米，总面积2680平方米，足有四亩地。这里没有说明书院建筑的具体规模，但同为明正德七年所改造过的锺陵书院，显然要比征士书院大好几倍。锺陵书院坊牌一有濂溪祠，有光风霁月堂，还有明、通、公、溥四斋。锺陵书院的改建，得益于进贤文士、七里罗源陈家陈谟（其明代陈氏牌坊为全国重点文物保护单位）文化家族后人陈云章的鼎力推介。锺陵书院有"学宗濂溪"的教育宗旨，同样也是陈云章教育文化思想的介入的证明。这样看来，锺陵书院的具体位置在历史文献上有矛盾。锺陵书院也没有山长的记录。这里补一句，我想顺着锺陵书院遵循"学宗濂溪"这个教育宗旨的问题，往前追溯一下锺陵书院前身福胜寺（实则福胜书院）的历史。2018年3月，在牛津大学做访问学者的余辉博士相告，他从北京飞伦敦之前，在国家图书馆发现原郑振铎收藏的南宋理宗赵昀淳祐二年（1242）隆兴府（今江西进贤）百福院宗镜禅师编著的《销释金刚科仪》，本卷简名《目连宝卷》《生天宝卷》，孤本，目前国家图书馆仅存下册。郑振铎认为："这个宝卷为元末明初写本，写绘极精。"余辉博士还告诉我，这是存世最早的进贤籍人士所编著作，为福胜院（书院，间也为佛寺）早期历史见证。如果是这样，按郑振铎对宝卷鉴定断代看，那么锺陵书院前身的福胜书院的历史就至少有六七百年了。

栖贤书院,在二十七都(今锺陵乡)栖贤山南,即唐抚州刺史戴叔伦隐居处。明万历年间,由知县黄汝亨所建。栖贤书院外竖一坊"栖贤留胜",内仍悬戴公旧额为"明经堂",三楹,榜于檐前曰"清流碧山"。后有阁,曰"寓阁"。左右小屋各二楹,与明经堂相绾,后额曰"小天台山"。院东至金刚寺,南至港,西至仙姑庵,北至望湖亭。唐代著名诗人戴叔伦从抚州刺史任上辞职后,隐居在栖贤山,在进贤民间传说和一些地方志中有录,这是无可置疑的。从这清康熙十二年《进贤县志》"学校书院"条目简单地记录"内仍戴公旧额为明经堂",联想到唐代的科举制度和戴叔伦在锺陵(今进贤)栖贤山办学的事实声誉,看来栖贤书院规模虽小,但历史却可以追溯到盛唐。原来进贤旧时书院的历史竟然罕有得早。另外,栖贤书院过去还是有院落的,因地处偏僻,其四至环境,今天仍然没有根本性的变化。栖贤书院距进贤县城八十里,在从古到今都人迹罕至的地方设置书院,完全是缘于当年知县黄汝亨对先贤戴叔伦的崇拜。不知为什么,栖贤书院也没有山长的记录。

曲水书院,在县城内芳洲北,丹凤、通济两桥之间。乾隆十四年(1749),县令向德一买傅忠毅旧宅为之。计大门一进,石坊一座,讲堂一进,堂屋二进,后院两廊,斋舍二十间。基地前至河,后至河东巷,外至李太常宅,西至考棚,拨陈家圩官田六百三十九亩七分九厘,又傅家圩官田五十亩,又买卓山庄田五十六亩五分。道光元年(1821),邑侯朱楣,捐俸买田十四亩(坐五都李家桥以为膏火之资)。道光二十六年,知县陈焦劝捐,照旧式鼎新。咸丰十年(1860),兵毁。同治二年(1863),知县星联,以公款建造堂屋二进;六年,知县王麟昌捐建讲堂一进。据调查,进贤县城内,丹凤桥至迟在民国早期已不存在,消失了上百年的古桥,河道水系也变化很大,具体位置自然无从考证。但据清同治十年傅希贤绘赵香云刊《进贤县治图》看,丹凤桥属于晚清时期尚存的进贤县城启和门全文明门之间的一座石拱桥,引九曲小石桥水入城,往西在约200米处又有一座始建于宋代的通济桥(即今大石桥,进贤县文物保护单位),曲水书院明确标出(这是清同治十年县志中《进邑县治图》上唯一标绘的书院),就在县城墙内河道拐弯的地方。我对曲水书院的大概定位,就是今天进贤县印刷厂西北边地块。至于清乾隆年间曲水书院的规模,已经比明正德年间的征士书院要大了许多，因为书院的房屋就是清康熙年间傅宏烈将军的府第，相传该府第是清代进贤县城规模最大的建筑。兵毁于清咸丰十年后再建的曲水书院，连同县城老街大部分木构旧屋，在1936年的一场大火中化为灰烬。和进贤区域其他书院比较，划拨、捐赠给曲水书院的田地和曲水书院自己购买的田地，总共达到八百多亩，而且分布在县治东、南、北几个方向，距离最远的达三四十里，这情况有点特殊。在清同治及光绪补刻同治版《进贤县志》中，曲水书院有几任山长的记录，他们分别是：

黄式，进贤三十三都人，清嘉庆十二年举人，嘉庆二十二年（1817）任曲水山长。

文逢瑞，进贤二十二都厚源人，清嘉庆十八年举人，道光元年任曲水山长。

熊鸣凤，进贤三都金山中熊人，清嘉庆二十三年举人，道光二年（1822）任曲水山长。

不知何故，在进贤县所有的书院中，仅查找到曲水书院清嘉道年间三任山长的名字。

龙松书院，在二十四五都庄溪村旁。嘉庆二十三年（1818），合都公建，置田八亩。龙松书院的设置，在文逢瑞《龙松书院记》中有明确记载："龙松书院之设，亦乌可已乎？尝考邑志，此都社学，建于邬子驿，是时教育有方，人文寖盛。及明天启间，权珰煽虐燄，毁天下社学，则书院已废，人才何由以作养乎？迨国朝嘉庆二十三年，邑庠雷君明豫，愀然慨学校之衰，奋然起而振之。……于道光三年，建书院于庄溪。"在两百年前那样一个毁学的社会背景下，就是今天进贤县三里乡庄溪雷家雷维垣的儿子雷明豫，为振兴教育的理想，经过五六年的奋力拼搏，硬是把龙松书院给办起来了。这真是一个了不起的事情。龙松书院名称的来历，就是因为书院之旁，有"古松盘郁，状若游龙"，故而名之。这自然是雷明豫诗意般的描绘和理想寄寓。龙松书院的创建，在同治《进贤县志》"义行"中，有雷明豫"克绍父志，捐建学宫泮池暨演武厅，修山下桥五眼桥费金一千七百，倡建本都龙松书院"的记录。说明雷维垣、雷明豫父子皆有义举行为。庄溪雷家村人的乡干部雷鞏生及入赘雷氏的余飞郎先生讲，龙松书院在晚清至民国时期称"义学"，叫"百柱屋"，是村上过去最大的建筑，如果留下来，那不得了。就在整体西向的雷家村西南方向，那里原先有古松群，只是"大跃进"时期毁了。龙松书院门前原先有池塘曰"幽槎池"，也是1958年之后改为水稻田；但原水塘边的老井今天仍在。从龙松书院至庄溪雷家义学，在过去村人心目中都有印象。在原龙松书院北面约四五十米，有清乾隆"翠莩鸿章"与"高挹余晖"两幢建筑，即雷家花屋，被称为"样式雷"建筑在江南的孤例，屋宇上好，有相当不错的历史、艺术、科学价值，被公布为江西省省级文物保护单位。花屋的主人为雷西仁，龙松书院创建人雷明豫为该屋主人的孙辈。雷家花屋文物保护员余飞郎先生说："老辈们过去都讲，略晚于花屋几十年的龙松书院，当年气象，也不同凡俗。"相传龙松书院最早的山长姓文。我想，这山长或许就是清嘉庆十八年（1813）举人、道光元年曾任县治曲水书院山长的文逢瑞。文逢瑞，二塘乡厚源人，是元、明、清三代我们进贤二塘文氏唯一参加科举考试并中举的书生。

梅庄书院，在二十三都梅庄墟旁。道光二年合都公建，置田三百余亩。梅庄书院在今梅庄中学的位置。据调查，1966年之前，保存有旧时书院留下的土台子和二三十米土筑残墙。道光二年创办时"置田三百余亩"的具体位置，在今梅庄中学东、南两个方向。梅庄中学在新中国成立至"文革"前一段时间，之所以为进贤区域一所比较好的农村中学，就是因为梅庄中学过去有书院的基础。

服古书院，在二十二都润安镇祖教寺社学旧基，合都公建。

南台书院，在十六都南台墟旁。同治七年（1868）戊辰，合都捐建，共捐田地四百余亩，钱八百余串。

另外，军湖书院，在明嘉靖四十二年和清康熙十二年《进贤县志》中都没有记录。而清同治十年《进贤县志》"军湖书院"条下则记录"杨仲宏、范德机避乱于此，留有联句"。但在清代几个版本的《进贤县志》的"元进士"条下，又有"延祐间，下第举人，命中书省各授教官之职，后勿为格，李年，其法始变。下第者，悉授以路府学正及书院山长"。元代延祐年后，进贤共有傅箕、熊钊、陈鼎、朱梦炎四位举人，后来傅箕、朱梦炎二位中进士，但下第举人熊钊、陈鼎二位，都没有任路府学正及书院山长职务。所以说，军湖书院的情况不大明确。对于军湖书院，相传在军山湖畔北边，但因军山湖确实辽阔，又未见旧方志有具体记录,故不能确定其位置。

二、明清两代进贤区域书院题记的情况

为书院题记,是十分谨慎的事情。在历代《进贤县志》有关题记的文章中,涉及的都是某个方面的建设事项,如学宫、书院、桥、亭、台、阁等项目,而以书院的题记为最。有过去进贤区域为书院题记的人物,要么是与进贤地方有关的重要人物,要么是进贤本邑积极倡导教育的人物,甚至有的还是很有名望的国内文化名流。从各篇书院题记中,可以看出当年建设书院的缘起、规模、管理等方面的一些情况,有的甚至还非常有趣。举几例如下:

最先被记录的征士书院,在明嘉靖《进贤县志》中没有人写记,我觉有点遗憾。到了清康熙《进贤县志》,关于这方面的记录,第一篇是正德七年,李梦阳的《锺陵书院记》:"锺陵书院,在进贤县学北。县学、书院,各据崇东南向,而中限以衢。始,予毁南岳庙,福胜寺僧谓学生陈云章曰:'请以寺易庙。'陈生曰:'何也?'僧曰:'庙僻,而寺临衢,且近市寺为书院。则书院各据崇相望也,于学便。'陈生以告余。余曰:'可哉。'易之。于是,徙寺于庙,而以寺为书院。云教谕黄懿、训导谈一凤,与陈生等,来议书院事。曰:'夫进贤者,固南昌锺陵镇也。割为县,称锺陵。书院宜夫周子者,故南昌尉也。祠则周子。'余曰:'可哉。'于是,书院立祠祠周子。前立讲堂。祠左右。斋四:明、通、公、溥。有东西廊屋,又立光霁亭。云建昌府推官赵汉会权县事,颇葺其残漏。知县王纪至,则建二门,立碑。又以南岳庙。故租九石零并田入之。设门子守焉,大概亦若此焉矣。王纪使来,求记于余,曰:'嗟!书院厥予怂哉。夫郡邑之设学也,所以规贤也。是故庐以居之,使之安也。廪以食之,虑弗专也。师以临之,友以亲之。经术是游,养之端也。异其衣冠,示殊众也。建之于庙,贤圣毕集,标之趋也。朝钟暮鼓,课艺程能,严惰纵也。夫如是,士犹不知践道。而书院者,予奚以哉。虽然士由是有兴乎?'陈生曰:'自孔孟没,历千余岁,学几绝矣。周子起而后道复明也。先生谓有兴者,以兹乎。夫学以规之者,常也。耸耳目以新之,则举措焉。存如射者,在庭扬鞠。以命耦周子者,非文王犹兴者也。明通公溥,其径也。光霁者,仿佛乎形容之也。书院,可少乎哉!'书院丈尺屋数刻诸碑阴。"

李梦阳是明代中期著名文人,这位明文学"前七子"人物,在学界的影响还真不小。《明史》有录,李梦阳在江西提学副使任上,与进贤关系密切,留有多首(篇)与进贤相关的诗文。尤其是李梦阳的《锺陵书院记》,在进贤县的历史遗文中更加有名。《锺陵书院记》就是一个关于锺陵书院由来的故事,读来十分有趣。锺陵书院建设的倡导者,即进邑北之十五里处罗源陈家明永乐右参政陈谟裔孙。陈氏家族世代读书,陈云章是陈家在正德年间读书的一个杰出代表,曾多次给大明朝廷进献图书典籍。陈云章改寺为书院的理由,全在与李梦阳的对话中呈现出来了。陈氏家族读书人,在大明一代,崇尚程朱理学,就连他们家族的陈氏牌坊(明崇祯木牌坊)上,也直接写着"理学名贤",这"龙章世锡"(坊背匾额文字,意即世代受到皇上的嘉封表彰)的人物,其中就包括两百多年间陈谟—陈云章—陈良训等祖孙七八代的一连串读书人。他自己尊崇濂溪先生,也谈到锺陵书院尊崇周敦颐,而周敦颐恰恰又当过进贤县的前身锺陵县的县尉,又是庐山白鹿洞书院的人物,其本人后来也变成江西的一个文化符号,所以陈云章把自己建设锺陵书院的理想全盘托出,得到李梦阳的赏识并为之记。我想,这成文过程中也不免掺杂了李梦阳建设锺陵书院的思想理念。

到了清康熙辛亥(1671),进贤地方著名文人饶宇栻,再次为锺陵书院作记。饶宇栻在《锺陵书院记》中,说到锺陵书院在明代的基础上有了扩大,具体内容这里暂且不表。

第二个例子,是明万历进贤知县黄汝亨《栖贤书院记》。通篇记文曰:"栖贤山,从池溪而东去,坛石县治八十里,踞润陂司之右。按志载,唐刺史戴叔伦曾居此,构明经堂其上。地邻东汝干越间,令折腰送迎至此,必倦则望崖而返。余初至,亦迹之,不得时时见,苍翠拂面,清林白石,绣错盖暎意其间,有异人灵秘在焉。客,秋按志而索之。从金刚寺左径,披林芬而上。得书院遗址,不盈半亩。而溪山绕集,不减辋川图画。询山僧里,父老俱称,有戴翁栖隐,仙去,亦不详所。自而余门人金孝廉廷璧,及诸生万年祝、金耀斗五六辈家润陂市,因与之叹息,搜讨乃知,即戴刺史叔伦。书院荒于林麓荆榛间,数百余年矣。其山院基,为故大中丞张公伯川所有,今归之季典史栻。栻亦家其傍,即为余督罗溪桥岸有津梁功者也。往戴公为刺史时,遇岁旱,作冷泉陂,即今千金陂。已，迁守饶州。多惠政，退隐饶之东湖。复移隐此山，栖迟三十年。自称小天台。世人悦其贤，遂称栖贤山。而公故润州。人字其溪，曰润陂，盖不忘戴公也。按唐集，有《除夜宿石头驿》，夜发袁江越溪村，居诸诗即其地云。余因与金生辈箕踞其上，召山僧里，父老相顾，指点眺览，其最胜处，则青山四面面碧溪、九曲，戴诗所称清溪流过碧山头，其实录也。前峙而远暎者，名学堂峰，胡居仁读书处也。左挟而峙者，一名福神冈，系周仙修炼处。一名石螺峰，亥润陂市，通干越之龙津焉。右挟而峙者，一名雄岚峰，系浮邱伯修炼处。又一名五彩峰，汉高祖功臣吴王芮所生地也。稍迤而西，为海棠洞，先隐士臧嘉猷读书处。又南华观，有罗必元书屋遗址。皆此山德邻也。而山之后，松桧千余，株山石缀青点碧，为蹲为卧，魂磊而英，多不可胜数。望其水纡回，浩渺走瑞洪，合鄱湖入于江。盖地不逾数亩，兼撮江山之胜，古人三十年肥遁，临流枕石，讵无意乎？因相与浮白而歌，襄阳之诗，曰，人事有代谢，往来成古今。江山留胜迹，我辈复登临。戴公去今几，千载安可遇。我辈而令名山高隐湮灭，不传乎哉。金生辈跃然领其事，复栖贤书院之胜。季典史栻，亦慨然捐其山若干亩，出以相饷，曰：'愿还戴公。余为捐俸三十金。'东（乡）余（干）诸生叶愈华等，及里居好事者，咸各醵金为佐。所费二百金，而院成矣。禅寺侧起一坊，曰'栖贤留胜'。历磴寻尺，上面所谓学堂，峰者而为堂。三间榜于檐之前，曰'清流碧山'，闽人李伯东先生笔也。其中仍戴公旧名，曰'明经堂'。左右书屋各带一短墙。其后皆阁一。诸生欲置我百尺楼上。余曰：'此举本为戴公，毋令余擅附，作千古笑端。'命之曰'寓阁'。古今皆寓也。今求所谓戴公者，安在哉？阁之下，即题置高隐戴先生。左右小屋，各二楹，与明经堂相绾。亦以短墙市之，后颜一小圃，仍其题曰'小天台'。工起万历甲辰闰九月，竣于乙巳夏四月。山前后林木峰石，禁，勿得侵伐。侵伐者，即木业主亦坐以毁灭先贤罪。古人爱其树，思其人，即润陂之遗，亦里父老子弟意也。戴公讳叔伦，字幼公，号玉屏，润州金坛人。举唐德宗贞元年进士，仕至容管经略使加金紫，赠谯县男。院山四至，列碑阴。"

从这篇千余字的《栖贤书院记》中，完全可以看出四百多年前恢复创办栖贤书院的初衷、规模、情景，甚至可以追溯到（锺陵）进贤区域在唐宋时期即有书院的存在，还有唐代戴叔伦所构筑的明经堂就是书院的初期模式。倘若真是这样，尽管明清两代《进贤县志》完全没有记录宋代之前进贤区域的书院，那《栖贤书院记》中关于为办栖贤书院，黄汝亨首先介绍进邑本地金廷璧师徒热心文化教育事业的情况，并对唐代贤达戴叔伦寄托了无限的感情，又对建造书院的过程，还有栖贤山周围的风景及边近相关的历史人文，一一进行追溯。丰富的思想情感与深刻的文化底蕴，完全记录在整篇文章中，而且清晰、明了。这活脱脱就像一幅风景画，又令人遐思。能写出《栖贤书院记》如此之美文，我以为黄汝亨至少具备三个条件：一是自身文化底蕴深厚；二是非常熟悉进邑情况；三是身体力行，热衷教育。

　　前面说到明代李梦阳、黄汝亨分别为锺陵、栖贤两处书院作记，就文章所包含的内容讲，或许有其当朝进邑书院教育机构设置的客观概述，抑或还有地方书院建设方面的代表性。这是我们今天研究进邑地方书院文化史十分珍贵的文献资料。为了进邑地方书院文化研究的延续性，这里还不免由明代连接到清代，等级也得由县邑到乡里。第三篇书院的题记，是清道光元年，进邑儒学训导李道，为进贤北部僻远贫苦乡里之梅庄（古梅庄乡，今梅庄镇）所作的《梅庄书院记》。"国家博植人材，自京畿建立国子监外，而（白）鹿洞、石鼓、岳麓、睢阳。直省府州县，均设学宫。吾江省则有豫章、友教、东湖、西昌各书院。进贤为南昌壮邑，锺陵、征士，胜迹犹存。继复有曲水书院之建，猗欤懋矣。顾予思古者，家有塾，党有庠，术有序，国有学。命乡论秀士，升之。司徒曰：选士。司徒升之，学曰：俊士。凡人材辈出，未尝不自乡学。始，周官大司徒，以乡三物教万民。曰'六德六行六艺'。三年大比考，其德行道艺，宾兴贤能于王，古之所谓学，即今之所谓学。曷尝不以文艺，曷尝徒以文艺哉。有宋王介甫，创为八股法。厥后相沿取士，而人才悉出其中。盖同此诗书礼乐成就乎？立德立功立言，是人才之志。学择而守扩充焉。以造其极耳。且夫进贤多先达，如舒公芬、傅公冠、陈公栋、万公潮、季公源、姜公灵、熊公伯龙、饶公位。懋著树立勋业，灿如照耀史册者。更仆未可终数。今诸公，濡德化踵前，徽倡建义学，岂但以文艺科名，瞩尔多士，抑将举先达之盛德大业，重为期许也。多士鼓舞兴奋，会德行文艺而通之。知无本不立，无文不行，由经术为文章，由文章立功名……"别有一番思想情趣。和李梦阳、黄汝亨那样的前朝文人比较，李道远没有他们的地位和名望,但在他所作的《梅庄书院记》中表达了不少新的思想理念,倒也值得我们特别注意。李道是第一个也是唯一的在进邑地方所有的书院题记中点出了国内、省内、县内历史上一些知名书院的人物,实际上这就是说在乡里办书院,是要有标杆的。李道记述了进贤明代之后通过科举考试所产生的进士一甲人才,如状元舒芬,榜眼傅冠,探花陈栋;还有乡试中的解元季源、饶位,第二名姜文魁;还有寄籍汉阳的进贤人榜眼熊伯龙等人物。这些进士、举人中的领军人物(当然这其中的举人佼佼者后来都是进士),"凡人材辈出",李道一概归纳为"未尝不自乡学"。依愚见,这李道也算是以此来弘扬乡里书院办学精神,并为之打气吧。

三、明清两代进贤区域书院教育的情况

在古代地方志书中,书院都列入"学校"的范畴,说明书院不仅要读书做学问,而且还要受到地方衙门教育系统的管理,和县儒学一样,在做人和意识形态方面,也要在一定的条条框框内活动。具体内容如下。

其一,对生员道德和纪律的规范要求,如"居心忠厚,正直读书""不可干求官长,结交势要,希图进身""爱身忍性,凡有官司,衙门不可轻入""为学当尊敬先生,若讲说,皆须诚心听受","军民一切利病,不许生员上书陈言""生员不许纠党多人,立盟结社",等等。

其二,各学要遵命悬挂匾额。如尊孔内容的,有清康熙二十三年(1684)颁立"万世师表"匾额于大成殿。这可能是地方学宫书院较早有记录的尊崇孔子的匾额,各处必须执行。到了清雍正四年(1726),又开始有了御书"生民未有"颁悬各学,当年统一悬挂的匾额还有"与天地参"。嘉庆四年(1799)御书的"圣集大成",道光元年御书的"圣协时中",咸丰元年御书的"德齐帱载",同治元年御书的"圣神天纵"等皇帝御书匾额,进贤区域各书院皆照此执行悬挂。这些悬挂各学宫书院尊崇圣贤孔子的匾额,大概体现了清代几朝皇帝的教育思想。

其三,各学要尊诏在崇圣祠从祀。清雍正元年(1723),首命追封孔子五代王爵,改明嘉靖九年(1530)进贤知县沈寅所建启圣祠为崇圣祠;五年,上谕直

省内外逢先师诞辰,一日斋戒,命讳孔子名加"阝(阝)",为"邱"。学宫书院,改"孔丘"为"孔邱",进贤区域学宫书院当然照此办理。这个在学宫书院的举动,可谓郑重其事,足见尊崇圣贤孔子在清初已到登峰造极地步。到了乾隆元年(1736)之后,从祀的除朱子外,另逐步增加元儒吴澄,明儒刘宗周、黄道周、吕坤、方孝孺,唐儒陆贽,宋儒文天祥、李纲、韩琦、陆秀夫、袁燮,等等,不下几十人。

其四,乡贤祠位次。乡贤也作为一种教育场所的供奉。不分历史远近、学位高低、官职大小,一般被认为对本邑教育文化有贡献的,即可被收入乡贤祠位次。进邑被收入乡贤祠位次的,唐有臧嘉猷、魏征士;宋有吴居厚、王衡仲、罗必元、陶梦桂、赵汝偯;元有熊钊、王槐、包希鲁;明有陈谟、熊鍊、于大节、杨峻、季源、万福、舒纲、朱廷声、万镗、万潮、舒芬、江治、张臬、傅炯、何祉、曾钧、雷梦鳞、熊汝达、吴仲、李辅、陈栋、饶崙、饶棠、饶汝楫、姜文魁、江汇、陈良言、樊兆程、饶景晖、饶景暲、饶伸、饶景曜、颜备、饶景晹、陈应元、金景耀、傅曈;到了清代,又增补明代及明跨进清代的人物入乡贤祠位次,如傅冠、熊明遇、傅应期、陈良训、傅宏宗、樊良枢、陈洪、陈梦鹤、陈云章等等;清有傅宏烈、舒宽、舒旦、朱绂、朱承韶。从这进入乡贤祠位次的上百位人物看,有一个十分明显的共同点:都对进邑地方教育文化做出过贡献。他们中,有的是家族性的,如陈谟、陈栋、陈良言、陈应元、陈良训、陈洪、陈梦鹤、陈云章,这应该算是明代进贤地方所出人才最多且留有两处全国重点文物保护单位的一个辉煌家族。尤其以陈谟的昼锦坊、陈栋后人的羽琌山馆,是进贤文化最好的见证。明天顺年间,陈谟子陈洪为县学捐置铜、锡等祭器多件;明正德七年,陈云章不仅积极推进锺陵书院的建设,同时还反复捐书,善举被李梦阳写入《锺陵书院记》中。明万历陈良训还作《尊经阁记》。有意思的是,与陈氏家族有渊源的督学高旭(在明永乐八年,即1410年与佘曜　道,共同为陈谟立昼锦坊),丁三十七年后的明正统十二年(1447),又作《进贤修学碑记》。我觉得这其中也包含着高旭文化念旧的情愫。万氏是进邑县治地一个在教育方面比较出色的文化家族,他们无论科考还是做官,都有不俗的表现。在明末清初的江西饶氏人才中,以进贤为最,但进邑地方的饶姓人数相对于他姓不算很多,进入本邑乡贤祠的饶氏人物数量却名列第一。

其五，书院的诗文记录。这方面的情况不是很好。在清代几个版本的《进贤县志》"艺文"中，有二三百篇（首）诗文作品，而真正点题写书院的仅有两首。一是清管嵩《曲水书院观涨示诸同学》，一是清章兆瑞《聂侯锺陵书院落成》。管嵩的诗看不出当年曲水书院的情境，而进邑生员章兆瑞，正是清康熙十二年《进贤县志》的篡定人。进贤知县聂当世总修县志期间，又修锺陵书院，章兆瑞的这首七言古诗，其中有句赞曰："忆昔作者空同李，嘘植多士如云起。锺陵迩者渐榛芜，有德有造从今始。"诗从明正德七年李梦阳的《锺陵书院记》中关于锺陵书院的由来，说到办起书院人才辈出的风光，又隐约谈到明末至清康熙早期书院的荒芜，归结为聂侯知进贤，以德才再造书院，振兴教育文化的功绩，当为比较恰当的话。因为这是一个篡定县志的读书人为锺陵书院唯一留下的诗，我们似乎可以从章兆瑞的七言古诗中感受到当年的书院。至于更早的关于书院的诗，是否还有呢？我以为，熊明遇在明崇祯二年（1629）冬，夜宿润陂，得僧法耀指引，寻戴叔伦读书处，漫赋"隐士高踪不可寻，锺陵桥北润溪深。读书台上潇潇景，秀句流传枫树林。弋阳西下楚江天，彭蠡匡庐山水连。驿路停车无限思，林僧指点到栖贤"，就是戴叔伦和因其而建的栖贤书院。更早的读书台，也就是当年黄汝亨建造的栖贤书院，一点不假。那风景，那地理，那物事，全然对得上。

其六，在学宫书院外立坊表彰。有明一代，在进邑县治城墙内，尤其是在学宫学院外，总共立有十几二十座功德牌坊，或曰科举功名坊，少数贤行节烈坊。这里只说几例科举功名坊。

（1）奎璧联辉坊。这座位于邑治南几步，也就是在县学与锺陵书院旁边的科举功名坊，可谓进贤历史上最有名的一座牌坊。坊由明正德十二年知县刘源清为当年的状元舒芬及正德六年科考的会魁万潮立（注：正德六年科考殿试，万潮三甲第二百一十二名）。万历间，知县毛一瓒修改题"状元坊"，后复毁；知县周光祖复改题"三元全盛"。天启间，知县梁应材重修，改题"名世同登"，一列鼎甲元魁名，一列历科进士名。此为后学劝义，当修复。这座牌坊的文化信息比较丰富，对当年县学或书院学子的激励应该也是最突出的。

（2）三豸坊。为御史陈琏、杨峻、于大节立。这三个御史官职人，科考情况分别是明成化二年（1466）三甲第五十一名进士、第九十九名进士，天顺八年（1464）第一百四十三名进士。这个排名，显然不是按时间早晚、年龄大小来排序的，而是按科考名次。用今天的话说，是分数挂帅。用这样的思想来激励旧时县学与书院的学子，看来也是不错的。

（3）解元坊。为季源立。明成化十六年，县治南不远的季源乡试考取举人第一，属进贤历史上首次夺得解元桂冠。成化二十三年殿试，季源成为二甲第三名进士。这也是进贤科考史上的解元坊。或许是季源解元坊的激励作用，进贤这之后的明代举人前三名人物分别有姜文魁、万铿、万潮、江治、罗希贤、饶位、胡尚志、江表、刘鼎、舒东说等等。这里不表殿试一甲前三名和会试前三名的进士人物。

（4）贡士坊也不少。最有名的当数目前进贤明代功德科举坊中的陈谟昼锦坊。这座永乐八年的牌坊，是全国重点文物保护单位中有明确纪年最早的砖石结构牌坊。另有清康熙《进贤县志》有录但全部毁灭的大明一朝舒纲文明坊、余显攀桂坊、白璧昂霄坊、雷鼎香桂坊、周泰折桂坊、周伦登云坊、赵溥聚奎坊、万和登科坊、熊侨登云坊、徐明鸣世坊、赵桓联科坊共十一座贡士坊。对这些过去存在的贡士坊的规格模样，当然我们今天无法猜测。但有一点我们可以肯定，贡士的光彩也是学宫书院的光彩，学宫书院同样是看重的。

其七，书院教育，培养人才，是古代学子走向成功的路径。进贤区域明代正德至清代同治年间先后办过的书院，与县学学宫一样，照例行使教育职能，培养了那么多取得进士、举人身份的高端人才。而到底是县学学宫还是各个书院培养人才的效果更好呢？这里要说明，在明正德七年之前，进贤志书上没有说到书院的情况，但这之前县学是存在的，而且从进贤县学走出去的人才不少。因此，试图这样来证明书院的教育成果，也不是很科学。但我又考虑，为什么在明正德七年进贤区域建立书院之后，有那么多人为之题记？我觉得书院的教育作用很大。这或许也就是我探讨进贤区域有书院以来及其教育成果的由来。明正德七年进贤区域建立书院后，科举考中进士举人的人物数量确实大增，考试成绩也是前所未见的优秀。到了明天启年间，"会权珰檄，毁天下书院"，书院教育受到一定影响,进邑地方科考开始走下坡路。但到清康熙年间,地方很重视书院建设,然科考成绩在明代基础上还是急剧下降,我想还是与明末对书院的打压有相当关联。

明清两代进贤区域书院的事情,好像过去没有见过有什么研究。在最近几十年的江西书院研究史上,即便有的学者在一些文章中,对进贤区域的书院有过蜻蜓点水的涉猎,但因为缺乏书院遗迹,而不大可能进行这方面的深入发掘。这是中国书院文化研究的一个缺失,应该补上。

2017年8月6日至8日,出席(北京)第四届中国书院学会年会暨第七届书院传统和未来发展论坛,是文被收入论文集。2018年12月略作修改。

古诗叙事军山湖

军山湖很大,面积达二百一十三平方千米,是杭州西湖的三十六倍。我想,如果一个人用脚沿着所有的军山湖汊丈量一圈,也不知究竟要花费几天几夜,然足足有几百千米的路途倒是真的。碧波辽阔,一泓清水,无边浪潮,鱼翔浅底。这样的一级空气一级水的环境,可谓难得。军山湖沿岸基本为海拔二三十米的低冈丘陵,适宜种植江南红壤富硒地带的各种农作物,是真正的鱼米之乡。军山湖东、南两面为数不多的几座山岭,其高程也没有超过百米,乔木灌木,郁郁葱葱,植被极佳,小型野生动物资源也很丰富。五代南唐至北宋早期,锺陵军山湖沿岸更有一个画家群,如贯休、董源、巨然、徐熙、徐崇嗣、徐崇矩父子(一说祖孙),艾宣,刘道士等,山水花鸟,堪可称为"锺陵画派"或"军山湖画派"。我们知道,历史上任何的山川地理名闻遐迩,多赖"文人捧",但军山湖好像不怎么有这个福气,湮灭了相应的光辉,所以一直不甚知名。

翻检历史文献典籍,军山湖及其周边地方被古诗(有的是对联或文章)记录的,目前找到的,仅仅限于地方志书和家谱,虽不多但还是有一些,主要包括两个部分,这里分别叙述如下。

第一,清同治十年(1871)《进贤县志·艺文志》,收录宋、元、明、清几代文人雅士的诗联如下。

九百多年前,宋代王安石《赵铺松林》:"破店谁相伴,疏林对作行。卷鳞乾不脱,落了拆犹香。声搅三更梦,阴和片月凉。吾庐万株碧,回首暮苍苍。"这首五律诗,应该算是对军山湖西边赵铺最早的记录。清康熙十二年(1673)《进贤县志》的《进贤县境图》,在九都与二十七都之间,标有"赵家铺"(现称赵埠)。当然,清康熙十二年《进贤县志·舆地志》"北山"条中,也有关于北山一带"隆隆若山然"的记录。北山,距"赵家铺"不远,一九五三年被划归到南昌县。章文杰先生曾相告："我小时候清楚地记得，赵埠确实有一大片古老的松树林，毁灭于一九七一年前后。"章文杰的儿时记忆，仿佛也可以印证"北山，据古宫亭，湖之阴，衍袤广博，横亘数十里。云林参错，为郡之藩屏"之关于元代伯颜子中隐居于此的自然环境。进贤外甥王安石有关于当年军山湖岸边赵铺松林诗文，而今风景不再，真可惜哉。

七律《永福寺》，为进贤宋嘉定年间进士、诗人陶梦桂所作。诗云："寺占吾乡好处山，半新半旧屋千间。水中莲似禅心净，雨后云如吟兴闲。石路教人修整过，芒鞋怕我往来艰。夜深火炬浑无用，长是天教月送还。"这首诗仿佛可以印证，陶梦桂的家就在位于军山湖东北之梅庄镇佛塔塘晏家村西很近的陶家村，而且永福寺规模巨大得"半新半旧屋千间"。另外，寺西军山湖汊水中的莲花越千年而不绝，周边环境至今如旧，只是过去的石板路早已了无痕迹。后来，陶梦桂旧地重游，再作《重游永福寺》诗："二十年来不入山，重来疑是梦魂间。薰炉已冷灯犹在，经卷才收僧自闲。寂寂禅关人罕到，茫茫俗世事多艰。劫来细说无生语，稳坐蒲团不忍还。"通过这首诗可以明显看出，诗人的心绪，已经寂寂茫茫，今非昔比的变故，犹如"明日黄花"了。

元代吴澄在《湖亭酹别》中云："载酒崇殷集短亭，纷纷歌吹闹离情。经传性理谁堪托，世济功名我未成。杨柳风前金片碎，芙蓉露下玉团清。放舟今夜芦浔渡，直到武阳天未明。"这也是我们能找到的比较早写军山湖的诗。诗作者吴澄，是位精通程朱理学的大学者，他在湖亭与谁酹别呢？我仿佛在心灵上穿越时空，寻觅"经传性理谁堪托"，或许当年隐居附近北山活了一百多岁的伯颜子中，"堪可托也"。地点是芦浔渡，也就是今天三阳街外昔日未通昌万公路南边的渡口。地名虽七百年一以贯之，然今天知者甚少。当年风景人物，诗情画意，犹历历眼前也。这就是元代杨仲弘、范德机避乱于军湖书院，并在此留下的对联：

五日湖光看未厌（杨），再看五日可周全（绍祖）。

衣冠荣耀无千载，道义交游有百年（范）。

佳会不常诗似锦（绍祖），盛筵难再酒如泉（范）。

明年此日游何处，谁在花阴共月眠（杨）。

以上吴澄、杨仲弘、范德机三人,都是元代大学者,且对军山湖都有深厚感情,其行踪多在今三阳北山一带,与朱梦炎及隐士朱志同等交集,甚至还与那神奇的伯颜子中交游。到了五百年后的清代晚期,滕玉霄仍有《军湖书院次杨仲弘范德机联句韵》,分别云云:

春霁名园久未厌,花时人事欠双全。

彤墀空有三千字,白发虚过六十年。

案上诗翁裁碎玉,炉边茶使吸飞泉。

萍踪浪荡天涯远,那得重来下榻眠。

这都是说独立的联,并没有说是诗啊。可不知什么时候,竟有好事者将杨仲弘范德机联句中"盛筵难再酒如泉"改为"盛筵难再螃蟹鲜","谁在花阴共月眠"又改为"谁与菊花共月眠",并说成是诗。这个故事又演变为另外的故事,我觉得就无趣了。因为他改变了杨仲弘、范德机为军山湖书院所留联句的初衷。还有人说,军山湖的名称出现在朱元璋与陈友谅大战鄱阳湖之后,这就更是无稽之谈。朱明王朝建立的时候,杨仲弘、范德机早已谢世三四十年了。至于元代军山湖书院的具体位置,明清两代的县境图都没有标注描绘,更是不得而知了。

国祚不过百的元代,有一个有趣的现象,就是其时进贤本土产生或隐居进贤的文人,都有相当不错的学问与文采。傅箕、朱梦炎、熊钊、伯颜子中、胡伯友、龚焕、朱思本等人物,与"元四家"及诸多文士频繁交往。甚至有一次,还让胡伯友引得大文人赵孟𫖯来进贤游玩,作《过军山湖》诗:"朝发邬子柴(寨),临河思故人。念复枉华翰,交情一何真。矧爱范夫子,古篆交龙信。其亭植苍柏,乃在青溪滨。霜雪见孤劲,风云覆氤氲。君子配厥德,日与嘉树亲。我去江海远,幽梦绕烟津。登临复何日,缱绻讵能申。"赵孟𫖯诗前序曰:"舣舟湖上,胡柏(伯)友书全,以范(德机)太史所题柏友亭字,要赋诗亭上,且以寄别。"古诗叙事军山湖,遥想当年,是多么的诗情画意啊。再联想到余辉博士在对江西胡氏文化家族的研究文章中,说到从其宋代祖先跨越到明初之胡伯友一两百年经营的植物园,山水田林中,点缀楼台亭阁,两代状元作序,一律名流诗书,又该是何等气象。

一首《自武阳趋进贤》则记录："大宇流年化,生情互阴朗。积霖夜犹注,寒阳朝遽上。肃肃晦色敛,皎皎川水广。枫林亦何赤,沙屿鸿竞往。涉河历纡郁,登岭暂停鞅。抚江信萦带,锺陵气宏敞。荆俗杂浇厚,征赋则邦壤。佩刀岂民性,剪戮嗟幽枉。"武阳,明清两代皆属进贤县,现在属南昌县。旧时关系密切,水陆往来,经抚河下游的三阳入军山湖到进贤。沿途所见,历历在目者,如村落的枫树,沙洲草地的鸿雁,萦回的抚河,一旦登高远望,则"锺陵气宏敞",气象万千,又慨叹其时进贤民风之纯朴。可谓风景人文,一一俱全矣。这是明代中晚期李梦阳的五言古诗,充满了人文关怀,更是别有一番景象。

明代江集《能仁寺》云:"征士幽栖何处林,尧城境僻惬禅心。书声未许蛙声杂,砚墨长遗池墨深。凰岭盂盘云翠叠,虎溪环映竹林轰。结茅近得分闲地,习静时来听梵音。"这首诗开头即点出唐代魏征士隐居军山湖之南进邑之北能仁寺修禅,并留有墨池遗迹的故事,又交代了军山湖南端较高的山峰凰岭的生态环境。今天的能仁寺,在原来幽境的山林间似已南移千米,然凰岭的自然面貌似乎比过去还要葱绿许多。

"千峰驰骤琐危沙,立马遥看孺子家。残碣不随高榻往,悲砧犹带晚桥赊。升沉古道惊时眼,来往今人送暮鸦。欲学羊昙挥永涕,那能解剑赠天涯。"这首《过徐桥口占》,是明万历三十二年(1604)进贤知县周光祖所作。有意思的是,这口占所写"立马遥看孺子家"的徐桥,过去和今天都是位于军山湖东南面的池溪港上游的徐桥村,那村港边有桥也叫徐桥,但现在徐桥村上全部姓胡,没有一户姓徐。记得20世纪90年代后期的某一天,我为周光祖《过徐桥口占》的环境记述,特意到该村调查,胡姓老者皆说:"村西不远原有徐姓居住,河边沙丘旁是高士墓。相传在好几百年前的明代,徐姓村庄就已不存在。但到了晚清时期,我们胡姓重修这个桥,仍然叫徐桥,是因为继承祖上的传统,记住徐孺子的高风亮节。具体道理,我们也搞不明白。"不知周光祖写这首诗的出处从何而来,他当年是否也听了徐桥的老百姓讲这差不多的话?因为这首诗,故近二十年来,我一直想破解徐桥与徐孺子关系的这个谜团。倒是日前在清同治《进贤县志》卷五"建置"上,有一篇关于徐桥的记录:"……桥与徐名,志孺子也。孺子擅高名,于豫章在在留迹。榻悬豫章,桥创钟土。孺子洵自重。然非下榻无以重孺子,是太守锡之光也。徐桥之礽,是我侯再锡之光也。孺子千秋不朽,桥亦千秋不泐哉。"两相对照,还是说不清。然徐桥虽残却还在,且有传说文献相印证,亦不枉我一番心血也。关于这个悬念,我觉得还可以借用古锺陵今进贤隔壁的临川北宋著名诗人谢邁《怀锺陵旧游》诗来印证。诗曰:"五年三度过锺陵,马上春风醉梦醒。南浦江波迷眼绿,东湖烟柳半天青。从来地域叹卑薄,恠底山川终炳灵。又见徐桥有高士,他年重作聘君亭。"有人说北宋谢邁诗中的锺陵地域,可作今之南昌。而依我看,南昌可没有徐桥呀!"又见徐桥有高士"一句,与明代周光祖诗中的徐桥和现代还在传说的进贤徐桥,难道不是一回事吗?有意思的是,2020年春节期间,余辉博士读到南宋曾丰《缘督集》,相告该文集卷十八《白石丛藁序》有句曰:"进贤有徐孺子,耒阳有杜少陵,吾邑有文忠欧阳公。"我更加兴奋,因为这出自八百多年前熟悉洪州地方掌故并与黄子由共同编修《豫章乘》的著名文士之手笔,理应不错。

明代熊明遇《北山八景》的八首七律诗,顾名思义,写的都是军山湖北端北山的风土人情,然直接在诗中点出湖名地名的,则只有其中第二首《青山古渡》,诗云:"水国平夷此地高,几朝车马问津劳。两湖日月三阳市,千里云山千派涛。古岸人家开甲第,新洲花草媚冠袍。风光好在鸥鸿外,酣眼青霄一羽毛。"熊明遇诗中写到的三阳市和青山古渡,则与元代吴澄诗中的芦浔渡,差不多是一个点;日月湖则属于军山湖南端即池溪洪源渡至乌石坑往南的一片湖区,离旧时三阳管辖的北山还有三四十里的水路。这一带的山水环境,沧海桑田,变化巨大。

跟在明清之际饶宇朴《坛石山》之后的《前题》,为清代进贤诗人颜怡祖所作,诗曰:"日月湖开映玉壶,澄流昨夜洗云肤。不知空际浑晴雨,疑尽长河或有无。翠露几条凉欲滴,青峰数点澹犹疏。微茫曾入王维画,似是坛山晓望图。"这不仅说到坛石山与日月湖,而且还追溯到唐代诗人王维的山水画"似是坛山晓望图"。由此我想,五代南唐锺陵画家董源的山水画深受王维、戴叔伦的影响一事,就真的不是空穴来风了。

清代进贤诗人江墨《东冈庙》诗云:"塑像衣冠各俨然,滨湖庙食几经年。和风澹荡时来座,急浪掀腾欲上筵。隔岸遥闻鐘渡水,疏林瞥见鼎生烟。军湖一派茫无际,长伴鱼龙夜月眠。"东冈庙,即今天七里乡寺背茅家渡的东冈殿。几百年前江墨诗中的自然环境,好像今天仍然没有太大的变化。只是今年五月,在东冈庙前(南)的湖汊处,为旅游建设了看风景的军山湖南码头。

明末清初的熊明遇、颜怡祖、江墨三位诗人,分别为三阳、南台、民和三个乡的原住民,他们都有深深的家乡情怀,诗中记录了日月湖、三阳市、东冈庙等处的景致,仿佛也可以让我们寻找到往昔的风情,真的很好。

第二,进贤历史上民间传说留下的军山湖诗(或曰顺口溜)和故事同样比较少,却异常珍贵,这里也不妨录而叙之。

最早的故事可以追到宋末。明嘉靖四十二年(1563)《进贤县志》卷之七"遗迹·亭"部分有江万里记《竞渡亭》:"焦氏始祖宽,山西太原人。中陈亮榜进士。仕至参知政事。出守江西。殁于官,遂家锺陵之橙柴。林二世,敬三世。沃相因居之。至四世丽,字公华,(陈)文龙榜进士(咸淳四年,即1268年)也。元侵宋急。是年焚其居,迁铁炉坑之西岸。下瞰军山湖,湖有湾,名竞渡。先生游感于中亭,因作焉。五月五日,观龙舟,吊屈原子平也。适其时,万里过,延而久之。叹曰:地有是名,亭因以作,岂偶然哉。予请得而述之。夫亭以竞渡,作者必每岁端阳,集乡里邻族朋姻之知趣者于此,以为抚景伤怀,感物生悲之。一度斯特也。舟象龙形,飞走波涛之面,回旋杨柳之阴。旗招鼓击,挽子平之魂也。低唱雄歌,叙子平之事也。迎之者锦色红黄,祀之者酒香远迩。平何以得此哉,忠爱激人心也。虽然汨罗之魂可能挽,而到军湖之上,强楚之事可能叙。而为今日之情耶。是平有千万世之忠愤,楚不知而水知之。先生有千万世吊平之悲,楚与水皆不知之。惟竞渡之亭,所以表而出之也。昔人卢肇有诗云:'龙舟夺锦标,比意在状元。及第而不在,于平也先生。'亭,固为吊屈原作,观龙之时,亦岂无肇意,以期待后来子孙耶。故推而并及之。"推想明嘉靖四十二年《进贤县志》"遗迹·亭"部分,抄录的是前朝资料。然到了清同治十年(1871)《进贤县志》"古迹·亭"部分,同样记录为"竞渡亭,宋末焦丽建",还明确说为这篇记刻了碑。我觉得这已经很不错了,从宋末至清末六百余年,进贤留下了像江万里这样的名士为军山湖畔所作的《竞渡亭记》。这是在我见到的进贤地方文献中,最早证明"军山湖"这个名称出现在南宋的,他完全可以纠正进邑民间普遍认为的"军山湖因元末朱元璋与陈友谅争雄而后得名"的讹传。关于南宋时期的"橙柴"与"铁炉坑"两个焦氏地名，我的文友晏峻先生，日前特意带我去了军山湖偏东北的焦埠村，找了七十九岁的焦长根。焦老搬来了一九九一年依据一九四七年版本重修的《焦氏族谱》，经查找，焦氏先祖焦宽至焦丽与"铁炉坑"地名，谱序中多有涉及。"橙柴"未见（知）。再问"铁炉坑"何意，焦老答曰："村庄所居地坚硬如铁。"焦老还带我们去村南水边丘岗上看了地形，说过去的竞渡亭就在半岛嘴头上，但他们没有见过江万里的《竞渡亭记》石碑。焦氏还在军山湖畔划龙船。焦氏历代湖上捕鱼，养成强悍民风，龙舟竞赛声名远播，附近邬氏、后氏也划龙舟，但从来不能与焦氏较劲。焦氏划龙舟也有很多有趣的故事。只是过去人民公社时期焦埠一村一大队十八个生产队三千八百人的雄强气势，与今天留守全村仅仅二三十位老人的冷寂，形成了巨大的反差。炎炎烈日下，我从焦长根老人旧屋旁一口非常漂亮的古井里，吊起一桶水，也就在那一刻，他对我慨叹着沧海桑田变化，让我惆怅不已。如果说"江山要有文人捧"，那么官至宰相的江万里这篇《竞渡亭记》美文，谈及龙舟"锦标赛"，有起因，有情景，有遐思，当然自是军山湖最大的光彩了。这样的故事，在当地比较强势的湖上称霸的焦氏族人中，真也代代流传。但我以为，倘若今天的焦氏，能继承先祖焦丽遗志，牢记旧祠楹联"前朝硕望魁金榜，后起光荣绍铁炉"之精神，恢复竞渡亭，重刻江万里《竞渡亭记》碑，再振"舟象龙形，飞走波涛之面，回旋杨柳之阴"雄风，那真是一道"以期待后来子孙"的"忠爱激人心"之美景啊！也只有这样，进贤县近九十万黎民，才能不愧对我们天天在口头上念及的辽阔、美好、壮丽的军山湖。

相传元末朱元璋与陈友谅鏖战鄱阳湖，在一次战场胜利后的休整期间，朱元璋随意走进军山湖西边的九都永福寺（也称龙泉寺）。进得寺门，住持一惊，急问施主名姓，朱元璋头脑发热，脱口留下了"战罢寰宇百万兵，腰间宝剑血雨腥。老僧不识真面目，何必滔滔问姓名"的得意之诗。这首还算不错的战场即兴诗，表现了朱元璋的雄才大略和鏖战鄱阳湖的厮杀画面，形象生动而又豪迈自负，据说早先在军山湖畔的七里、前坊、三阳等几个乡镇广为流传。

鄱阳湖南端的进贤县三里乡，湖水面积大于旱地面积，在军山湖与金溪湖过渡带,枯水期为辽阔而丰茂的草洲。草洲上主要生长有两种草,一种是丈余高的芦笛,似细竹竿,有节,中空,劲硬,是烧火弄饭的上好燃料;一种是高仅没膝的茅草,似兰,扁平,柔软,密集,是冬天猪牛栏干爽御寒的垫圈料。过去,秋季,我们湖畔黎民都要到草洲上去用镰刀剁柴(砍芦笛烧饭),用草刀剁草(剁茅草垫牛栏)。相传三里乡湖洲草民,曾经帮助过朱元璋,因此被朱元璋官兵用"诗"概括为一伙"头戴尖尖帽,身穿倒挂袍,脚蹬黄金靴,手握钩镰刀"的奇人,厉害无比。这四句打油诗,其实就是一幅往昔的风情画:湖畔黎民为生存,剁草是很重要的一个生活内容,不仅秋天,春天也是一样。穿蓑衣,戴斗笠,是为防雨;系草鞋是防止芦根兜子扎脚。手握七八尺长杆的草镰刀,从右前方下刀,划半圆弧形剁草,至左前方收刀,并拢成草垛。那剁草时发出均匀的"嘶、嘶、嘶"的声响,在鄱阳湖畔寂静的草洲,应和着各种此起彼伏的草丛虫鸣,犹如一首首大地交响曲,悠远绵长,悦耳动听。那种艺术化的生活,竟然会被认作为"奇人""神兵",真使我感到有趣而又久违了。依我少年农村生活的体验看,民间打油诗,是劳动生活中自然而然创作出来的,不识字也能为。

过去中国《二十四孝》的故事,有多个版本。其中一个不大知名版本中的《实夫拜虎》的孝道故事,就发生在明代初年进邑北八九里外、军山湖南端之板桥包家与汪家之间的虎拜冈。虎拜冈也称拜虎冈,旧名后櫎冈。然近六百年来,虎拜冈之名因该故事至今未变。而最早记录《实夫拜虎》故事的,是明嘉靖四十二年《进贤县志》卷七"遗迹·虎拜冈"条,由太史陈善记略(惜陈记全文很多字看不清)。后来,在清同治《进贤县志》卷二十五"艺文·虎拜冈"条再续故事的,是明末清初进贤饶氏文化家族中的饶梦铭,其作《虎拜冈》曰:"明孝子包实夫,授徒邑之太常里。冬日过厚櫎,遇虎突其前。始而伏,状类拜者。徐起,衔其衣,至林莽中,释而蹲,包亦对而踞坐。语之曰:'尔虎也,当啖吾肉。饐于尔,吾何恨?但吾二亲俱七十余,尔能容吾毕吾养乎?吾肉可食。终还尔也。'虎乃起,曳其衣,复至故处,舍而弃。至今称虎拜冈云。"饶梦铭是当年讲故事的闻人,陈善这则仅百余字的故事,形象、生动、有趣,无可挑剔。故事也在进贤家乡一带广为流传。而经学家包实夫的父亲,则为元末明初中国著名学问家包希鲁。包希鲁、包实夫父子二人，皆因文章和孝道，双双被收入一九二一年商务印书馆编印的《中国人名大辞典》。

位于军山湖东南方向的池溪乡罗石傅家村，是清初傅宏烈将军的家乡。傅宏烈为国捐躯后，先后得康熙、雍正、乾隆三朝皇帝嘉奖：或颁旨厚葬，或入贤良祠，或给其后人建将军府，并赐匾曰"世笃忠贞"。三百多年来，傅宏烈的诸多事迹在家乡传播不断，尤其是印证了宋代王象之地理著作《舆地纪胜》中"日月湖明将军出，石人滩合状元生"的谶语的前一半之后，让进贤军山湖边上的人们感到非常神奇。因为早在明代正德年间就已让"石人滩合状元生"，出了舒芬。待日月湖边真的诞生了傅宏烈这样的将军，等于完整地应验了先人的这副对联。这样奇怪的事情在军山湖出现，因此争相挂匾，曰"日月湖明"。现在的乌石坑洪家祠堂前的一幢建于1920年的老宅，还保存有一块红石"日月湖明"屋匾，屋宇朝东，斜对着军山湖洪源渡边上的日、月两岛。

在清乾隆十三年（1748）文港沙河晏家《晏氏宗谱》第七卷有"佛塔塘八景"，分别录《军湖渔唱》、《甑岭樵歌》、《耕云四陇》（先国注：可为《耕耘四垅》）、《龙岗夜读》、《佛塔古迹》、《沟井清流》、《庵下磨塘》、《永福禅林》八首七律诗。佛塔塘即军山湖偏东北面之梅庄镇横溪村委会晏家村，倘若今天要寻找昔日诗中遗迹，可能希望渺茫。倒是八景诗中第一首《军湖渔唱》有这样的描写："阁后军湖水接天，渔歌互答韵悠然。风清棹击符檀板，月白弦敲赛管弦。不尽烟霞形渺漠，何多舴艋影翩跹。看来景动骚人兴，把作文章第一篇。"令人回味。旧时风景，犹如眼前之景。文港沙河晏殊后裔，自元末明初迁徙梅庄横溪佛塔塘，随遇而安，在军山湖畔，渔樵耕读，生活真也诗情画意。你看看呀，他们既有"看来景动骚人兴"的神往，又不乏"把作文章第一篇"的自豪。据佛塔塘人晏峻说，"佛塔塘八景"诗是清代晏超作品，与不远的"北山八景"一样，同为军山湖畔昔日美丽的风景。这里的最后一首七律《永福禅林》（最后两句因清乾隆十三年旧谱损坏而遗失），即本邑南宋诗人陶梦桂笔下的永福寺。日前我到晏家探访，在佛塔塘八景中，旧时环境保存最好的要算《沟井清流》与《庵下磨塘》两处。

明代之前的正史地理志，都没有对进贤境内的军山湖作任何记录。到清乾隆四年所修的《明史·地理志》"南昌府"条下才有记:"进贤,府东南。西南有金山,产金。北有三扬水,又有军山湖,又北有日月湖。湖下流,俱入于鄱阳湖。东有润陂,东北有邬子寨,北有龙山,东南有花园四巡检司。"这么几句极其简单的地理位置的描述还有不少方位上的差错。所以说,军山湖的诗文故事,躲藏着的还不知道有多少。多年于军山湖畔的田野调查和考察,每每感到神奇,在整理古诗(文)叙事之余,不才也曾经心潮澎湃,胡思乱想,有感而发,这里抄录早些年所作打油《军山湖咏怀》一首,聊以自慰:

苍穹落玉水晶珠,

碧浪万顷雨模糊。(先国注:如第二字"浪"换"波",会与格律相悖)

难说世间莫匹比,

中华千县堪称无。

董巨徐熙诸古贤,

烟云供养当惊殊。

锺陵鱼米若有识,

毓秀春风惠九州。

我真希望,锺陵古邑的进贤县,能多有几个热爱本邑文化的土著,不断充实到这方面的文献搜集、田野调查、考古发现队伍中来,并为美化江山助一臂之力,真乃善哉。

刊发于2017年6月邹农耕《文笔》杂志

2018年3月及2020年2月分别修改

健武官溪大鹄源，信江文脉一线牵

——谈进贤《胡氏宗谱》中的文化人物和"八景诗"的价值

在进贤县三里乡健武村与二塘乡官溪和大鹄源村，分别有一套清康熙庚寅（1710）年《胡氏宗谱》（健武）和一套残缺的清光绪庚寅（1890）年《胡氏宗谱》（官溪和大鹄源）。其中清光绪旧宗谱经过改装，并将1920年旧谱部分页面一并合入。但这两套旧宗谱首册中，旧时题字、图像及赞词、序文，以及胡氏各村落地图和附后的诗基本一致。这两套隐于民间的旧谱，在研究进贤地区信江流域胡氏文化人物及其诗文的过程中，有一定价值。

一

两套旧谱前面，按顺序列名人题字（词）：

第一，有一页一字的"封、侯、宋、裔、宰、相、流、芳"八个篆体字，落款"山穀老人書"。篆体字呈上下略长于左右的正方形，但各笔画都刀刻得笔直整齐，头尾皆出尖，转角短斜刀缓和。落款非山穀老人手迹，字为宋体。

第二，一页"至宝"两个楷体字，背面"岳飞书"三个草体字，亦有笔直的刀刻痕。

第三，一页"龙跃凤鸣，经纬邦国。唯孝唯忠，其人如玉"十六个草体字，落款"东莱吕祖谦题"同为草体字。

第四，一页"得天以孝，得民以诚。忠勤调护，显赫其名"十六个草体字，落款"□象祖题"同为草体字。

紧接着为图像及赞词：

第一，宋宝文阁直学士安国公遗像并木刻图，背面有《传云》两段共七行文字。

第二，宋资政殿大学士铨公遗像并木刻图，并有《孝宗皇帝御赞》。赞曰："正直之姿，刚毅之色。独立敢言，施为有德。朱衣象简，笼冠貂蝉。惟像卓尔，清风息然。"背面"赞云"一段七行。有意思的是，这上面的胡铨遗像与《孝宗皇帝御赞》文字，和现代社会网络上流传的一模一样，而且胡铨遗像形神上好，与互联网上"胡铨"词条配图的形貌神态都非常相近，少部分有差异。《胡氏宗谱》还有很多胡铨相关的资料，从来没有被人利用。据该两套谱牒保管者相告，他们的旧谱从未外传。看来这谱上胡铨的资料，与国内的某个收藏单位之藏品可以互相印证。宋代江西地区诞生的历史人物甚多，早些年江西省评选十大重要历史人物，胡铨因为不仅学问好，还被认为是"骨头最硬"（他支持岳飞力主抗金，还上疏皇帝要杀秦桧的头）的人而被列入其中。胡铨被收入多种历史文献资料，新中国成立后的《辞海》有词条，是相当了不起的历史人物。健武官溪大鹄源所存两套《胡氏宗谱》，皆修于清康熙庚寅年和光绪庚寅年，且续前朝，资料来源可靠，有相当不错的历史文献价值，胡氏来源也非常清晰，如《胡氏宗谱·总源系图》中《胡氏历代源流统宗世次图》记录从胡满始共七十八世，胡铨为第七十六世，胡铨长子胡泳为第七十七世，胡铨孙胡楠为第七十八世。之后在《健武胡氏祖居系图》中，将胡楠列为第一世。

第三，宋刑部尚书直孺公遗像并木刻图，并有裔孙道和拜撰"猗欤直公，远祖弥芳。功高建业，勋绩维光。天开之祚，流裔其昌。万世之下，孰不欣扬"。

第四，宋追赠承议郎楠公遗像并木刻图，并有裔孙道和拜撰"于我始祖，号曰孟材。累仁积德，天地为怀。克昌厥后，岂不休哉。想公仪容，千秋万载"。宗谱记载，胡楠为胡泳之子，胡铨之孙，江苏丹阳徙居进贤三里健武第一人，也是进贤地区沿信江流域居住的九个胡氏村落的共同祖先。

第五，宋健武将军赠王爵仲宣公遗像并木刻图，赞云："惟我宣公，禀天地之正气，受朝廷之显爵。克广德心，绥静中外。绍先代之，旧迹启后，世之追维。"健武村另一村名为"里湖"，村庄何以该名，无从考证；但"健武"，从旧谱记录因"宋健武将军赠王爵仲宣公"而名之，倒是无可置疑的。

第六，鹄溪公遗像并木刻图，并有后裔蕴璋赞。赞曰："追维鹄公，肇基斯土。种德宏深，垂荫子孙。百世其昌，千秋永固。祖勉遗训，朴耕秀读。继继绳绳，克遵东鲁。"鹄溪公为胡楠公后第六世，大鹄源始祖，现村上留有四棵约直径两米、高二十米古樟树，枝繁叶茂，蔚为壮观，为别村少见。这村上的四棵古樟树，都作为八百年古树名木挂牌受到保护。树确实很老很大，按谱牒资料，八百年可能有点夸张，然我开始确实是冲着这些古樟树而去的，我相信古樟树多的地方一定会承载着相应的文化。该谱记录的鹄溪公之父胡浩，"年十八登进士第，赘居官溪文宅郎柏树下"，而在鹄溪名下则注"居官溪鹄源"。这说明鹄溪公先前跟着父亲胡浩居住在官溪，父中进士后，可能外出了，他就迁到大鹄源了。奇怪的是，胡氏这一支爵塘裔孙胡宪章在明正德七年（1512）为《胡氏重修族谱序》中所记录的胡文德、胡文举、胡霆桂等四个南宋进士人物，却都没有木刻图像和任何赞词，也没有一首（篇）诗文传世。在清康熙《进贤县志》宋代进士名单中，只有胡霆桂的名字，而没有胡浩与胡文德、胡文举三人的记录，这大概是地方志的遗漏，因为一般过去的宗谱不会胡编乱造。我总认为，历史人物的诗文留存与否，是决定他是否被人注重的一个主要因素。

这些年，在我多次出席并利用民间谱牒资料进行各种文化遗产类项目申报的会议上，往往会遇到有的专家质疑谱牒的真实性。当然他们多针对民国之后尤其是现当代谱牒上不负责任的添彩和夸大，但在我看来这种情况在民国之前很少很少。这两套旧藏《胡氏宗谱》中的出彩资料，包括黄庭坚、岳飞、吕祖谦等历史人物为这套《胡氏宗谱》题的字（词），我认为都是冲着胡铨来的，所以是可靠的。

二

下面主要谈谈《胡氏宗谱》中诗文的趣味了。

诗又以"八景"为多，有的为"十景"，很有意思。这里，不妨录入并叙述于后。

在《胡氏宗谱》"例言十则·一号"中，实实在在的"八景"诗没有起头的简

求鼎斋类稿

短序文,对景写诗,抒情达意,可谓单刀直入。

其一《匡庐云嶂》

云气流形天地克,层峦万叠接冥空。
侧峰突兀迷茫里,横岭奔腾恍惚中。
雨细云昏螺黛浅,日高天远画图雄。
何当经到中峰顶,漫数方舆望朝宗。

其二《长坪牧笛》

青芜平野饭牛群,短笛时吹隔垅闻。
断续数声连野唱,悠扬一曲遏晴云。
宫商不计随心巧,节奏无拘信口分。
日落归来芳径晚,徐音尚自绕河滨。

其三《东港渔灯》

一派河干近晓天,寒光万点起渔船。
照残浪里惊鱼跃,焚到沙边骇鸥眠。
淡影荧荧摇远浦,清辉烨烨漾长川。
夺将江月浑无色,直疑流星照碧涟。

其四《古刹神钟》

古木山阴一梵宫,钟声百八度寅风。
敲残天上明星散,唤破人间睡梦浓。
击向幽室音断续,送来虚枕韵纤洪。
悠扬直入层云里,催起扶桑驾晓红。

其五《曲径樵歌》

纡回芳径傍山幽,童叟追随乐自由。
古调声高频□□,村歌韵蔼任咻咻。
咽喉喧处和风送,竹担敲时逐水流。
几度太平腔调滑,凭渠名利自沉浮。

其六《夜窗书声》

蟾光分影护纱窗,细读遗编心自强。

韵逐春风萦岫岭,响随夏雨洒荷裳。
虫声和壁哦深夜,雪色侵棂咏短章。
静焚青藜频照诵,精神不入梦魔场。

其七《鄱湖巨浸》
鄱湖浩瀲望中呈,宝鉴空蒙压洞庭。
势叠惊涛千里白,光摇皓月万顷清。
烟中隐见腾鸥影,波外疑闻发棹声。
一碧无垠天上下,远帆风送倚云横。

其八《横塘薄雾》
横塘佳气杂山烟,似雨霏霏漫晓天。
氤氲淡笼花半醉,□松暗锁柳三眠。
吹来不断迷津渡,挥去远生冒野田。
雾色渐融迎旭日,晴风寒碧共澄鲜。

里湖一杲公题

一杲公另一首《飞雁投湖地》
峰回嶂列号牛眠,阳鸟题名势俨然。
奋翅欲翔红蓼岸,举头疑戾白云天。
风和呖呖声传渚,日射娟娟影渡川。
拂羽更牵千里目,逍遥拟作凤醉翩。

  里湖一杲公诗稿是进贤《胡氏宗谱》中最前面的艺文资料,当然一杲公也是胡氏留在健武这一支中最早留下诗文的人物。这"八景"诗,从"一杲公题"这落款看,没有头衔在前,也算是十分谦逊的做派。里湖,就是进贤县三里乡健武村。一杲公为健武村人,曾参与清康熙四十九年庚寅进贤《胡氏宗谱》的重修,一并题写上了自己村上的"八景"诗。这是他的家乡情怀的寄托,也是他诗文才华的展现。这"八景"诗,实际上应冠名为"健武八景"。对着"祖居健武基址之图"和一杲公当年为健武村所作的"八景"诗,近日,我特意到信江下游的鄱阳湖南端健武村附近现场寻找当年风貌,虽然难觅旧迹,但"八景"诗在图上的位置却标识得清清楚楚。这样,诗中的不少地名和意境仿佛也值得体味。如第一首的《匡庐云嶂》，所记就在鄱阳湖南端平坦地块，当地的环境没有多大变化，北望渺渺无际，匡庐亦隐约可见"侧峰突兀迷茫里，横岭奔腾恍惚中"，那是信江下游鄱湖之滨进（贤）余（干）两县共同的遥望。祖先眼帘的诗意描述，今天的健武人还津津乐道仍持此说。第二首《长坪牧笛》开句云"青芜平野饭牛群，短笛时吹隔垅闻"的风景，分明就是信江东面健武村东北方向草洲上环境与艺术的情状，现在年龄在六十以上的长者，大概都可以追忆到他们少年时代那诗画的生活。第七首《鄱湖巨浸》，只写壮丽，不记惨状，表现了诗人的胸怀像鄱阳湖一样辽远宽阔。《横塘薄雾》的"横塘"，有地名有故事，在滨湖地区别有风味，村民中亦颇多有趣记忆。另外，不在"八景"之列的《飞雁投湖地》，也赫然标明在这份"祖居健武基址之图"上，算是多了一景，实则为"九景"。这第九景，不仅从古至今都没有变，而且在原先的景致上更加丰富更加壮观。鄱阳湖保护站的候鸟专家说，蓼子花开过，大雁、天鹅、丹顶鹤、东方白鹳等世界珍禽，都来健武这里觅食越冬，这里可谓是世界珍禽栖息地中的一道美丽的风景。

在这大鹄源宗谱《官溪基址图》后的《伯友公遗像》页面，木刻版像上方有赞云："锺陵毓秀，挺生英贤。儒道继志，万古流馨。"紧接着在《伯友公诗集》部分，简短序文有题曰："元时授江西儒学提举，豫章十才子，其一也。与抚州虞阁老名伯生、丰城揭奚（傒）斯学士及本邑包希鲁先生等贤人士大夫为友，相交砥砺，一时称盛事焉。"关于伯友公这里的"赞"与和诗集序文，何时何人撰写，已不能详考。然"赞"中说的"锺陵毓秀"，是我第一次在进贤（古锺陵）区域旧宗谱上发现的，它与成语中的"钟灵毓秀"有着异曲同工的意义表达，绝非古人错用成语。清同治《进贤县志》卷十四"选举"中，在"荐避"元代部分，有"胡棣，字伯友，二十三都官溪人。博学雄才，好文尚士，以诗赋名，授江西儒学提举"之记载。是旧时《胡氏宗谱》与《进贤县志》，正好可以相互印证胡伯友的诗文功夫。因为我这里只说八景诗，即便《胡氏宗谱》中还有《伯友公诗集》中的其他多首诗及其和诗，所以这里也一样。

胡伯友公《自题官溪八景》，每一景作诗三首，其一其二为七律，其三为七绝。总共八景诗二十四首如下。

第一景"流觞曲水":

> 其一
> 一脉清泉九曲流,远从安定泂龙湫。
> 激湍有本今犹古,逝者如斯春复秋。
> 世泽涵濡余庆久,文波澄映锦沙浮。
> 谁将里耳沧头洗,直上虞廷听九韶。
>
> 其二
> 绿水湾环绕户流,飞觞浮泛乐优游。
> 若舟逐荇参差转,类羽随波瀚漫游。
> 醉蚁扶头情自畅,虹螺蘸甲醉方休。
> 几回购得其中趣,一点沙鸥胜五侯。
>
> 其三
> 分得西湖一脉春,太平有象湛天真。
> 傍花随柳多来往,谁是观澜见道人。

第二景"龙溪苍柏":

> 其一
> 故家乔木蔼青葱,特立擎天几柱雄。
> 老干拏云龙现爪,新梢蒙雾鹤归笼。
> 根盘厚土年华久,势并层峦雨露浓。
> 世德源源更培植,大材奚愧晚登庸。
>
> 其二
> 新甫灵根不染尘,仙人移植蛰龙滨。
> 青虬永驾铜柯碧,苍狗常随翠华馨。
> 气拔锺陵十古秀,灵承健武万年春。
> 叮咛后裔勤培植,愈久恩沾雨露新。
>
> 其三
> 新甫时来傍水涯,参天黛色锁云霞。
> 时人要识冰霜节,莫向东风论物华。

求鼎斋类稿

第三景"山窗夜读":

其一

绿树阴浓护小窗,呀唔共接响琅玕。
天教风月常相伴,人与圣贤俱坐忘。
杖藜光涵更漏短,芝兰香沁露芽芳。
伊谁为问功名远,门外青云是帝乡。

其二

清夜沉沉寂不哗,香风时透碧窗纱。
叩残藜杖书声薨,坐得梅花月影斜。
纸帐通明囊别蠹,砚池春暖笔生花。
倍知将相原无种,总在工夫要到家。

其三

苍翠堆中拘一窝,寒灯疏雨落花多。
道人自是惺惺者,何用熊丸却睡魔。

第四景"寺林晓钟":

其一

乔木深处梵王宫,杳蔼钟声送夕红。
逸响春容林梢雾,清音浏㴒树头风。
牢笼唤出归巢鹤,幻海惊翻卧钵龙。
谩听残钟将百八,满天明月照虚空。

其二

翠微深锁梵王宫,早起僧敲百八钟。
惊醒鸦飞冲晓雾,顿回鸡梦唱寅风。
扶桑驾曙更筹歇,古柏迎辉晓雾浓。
多少小窗勤学子,读书声接气通融。

其三

万树深处一禅关,百八声敲欲曙天。
人到五更正贪睡,梦魂惊破忆寒山。

232

第五景 "矶头渔钩"：

其一

溪上芙蓉水上鸥，烟中茅屋浪中舟。
半竿红日江山暮，一线清风天地秋。
破帽尽堪笼鹤发，短蓑原不换羊裘。
几回稚子迎门候，为间金鳌掣得无。

其二

闲理丝纶坐钓矶，人间休戚不相知。
纤纤玉饵随风飏，小小金钩带月垂。
掣得泓渊龙起蛰，歌残水调乌忘机。
得鱼沽酒真堪乐，八十何心载后车。

其三

一片谗岩压水云，野人高尚理丝纶。
闲心不在鲸鳌上，坐看熊飞起渭滨。

第六景 "谷口樵歌"：

其一

郊外青山野外亭，长歌直入翠冥冥。
音飘远岫行云遏，响入层崖野鸟听。
细和来芝声更婉，笑谈王道韵初停。
太平几回无腔调，试问世人清不清。

其二

幽谷层林雨露多，纷然樵者乐兴歌。
黄莺出听迁乔木，白鹿惊残走薜萝。
野语巧翻清格调，余音高遏白云窝。
负薪莫道常如此，五十时鸣紫玉珂。

其三

十里青山一径平，成群人为采薪行。
彼唱此和一声曲，应有巢由洗耳听。

233

第七景"青山晓雾"：

  其一
  万叠浮风结不开，五云何处是三台。
  银河杳隔青蒙外，元豹深藏紫雾堆。
  曙色渐分青远近，晴光微现碧崖嵬。
  行人要识山中子，莫作俳优一样猜。

  其二
  锺陵千古一青山，岚气氤氲曙色悭。
  林树温蒸元豹隐，岩崖杳蔼洞龙还。
  人由幽径丹青里，鸟弄青音紫翠间。
  睡起开窗闲怅望，天生异境竿奇观。

  其三
  旦气氤氲抹翠微，登临浑不辨高低。
  细将明暗穷通问，正是南山豹变时。

第八景"白崖晴雪"：

  其一
  雪夜东风荡晓晴，日光浮动更晶莹。
  玻璃掩映芙蓉帐，云母深藏翡翠屏。
  玉笋半呈螺髻绿，琼崖微现佛顶青。
  欲将东郭先生履，直上嶕峣第一峰。

  其二
  雪崖两白一般明，照映乾坤烂晓晴。
  石发晨梳天露宝，冰牙时漱地生灵。
  望中梅蕊呈春色，吟处银花竿玉屏。
  可是十分清意味，玲珑霄境胜蓬瀛。

  其三
  倚天壁立若堆琼，万古苔痕染不青。
  几度登高闲纵目，山水何处见峥嵘。

面对胡伯友这二十四首《自题官溪八景》诗，古文知识极其浅薄又不大懂诗的我，当然也会觉得很好。几个月内，我到我那可爱的家乡隔壁村的官溪，三番两次在那里走来走去，试图通过调查访问，达到真正理解胡伯友诗含义的目的，然终因自己无能且找不到一个合适的访问对象而非常遗憾地放弃。但我仍不死心，希望借有能学者的力量。2017年2月发现这套宗谱有《伯友公诗集》资料约半年后，我即将此事说与年轻的史学博士余辉君。余辉君大感兴趣，又马上和我与章文杰先生同到三里乡健武村、二塘乡官溪与大鹄源两村，察看现场，并对着旧谱拍照，收集了更多资料。余辉君在2018年9月写出了一万六千多字的《新发现元人胡棣〈伯友诗集〉考论》长篇文章，寄给南京大学《元史研究》编辑部。编辑部阅读后马上告知，这是他们四十年来第一次发现的元人文集（诗集），价值很高。这本国内非常权威的元史研究方面的期刊，很快就将此文刊发。余辉君还相告，他2019年1月到日本京都大学访学，带去从《伯友公诗集》中抄录的全部64首诗，又在元人文集中找到12首胡伯友的诗，以及元代学人与胡伯友的诗歌唱和、文章共三千余字，一并出示给日本国汉学泰斗夫马进先生，也同样得到极力夸赞。与我同乡的余辉君还说，他要进一步弄清楚胡伯友全部诗稿的含义，为其校注出版效力。我完全相信，这位勤奋，读书又严谨、学术的后生能完成这个文化使命。

在清光绪庚寅年《新塘口基址》图后，有皇清咸丰丁巳（1857）仲冬月所留下的七言四句"八景"诗，诗题分别是《矶头渔钓》《官圩长亭》《龙头宝盖》《伴月金星》《魁星现斗》《信水源流》《镇圩宝塔》《仓口出水》。这八首未署作者姓名的诗，艺术价值一般，我不是很感兴趣。但其中《官圩长亭》《信水源流》《镇圩宝塔》三首诗中的一些信息，倒是能反映清光绪之前，我家乡潭津西面千余米之外官溪（圩）信江地带的些许地理环境和人文风貌。因为新塘口这村庄太小，对这方面有感情的人更是太过稀少，所以这里不录。

紧接着，在清光绪庚寅年《画图基址》图后，分别留有邑庠生化鳞稿、邑庠生子敬稿、太学生佐龙题的"自题画图八景"，诗题一概是《回流活水》《绿杨古渡》《莲塘喜报》《柳溪春涨》《二桥烟锁》《过艇锦帆》《书楼夜读》《深潭月印》。画图村与官溪同修，三位诗作者大概也是胡氏书生。三人各作七律

"八景"诗,小小画图村,共有二十四首诗。这样的家乡情感,真乃有趣。画图村位于我家潭津西面八百米左右,我们两村胡文二姓同畈耕种,几百年情同手足无隔阂。

越三里、梅庄、二塘三个乡镇,沿信江上溯至锺陵乡,有一个胡氏衙前村。同样是在清光绪庚寅年《衙前基址》图上的村庄中间,标明有书院。这书院没有具体名称,在进贤县历代县志上,也没有衙门书院的记录。但从这里可以肯定,在一百多年前的清末,胡氏在进贤东北信江沿岸靠近东乡、余干的地块,在小小的锺陵乡衙前村,竟然还有这个家族唯一的书院。难怪胡氏有人定居到哪里,哪里一定就有八景诗。八景诗好像成为胡氏历代大小读书人的一个文化习惯。衙前村的裔孙庠生金镕辛庵氏敬题《衙前八景》。

其一《莲塘并蒂》
莲蒂花开别样红,斜阳映照暗香通。
双飞翡翠寒光动,并宿鸳鸯月影重。
争艳波心相对语,斗妆水面欲修容。
兰舟唱彻声声远,此日酬怀兴转浓。

其二《柳岸双溪》
满目溪边美丽陈,空潭锦绣艳阳晨。
波平点缀晴方好,絮舞飞扬两更新。
翠影恍同天上景,画冈宛似镜中春。
等闲霁色韶光闹,物候偏宜最可人。

其三《石潭夜月》
皓白当空兴倍酣,谩将物色个中参。
三更玉兔凭谁玩,万象波涛好独探。
水净尘埃终不染,天光云影共犹含。
临风坐听长歌晚,把酒沉吟一笑堪。

其四《西港渔灯》
傍晚渔船恰正秋,孤灯一点水中流。
鱼惊夜半依蒲跃,鸥动更深带月浮。

旅客思成长夜恨，劳人念切故乡愁。
举头相对诗情肆，笔底空怀往事悠。

其五《罗潭古井》

一井寒泉冷气侵，深潭沏底夜来吟。
水清鉴物尘埃远，色白含虚月影临。
滋稼不凡谁领略，濯缨凭此作规箴。
涵空鉴别斯为贵，凿饮长流亘古今。

其六《望牛相山》

记忆祖山世罕逢，千峰万壑远朝宗。
层峦峭拔规模峻，绝顶尊严锦绣重。
马鬃高封宏眼界，牛眠大地豁心胸。
平铺小垤谁能匹，且向冥冥作吊容。

其七《高台晚唱》

亭亭结构艳新妆，气象峥嵘迥异常。
剪烛歌台声自婉，临风玉格韵偏长。
霓裳曲叶分高下，律侣清音定抑扬。
豁达经营成不易，彩辉散照满寒光。

其八《古殿晨钟》

殿前帘捲净尘埃，卧榻时闻钟磬催。
醒梦非关人语唤，惊眠不藉犬吠来。
遗音静寂灵心悟，晓曙光含霁色乂。
闲坐禅房无一事，关心伫看鸟飞回。

  当然，以上《衙前八景》是七律，还有七绝《衙前八景》诗作没有抄录。为了这七律《衙前八景》诗，我与锺陵乡贤万卿、于志勇，还有胡磊春、晏峻等艺文朋友，特别前往进贤、余干、东乡三县交界的锺陵乡衙前村现场探访。因为于君早已跟我说过一些衙前的情况，他说印象最深的是村内的两口门塘，所以我一到这里，对照开首《莲塘并蒂》诗，便有似曾相识的感觉。首先，映入眼帘的是衙前村前的一口水塘，和村内五六株古树名木。七八幢残存的砖石木

237

结构老屋，依然斑驳着在叙说往日的故事。更有西港桥边，晚归的渔家灯火，辉映着星空的"石潭夜月"，照耀在村西南的"望牛相山"上，让那头居住的同宗，经"柳岸双溪"和"罗潭古井"，赶往村东北的"古殿晨钟"旁的老戏台，聆听"高台晚唱"的锺陵地方传统戏曲。这衙前胡氏的八景诗啊，分明是一幅韵味悠长的风景画。不信，有两块倒在这遗迹上八尺长四方形红石柱镌刻的"湖山万里恩波远，汉水长流惠泽深"对联为证。胡氏这一支，虽然在元末明初从大鹄源越搬越远，寄居于在此居住的王氏衙门口前，讨得生存空间，却很会生活。如此一番亲临现场的探访调查，让我在《衙前八景》诗外，看到了另一种景象。

　　此外，在拼插入这套《胡氏宗谱》的1920年散页的《北溪基址图》后，诗中记录的就是二塘乡画图村及其边上四方墩的面貌。四方墩现位于康乐堤外，是一个过去早被血吸虫毁灭了的村庄。在2008年的第三次全国文物普查后期，我将潭津四方墩遗址申报为进贤县县级文物保护单位，遗址时代定在明代至民国，理由有三点：一是我在遗址上确实发现有明、清、民国早期的瓷片，并与清咸丰丁巳年香泉题诗"水绕山环拥北溪，描形绘影现村墟。四方画图长留迹，万古云仍庆乐居"能相对应。我是这村庄东面一里之外潭津人，对这里的自然环境非常熟悉。二是过去孩提时听我村父辈们说过那里很早被血吸虫吃掉了。三是我那七十二岁的堂兄四十年前建屋，地脚石全部取自四方墩。往昔境况，仿佛从这首诗可以得到印证，其村庄的历史最少也有二三百年。

　　《胡氏宗谱》这首香泉题后，又有1920年岁次庚申季冬月，胡氏廿七世裔孙附贡生胡魁杓诗稿《自题北溪十景》。这北溪即画图村，"十景"诗为《笔架山》《狐狸墩》《莲花塘》《进士沟》《砚池塘》《月背沟》《百笋圩》《翰墨嘴》《马道州》《马鞍腰》。这明显可以看出，官溪胡氏分别在清咸丰丁巳、光绪庚寅、民国庚申三次修谱，每次都在原有宗谱基础上丰富先辈史料，从元代至民国时期，诗文也在不断增多。我从胡氏宋元时期艺文人物诗文一路读来，明显感觉后不如前，因此这民国人物胡魁杓的"十景"诗就不一一抄录。然"十景"诗中有一首《翰墨嘴》，诗曰："嘴名翰墨世间稀，料是文星特地移。不日磨礲大手笔，描出银钩铁画奇。"这首诗特别引起了我的兴趣。

"翰墨嘴",一个多么诗意而高贵的村名,这里是我的家乡啊!我曾经在一份据说是1948年的进贤地图上,看到标有家乡的名字"潭头嘴"。新中国成立至今,这里一直称"潭津"。过去我们家乡的人,根本就不知道"翰墨嘴"到底是哪几个字,甚至都以为是土音的"潭麻嘴"。近百年前的一个地名,竟被我们文氏忘却得无影无踪,今天重见天日,也真是久违了。如果不是亲眼看到这个《胡氏宗谱》,我永远不会朝着这么文气十足的方向去理解我们祖先的良苦用心。"翰墨嘴"的发现,顿时让我明白了我们文氏这地名的由来,也增添了我那无限的乡愁。不是吗?"嘴名翰墨世间稀,料是文星特地移",这世间稀有的地名,不就是我们同祖同宗庐陵文天祥的"特地移"吗?记得三十年前,吉安(庐陵)富田文氏修谱,据旧谱头上的迁徙线路,几次来潭津要继续同修《文氏宗谱》。潭津文氏当然知道自己过去的出处,然因故未能如愿。这犹如今天的我们文氏不知"翰墨嘴"一样,有点遗憾。好在"不日磨蘸大手笔,描出银钩铁画奇",似乎真也有这么回事啊!"翰墨嘴"文氏后裔的文云峰与文向滨,相继在1971年和1973年降生,或许这就是画图胡氏作《翰墨嘴》诗"不日"半个世纪后的"大手笔"。他们也真的"银钩铁画"而且出奇,一个三岁神童文人油画,一个诗人作家兼写国画,几十年在我们潭津文氏人口中津津乐道。难道《翰墨嘴》诗中的谶语在今天显灵?事实摆放着,姑且算是吧。

三

一位前两年退休的南京东南大学教授朋友告诉我,他退休后要做的两件事,一读地方志书,一读民间谱牒,当然都是旧志书和旧谱牒。他特别告诉我,沉积在民间谱牒中的历史文化信息相当丰富,只是很多没有被发掘出来。我记住了他的话,仅仅在我们进贤县出过宋代人物晏殊、晏几道的文港沙河《晏氏族谱》,清代人物李瑞清的温圳杨溪《李氏族谱》,民国人物朱仙舫的长山晏白源《朱氏族谱》等几个版本的旧谱中,就发现有很多国史资料、地方志等历史文献没有记录的东西,有的非常重要,有的很有意思。

就拿这次发现的《胡氏宗谱》讲,开始我根本就没有冲着胡氏的什么历史名人去挖掘,况且他们胡氏也没有任何人谈到过自己祖先的什么光彩,而我这偶然的查阅，竟也就会有相当不错的收获。例如诗文部分的发现，我就觉得其文化艺术价值，甚至不亚于出过晏氏父子、李瑞清文化家族这样的知名历史人物的族谱上的诗文。如胡伯友这个当年的"豫章十才子"，元代以后并不算知名的人物，想不到他不仅为自己家乡官溪留下了二十四首"八景"诗，而且还有诗集收录的大量诗文，包括与"元四家"和包希鲁等当年文化人物的唱和。我反复吟诵元代胡伯友的诗，感到一阵阵的兴奋，因为确实写得好，也因为官溪与我家乡潭津渡仅仅一畈田之隔。我原先不解，为什么我们文氏迁到这地方几百年，几乎没有考中过进士，到今天为止更没有造就过一个诗人，而与我们文氏比邻而居的胡氏，进士、诗人几百年连续不断；这回我仿佛明白了，原来是胡氏先有胡铨，再有胡伯友等一大帮文士，诗人是要有基因的。

  犹如考古学家的田野调查和发掘，一次文献资料上的发现同样令人兴奋。历史上留下的文化的光辉，我们不能让它湮灭在民间旧谱牒中。这一次《胡氏宗谱》古代文化人物及其"八景诗"的发现，就在于我想为健武官溪大鹄源等多个胡氏村落文化的发掘做点有意义的事情，免得家乡父老说我没为家乡文化做贡献。

刊发于2017年9月邹农耕《文笔》杂志
2019年2月修改

我在军山湖畔讲故事

作为一个县而言,有三十二万亩面积的军山湖确实不小。军山湖畔有十个相关联的乡镇,流域面积几乎占了进贤县的一小半。在漫漫历史长河中,军山湖经过沧海桑田的变化,周边地区自然会出现一些人物,发生一些事情,也确实留下了不少故事。我根据地方志相关家谱史料,并结合民间传说,记录了与罗溪镇、三阳集乡、池溪乡、民和镇、三里乡、锺陵乡相关的几则有趣的故事。这里,按照故事发生的时代顺序,叙述如下。

一、山东曹家塔岗岭

"先有塔岗岭,后有山东曹,过了三百年,才有进贤县。"这真不知是从哪朝哪代以来流传于进贤县罗溪乡间的民谚。罗溪镇山东曹家村民,为自己的祖先在进贤开基立业有一千多年的历史而倍感自豪。

塔岗岭与山东曹家来历的故事,不仅流传在罗溪镇附近地方,也记录在1946年的《曹氏宗谱》上,甚至明清两代迁徙分居于湖北、湖南、河北、辽宁、河南等地的山东曹氏后裔各支的《曹氏宗谱》上,也有同样的记录。相传唐贞观年间,为满足社会发展需要,开明君主李世民倡导从民间举荐部分人才,充实教育。原籍山东曹县隆兴里的文士曹端礼,被推举到洪州府任学政,主管一方教育。在洪州府学政任上多年,曹端礼忠于朝廷,恪尽职守,为人师表,为地方培养了不少人才。然而凡人终归要老,做官也得致仕还乡。曹端礼功成名就,衣锦还乡,回山东老家。地方官府自然配备轿椅送行。曹端礼坐一乘四人肩抬的木制轿椅,出洪州(南昌),走旧时官马大道,经向塘、梁家渡、泉岭冠,两日两夜,奔波到罗溪,路上虽有四处驿站歇息接待,却也颇感疲惫。当曹端礼一行到达罗溪街东北一低矮丘岗时,轿椅后面的轿杠脱落,轿椅跌落地上,四个轿工全部双脚跪地,坐在轿椅中的曹端礼更被震得全身麻木。幸无大碍,曹端礼干脆下轿,看看风景。这塌落轿杠的地方,正好在丘岗顶上,放眼四望,平畴沃野,一派郁郁葱葱的田园景象,不远处一泓清水,辽阔无际,碧波荡漾。"好地方呀好地方!"曹端礼全然忘记了刚刚震得麻木的腿脚,三抚长髯,无限感慨:"半生劳顿,总也算不枉朝廷信赖,为官多年得些许功名,也是书生本色,今日告老还乡,还烦官府千里迢迢派人相送,真乃劳民伤财无必要;更何况此处山清水秀,不如就落地生根,在鱼米之乡的江南,繁衍生息,打发日后良辰美景,最为上算……"曹端礼爽快利索,打发四名轿夫及护送人员抬着那乘轿椅返回洪州府;自己则老老实实,在丘岗岭东北近处的破寒窑里安顿家眷,权作搭起了一个家。毕竟故土难忘,曹端礼把这处新安的家,称作山东曹家,以示不忘自己的祖先在山东。

山东曹家村唐代早期由曹端礼开基,南宋时期已传至十三代,是进贤境内的一个名门望族,且"曹"是进贤境内各姓宗谱有记录最早的一个姓氏。现在的山东曹家村,有千余年前古樟树一棵,明代水井一口,清代民居、宗祠五幢,清代至民国陶窑七眼;村西南塔岗岭前一大片宋代以来的曹家墓地,也是曹氏家族的祖业和文化遗产;县城后街的清代曹氏宗祠,属于整个进贤曹氏的祭祖场所。以上各处各项曹氏文物古迹遗存,都是进贤县县级文物保护单位,受到政府保护。更有意思的是,山东曹家1946年《曹氏宗谱》记录的曹端礼南宋十三代孙曹孝庆,是清大文豪曹雪芹祖先。对红学界多年认为的曹雪芹是北宋开国大将曹彬后裔的讹传来说,这部《曹氏宗谱》算是正本清源的历史文献。

塔岗岭的来历,就是曹端礼坐轿椅,在这里"塌掉了杠子","塔岗"为谐音。山东曹家的来历,就是因曹端礼在这里定居念祖。这里还要特别提示一下,红学家冯其庸先生在利用辽宁铁岭文献资料研究曹雪芹时,误以为内中"山东曹家"是山东省的曹家,而不知是进贤县罗溪镇的山东曹家村。

二、王象之谶语应验

在宋代进士王象之的地理学著作《舆地纪胜》江西部分里,有"日月湖明将军出,石人滩合状元生"对联一副,实际上是两句谶语。这是朝廷命官王象之,在中年隐逸后,致力于严谨的学术研究过程中一个小小的打趣,或许这是他在进贤民间采访到的一个谣谶,故而录入,聊以自慰而已。然就是因为这个调侃,竟引发了后来军山湖畔"石人滩旁舒梓溪状元生"与"日月湖边傅宏烈将军出"的真实故事,即在三百年后的明代正德十二年(1517),诞生了进贤历史上的第一名状元舒芬;五百年后的清代康熙年间,又让保卫江山社稷有举人身份的傅宏烈将军,为国家抛头颅洒热血。这之后,因为军山湖的事实印证了王象之联中的玄机,所以这副对联作为民谣传播,在我们进贤地区,至少也有三百多年的历史。这里,我就按照对联中的顺序,先讲将军出,再讲状元生。

"日月湖明将军出"。先说"日月湖"这名称的由来。进贤县城由东门桥走水道,往东行约一千米北拐弯,就是幸福港,过颜司桥,再行四五千米,进入军山湖最南端的乌石坑,映入眼帘的有湖中两座小岛,一曰日岛,一曰月岛。因为日岛与月岛的存在,从乌石坑(南)至湖岸对过的南阳洪源渡(北)这一片湖面,顺理成章地,被早先的人们称为"日月湖"。又因为昔时在日岛与月岛活动的南阳人较多,所以这里也被人习惯上称为南阳湖,但历史上日月湖的名气还是比较大。日月湖的名称究竟诞生于何时,或许不得而知,但最迟在宋代就有了。《舆地纪胜》"隆兴府":"日月湖在进贤北十五里。"这就对了,进贤县治确实是离日月湖七八公里的距离。也就是说,日月湖即今军山湖南部的一个湖泊。清初学者顾祖禹所编《读史方舆纪要》,记录南昌府进贤县:"军山湖在县北四十里。志云:县境之水,二湖(军山、日月)最大,而总归于鄱阳湖。鄱阳湖盖浸北山之趾。"这又进一步讲清楚了,军山湖与日月湖同时存在并相连,在北山入鄱阳湖。差不多就在清初这个时候,历史上一贯比较浅而又浑浊的日月湖,可能由于地形下沉,真的"日月湖明"了。傅宏烈将军诞生,不惜生命,为国捐躯。康熙皇帝颁诏"世笃忠贞"。因为谶言应验,傅氏家族及日月湖畔居民建屋,几处还悬"日月湖明"等匾额。十年前义物普查,我将已倒塌傅宏烈将军的"世笃忠贞"屋匾收到了进贤县博物馆。而乌石坑洪氏唯一留下的1920年"日月湖明"老屋,屋主洪涛及村人洪三印这些年稳坐乌石坑家中,向来来往往自发本邑游的人们,讲"日月湖明将军出"的故事。

"石人滩合状元生"。石人滩在南边的日月湖与北边的军山湖之间。石人滩上有石人,那是八百年前宋代的真事。谶言的"应验",在明正德十二年(1517)。实际上石人滩在军山日月两湖之间,只是那滩涂多年隆起,地壳的变化让其下陷,正好那年进贤县只有舒芬一人参加科考,三百年前进士王象之谶言,冥冥中注定要在舒芬身上得以应验,所以进士第一就是"石人滩合状元生"。明嘉靖四十二年(1563)《进贤县志》卷之一"湖"条,把日月湖摆在第一,其下收入了"日月湖明将军出,石人滩合状元生"的内容;在"滩"条下,却只有"石人滩"一个内容;在"渡"条下,石人滩渡则与不远的南阳渡、洪源渡,皆注明"十五都"。之后,石人升天,石人滩也不再有人提起了。因为石人滩离舒芬家居的北山梓溪有十几千米的路途,其地也早在1953年划归南昌县管辖,所以现代北山人都不知道石人滩的具体位置了。

三、昨夜西风凋碧树

宋代进士晏殊(991—1055),字同叔。古临川(今进贤文港沙河村)人。供职真宗、仁宗两朝,官至同平章事兼枢密使。范仲淹、韩琦、欧阳修、曾巩、富弼等皆出自其门下,教育文艺成果丰硕。晏殊一生优游富贵,为婉约派词学创始人。所作多歌酒风月、柔情别绪。笔调委婉,理趣深远,文辞清丽,音律优雅。

晏殊最具代表性著作有《珠玉词》。晏殊词作所用词牌甚多。《蝶恋花》是其代表作:"槛菊愁烟兰泣露。罗幕轻寒,燕子双飞去。明月不谙离别苦,斜光到晓穿朱户。 昨夜西风凋碧树,独上高楼,望尽天涯路。欲寄彩笺无尺素,山长水阔知何处。"这首词的本意是抒离别相思之情。词人把秋天的景致展现得淋漓尽致,借人与燕的孤独与双飞形成反衬,使景与情得以和谐交织。在此情况下,又经长夜的相思之苦,走出卧室,登高远望,独上高楼自然眼界开阔,仿佛天边路的尽头也一览无余,昨夜难眠中听到落地的风叶声情尽收眼底,"望尽天涯路",寄情相思远方的人。"无尺素"怎奈"山长水阔"。真令人感慨万千。这首词的内容丰富,意境幽远,令人遐思。

我想起范仲淹《宋仁宗敕赐江山第一楼记》。在这篇文章中,范仲淹借其小两岁之师长晏殊口吻,说到晏殊的家乡江西,仿佛眉飞色舞,又得圣上旨意,怎不兴高采烈。那是庆历二年（1042）二月春天，时年五十有二的北宋丞相晏殊得以清闲，谈论山川地理和风景很是为居家抚河的清流和对岸的华盖山（即现在对岸丰城县300多米高的株山）而兴奋不已。或许晏殊就在抚河边上自家的江山第一楼里，看到了这样的景致，产生了这样的思想，留下了《蝶恋花》这样的锦绣词章。

我又想起王国维的三重境界之说。王国维是中国近现代文化的一个天才。他从宋代的词章里，拿来了晏殊、柳永、辛弃疾三位的各一阕词，如柳永《凤栖梧》："伫倚危楼风细细，望极春愁，黯黯生天际。草色烟光残照里，无言谁会凭阑意。　拟把疏狂图一醉，对酒当歌，强乐还无味。衣带渐宽终不悔，为伊消得人憔悴。"《凤栖梧》亦作《蝶恋花》，为同一词牌的别名。同样为怀念恋人之作。只是王国维在对柳永这首词中句子的取法三句变两句有所不同罢了。省略了前句的"对酒当歌，强乐还无味"，然愁苦不能排遣，所以由"昨夜西风凋碧树，独上高楼，望尽天涯路"的第一重境界，过渡到"衣带渐宽终不悔，为伊消得人憔悴"的第二重境界，也是非常自然的事情。王国维进而又跨进辛弃疾文化精神思想领域，从其《青玉案·元夕》"东风夜放花千树，更吹落、星如雨。宝马雕车香满路。凤箫声动，玉壶光转，一夜鱼龙舞。蛾儿雪柳黄金缕，笑语盈盈暗香去。众里寻他千百度。蓦然回首，那人却在，灯火阑珊处"词中，以一君子观元夕的灯火，无意中见到了独立于"灯火阑珊处"之女子的喜悦，仿佛达到了人生最美的理想目标。王国维以外化而开去，权作人生读书做学问三重境界的安顿，以至被现代学者推崇。

由之，我再三想起晏殊故乡的我们，今天理应为"昨夜西风凋碧树"之人生理想境界的开场而活学活用。晏殊、柳永、辛弃疾三位高格调高品质的宋代南方词人，竟然被八九百年后的王国维用掉书袋的方法，而各取一阕的某几句，连缀成篇，借爱之情愫过渡到人生读书学术理想高度，确实是有过人之处。这三位词人都在一个半径范围不过几百里的江西福建连绵地带，也算是奇缘了。而对我们江西抚河流域的临川进贤晏殊家乡人来说，则更应该活学活用而急起直追。首先，就从我们人生的第一重境界开始"昨夜西风凋碧树……"晏殊家乡不是有宋仁宗敕赐江山第一楼吗？江山第一楼不是我们可以独自徒步登高的台阁吗？登高远眺的地方，不是可以"望尽天涯路"而产生美好理想的地方吗？所以临川进贤之学子，大可借助这得天独厚的条件，向着美好的爱情或人生学术，去勇往直前，劳其筋骨，不畏艰辛，或许千八百年的灯火阑珊，照耀到今天，就能发现那美人或那美事。这又自然让我们进邑学人，喜不自禁，吉祥无边了。

四、蛤蟆墩（屯）的传说

江西进贤县罗溪镇西侧2.3千米处是罗岭文家村。200多年前的清代乾隆年间，本县二塘乡潭津村文天祥后裔、进贤大宾文思雄堂兄迁入现在蛤蟆墩西南边的原村落遗址居住。迁居不久的乡贤文思雄堂兄，看到望夫岭北边600米处的青岚湖中间，有一片风景优美又面积不小的草洲，他就主动到湖边几处村庄，打听到这草洲原来叫（癞）蛤蟆墩，又听说百余年前的明末清初，这里有一个叫朱耷（八大山人）的隐士，还在这草洲高处建有一茅屋画室曰"东轩"，八大山人也曾作《芭蕉》图，有题识五绝起首"点笔蝦蟆屯（文注：屯同邨，即村）……"（见《八大山人全集》卷一）。这之外，文思雄堂兄还记录了"癞蛤蟆想吃天鹅肉"的故事，在罗岭文氏族人中代代相传。清代中期往后，这"蝦蟆屯"草洲，逐渐被青岚湖北面风浪冲涮，几幢茅屋也就消失。2018年86岁的文炳千先生（2020年逝世），给进贤县文化馆干部讲述了《蛤蟆墩（屯）的传说》。

相传远古时期的一个春天，一只雌性白天鹅因故受到伤害，无法与同伴飞回北方，就独自留在连绵数里的罗溪罗岭北侧、青岚湖南端草洲湿地养伤。因为足翼不便，觅食困难，饥饿难熬，瘦骨嶙峋。这期间，正好一只丑陋但健硕的雄性蛤蟆，天天在白天鹅巢边蹦蹦跳跳，觅食嬉戏，看到白天鹅窝在草丛一动不动，就有意识地靠近，见美丽的白天鹅血染羽毛，足也骨折，即动怜悯之心，知趣地用自己口中的黏液舔舐白天鹅伤口，又找来禽类吃食，一连几天悉心照料，使白天鹅体能很快得以恢复。其实，这雄性蛤蟆第一天就发现美丽的白天鹅是雌性，就主动有意识地示好，尽力以自己真诚善良的义举获取白天鹅的爱恋。其实这只美丽的白天鹅也知道丑陋的雄性蛤蟆用意，实在是你来我往，真情善意,让他们这对异类,在青岚湖草洲陷入了爱河。

这件事传到了玉帝那里,大怒曰:"哈,这世上还真有'癞蛤蟆想吃天鹅肉'的事!"于是玉帝定下一条天规:天鹅怕热,只能生活在冷的地方,夏天必须返回北方;蛤蟆怕冷,无法生活在寒处,冬天必须冬眠。这样一来,蛤蟆与天鹅,生生不能相见,只能是南北相思。又一个冬天来了,痴情的蛤蟆想见天鹅,不想冬眠,一直坐在青岚湖边守候天鹅出现,最后化成了一座小山,当地人称为蛤蟆墩。于是,每年冬天,天鹅都会如约来到蛤蟆墩,在蛤蟆墩前唱歌跳舞,诉说衷肠,千年不变。

进贤,真是一个神奇的地方。进贤成名,缘澹台灭明因貌丑来江南讲学,受人尊崇而被孔子留下"以貌取人,失之子羽"的典故。二塘出人罗溪生事,又因(癞)蛤蟆与天鹅谈情说爱,留下了"(癞)蛤蟆想吃天鹅肉"的典故。而且这两个典故,在今天进贤社会文化发展中继续发扬光大。

五、江万里龙舟竞渡

军山湖北面梅庄焦埠铁炉坑南旁湖边,有竞渡亭。宋代诗人江万里有《竞渡亭记》,曰:焦氏始祖宽,山西太原人,中陈亮榜进士,仕至参知政事,出守江西,没于官,遂家钟陵之橙柴。二世敬,三世沃,相因居之。至四世丽,字公华,文龙榜进士也。元侵宋,急,是年焚其居。迁铁炉坑之西岸,下瞰军山湖。湖有湾,名竞渡。先生游,感于中,亭因作焉。五月五日,观龙舟,吊屈原子平也。适其时,万里过,延而久之,叹曰:"地有是名,亭因以作,岂偶然哉?予请得而述之。"夫亭以竞渡作者,必每岁端阳,集乡里乡族、朋姻之知趣者,于此为抚景伤怀、感物生悲之一度。斯时也,舟象龙形,飞走波涛之面,回杨柳之阴。旗招鼓击,挽子平之魂也;低唱雄歌,叙子平之事也。迎之者,锦色红黄;祀之者,酒香远迩。平何以得此哉?忠爱激人心也。虽然汨罗之魂可能挽而到军(山)湖之上,强楚之事可能叙而为今日之情耶?是平有千万世之忠愤,楚不知而水知之;先生有千万世吊平之悲,楚与水皆不知之。惟竞渡之亭,所以表而出之也。昔人卢肇有诗,云龙舟夺锦标,比意在状元及第,而不在于平也。先生亭固为吊屈原作,观龙之时,亦岂无肇意以期待后来子孙耶?故推而并及之。

我们梅庄焦埠铁炉坑旁不远湖边的竞渡亭，不是有故事吗？江万里文中的焦氏之焦丽，字公，华文龙榜咸淳四年（1268）进士。焦丽属其先贤参政焦宽之四世孙。参照梅庄《焦氏宗谱》，焦氏在宋代已形成进邑文化家族。诗文名家江万里，骨子里自带英气。与焦氏善，一日，感军山湖焦氏与邻族龙舟竞渡，扬屈子精神，而名篇千古流芳。弘扬中华民族积极向上精神，是江万里文章的主题。然龙舟竞渡本身，自然也掺杂着军山湖畔各姓氏族民为生活争相进取的精神。焦氏族人告余，进贤军山湖，泓清水辽阔，湖畔农业发达，湖中水草丰盛，自古以鱼米之乡而著称。湖畔栖居黎民，多发自北宋。农耕渔捕，向为两主业。军山湖北畔有焦氏、邬氏、万氏、徐氏、后氏、陈氏、胡氏、陶氏、晏氏等族民，为了争夺军山湖水域捕鱼权，各姓族之间历代纠纷不断。湖畔北端焦氏集中居住人口较多，与湖畔西北万氏人口旗鼓相当，自然形成历史上渔民也较多，且焦氏与万氏两姓民风彪悍，又因两姓在湖中捕鱼作业区界很难明确，故而常常引发打斗。湖区各姓渔民，端午龙舟也是娱乐。焦氏因人口多、地势便更胜一筹，因之最早在自家门口建竞渡亭，水中为自家喝彩，也往往旗开得胜。水中龙舟锦标，除万氏也会少量取胜外，其他姓氏几乎极少有胜算。正因为焦氏在军山湖北边具备文武双全能力，所以焦氏建竞渡亭先有江万里写文章，后有赵孟頫题匾，其实也是焦氏有意识借屈子之势为自家喝彩的另一种显示。

焦氏除有江万里《竞渡亭记》外，焦埠村内的铁炉坑、村中明代的麻石圈水井同样非常有名。

本文收入2022年8月江西高校出版社出版的《大美军山湖》

南箕峰纪事

南箕峰，俗称石灰岭，位于进贤县东北部的锺陵乡。苍茫洪荒，二十八星宿之一的箕星，天文应对地理，赋予南箕峰一带之古地名有三：曰龙冈，曰南城冈，曰五龙峰。南箕峰为制高点。这些进贤境内历史最悠久地名的由来，同时亦不乏人文因素。

清康熙《进贤县志》卷之十八《丘墓》载："周，彭祖墓，《图经》载在县北百里。""汉，王陵墓，在二十二都南城冈。""汉，夏侯胜墓，在二十二都五龙峰掩军祠后。"远古之百里，等同于今之六七十里，彭祖魂归之所，即南箕峰也。二十二都，包括昔之潭津乡南箕峰也。三千至两千年前的三位高贵异人，皆葬于南箕峰。南箕峰不愧锺陵（今进贤）最早记录的山水名胜之地。又有清同治《进贤县志》之《进贤县境图》中，在二十二都地带赫赫绘有石灰岭、栖贤山，此乃东半进邑大地两座名山矣。或许是五百年前的明代即在南箕峰取石烧灰的缘故，地名以石灰岭代之，南箕峰之雅称不免还一度被冷落。关于五龙冈，近旁胡家人传说那里葬了古代的五个王，当然这无可考证。至于清康熙《进贤县志》中记录的"南城冈"与"五龙峰"两处山名，与民间叫法中的"南城峰"与"五龙冈"，其实是一回事。如民国早年的地方乡贤、教书先生吴杰仁（字寓农）1924年写过的一本《进贤乡土记》载："民国七年，土人胡双桂，在南城峰下锄地，得一碑。碑义云'朽墓之人胡双桂'。桂见之，大惊，急以土掩之。问诸人，无知者。以问予，愚按夏侯习《尚书》，精通'洪范五行'，则此或夏侯先生之所为者。"1989年版《进贤县志》第五章《文物·名胜》记录进贤县境内的五处风景名胜，其中有两处在南箕峰，一曰南箕峰及其顶端石柱，一曰五龙峰边上的掩军祠。这些南箕峰（石灰岭）历史文化的记录，又是多么流传有绪和丰富多彩啊。

南箕峰的来历,在锺陵进贤一带更有民间妇孺皆知的故事。相传古代八仙之首的铁拐李一次劳作时,从现在的锺陵衙前香炉观一带,挑土经小天台山（今栖贤山）往信江下游草洲作挡,以挡住来自鄱阳湖的水患。铁拐李肩头挑着沉沉的土担,由南往北,优哉游哉地行走在高低起伏的古锺陵大地上,刚刚走过小天台山,长长的檀树扁担忽然塌落,两只簸箕不慎倾覆,故而自然形成两座相距三千丈又形状相似的山峰：过了若干年（当在晋太康元年锺陵置县之后）,有好事者才称西边一座为锺陵南箕峰,东边一座叫余干禾斛岭。再说神仙也会摔跤呀。那次铁拐李在肩头扁担塌落的同时,身体失去平衡,一屁股坐下去,就变成现今从栖贤山往北至我老家潭头嘴东一个不深不浅面积约两三万亩的杨坊湖。那挑土的肩担呀,就也不听使唤,被抛掷出去老远,在信江下游西南侧一弯道上,划出了一条沟,叫肩担港。这样,南箕峰与禾斛岭两座仙山,犹如姊妹,隔信江杨坊湖遥相呼应,两千余年以日月传情。回过头再说那铁拐李呢,便不再继续往鄱阳湖挑土作挡,认为此地神奇并有灵仙之气,便隐居在南箕峰（其时还没有南箕峰之名）顶偶然生成的擎天石柱（俗称石灰岭石笋）旁,简简单单地搭建一座近似茶寮的茅舍,曰法幢寺,假以栖身,潜心传道,烟云供养,不亦乐乎。这座锺陵进贤历史上最早的寺庙,为什么被铁拐李称作法幢寺呢？就因为那高高的南箕峰石笋,下大上小,还仿佛有八面九个层级,八九七十二个层面上,又隐隐约约布满了凡人看不懂的经文,形状极似元始天尊老子的道德经幢,所以铁拐李称其为法幢寺。铁拐李栖身法幢寺修道传法,真也在在显灵。后来有一天,石笋旁五百步南城冈与五龙峰之间,突然升起一股妖气,正好和东来的紫气相冲。铁拐李不紧不慢,朝着东方,轻轻地顿了一足,踩成一方圆九百九十九步、深九丈的大坑,坑通喀斯特石窟,石窟又通地下暗河。后来紫气又显灵,因此石窟四周密林中,常年生长着紫色灵芝。

南箕峰显灵,好像是有历史使命的。故事继续往下。到了一千多年后的元末,朱元璋与陈友谅,各欲称王称霸,争雄天下,决战鄱阳湖。一次,朱元璋失利,被陈友谅追赶。落荒而逃的朱元璋,无奈钻进这南箕峰旁藤蔓缠枝、飞鸟倒挂的溶岩石窟洞中,只好任由天命。朱元璋刚一入洞,倏忽间,近旁一棵巨树上的蜘蛛王显灵,调度成千上万只蜘蛛,即刻织网,封闭洞口。待陈友谅带兵赶到,见此状,以为洞内不可能有人,因此让朱元璋躲过一劫。后来人们说,"蜘蛛","知朱"也,意即蜘蛛庇护了朱元璋。大明王朝建立后,此地被好事者建掩军祠以祀;还说南箕峰附近从来没有王姓而只有胡姓居民,实在是因为此地有王者之气,所以才称其地名为王家窟。这样看来,王家窟成名的说法,也有六百多年历史了。

南箕峰及近旁王家窟诸事,凡此种种,官府史载,黎民传唱,千百年来,不绝于耳,真乃"山川聚秀""玉蕴山辉",毓秀锺陵,风水宝地也。这里需要记录的还有"山川聚秀"和"玉蕴山辉"。这是原南箕峰南边不远的胡家村建于清代乾隆十八年(1753)与道光十三年(1833)两幢民居建筑的石匾上的文字,说明过去建屋嵌匾,既要讲究风水地理,还要考虑当地物产。进贤东北部地区,相对于进贤西南地方,无论过去还是现在经济都要落后许多,锺陵石灰岭往二塘一带,民间传统建筑质量都不高,有如此清雅匾额的大屋更是少见。当然,大屋的主人也不简单,如"山川聚秀"的屋宇是清乾隆儒士胡仰廷父亲所建,"玉蕴山辉"一处则为胡仰廷儿孙手上的产业。胡仰廷自己,教书育人,为人师表,深得乡人爱戴,也很不简单,然三十岁不到就撒手人寰,抛下二十一岁的美丽妻子。遗孀多年恪守妇道,又为乡人称赞,因此在清乾隆六十年(1795),由清廷要员苏凌阿、福长安、陈淮、万宁等呈报,为胡仰廷妻杨氏在锺陵桥西侧,建六腿等腰式两层楼阁状"节凛冰霜"坊一座,坊前横梁亦刻"旌表儒士胡仰廷之妻杨氏节孝坊",这也等于为胡仰廷留名。清乾隆至嘉庆年间的人物胡仰廷的家族,从父亲到儿孙,在锺陵南箕峰一带,两三百年来都有故事传诵。胡仰廷之妻留下的牌坊,因为形制别样,工艺精湛,极具江南特色,人文价值突出,被公布为江西省省级文物保护单位,受到较好保护。可惜的是,胡仰廷家族两大屋宇在民国时期被毁坏,但两方石匾现被石灰岭一雅士重新利用,让钟灵毓秀之文化,在南箕峰继续发扬光大。扯远一点,唐代诗人常建描述的"曲径通幽处,禅房花木深"的景象,安放在南箕峰王家窟一带,倒也合适。今天的南箕寺不谈,那王家窟北面两百米丘冈上的掩军祠,近旁胡双桂村上人说,是明代早期建筑,历来为胡姓人所建。1958年被毁前的青石柱础为莲瓣状,木柱粗大,穿枋门窗无雕饰,原址现存有四面墙沟及明清两代的破碎瓷器等物。可以说，从元末到明代，又经清代至民国，好像胡姓人几百年都在点缀着锺陵南箕峰的文化。

丘冈幽谷连绵的锺陵地带，南箕峰形成于亿万年前的第四纪冰川时期，峰顶掺杂诸多海洋生物化石，足以证明其地貌年代之久远。四十年前，我看到高不过三十丈的南箕峰，一山突兀，傲视群雄，仿佛以"玉在山而草木润，渊生珠而崖不朽"的气概，装点于烟波浩渺的军山湖滨、蜿蜒曲折的信水河畔，护佑着鱼米之乡吴头楚尾的吉祥安康。更有那南箕峰顶一柱冲天且"年年会长"的石笋。还有那屹立于石笋顶端常年散发芬芳的劲松，朝着东南方，虬枝如盖，高耸而风，蔚为壮观，煞是好看。紧靠南箕峰东侧，古来一向就是繁华的官马大路通道，宋、元、明三代驿站就设在十几里外信江水道边的润陂市，过去来来往往的各色人等，几乎都有一种同样的心情：远远地就会为看到那石笋而兴奋不已，加快步伐前去；走近了会情不自禁地驻足流连，站在山脚下观察石笋是不是又长高了；一旦离别，则依依不舍，还要不断地回首仰望。回想起来，那进邑大地唯一的雄浑山石啊，确实是我青少年时期的梦中奇境。这绝对不是我的有意夸张和胡思乱想，还是抄录清康熙十二年（1673）《进贤县志·舆地志》"山川"条目下的南箕峰"邑治东七十里，石柱前直高数十丈，势似箕张"几句话，权作一点印证吧。

南箕峰心脏地块的石塘，原先有积水，清澈见底。最近几十年，因为开山取石量大增，致使山窟越来越大，最后打通了深层漏洞，积水才干涸。那一箭之遥被铁拐李顿足而踩踏凹陷的王家窟，倒是从来不积水。相传这一带窟底有洞，洞又直通地下暗河。早先的传说没有科学依据，地下有无暗河也说不定，这一带丘冈下遍布石灰石倒是真的。那六百多年前的英雄豪杰朱元璋，偶然钻进玲珑剔透的喀斯特地貌洞窟，呼吸着两三里外军山湖畔起于青蓣之末的凉风，我仿佛也能体会到他的心旷神怡。南箕峰与王家窟植被繁茂，几百年的乔木灌木掺杂互生，更有那来自山中的阔叶林与针叶林，落叶与不落叶树种皆有，如株、枫、樟、松、杉、檀、柘、栎、榆、梓、籽、漆、楮、荷、栗、柿等几十种，其中够得上古树名木的也不下十余种上百棵。灌木、药材和野草品种，更是不计其数。因为良好的生态自然环境，南箕峰一带的食草野兽如鹿、獐、麂、穿山甲、野兔、野鸡非常之多,鸟类有百余个品种,俨然一个长年生生不息的植物园和动物园。另外,南箕峰下西南面五百米那棵六百余岁要五人合抱的香樟树,高大、粗壮、茂盛、美丽,据说也是朱元璋时期的"圣物",被现在当地的人们奉若神明。或许缘于大香樟树枝繁叶茂又有灵气,据说在清代乾隆年间一高道相中了它,"因树为屋"建寺庙,也曾经庭院深深,然于民国早年毁坏不存。现在南箕峰前的大香樟,是石灰岭植物王国中的"树王"。更好玩的,是今年七十五岁进贤地方研究鄱阳湖与朱元璋文化的杨寿泉先生,说南箕峰的蜘蛛是"朱",状如元始天尊的石笋是"元",樟树是"璋",合起来就是"朱元璋"。

  1949年新中国成立之后,百废俱兴,人民政府对以南箕峰为核心的锺陵石灰岭风景区,进行了一连串的利用和建设:1957年,进贤县人民政府响应中央号召,建设了国内第一批的国营进贤县石灰岭综合垦殖场,接受部分干部下放劳动;第一批使用英国进口拖拉机;第一个办养猪场,采取开荒种植与养殖并举,成为进贤县第一个国有粮油棉猪生产基地,尤其是本地黑毛猪,一度闻名遐迩,并被推广。1969年初,在南箕峰山南及其大樟树旁一带,以传统农业生产方式,并使用四轮拖拉机、履带拖拉机、手扶拖拉机、插秧机、收割机、抽水机、扬场机等农业机械设施,种植水稻、棉花、蔬菜、瓜果等,其中培植的西瓜和番茄很有特色,引进的一种非常适应石灰岭栽种的红薯甚至还成为地方名品。1971年,进贤县林业局派遣林业技术干部,招收林业工人,设立国营进贤县石灰岭林场,以植树造林(杉树)、美化环境为主,兼事农业种植。1973年,由进贤县农业局派遣农业技术干部和招收农业工人,设立国营进贤县石灰岭棉花原种场,从事棉花种植和棉花品种研究,少量种植水稻。这些机构的设立,在石灰岭风景区南侧约五平方千米的地方,留下了道路、门楼、办公楼、宿舍、水井和一些水利工程等遗产。但所谓石灰岭顶端的南箕峰石笋,在1978年至1985年间,被井山打石烧石灰的破坏者炸碎,使进贤历史上这道最为古老而美丽的风景彻底被毁。我1972年参加工作,进入国营进贤县石灰岭林场当林业工人(即拿工资的农工),石灰岭是我的第二故乡。南箕峰与几千米外我那被毁的故乡潭津渡一样,有永远铭刻在我心中的乡愁:因为我对曾经在这一带不过三百天的劳动与生活充满了眷恋,我对石灰岭的一草一木、一砖一瓦充满了感情，我对南箕峰石笋非常熟悉，充满了由衷的向往。我以为，那炸碎南箕峰参天石笋的行为，无异摧毁了进贤一个标志性的文化符号，我今天仍然为那被毁的石笋而感到无比忧伤和愤慨。

今天的南箕峰，虽原本高耸云端的石笋不再，然山顶一组高低参差的小石笋还在，山间林木依然挺拔苍翠，山中甘泉一样绵延流长，山林惠风照旧清爽怡人，山珍异草更加繁华争艳。因为南箕峰的位置正好在军山湖与杨坊湖两湖泊之间，空气湿润，又有这地块连绵的山峦屏障，抵挡一些北来的风霜雨雪侵浸，故而藏风聚气，恰到好处，适宜区域物种互生。还有那土地上、树丛中、空气里常年响起的蝉鸣，悠远韵长。

曾经的神仙洞天，八百岁高寿彭祖安顿灵魂的福地，当下如何呢？真乃苍天有眼，如清末学者翁同龢"每临大事有静气，不信今时无古贤"一样，人类历史的造化，和绵延的文化塑造不绝，一定会这样循环往复。或许冥冥中就注定要有那么一个安安静静的人，会在21世纪显现。不是么！就真有这么一个汉子，如同往昔"年年会长"的南箕峰石笋。他是农民，自号"南箕山人"，也是诗意栖居于"巷里人家"的艺术家，虽骨子里也像李白般"一生好作名山游"，然南箕峰春天的竹笋，夏天的莲荷，秋天的蟋蟀，冬天的朔风，那五柳先生陶靖节般的桑梓情怀，也让他无论如何不忍舍弃"结庐在人境，心远地自偏"和"桃花源里可耕田"的气度与潇洒。他就是被人称作锺陵乡贤的于志勇。陶诗中"方宅十余亩，草屋八九间。榆柳荫后檐，桃李罗堂前。暧暧远人村，依依墟里烟。狗吠深巷中，鸡鸣桑树巅"的图画般情景，于志勇仿佛无意间地全然照收，且有过之而无不及。被于君现在开发利用的，还有如在南箕峰西、北两侧万亩湖汊植稻，三千六百亩沼泽种荷，九百亩樟桂丛中养禽。大地风景如何秀美不说，仅在这一块一万五千亩的土地上，凡所出稻谷、莲藕、鸡鸭，更有那禽蛋及四季时鲜菜蔬，无一不是江南富硒宝地农副产品，斯有益天地人和睦共存矣。当吃过许多米谷，见过无数景致，并在生命的年轮画过一个甲子圆圈，再回首思量人间冷暖，我想，即便所谓的天堂，比较南箕峰，亦不过如此尔。于君雅致，不仅仅在早些年复建了南箕峰对过的南箕寺，而且由于平日"谈笑未必多鸿儒，往来自是少白丁"，加上他那前七八年从军山湖畔"万亩稻田工程"洗足上岸的父亲于开国,重续文艺情缘,带着南箕峰一众人,不计以二胡为主的乐器优劣,琴弦粗糙,以锺陵地方传统民间小调坐台,自拉自唱,博得乡里喝彩,且制成影像,给日渐清冷的农村生活留下昔日的欢快。奇怪的是,这位农民艺术家于开国,还能简而不陋,土而不俗,弹奏的《高山流水》《梅花三弄》《春江花月夜》《二泉映月》等名曲,或低回苍凉,或慷慨悲愤,在现在的进贤民间,登台表演,也算像模像样。虽然不敢说于开国的班子音乐水平多么高超,但他们的弹奏,也仿佛迎合南箕峰密林松涛深处发出的天籁,令人神往。于开国作为今天南箕峰民间艺人的一个代表,传承与发展着南箕峰的人文艺术,也算是在不断地美化着这处自然的风景。

然最为难能可贵的,是"君子和而不同",继承传统文化又不忘创新。于志勇欲在南箕峰顶旧存一组丈余石笋边侧,向着东南方,呼应信江对岸余干禾斛岭之手足同胞,建南箕亭,并假杭州名胜楹联一副,刻于亭柱:

大好湖山正宜画阁留云琼台邀月;

无边风景还待雄文纪胜绝唱传神。

丙申仲秋,艳阳高照某吉日。一伙乡土文士雅聚,踩点数处遗迹,欣赏过民间艺术,又面对这"大好湖山"和"无边风景",在南箕峰,我们心潮澎湃,无限感慨。余虽肤浅少才华,却也生情洒脱,附庸风雅,借景寄情,企图和韵而窃前贤句以续,即兴撰联一副:

弄琴弦跟班开国[1],切意串情,聚巷里人家弹奏《二泉映月》,悲戚戚"绝唱传神";

描素卷景行志勇[2],披荆斩棘,登南箕峰顶俯瞰"一览众山",喜滋滋"琼台邀月"。[3]

借古喻今,此乃天上人间,黑夜白天,大相径庭。这真是一道人间美景啊。我想,仅凭这些,就值得熙来攘往人生道上的君子小人各色人等,结伴同行,到南箕峰领略俊秀英姿,追溯历史风采,品尝时鲜美食,集天地人之所有灵气,并让我们与湖山风景一道,共同散发出盎然的勃勃生机。

关于南箕峰,老文曾企盼雄文纪胜,今凡一旦成稿,却唯恐贻笑大方,未知农耕、国功、国平诸位道兄,以为然否?我想无论如何,纪事拙文,不免在十年磨一剑的"丙申岁梢之寒冬"勉强交卷,权作古之锺陵北部名胜南箕峰顶形似笔架之小石笋旁画阁停云的写照,与今天进贤南边人文景观中国毛笔文化博物馆收藏的明代文笔塔尖上的"文笔"石,还有我们的《文笔》,和万千亲朋好友,隐隐约约地说一声:再见了,再见!

2016年12月12日

有删节,刊发于2016年12月邹农耕《文笔》杂志

注解:

[1]开国,志勇之父,原锺陵人民公社巷里大队党支部书记,锺陵南箕峰万亩水稻田工程创建人,江西省劳动模范。现任石灰岭地方器乐演奏团首席,擅长二胡。

[2]志勇,即于志勇,现锺陵乡巷里村党支部书记,南箕峰富硒生态农产品园区创建人并任总经理,农事能手,喜文艺,好鉴赏,富收藏,被人称为"今日锺陵乡贤"。

[3]按联律,这里因父子关系及事情发生顺序而作了颠倒。

戴叔伦·栖贤山·润陂桥

江西省进贤县东北部锺陵乡，即进贤、余干、东乡三县交界处，在一千二百多年前的盛唐时期，有一个叫戴叔伦的诗人，于一片清秀的草甸湖畔边的小天台山隐居，和山前的河道也颇具关联。千余年过去，这里的山早已更名为栖贤山，水也更名为润陂（溪）港，港上还架有润陂（溪）桥。栖贤山是进贤的历史文化名山，润陂（溪）街也是进贤历史上的边塞要津，官马大道上的一个驿站，润陂桥更是进贤的历史文物古迹。真可谓千古诗画戴叔伦，地以人名，人以地传。这里，就来说说戴叔伦与栖贤山和润陂桥的故事。

戴叔伦，讳融，号玉屏，字幼公。江苏润州人。生于公元732年，卒于公元790年。相传"从小侍父，聪慧苦读，习诸子百家，皆过目不忘"。戴叔伦生年五十有八，在比较短暂的生命过程中，有得志也有失意。他与江西的缘分不浅。他二十六岁至三十岁始入鄱阳，教书育人，利人也利己，并由此取得功名，进入仕途。后离东阳县令再入江西，东阳人为他立"唐东阳令戴公去思颂"碑，得"清官"称誉。五十三岁，在抚州刺史任上，因政绩卓著，德宗诏书褒奖，"加金紫服，封谯县开国男"。五十五岁，因得罪地方豪强而遭谤，是年，自请为道士，隐居抚州北之锺陵小天台山。戴叔伦在锺陵（今进贤）隐居约两年，更是有业绩，有声誉。我想，如果说戴叔伦是继王维后一个田园诗人的代表，那么也与他在小天台山隐逸生活的体验有关。戴叔伦也是古代《进贤县志》中记录最多的人物。

栖贤山，唐代称小天台山，位于信江流域之进贤县锺陵乡西北，离进贤县城约四十千米（旧称八十里）。栖贤山一山突兀，海拔高度只有七八十米，其山主体加上缓坡面积约一点五平方千米。栖贤山过去为什么叫小天台山呢？进贤民间相传，唐代一位药师发现，这山上的中草药品种与类型，与浙江天台山相仿，所以名之以"小天台山"。栖贤山植被极好，可谓古木斑驳参天，新树耸翠如盖，灌木密集繁茂，菇耳俯拾皆是。由于环境没有遭受大的破坏，栖贤山现在还算得上进贤境内的一个生物园，野鸡、野兔、野猪及蛇类等非常多，獐、麂、狐、柴狗、穿山甲等珍贵动物也不少。栖贤山西面为低矮丘陵，南、东、北三面为河港、草洲、湖泊，常年平坦辽远，水清草绿，鱼翔浅底。五代董源故里就在湖港岸边，风景如画，有人以《潇湘图》与之对照，栖贤山仿佛其摹本。

关于戴叔伦与栖贤山，我们要追溯一下他们的过往。从北宋跨至南宋的魏良臣，有《栖贤山访戴叔伦隐处》诗："峰列洪都秀，名贤隐此间。乱烟横古木，啼鸟恋深山。我亦寻诗到，人谁访戴还。高吟今不见，流水自潺潺。"这应该算是我目前所知道最早的直书戴叔伦与栖贤山的古代诗文，而且就地域风貌讲，写得还很不错。作者魏良臣是江苏高淳人，那里离戴叔伦的润州很近，所以他们应该算老乡，有乡谊，加上他们年代也离得不远，所以我觉得这首诗很重要。南宋诗人吕本中《纪栖贤山读书》中，也有诗："迟日欣欣山景妍，携琴吟咏翠微前。行厨烧筝粉铺色，高阁看梅雪白天。午罢抛书曳短杖，雨来拥卷听幽泉。一春洒落韶光足，他日芳杯得复然。"这诗寄情写景，风物如画，大概也是有关戴叔伦在栖贤山读书较早的记录。可惜以后所有的《进贤县志》艺文部分，都没有收入这两篇宋诗的内容，真是一个不小的遗憾。

润陂桥，位于栖贤山南约五百米处润陂（溪）街东，跨润陂（溪）港始建于明成化年间，明万历辛卯（1591）年重修，现桥为清光绪三十四年（1908）再造：桥长五十点六米，宽五点四米，高五点八米；桥平面原叠梁架屋（1954年大水冲毁不存）；桥整体用料为红石，五圆孔四尖翘嘴式破水墩。润陂桥为古代进贤第一大桥，属进贤县县级第一批文物保护单位。润陂桥在1998年的大水灾中部分塌陷，2014年再次严重倒塌，现南昌市文化局正在维修。关于润陂桥的桥名和建造，进贤民间当然也有传说。一直讲润陂桥的"润"字，是锺陵当地士人，为了纪念戴叔伦的功德，以其家乡润州而称之。但古代进贤地方文献，早期没有这方面的记录；到同治《进贤县志》中，才加入这一说法。然"润陂"这个地名却早在宋代朱熹、杨万里、罗必元、张茂昌等历史人物的诗文中就已多次出现，所以有名。朱熹虽有大名，但他的润陂诗特征不是十分明显，这里不录。倒是庐陵杨万里《过润陂桥三首》诗很有意思,这里一并抄录如下。

其一
润陂初上板桥时,
欲入江东尚未知。
忽见桥心界牌子,
脚根一半出江西。

其二
却忆庚寅侍板舆,
过桥桥断费人扶。
重来一见新桥了,
泪湿秋风眼欲枯。

其三
历览溪中有底鸣,
萧然芦叶蓼花汀。
元来轿顶呜呜响,
将谓风声是雁声。

可惜杨万里这样的诗,竟然在明清两代几个版本的《进贤县志》里没有收入。这两年,有着深厚家乡文化情怀在铁路工作的朋友万卿先生,对杨万里写润陂桥的这三首诗作过分析。万卿是润陂桥边人,早在二三十年前就在润陂街区走访过老一辈文化人,了解不少当地过去文化的情况,所有我觉得他告知我的分析还很得体。

我几十年在进贤地方从事文化遗产研究与保护工作,经常走往润陂,当然也有自己的看法。当读到杨万里的这三首诗,首先那里的地理和自然环境我是熟悉的。不是么! 第一首中"忽见桥心界牌子,脚根一半出江西",在润陂这个进贤、余干两县交界的地方(到明正德年间之后又新增一个东乡县,成为三县交界),我感到多么的亲切啊。对于这两句话别人不会有这样的感情,而且因为这不仅印证了润陂板桥的历史,也见证了宋代的江南东路与江南西路在这木板桥上分界,所以说我和万卿两个古润陂桥的相知者,应该是最合适的解读人。

第二首的"庚寅"年份，分明是点出了杨万里上一次到润陂的过往。第三首写润陂桥附近草洲植被的"蓼花汀"，更是我每年春上在桥边欣赏的风景。

明嘉靖四十二年（1563）刻本影印《进贤县志》卷之一载："栖贤山，邑治东九十里。豫章志云：唐抚州刺史戴叔伦曾侨居于此，构明经堂在上。"又载："润陂港，邑治东八十里。源出雄岚西北，流桐（童）家池。"卷之二载："润陂公馆，邑治东八十里。"又载："润陂桥，十七都抵余干界。"卷之六载："戴叔伦，字幼公，润州人。守饶州，移抚州，不之任，请其家居于栖贤山。"明嘉靖四十二年距今已过去四百五十多年，也是我到目前为止见到的有关"戴叔伦·栖贤山·润陂桥"最早的记录。往前，明正德、成化两次编修的《进贤县志》皆不存，推想明嘉靖《进贤县志》有关这方面的资料，来源于这两个更早的前朝版本，应该说其真实性是可靠的。

收入清康熙十二年（1673）的《进贤县志》（第四册）"古迹·宅圃"载："唐抚州刺史戴叔伦宅在栖贤山，今为书院。"清同治十年（1871）《进贤县志》（第四册）"古迹"部分，则对戴叔伦宅与栖贤山的记载更为丰富："唐抚州刺史戴叔伦宅，在邑东栖贤山，后改为书院。今废。"

至于进贤什么时候最早建书院，没有说；但进贤历史上建书院所涉及的人物，第一个则是戴叔伦。从我的田野考古调查实践与地方文献对照，不敢说进贤办书院的历史很早，然戴叔伦那时有教书育人的功德倒是真的。

栖贤山上的建筑，最早的除清康熙《进贤县志》中记录的戴叔伦的宅圃和栖贤书院外，其次就要算清同治十年《进贤县志》中记录的寓阁了。寓阁由万历年间进贤县令黄汝亨［1558年生，1626年卒。字贞父，号寓庸，钱塘（今浙江杭州市）人。万历二十六年（1598）三甲第一百六十名进士，万历二十七年至三十二年知进贤县，为政清廉，清康熙《进贤县志·良吏》有传，别号名之］修建。在黄汝亨离任后的万历三十三年，由其门人金廷璧（万历四十一年三甲第二百零七名进士）主持恢复栖贤书院期间续修。书院寓阁建成，黄汝亨作《栖贤书院记》，枋匾曰"栖贤留胜"，阁后小额曰"小天台"。金廷璧再请饶伸（明万历十一年二甲第十七名进士）与樊良枢（明万历三十二年三甲第二百二十名进士）同作《寓阁记》。在这两位当年进贤地方名士的《寓阁记》中，在在都有念及先贤戴叔伦的情感和当时对黄汝亨的认可,如饶伸的"栖贤润溪,以戴公重山川也;书院寓阁,以令君重戴公也",樊良枢的"先生眉宇之间,有栖贤也""戴公得先生而传其盛,栖贤得先生而传其高"。至于文章的优雅,自不必说。

今江苏金坛(古润州)为戴叔伦老家,其后人戴裕生先生整理的《戴叔伦年谱简编》自然没有戴叔伦在进贤这么多的记录,但进贤地方(甚至包括相邻的余干县戴氏后裔聚居地)民间对戴叔伦的种种传说,至少和明清两代的《进贤县志》记录不少确实是相吻合的。依理,三四百年甚至四五百年前的官修志书资料,应该也是有权威性的。古代平实的记录,有展现历史事实的一面,而历史过程中一些对戴叔伦怀有几分敬意的文人官员士大夫们留下的诗文,则让我们仿佛也能看到戴叔伦与栖贤山和润陂桥故事中的诗情画意。最有名的,当属收录在黄汝亨《寓庸集》中的《栖贤山歌》和《栖贤山八景》诗了。

《栖贤山歌》
我闻栖贤山,右踞润陂侧。
折腰苦逢迎,觌面未相识。
去年苍崖蔓秋草,凌岩直上风萝道。
半面荒余一亩宫,四周回作青山抱。
世人不解称仙翁,千载于今识戴公。
公将北固山前润,沁作西江陂上功。
银章墨绶百城长,枕石漱流卧其上。
溪溪垂钓落珊瑚,树树披襟坐泱漭。
足不离山三十年,樵歌渔唱相周旋。
袖中挟有丹山诀,笔下时飞白云篇。
阮家仙源未为误,武陵移入锺陵路。
棠荫松影两不磨,人世浮云何足驻。
吁嗟戴公安在哉?风流赢得小天台。
虚名兢慕南州榻,胜事争传帝子台。
嗤嗤父老无美恶,于中欲起寓庸阁。
但言江山今古同,那知戴公不可作!

>呜呼！桐乡祠，况山泪，昔人不留今不去。
>
>曾使尧舜无定据，我与戴公等一寓。
>
>胡为皇皇欲何之？惟有清溪，碧山无恙，长此住。

我们平常总是说"诗歌诗歌"，怎么怎么好。我以为，"诗言志"，"歌抒情"，要讲如诗如画，这就是一首真正的好诗歌啊！在《栖贤山歌》中，不仅充分表达了黄汝亨对戴叔伦的情感，而且也画出了上千年前栖贤山的风景。"公将北固山前润，沁作西江陂上功"，所谓"润陂"的来由，这里记录的就是进贤民间的传说。"北固山"和"润州"，不都是诗人戴叔伦的家乡吗？他背井离乡，晚年因无奈隐居栖贤山，教书育人之余，也兴修水利，修桥补路，权以"他乡当故乡"，又家国情怀萦绕于心，只好润陂了！"世人不解称仙翁，千载于今识戴公"，这当然是八百年后崇拜戴叔伦的邑宰黄汝亨深情的慨叹，真是久违了。黄汝亨实际上把后来他所作的《栖贤山八景》诗，也隐约地表现在这首全方位讲述戴叔伦与栖贤山和润陂桥的风情画故事诗中。他从青年到老年，从入江西，在饶州、抚州刺史任上辗转，两袖清风，到后来隐居小天台山，算来总共"足不离山三十年"。戴叔伦为什么到这里隐居？清代两个版本的《进贤县志》都没有记录，我不能无端推测。但我根据蔡惠明先生在《马祖道一的禅学思想》一文中引用《五灯会元》的记录而研究的"唐代宗大历八年（773），道一移居锺陵（属洪州，今江西进贤县）开元寺。这里邻近江西中心城市洪州（今南昌）。"说明进贤的道场历史在江西还算比较久远。还有万卿先生的考证："晚年的马祖道一在江西布道，并到锺陵小天台山弘法授徒，搭建僧寺取名金刚寺，以示对唐玄宗颁行《金刚经》的纪念。适时戴叔伦正好拜见马祖道一，作晚客，遂隐居。"这仿佛与戴叔伦另一首《抚州对事后送外甥宋垓归饶州》句"淹留三十年，分种越人田。骨肉无半在，乡园犹未旋"相吻合，真可谓历尽"樵歌渔唱相周旋"的清雅，或许这埋下的伏笔，在黄汝亨眼里，分明就是在为《栖贤山八景》诗作的引子。这里的风景是多么幽深美好，你看看，诗人三番五次地踏访，竟然会想起"阮家仙源未为误，武陵移入锺陵路"。原来人间仙境，不止一处桃花源，锺陵栖贤山何尝不是？千余年来，这里的风景没有大的变化，至少不少遗迹还在。下面，不妨简单地介绍一下这八首诗。

《栖贤山八景》

《农郊晚唱》：日出荷锄来，日入荷锄去。三唱咏而归，明月照疏树。

《僧寺晨钟》：空山何所为，日高僧未起。一声破诸绿，寂寞从此始。

《茶圃春云》：入山展茶经，我爱陆鸿渐。香风泛绿丛，春云齐片片。

《书台夜月》：古人不见我，幸有竹书在。明月照高台，相对映千载。

《笔峰耸翠》：横看纸学堂，纵看纸文笔。何以万丈长，应有五色集。

《带水送清》：盈盈九曲水，周遭绾衣带。四面碧山垂，一一浮远黛。

《寒沙泊雁》：江云净不流，悽风啸俦侣。杳杳西北飞，和云泊沙渚。

《暖谷鸣莺》：窈窈山谷间，忽然春风生。何来笙簧奏，呖呖啼莺声。

虽然当地的自然地理面貌变化不大，但昔日栖贤山之八景，我们今天不可能——去对应，但其中的几首，我觉得还是很有意思的。一首《农郊晚唱》，立即让我想起唐代诗人李绅那有名的诗句"锄禾日当午"来。农耕社会赣鄱地区典型的农村风景，一直延续到我当农民的一九六六年至一九七二年的青少年时期。还有那"三唱咏而归"的艺术生活，我都非常熟悉，真是千年连绵啊。我甚至还想，李绅在江西做官，到过进贤，留下过《过锺陵》："龙沙江尾抱锺陵，水郭津桥晚景澄。清对楚山千里月，郭连鱼浦万家灯。暂抛双斾辞龙宠，遽落丹霄起爱憎。惆怅旧游同草露，却思恩雇一沾膺。"这是唐代戴叔伦与李绅过锺陵（今进贤）时的环境呀，龙沙江即今天的信江，"龙沙江尾"就是信江下游，龙沙江自今余干县九龙乡往下叫"龙沙江尾"，它"环抱锺陵"在栖贤山下一开阔的杨坊湖歇息，然后"水郭津桥"往下流淌。在鄱阳湖南端"吴头楚尾"的我家乡，"清对楚山千里月，郭连鱼浦万家灯"等一系列美不胜收的风景，当然印入李绅的心里，创造千古佳言。这里谁能想到，李绅实际受到过略略早他几十年的先师戴叔伦的田园诗的浸润。此小有让，同在康熙十二年（1673）《进贤县志》里，收入有戴叔伦《除夜宿石头驿》与《越溪村居》两首诗。诗后有注"越溪，即栖贤山润溪越溪。皆戴公不忘润州之意"。

另一首《茶圃春云》，别有一番风味，在于戴叔伦与陆羽的关系，还有后来我们进贤县境内的锺陵、二塘、南台一片三个乡诞生的"谷雨先"茶。戴叔伦与陆羽，年龄只差一岁，兄弟般的情谊，寄寓在茶中，为兄的戴叔伦竟然开篇直说"我爱陆鸿渐，入山展茶经"。推算，这一定是戴叔伦的晚年了，而戴叔伦的晚年"入山"，又一定是在栖贤山。所以，"香风泛绿丛，春云齐片片"就是锺陵境内的这一片茶园。现在，"茶圃春云"往日的景象，在这一大片区域已很难得一见了。但是，在戴叔伦隐居的栖贤山西北面杨坊湖最北端的二塘乡潭头嘴（见清代《进贤县境图》）我们文氏村落东一片叫做青山的地埂上，仍然保留着一丛一丛的茶兜，这就是进贤过去有名的"青山茶"。青山茶在清明后谷雨前采摘，制成的茶叶叫"谷雨先"，产量不多，据说历史上都是用于进贡的。按照1989年《进贤县志》的记录，青山谷雨先茶有四百多年的历史。这就对了。四百多年前谷雨先茶进贡的首倡者，虽然老新县志都没有记录，但我想那一定是黄汝亨啊！因为他知进贤县，崇拜戴叔伦，又是诗人，会炒作，有话语权，推介进贡地方名品的工作，舍知县能有谁？而黄汝亨对青山谷雨先茶至尊至爱的源头，则无疑是戴叔伦与陆羽了。我的朋友晏峻，号"陆羽茶仆"，多年沉浸于对戴叔伦、陆羽的追慕中，后在锺陵乡间开一间谷雨先茶寮，以此一探先贤诗意的生活。

干脆再说说《寒沙泊雁》这一景吧。过去的戴叔伦，现在的我，虽相隔千余年，但都曾经同饮一江（信江）水，只是公住杨坊湖（信江流域下游一大湖泊）头，我住杨坊湖尾。是啊，人烟稀少的信江杨坊湖畔，冬季寂寞而平静到"江云净不流"，真乃千古不变。更有饥寒交迫中"悽风啸俦侣"那样的情景，让人听着，生出许多惆怅，真真不是滋味。我青少年时期就能感觉得到，珍禽中的天鹅与大雁，在苦涩中的爱的寻找与呼唤，仿佛是天地自然间最凄美的一道风景。黄汝亨见过的或黄汝亨代戴叔伦见过的我也见过，他们能体会的我也能体会。或许这就是诗画与生活合为一体的注脚。还有，无论过去与现在的冬天，都会有数以万计落在杨坊湖四边草洲上的大雁，只要他们展翅一扇，随着那呼啦啦的巨响而"杳杳西北飞"的去处，必然是蓑衣洲、潭头嘴（亦称翰墨嘴）、沙滩垴、童家池一带，也就在我家堤垱外东边或北边一两里湖洲上"和云泊沙渚"，重新在这里调情、嬉戏、啄草根、寻螺蛳，晚上都要嘎嘎嘎地给我们湖畔草洲的茅屋唱歌，带给我这个贫寒少年无穷的喜悦。不管其间的凄苦与美妙如何掺糅，总之还是美。2015年冬至前后，在信江杨坊湖畔几十平方千米的一大片区域，汇聚了全世界近一半至少五万羽白天鹅与大雁，蔚为壮观，锺陵乡贤于志勇站在栖贤山上对前来的记者说，仅凭这一道风景，就足以永远萦绕我悠悠的乡愁。

有趣的是，黄汝亨的《栖贤山八景》诗一出，很快，门人金廷璧以《前题八景》为题，陈良训（万历四十一年三甲第六十一名进士）以《前题八景次韵》为题，分别作了《栖贤山八景》诗。金廷璧与陈良训都是进贤人（金廷璧更是栖贤山西南一千米罗盘金家人），且同科进士，读书有成。门人附和当时邑宰，也是情理中事。当然，最重要的还是因为前贤戴叔伦了。没有戴叔伦先前在这座小天台山的生活和造势，就不会有他身后更名的栖贤山，更不会有《栖贤山八景》诗了。

熊明遇、熊人霖父子仿佛对戴叔伦、栖贤山、润陂桥都有特别的感情。在清康熙《进贤县志》（第四册）"杂志"中，记录着熊明遇于崇祯二年（1629）仲冬宿润陂，由僧法耀指引，寻戴叔伦读书处，漫赋："隐士高踪不可寻，锺陵桥北润溪深。读书台上潇潇景，秀句流传枫树林。弋阳西下楚江天，彭蠡匡庐山水连。驿路停车无限思，林僧指点到栖贤。"同样在这部县志的"水利津梁"中，有熊人霖辛卯年（1591）所作《润陂桥记》。在这篇记文的开头，就注明了润陂桥"在十七都抵余干界"。很有意思的是记文"进贤之东北，导于汝水，汇于彭蠡，厥山曰栖贤，厥陂曰润。其谓之贤者，以唐戴叔伦考槃在焉；其谓之润者，则以丰美之泽于时钟耳"等几句简短的话，即表明了戴叔伦与栖贤山和润陂桥的关联。当然，在记文中还说到润陂桥在明宪宗之前的木舟与木桥及一些地方人士和僧侣的情况。或许因为戴叔伦，熊人霖的《润陂桥记》，在进贤历史上还算比较有名。

熊人霖以《和黄汝亨栖贤山八咏》，也作了《栖贤山八景》诗。熊氏父子二人在历史上是了不起的人物。民国时期江西修《豫章丛书》，进贤县籍被录者总共三人，他们父子都在其中，可见其文化价值。

还有清代康熙乙巳（1665）岁贡江墨的《栖贤山》，乾隆乙卯（1795）拔贡饶梦铭的《和黄贞父栖贤山八景原韵》，道光二十六年（1846）举人焦培坤的

《重至栖贤山》等几首与戴叔伦、栖贤山、润陂桥相关的诗。他们都是清代的进贤地方文人，推算互相都没有见过面，分别已经是黄汝亨去世几十年、百多年甚至二百多年以后人的眼光，再看前头的事，感情跨越时空的阻隔，却仿佛都有同样的先贤崇拜，用诗来寄托各自的文化情感。依我看，这不仅仅有对唐代诗人戴叔伦和对前朝邑宰黄汝亨的追慕，也有对栖贤山与润陂桥的诗意补充，毕竟换了人间，还能风景依旧吗？

今天的锺陵栖贤山乡贤万卿先生，为戴叔伦，为栖贤山，为润陂桥，付出了相当多的心血和情感，整理出了近十万字的资料，殚精竭虑，为戴叔伦、栖贤山、润陂桥的文化鼓与呼，做出了不少新贡献。万卿说，清临川才子李绂晚年一次到栖贤山观瞻，留下一副上联请人答对，直到二百年后的1946年，才由原本是锺陵栖贤山人后来被过继给东乡李氏的李华英对上，联曰：

此贤山八景八仙八方客，孔子庙孟子庙朱夫子庙，儒家思想总有异；（李绂）

彼润溪三府三县三重桥，浪滚里楞滚里紧朗滚里，说话口音各不同。（李华英）

这副对联，是1996年万卿在润溪街还没有搬迁的时候，从这个三府（旧称洪州府、饶州府、抚州府）三县（进贤县、余干县、东乡县）农民杂居的小村里，在广泛进行田野考古调查的基础上，终于找到李华英而抢救到的栖贤润陂文化遗产。这副对联，真好。但是，如果没有万卿这么个有心人，任何人都不能解其妙趣。

当代文人、曾任南昌大学文学院长的文师华教授，则将栖贤八景串成一副对联：

胜景怡情，闲观笔峰耸翠，带水送清，茶圃春云，书台夜月；

清音悦耳，静听暖谷鸣音，寒沙泊雁，农郊晚唱，僧寺晨钟。

千年文脉，八景篇章，诗情画意，堪可吉祥。真乃别有一番趣味。

有意思的是，一个戴叔伦，官场风波失意后，隐居到他乡一处本来不为人知的小天台山，又或许人品、才情、趣味和风景的有机融合，成就了戴叔伦、栖贤山、润陂桥诸多的故事，很自然地为锺陵（进贤）文化立起了的一座高标，真是令人感慨万千。2007年1月23日，戴叔伦后裔戴裕生、戴炳元一行四人，驾驶一辆汽车，由镇江出发，千里迢迢，来进贤（锺陵）踏寻戴叔伦足迹，拜栖贤山，看润陂桥。这里还有一个小小的插曲，也一并说说：那天晚饭后，当戴炳元先生谈到戴叔伦这个家族与我们江西文天祥家族的千年文化因缘时，表现得非常情真，我即出示当代文化大师张中行先生撰并书的"进吾往也青史标名文信国，贤思齐焉碧湖遁迹戴叔伦"九尺长联，戴炳元先生大感兴趣，且立志收藏，还说一定要挂在家乡建造的戴叔伦纪念馆，我看其敬祖心切，只好忍痛割爱了。后来，他们真也将此收入了戴叔伦、栖贤山、润陂桥的历史文献资料中，丰富了千年戴叔伦的文化风景。

这些年，到栖贤山拜戴叔伦的文化调研和文人雅集活动日多，留下不少诗文篇章，丰富了栖贤山与戴叔伦文化，比较突出的，是诗人万海仁君，访栖贤书院遗迹有感：

书院独寻幽迹残，栖贤山麓久盘桓。

鹃啼入耳还生感，花落沾肩不忍弹。

幸有哲人传礼乐，遂教后辈慕衣冠。

迄今白鹤犹相待，未见戴归云水寒。

遥祭千年诗坛文人旧事，我以为这首七律特别值得回味。

我这个戴叔伦一千二百多年之后的乡邻，也写了一首白话诗，附了一张栖贤山和润陂桥的照片，权作风景，寄给广州与杭州，分别刊发在《诗词》与《美术报》上。老文我这里就不怕献丑，把《戴叔伦·栖贤山》"诗"贴上：

戴叔伦·栖贤山

你种茶　　与陆羽对饮

装点青山丛丛绿[1]

你教书　　从王维赏画

绘就栖贤八景图[2]

你砌桥　　同黎民甘苦

繁华润陂千年路[3]

润州老家　　把你当清官

临川才子　　认你作隐士

干越沃土　　随你耕读田园诗

我步趋黄汝亨与汤显祖[4]
频频与戴氏贤人交朋友
其间诸多故事
权当文化遗产再丰富
只缘锺陵到进贤
有一个标志[5]

注：

[1]"茶圣"陆羽曾来栖贤山会戴叔伦。进贤北面杨坊湖青山有名茶，曰"谷雨先"。

[2]戴叔伦栖居于进贤小天台山（栖贤山），后多有文人题栖贤八景诗。

[3]润溪市在栖贤山南五百米，为古代驿站及商埠，2000年毁。

[4]明万历年间进贤知县黄汝亨与汤显祖友善，多有诗文唱和赞戴叔伦。

[5]进贤前称锺陵，相传因澹台灭明、戴叔伦"二贤"进入而改锺陵为进贤。

戴叔伦、栖贤山、润陂桥，这样千年的美景，多数早已远远地消退。即便千年繁华的润陂街市，也在1998年那场洪水之后，由于政府移民建镇，百户居民分别迁移至进贤锺陵、余干九龙、东乡杨桥等地；然这些年在春节的时候，戴氏后人还会来拜祭，心心念念的，是那千年悠悠的乡愁啊。我有点担心，今后还有人丰富、还有人眺望戴叔伦吗？正好进贤县政协副主席夏国平先生，他想做点事，我相信夏先生的情感与能量，并期待着答案……

刊发于2016年6月邹农耕《文笔》杂志

下编　进邑着墨

再谈宋元时期进贤及边缘地方出土酒具与文化

2004年4月14日,《中国文物报》"收藏鉴赏"版封面,以将近一个彩色整版的篇幅,刊登了我的《酒具·酒品·酒文化——李渡酒文化剖析》一文。接着,李渡烧酒作坊遗址成功申报第六批全国重点文物保护单位,又马上被国家文物局与国内其他四处烧酒作坊遗址打包,列入世界文化遗产预备名单。既然被列入世遗申报预备名单,我们地方自然要紧锣密鼓,跟上国家文物局世遗申报预备名单动态管理的步伐,国保文物单位一系列的保护研究工作也要跟上。古酒作坊遗址之间要有各自本身价值的比较,那么作为酒遗址他们之间各自出土的酒具及其文化价值的分析评述,当然会引起我的关注,所以这些年我一直都在搜集酒具方面的文物资料,并且继续做些酒文化方面的研究,看以后能否为充实李渡酒文化陈列馆而提供一些必要的酒具文物与酒文化研究的支撑。

以下就进贤、东乡、临川、丰城四县交界处及南城出土几件宋元时期酒具文物图像举例。

1. 谷仓

谷仓从形制上看,分为上仓盖、中仓体、下仓底三节,通高26厘米。然谷仓器具制作,实际由仓盖与仓身两部分组成:仓盖外底圆径15.6厘米,上部宝塔顶式钮,以上钮为中心,向下有四条作筋成四格三角形,每条作筋上下各有一倒勾玄状装饰,仓盖上部四格三角形内又各有几椽条作筒瓦;仓身上口径12.5厘米,仓身连着的基座深腹筒底径也是12.5厘米,仓身外共有12根立柱(仓门两旁各3根,其他方向等距分置6根),仓门四横格关拦上有点缀"金玉库"三字,仓身与仓基从器形上看连在一起,但仓身与仓基连接处各做成圆弧状以示分节,实则体现一种防水防潮的功能,高高的仓基连接仓身下底的是五级台阶。

谷仓用来装粮食用的。而酒的主要原料就是粮食,所以谷仓也属于酒器具的范畴。左图是一件南宋期景德镇窑系优势青瓷作品。在谷仓类文物器具中,以墨书"谷仓"二字的多见,然在江西地区如此器大形美且点缀"金玉库"的谷仓实属罕见。这种器物之外形,至今至少传承了七八百年。在江西地区宋元出土墓葬中,陶瓷谷仓是常见之物。尤其是赣江以东、信江、鄱江、昌江、乐安江、抚河流域,陶瓷类谷仓器具更加非常之多。再因为江西历来为鱼米之乡,酿酒发达,所以谷仓的影响很大。据我自己所见,一直到1980年前后,我们进贤地方人民公社粮管所的所建的粮仓,都如同宋元瓷器粮仓之翻版。

2. 狮钮壶

狮钮壶一套三件,由托碗、壶身、壶盖组成。托碗高11.5厘米,口径17厘米,底径9.7厘米;壶身高21厘米,壶把至流宽度16.5厘米,口径3.9厘米,底径8厘米;壶盖高8厘米,下口径4.5厘米。狮钮壶一套三件器物合在一起,通高23厘米。

狮钮壶托碗,作碗口沿六缺,碗身六瓣装饰,碗内外有均匀黄色土沁。壶身溜肩浑圆状,流与把都显得细而苗条、秀丽,壶底满釉有五支钉,壶身下腹有三块黏沙。壶盖呈直筒帽式,凸字平顶上部塑一狮成钮。安徽省宿松县博物馆有类似的壶,被定为国家一级文物,这是博物馆何等的光荣。试想八百年前一桌贵宾见主人用此器为自己泻酒,是否不醉亦醉啊。因为高贵典雅,宋代绘画作品中的宴乐场景,多有此类执壶显示。

3. 托盏

托高8厘米，上圆槽盘直径4厘米，足径8厘米，中间圆盘直径14厘米；盏高5.8厘米，口径7厘米，足径3.2厘米；托与盏合二为一，通高14厘米。托与盏叠合置放，显得器型端庄，釉色莹润，线条幽雅，美观大方，极富美学价值。盏托盏之托圆盘及盏之上口沿略有损坏，为宋代景德镇湖田窑影青瓷之上品。遥想宋人三五好友对坐，推杯换盏，饮酒品茗，该会是何等风雅。另有大致同等尺寸宋代南丰白舍窑镂空托盏，堪称孤品；因为残缺太过，这里不展示也不表述。

同执壶一样，宋代绘画作品中的宴乐场景，也多有此类托盏置于桌面。东乡行家史好古先生认为，宋元时期景德镇湖田窑与南丰白舍窑影青平底托盏配有圈足杯为酒具，漏底托盏配斗笠碗无圈足为茶具。史好古先生的观点，正好可与利用宁波博物馆藏唐越窑青瓷茶托碗、浙江省博物馆藏唐白瓷官款带托杯、中国国家博物馆藏宋钧窑天青釉托盏、故宫博物院藏宋官窑青釉托盏对比研究而成文的《唐宋的茶盏托和酒盏托有什么区别》相互印证。

4. 福禄寿梅瓶

"福禄寿瓶"四个行楷字，分别写在这一对梅瓶腹部。梅瓶高26厘米，口径5.4厘米，底径6厘米，其中一只有盖。如此形制的梅瓶，自是盛酒器具，容量传统说法两斤左右。福禄寿梅瓶属粗瓷器具。史好古先生说，此乃南宋末至元代早期抚州南城县云市窑产品。此类梅瓶传播不远，邻近县区未见出土。依我想，此类粗瓷器具，一般多由贫

家购置，盛装的或许只能是土酒、一般米酒，即淡酒，非"浓酒"。历史悠久的麻姑酒，则是流经进贤李渡抚河上游南城真正的"浓酒"。这种"浓酒"，在笔者生活并非常熟悉的江西抚河、信江流域源远流长，尤其是中国最大的县域内湖——进贤军山湖的南台、锺陵、二塘米酒，在江西省内非常有名。所以今天的"浓酒"即米酒之酒器具，与酒文化的联想是多么的妙趣横生。我更以为，福禄寿梅瓶代表的是江西民间一般常见的酒文化。

5. "浓酒"盏

盏口径8.2厘米，足径3.3厘米，高4厘米，同为南城县云市窑（也有人说是吉州窑系）产品。在盏内心，褐彩行书写有相对应的"浓酒"两字。"浓酒"是什么意思呢？按史好古先生说法，南宋时期南方地区只有米酒没有蒸馏酒，百姓家中的米酒，纯一点的就浓，掺冷开水多点的则淡。当年的酒肆，讲究的往往也会以酒的醇厚，在盏内干脆标明"浓酒"来维护自己的信誉。"浓酒"也好，"酒浓"也好，这文字书写在盏内的表达就是诗意的。在抚河流域李渡烧酒作坊遗址不远的文港沙河村，是北宋宰相、词人晏殊的故乡，清康熙《晏氏宗谱·艺文志》有晏殊词存百余首，内中谈酒的辞章不少，如《浣溪沙》中"为别莫辞金盏酒，入潮须近玉炉烟。不知重会是何年"，说的或许就是聚散悲欢中的情意。再往上溯，李珣《临江仙》云："莲叶层层张绿伞，莲房个个垂金盏。"这莲房垂金盏不仅对应了同为宋代文人的辞章文字的相似寄托，也对应了直至后来南宋至元初的南城云市窑实际存在的各式"金盏"酒杯。

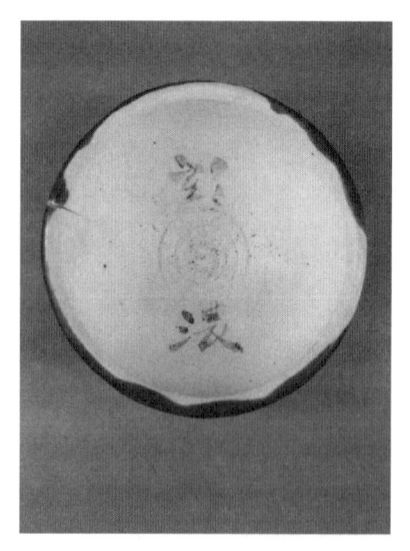

6. 皈依瓶

这对皈依瓶通高97厘米。器型高大，制作繁复，纹饰多样，完整无缺，气势逼人。如此完美大器，在江西省博物馆系统展览陈列中，在中国国家博物馆上一次陈展的皈依瓶中也没有出其右者，因此可以说绝对属于南宋景德镇湘湖窑皈依瓶上品佳器。皈依瓶在上面介绍谷仓时说到的江西赣江以东、信江、鄱江、昌江、乐安江、抚河流域出土非常普遍，但比谷仓影响大。江西信江（笔者故乡老屋后即信江）流域是中国道教发源地，皈依瓶和谷仓，属于宋元时期道教盛行之葬俗冥器，凡百姓中等以上人家，陪葬多用皈依瓶和谷仓，如本文中所用上等皈依瓶和谷仓，一定有官僚士大夫背景。这对皈依瓶，据收藏者本人回忆，说供物者见一起出土墓志为南宋后期抚河中游徐姓官僚，十多年前收藏时曾闻有酒味。我回忆1985年至1987年，见在江西地区打击盗挖古墓接触到的一些挖坟人和部分类似器物，皈依瓶确实是装酒或装谷，极少数梅瓶也有装酒的，但没有见过谷仓装谷的例子。进贤邻近县区博物馆多有皈依瓶，有的在出土时还装有酒。酒装瓶（包括皈依瓶与梅瓶）陪葬是道教文化的一种习俗。

7. 陶人俑罗盘

陶人俑罗盘，红陶质，手感重，无釉。高16厘米，中间最大宽度4.2厘米，陶人俑头顶戴方巾，两条披风于肩后，后背有腰带状刻划；面部比较饱满，略微夸张，神态自若，目视前方，长衣道袍，对襟宽大右开，双手于胸前托捏塑圆形宽郭十二刻度南北指向带针罗盘，随意撮合前凸底足，立于四方形平面底座上。关于陶人俑罗盘的出处，以笔者在2022年夏秋江西极其干旱期间对新发现进贤县红旗水库北面（锺陵乡罗盘村）附近裸露的"扇子窑"和其他田野调查，加上锺陵籍乡贤于志勇先生近几年在锺陵、二塘两乡杨坊湖畔发现多处"扇子窑"及其宋

273

元陶制物器具，以及1979年江西省考古研究所来进贤池溪乡（临近锺陵乡罗盘村与红旗水库）考古发现一批同类型陶器具看，认为此窑口烧制陶人俑罗盘与进贤地方陶瓷窑口烧制品相似。当然有待进一步比照文物或标本证明。

据说1985年在抚州地方出土陶人俑罗盘两件半，其中一件置放于抚州市博物馆，被定为国家一级文物，抚州人称之为"镇馆之宝"。但被特别看重的珍贵文物，一直未知其烧造之出处。倒是2013年秋天，东乡收藏家史好古先生，偶然在进贤古玩市场收到的一批六七十件南宋陶俑器具，仿佛是可以破解这个谜团的线索。当年来自进贤县锺陵乡卖陶俑的那位农民讲，他家离锺陵乡罗盘村很近，近两年农村几次搞土地平整，偶然碰到塌陷的沙坟，得了这批东西。十年前无釉陶俑似乎不大被收藏界看好，史好古以不高的价格将两蛇皮袋子全部收下后，竟发现有三件人俑罗盘，其中两件完整，一件缺少了俑头及四方底足的前右部分，也等于是两件半。然又据那拾得陶人俑的农民讲，实际上还有陶人俑罗盘，只是比他得到的更早几个月。还说别人的更好，像抚州的一样，那批俑有多件墨迹书写着张坚固、李定度的名字。宋代墓碑根本没有人要，所以不知道这些东西的确切纪年。然我想，进贤罗盘村附近有"扇子窑"址，那乡下农民又说"罗盘出了好多罗盘"，莫非罗盘古代就是把陶瓷酒器具和陶罗盘凑在一起烧？要不，中国好几个制罗盘的地方都制罗盘。而进贤罗盘出土罗盘，即能证明这一点。陶人俑罗盘被道教礼仪文化的皈依瓶（分别有陶质与瓷质）和酒俗一起推崇，所以也与酒文化有着一种微妙的关联。

另外，在2017年夏天，在进贤老县城近400亩的旧城改造拆迁过程中，推毁老街区十多条街巷的上千幢老旧建筑后，中骏集团即行新建筑地基清理，挖掘出地下大量古陶瓷标本。又因为文化（文物）部门没有跟上新建筑施工的前置考古勘查，致使全部文物标本随建筑余土及垃圾被转运至郊外，一些古陶瓷文物爱好者进入施工现场或至郊外垃圾场捡拾出土文物，被古玩爱好者收藏了部分宋代酒器具文物标本。尤其珍贵的是北宋景德镇窑影青瓷酒碗标本若干件。这些出土陶瓷文物酒器具，在内碗心就印有不同规格的"酒"字，以及开设酒铺并以姓氏冠以字号的"宋""詹""吉"等姓氏文字。邻近余干、临川、丰城、东乡、南昌等县（市）古玩家反映，各县市都没有类似酒器具出土。

此乃进贤县所独有。这几个字号酒器具出现后，我再通过古玩收藏界朋友作了一些调查，发现四五种"酒"字之酒器具只有碗，而没有杯，推想其时还没有出现烧酒，县治所在地的酒店酒肆只能以大碗吃酒。而"宋"与"詹"两个姓氏，利用居住便利在进贤县治开设酒店也是很自然的事情。"宋"姓比较普遍不值得探究，而"詹"姓人氏，在进贤范围内不多也不少，但在县治西侧七八千米的官马大道旁的今罗溪镇，确实有两个"詹"姓村落，历史上也以经营酒业食品业为传统，至今不衰。宋代进贤东面"詹"姓，在明代正德年间被划归新设立的东乡县。"吉"姓在进贤县范围内没有查到，然进贤县东北之锺陵、二塘两乡隔信江而望的余干县枫港乡倒是有"吉"姓，莫非余干吉氏跑到宋代商贸相对繁荣的进贤来经营酒业？再是从宋代影青酒碗品质看，进贤酒业经营档次在江南地区有代表性。还有历史上相传，进贤地方酒俗中的"划拳"，就是"詹"姓人氏推崇出来的。五百年前明代正德年间，进贤东之"詹"姓地块划入东乡，进贤这项颇具特色的传统地方酒俗也随之带入东乡。

2022岁梢，我再往罗溪镇舍下张家村文化调查，除了补充了解罗溪"詹"姓人居住情况外，顺便问及罗溪是否有"吉"姓人，张氏人等告诉我，附近就有少数宋代鄱阳迁入的"吉"姓人家。至于"吉"氏历史上是否与"詹"姓一起在进贤县城开酒店，就不得而知。但至少也可以证明，非进贤原住民的"吉"姓，与宋代进贤酒店专用"吉"字号酒器或许有一定关系。

刊发于2024年3月邹农耕《文笔》杂志

敦睦传家六百年　龙章世锡三千里

——进贤县明清两代陈氏家族的人物与文物

有九百多年冠名历史的进贤县，现今留下了包括三处全国重点文物保护单位和六处中国传统村落等一大批以古建筑为主体的各级文物保护单位。当然，这作为建筑载体的历史文物遗存，其背后自然有相应生生不息的人物在支撑。在进贤县目前九处"国字号"重要文化遗产中，有最重要的三分之一与陈氏家族相关，这至少在进贤算是一种非常值得关注和研究的文化现象。与陈氏家族有关的重要文化遗存，名称分别是第六批全国重点文物保护单位的陈氏牌坊、第七批全国重点文物保护单位的羽琴山馆与云亭别墅、第二批中国传统村落的艾溪陈家村。

就因为这三个国家级重要文化遗产项目承载着丰厚的人文文化，所以我根据清康熙《进贤县志》、清同治《进贤县志》、清光绪《钦命四书诗题》、民国《陈氏宗谱》（陈志喆及其祖上人物残卷）、上海古籍出版社《明清进士题名碑录索引》、商务印书馆《中国人名大辞典》，结合我这些年所见到的陈氏家族历史人物的墓志石刻及少量文献和一些坊间采访，对其家族资料进行梳理，整理出进贤县历史上陈氏家族的人物与文物的资料，如下。

一、进士人物与所留文物

1. 陈阳，明永乐二年（1404）三甲七十五名进士。

清康熙《进贤县志》载："字阳龄，知事鼎之子。癸未（1403）乡试登第，历监察御史。忤权贵，谪无为州学正。"

2. 陈栋，明嘉靖四十四年（1565）一甲第三名进士（探花）。

清康熙《进贤县志》载："字隆之，号吉所。辛酉（1561）乡试会元。探花，右赞善兼编修。"清《钦命四书诗题》载："左春坊左赞善，著有《读易》二卷（进贤地方不存）"。

留有中国传统村落艾溪陈家暨江西省省级文物保护单位艾溪陈家明清建筑群之"义门世家"总门楼两中柱"义路示周行愿当前守辙循途谨凛步趋无履错，门墙尊孔训若我辈乘机斗捷寻常出入即余闲"对联一副；在清同治《进贤县志·艺文志》中，留有"锺陵旧号晋时闻"关于进贤前身为锺陵的七绝一首。在艾溪陈家村东南六百米祖坟山，有陈栋墓葬，留有1930年重修墓葬的碑石一块（碑文见岁恩进士"陈以璞"条下）；留有不知何年被掘出大明万历八年（1580）由子维春等二人、孙以瑞等四人为其所立"右春坊右赞善兼翰林院编修"墓碑一块。

这里陈维春、陈以瑞、陈以璘、陈以璞等陈栋子孙（另有一子一孙名字不清），记录的陈栋是右春坊右赞善，清康熙、同治两个版本的《进贤县志》，记录的是"右赞善"；但记录陈志喆进士考试资料的清《钦命四书诗题》上却是"左春坊左赞善"。总门楼两中柱上的楷书阴刻对联，可能是陈栋唯一留下的文字，但没有落款，只是相传由陈栋撰并书；陈栋的诗亦仅见一首。

3. 陈维春，明万历二十年（1592）三甲第一百四十四名进士。

清康熙《进贤县志》载："字宇偕，号如吉，编修栋子。辛卯（1591）乡试登第，改庶吉士，授刑科给事中，巡视皇城。巡青养病，补吏科，管十库，升刑科右巡视京营。以建言谪典史卒。天启间，恩恤复官。赠光禄。"

相传陈氏宗祠是陈栋之子陈维春主持修建。陈氏宗祠位于艾溪陈家村南北向大巷子北端的西侧，面南，一字五间抬梁式木架构，石柱础，石木建筑构件基本无雕饰，典型的明代建筑风格。四面青砖围墙，前有一东西宽、南北窄的庭院，庭院围墙及大门在清光绪年间维修，外匾额曰"敦睦传家"，宣传陈氏家族和睦相处的传家思想，吻合了宋代皇帝为陈氏御笔"义门世家"的故事（陈氏家族过去坚持几百人吃大锅饭一人缺席不进餐、养的一百条狗到进餐时缺一必等的义气）；内匾额曰"简澹纯明"，表明陈氏家族泰然处世的生活理念，渗透着明代探花陈栋"诗书礼乐"的教诲。陈氏宗祠内设有三层木架供台，供奉着艾溪陈氏五六百年来各自的祖先,往昔每年的正月十五之前,各家各户的长老,必须带着儿孙,到宗祠上香祭祀。陈氏宗祠现仅仅处于一幢无人理会的老旧建筑状态,昔日敬爱祖先的礼仪亦日趋简化。

陈氏宗祠建筑本体没有匾额,却是艾溪陈氏最早的和现在唯一的祭祀场所,也是艾溪陈家现存最老的公共集体房屋建筑。

4. 陈维鼎,明万历三十八年(1610)三甲第一百六十六名进士。

清康熙《进贤县志》载:"字九一,号象垣。丙午(1606)乡试登第,授奉化县,调繁沂水,改教,升建宁尉推官,升南京工部主事。"

5. 陈应元,明万历三十八年(1610)二甲第五十三名进士。

清康熙《进贤县志》载:"字长孺,号孕初。己酉(1610)连第,授刑部主事江北,审决广东恤刑,历本部员外郎、郎中,升延平知府。转河南睢陈道兵备副使。"清同治《进贤县志》载:"参政谟曾孙。"

留有与明万历二十二年(1597)举人陈良言、陈良训二人共同而建的全国重点文物保护单位陈氏牌坊之理学名贤坊。该坊木结构,正面穿枋正中"理学名贤"指进士陈良训,东侧"科甲济美"与西侧"明经传芳"指良言、陈应龙两位举人。坊背面穿枋中格为"龙章世锡"。另外,相传陈氏牌坊东北方向清代"荆花毓秀"残屋为其后人所建。

6. 陈良训,明万历四十一年(1613)三甲第六十一名进士。

清康熙《进贤县志》载:"字式甫,号岵月,又号壸云。癸卯(1603)乡试三名,登第授行人留部,暂拟刑部主事。壬戌(1622)考选户科给事中。甲子(1624)巡视十库。以言事谪。崇祯元年(1628)诏起原职。仕至郧阳巡抚。"

留有与明陈应元等人共同而建的全国重点文物保护单位陈氏牌坊之理学名贤坊。为明崇祯《进贤县志》序(进贤地方不存)。

7. 陈以瑞,明万历四十七年(1619)三甲第一百四十名进士。

清康熙《进贤县志》载:"字□□,号麟定,会元栋孙。乙卯(1615)乡试登第,授丽水知县,调繁漳浦,行取云南御史。丁卯(1627)以陪推按差削籍。"(先国注:余见旧县志与旧家谱中的"字□□",往往有方形或长方形涂墨遮盖者,未知由来。昔日曾听乡间家谱编修者言,取消族人中某某的"字",叫铲谱。

不知古代被革职"削籍"的官吏,是否也要在地方志记录的名下将其"字"涂墨遮盖?)

8. 陈志喆,清光绪十二年(1886)二甲三十一名进士,与徐世昌同科同甲。

留有建于1875年的全国重点文物保护单位羽琌山馆,其中包括诒经室、宝俭庐、还读楼、磨砚山房、恋春阁、涵春池等建筑。另一相传的说法,是羽琌山馆建筑,在陈志喆父陈邦纪时期即有一定规模,因为陈邦纪的四儿子的陈志喆比较厉害,将其他兄弟四人支开,在原来地盘建设庄园曰"羽琌山馆"。羽琌山馆被村人称为"西庄园",陈志喆亦被村人称为"西边老爷",还说西边老爷人品不怎么好,没有东边老爷善良。

羽琌山馆的诒经室、宝俭庐、还读楼三幢连体建筑,位于羽琌山馆院内东南侧,诒经室和宝俭庐,皆一字三间,三进两天井,面南,有门罩,屋前为一宽敞的红石铺地庭院,庭院前东、南两面有青砖围墙。围墙南外有八字门楼,门楼上方原挂有相传为陈志喆同科进士徐世昌书题"羽琌山馆"四字木质匾额(1966年被摘除并烧毁),门楼内有可坐人之木架凉亭。围墙东前侧有一小旁门,上有未落款的徐世昌手书"羽琌山馆"四字石质匾额。诒经室与宝俭庐两屋及其偏房的还读楼,属羽琌山馆内的主体建筑。羽琌山馆建筑群,相传由清光绪十一年(1885)举人、光绪十二年(1886)二甲第三十一名进士的陈志喆开始建造,数年后建成,是后来陈志喆一家主要生活之居所。宝俭庐内原有大量精美的木雕门窗,2005年之后多数被盗。诒经室则为陈志喆的藏书楼,原先的大量藏书,分别在1950年的"土改"中被运走和在1966年11月被焚毁;现收藏有明万历八年(1580)没有具体文字内容的陈栋墓碑一块。

羽琌山馆的磨砚山房,是陈志喆读书会友、著书印书的地方。他在宣统三年(1911)后回籍"杜门不仕",于1925年,应刚刚上任的江西省省长李定魁之聘,为江西省通志局局长,在磨砚山房著有并刊行《磨砚山房丛稿》《羽琌山馆剩稿》《粤游草》《蜀游草》《兴学刍论》《变法刍议》《邑乘存稿》《家乘存稿》《大宗谱存稿》《岑华山馆笔记》等多部著作。2016年秋天,我发现在磨砚山房后屋堂壁上,还装嵌有一块徐世昌送给陈志喆的木匾,匾额行楷四字曰"魁寿嵩硕";余辉博士于2019年在北京旧书摊购得1923年江西遂川巫梅友《遂江渔隐诗钞》一册，在二集卷三之七十六页写陈西岑太史的页面上，有徐世昌赠太史寿言曰"乐道娱年"的记录，这两块匾过去在村上有传说，现在各自得以印证，也足以说明陈志喆与徐世昌不一般的关系。这样看来，陈志喆是文化人物，也是政治人物。惜陈志喆所有著作，现在进贤县地方片纸不存。

恋春阁，位于羽琌山馆涵春池北，一字三间一进，无天井，面南，屋上方正面用木格玻璃窗。东侧原为羽琌山馆内供侍人住的偏房（现不存），西侧为磨砚山房拖屋，恋春阁西墙外有石匾曰"蕚辉吟榭"，西墙北后有门关。恋春阁原先由被扶为正妻的、比陈志喆小20岁的扬州箧室（妾）邵氏居住，后由比陈志喆小37岁的成都箧室（妾）周氏居住，所以在陈志喆身后，恋春阁被村人称为"养小蜜的地方"。参照民国《陈氏宗谱》（陈志喆及其祖上人物残卷）上的记录，看来流传在陈氏家族后人中对陈志喆"贪财好色"的"妄议"有一定道理。恋春阁内现存清光绪三十年（1904）任江油知县陈志喆以楷书题写的"松筠贞寿"木匾一方。

羽琌山馆涵春池，位于恋春阁南，池塘东南两面原为花苑，叫桂花林。涵春池呈南北长、东西窄的长方形，四面以红石砌筑，上亦红石围栏，"涵春池"三字石匾原嵌池南面正中，现被拿下。1940年，日本侵略者二十人曾入住磨砚山房约半个月，曾在涵春池旁杀猪，于红石围栏上留下了磨刀痕迹。

1875年的羽琌山馆建筑群，现在能见到的面积仍有四千多平方米，放在一百四十年前的中国，应该算是一个比较大的私家庄园。有趣的是，清代思想家、诗人龚自珍，1825年在苏州昆山买了一幢高三层、面阔不到九米的房屋，也叫羽琌山馆。在昆山羽琌山馆住了十多年的龚自珍，作七绝诗315首，于1839年刊印《己亥杂诗》，据说有名的《病梅馆记》也是在这里写的。这样看来，中国在清代后期有两个羽琌山馆，时间只差了五十年，而且两个羽琌山馆都是藏书、读书、印书的场所，但养梅的龚自珍一幢屋的羽琌山馆早已消失，而侍桂的陈志喆一群屋的羽琌山馆倒保存了下来，并成为全国重点文物保护单位。

9. 陈应辰，清光绪十八年（1892）二甲第一百二十名进士，与蔡元培同科同甲。

清《钦命四书诗题》载:"邑廪生,己卯科举人,本科呈荐。"

留有建于1863年的全国重点文物保护单位云亭别墅,其中包括前中宪第门楼、东侧小驷门、后无名屋等建筑。中宪第门楼匾额书写者为乡贤张履春,落款时在清同治癸亥。云亭别墅建筑群相传为清咸丰举人(县志未录入)的陈奎彩建于清代同治癸亥年(1863),由他的儿子陈应辰、黄埔四期的孙子陈子铭继承。云亭别墅的石雕、木雕尤为精美,是全国重点文物保护单位中别墅建筑最早的文物。1966年8月,陈子铭被人打成重伤并抬入小驷门院内即亡故。云亭别墅被村人称为"东庄园",陈应辰亦被村人称之为"东边老爷",还说"东边老爷"比"西边老爷"善良。

二、岁进士、恩进士、明经进士人物与所留文物

1. 陈维恭,明乙卯(1615)岁进士。

清《钦命四书诗题》载:"明乙卯岁进士,任南京庐州府通判。"(先国注:这里的"明乙卯"定在明万历四十三年即1615年,是根据陈志喆将陈维恭落在其七世祖名下,艾溪陈氏家族之"维"字辈人物也多出在这个时期。以下方式同。)

2. 陈维智,明丙辰(1616)岁进士。

清《钦命四书诗题》载:"明丙辰岁进士,任星子县教谕,历任衡州府通判,诰封河南道御史。"

3. 陈以玉,明甲子(1624)岁进士。

4. 陈以璞,明甲戌(1634)恩进士。

在清《钦命四书诗题》中,记录的陈以璞是甲戌恩科进士。在其五世祖陈枺墓前青石碑上,有楷书阴刻的四竖行文字曰:

民国十九年庚午冬月重修

明会元探花及第右春坊右赞善五世祖陈吉所

乡进士陈以璞公附□

□□艾溪中房□□

这里所称五世祖,即自艾溪陈家开基人肖水公算起,"以"字辈属七世祖,也就是陈栋之孙。这块1930年重修陈栋墓葬的石碑,估计是其时重抄了三百年之前被毁坏石碑上的文字。这也是进贤县境内唯一在地表留下姓名的古代名人墓葬。

5.陈邦纪,属清咸丰八年正科举人,清咸丰十年(1860)明经进士。

有五子,陈志喆排行第四。留有羽琴山馆原院内老地盘,但建筑不存。

在清同治《进贤县志·艺文志》留有《仁甫夫子宰锺陵荣移阳乐合邑咏歌荐别》诗多首。另有陈邦瞻,在清同治《进贤县志·艺文志》留有《前题》七律一首,陈邦瞻为陈邦纪兄长,没有科考功名。

三、举人人物与所留文物

1.陈鼎,元至正四年(1344)举人。

清康熙《进贤县志》载:"字维新,令世荣孙。授南安知事。少游虞文靖公门。以诗名闻於当时,与熊伯几辈有江西十才子之称。""群贤交荐,升山西徐清县令。抚民有方,既满乞归。徜徉山水间,视世纷澹如也。"(先国注:同邑熊伯几即熊钊,为陈鼎同科举人。)

2.陈应雷,明癸酉(1573)科举人。

清《钦命四书诗题》载:"明癸酉科举人,任广东清远县知县。"〔先国注:陈应雷条记录在艾溪陈家陈志喆上二世祖号存诚处士名下,按迁居该村二世之癸酉当为明正德八年(1513)。〕清同治《进贤县志》没有记录。

3.陈良言,明万历二十二年(1594)举人。

清康熙《进贤县志》载:"字廷俞,八都人,参政谟曾孙。授广东新安都,调繁合浦,升知州。瓜州同知。"

留有与明万历三十一年(1597)乡试第三名举人、万历四十一年(1613)三甲第六十一名进士陈良训的陈氏牌坊之理学名贤坊。该坊上正面正中"理学名贤"指陈良训,东侧"科甲济美"与西侧"明经传芳"指陈良言、陈应龙两位举人。

4.陈应龙,明万历二十五年(1597)举人。

清康熙《进贤县志》载:"字叔亨,八都人,参政谟曾孙。赋性高明,立志攻苦,为富至窘,钊龙辄引,遂忍饥饿读书,博学乃仅。耻一科而陨,时并惜之。"

留有文物同陈良训、陈良言。

5. 陈维圣,明万历二十五年(1597)举人。

清康熙《进贤县志》载:"陈惟圣,字一甫,三十六都人。"(先国注:艾溪陈家称"维"与"惟"通用,艾溪陈家亦在三十六都。此处县志有误。)

6. 陈以训,明万历丁酉(1597)科举人。

清《钦命四书诗题》载:"明癸酉科举人,任安义县教谕。"清同治《进贤县志》没有中举记录。

7. 陈维谦,明万历三十四年(1606)第三名举人。

清同治《进贤县志》载:"字仲容,署新城县教谕。历任吏部事务兵部主事。以方正见称,有传。"与万历三十八年(1610)进士陈维鼎为同科举人。

8. 陈其傅,明崇祯庚午(1630)武举。

清《钦命四书诗题》载:"明崇正庚午(1630)武举。"清同治《进贤县志》没有中举记录。

9. 陈昌勋,清康熙十一年(1672)举人。

清同治《进贤县志》载:"字予嘉,都宪良训孙。乐安教谕。"

10. 陈而英,清康熙丁酉(1717)科第六名举人。

11. 陈王机,清雍正甲辰(1724)科举人。

清《钦命四书诗题》载:"清雍正甲辰科举人。"清同治《进贤县志》没有中举记录。

12. 陈大理,清乾隆庚辰(1760)恩科举人。

清同治《进贤县志》没有中举记录。

13. 陈一焯,清乾隆甲子(1744)科举人。

14. 陈占魁,清咸丰辛亥(1851)恩科武举。

15. 陈应龙,清光绪乙酉(1885)科武举。

先国注:举人中有两个陈应龙,文举人的陈应龙是明万代年间十八坵陈家人,武举人的陈应龙是清光绪年间艾溪陈家人。

四、其他学历及貤封人物与所留文物

1. 陈恭,元末荐辟。

清康熙《进贤县志》载:"(字)德臣,令世荣子。南昌县尉。"

2. 陈康龄,明洪武荐辟。

清康熙《进贤县志》载:"世荣曾孙。南安教授。"

3. 陈昌龄,明洪武荐辟。

清康熙《进贤县志》载:"康龄弟。庆府主簿。"

4. 陈先,明貤封。

清康熙《进贤县志·貤封》载:"以子谟贵封礼部主客司主事。"

明貤封,对应在明崇祯十年理学名贤坊背面"龙章世锡"上。明貤封,无论是刻在牌坊的匾额上,还是清代康熙的县志中,陈先是十八坵陈家最早被貤封的人物。

5. 陈谟,明永乐元年拔贡。

清康熙《进贤县志》载:"字古训,号春榖。以选贡授中书,升礼部主客司主事。历礼部仪制,兵部武选郎中,升四川参政。"《四川通志》误记为明宣德进士。

留有全国重点文物保护单位陈氏牌坊之昼锦坊。昼锦坊,明永乐八年(1410)为时年二十六岁的四川右参政而建,石质,四柱三间。立坊人二:一为明永乐十三年三甲第一百一十三名进贤知县的佘曜,一为明宣德八年(1433)二甲第二名兵科给事中高旭。相传昼锦匾额楷书题写者为明洪武二十一年(1388)三甲第十名进士解缙。记得1990年,我在十八坵陈家听村上一老者讲,昼锦坊,六百年前实际为十八坵陈氏宗祠的前墙,宗祠原本一字五间三进两天井,规模比一段旧时民居建筑大很多也高很多,内中挂满了匾额楹联,大约在晚清时期被彻底毁坏。2004年初冬,在申报第六批全国重点文物保护单位的资料整合过程中,我特意到北京,请教清华大学建筑研究所所长、当代著名古建筑学家楼庆西先生,当我拿着资料文本并比画着说昼锦坊有门关时,楼先生即非常肯定地说:"这就是古代建筑前的门坊。"以门坊作为祠堂或民居前墙的例子，在陈氏家族中还有下埠集西陈村的义门世家民居。这样看来，十八圩陈氏宗祠与昼锦坊有同样长的历史，也是可能的。昼锦坊现为全国重点文物保护单位牌坊建筑中有确切纪年最早的建筑。

陈谟留有墓志及夫人墓志。留有为程□□（不清）撰写的墓志铭一方，这是陈谟留下的唯一文章。另留有解缙为陈谟实际上也就是后来作为陈氏宗祠题写的"方岳第"木匾一方，但该匾在1980年之后被人藏匿并转卖。

6. 陈洪，明正统岁贡。

清康熙《进贤县志》载："字君予，号应吾，晚号沧州野叟，参政谟之子。任京山教谕。捐资置京山及本县两学祭器。"清康熙《进贤县志·貤封》又载："以子云章贵，赠太仆寺丞。"

7. 陈云章，明正德岁贡。

清康熙《进贤县志》载："字仲文，号钝斋，参政谟孙，教谕洪之子。历太仆寺丞。"

2014年12月，进贤籍江西师范大学学生余辉，在台湾《中正历史学刊》（年刊）发表了一篇两万字的长文，专门谈陈云章向明嘉靖皇帝进献图书的问题。据余辉考证，为呼应明嘉靖皇帝礼仪制度的改革，陈云章曾反复向明廷进献他自己写的对四书五经理解的著作八本，其中一本还有绘图。献书属于自作多情，虽然为自身增添了一些麻烦，但还是受到朝廷一定的封赏。

8. 陈彦章，明嘉靖岁贡。

清康熙《进贤县志》载："字邦彦，号猂斋，参政谟孙，教谕洪之子。祁门训导。"

9. 陈汉章，明橡考。

清康熙《进贤县志》载："参政谟孙。教谕洪子。荔波典史。"

10. 陈梁，明貤封。

清同治《进贤县志》载："明赠补遗，号培峰，编修栋之弟，省祭。"

11. 陈楠，明貤封。

清康熙《进贤县志》载："以子良训赠行人，又赠征仕郎、户科给事中。"

明貤封，对应在明崇祯十年（1637）理学名贤坊背面"龙章世锡"上。

12. 陈维智，明隆庆岁贡。

清康熙《进贤县志》载："府通判。以子以瑞封御史。"

13. 陈维泰，明隆庆岁贡。

清康熙《进贤县志》载："永明知县，庐州府通判。"

14. 陈梦鹤，明驰封。

清康熙《进贤县志》载："庠生，以子应元赠郎中，又赠中宪大夫。福建延平知府。"清同治《进贤县志·人物·笃行》又载："参政谟孙，副使应元之父。"

明驰封，对应在明崇祯十年（1637）理学名贤坊背面"龙章世锡"上。明驰封，陈梦鹤应该是十八坵陈家最后一个。

15. 陈良谕，明天启例贡。

清康熙《进贤县志》载："字宣甫，给事中良训兄。考州同"。

16. 陈赍典，明天启例贡。

清康熙《进贤县志》载："字星若，都御史良训子。"

17. 陈国典，明天启例贡。

清康熙《进贤县志》载："字六以，同知良言子。贵池主簿。王师临池。加衔通判。"留有进贤县文物保护单位义门世家民居建筑及陈国典家族墓葬群，在下埠集乡西陈村；陈国典后人陈维宝（书品）留有清代乾隆年间曹秀先撰并书青花瓷木板"藜火光摇书案月，笔花香染墨池春"对联一副。陈国典后人陈汝静先生告诉我，陈氏他们这一支如何从七里罗源陈家搬过去的，无人知晓。县志上的记录与他们家族相传在下埠集乡西陈村留下的建筑与墓葬文物不一致。

18. 陈良材，明崇祯岁贡。

清康熙《进贤县志》载："字柱明，云章四世孙。饶州府训导。"

19. 陈启宸，明崇祯岁贡。

清康熙《进贤县志》载："字舟六。己卯副榜准贡。良言孙。武平知县。"

20. 陈赉典，明崇祯岁贡。

清康熙《进贤县志》载："字天承，良训四子。性激烈，敢赴义。"

21. 陈启来，清顺治岁贡。

清康熙《进贤县志》载："字方叔，良言孙。"

22. 陈昉，清顺治岁贡。

清康熙《进贤县志》载："字令升，良言三子。博学洽闻，靖藩礼聘参军。历潮州同知，摄揭阳县篆，防海先墉户之绸缪，保民竭一腔之热血，期月政成，吏畏民怀。上台有实心实政，上信下服之奖迹。其才品，殆非俗吏可几及云。"

23. 陈时懋，清顺治岁贡。

清康熙《进贤县志》载："字百撰，号东田，副使应元子。新喻训导。胸靡不窥，惟以古学造士，古道自矢。升祥符丞。冰操伟识，勤士恤民，不随上官俯仰，诚金浑玉璞之流舆。"在清同治《进贤县志·艺文志》留有《过龙安寺怀旧》《三宝观》七律两首，其中前一首写诗地点就在其家十八坵陈家西南三里处的板桥村。

24. 陈启东，清顺治岁贡。

清康熙《进贤县志》载："字旭生，号乳凰，良言孙。浙江松阳知县。"

五、外戚及母氏周家进士、举人人物与所留文物

1. 李庆龙，清嘉庆甲戌（1814）进士。

清光绪《钦命四书诗题》在陈志喆妻李氏条下载："嘉庆癸酉科解元，甲戌连捷进士。钦点御前侍卫，历任贵州、直隶、广东等处都图府李公讳庆龙之孙女。特用同知直隶州知州，赏换花翎即选知县名振武之长女。"

2. 周廷芝，清□□明经进士。

清光绪《钦命四书诗题》在陈志喆母氏周条下载："明经进士周公讳廷芝之孙女。清嘉庆己卯科（1819）举人，南康府教授。士价等之胞侄女。例封七品儒人，晋封宜人。"

留有进贤县罗溪镇旧厦村清代建筑。陈志喆少年在娘舅家受到较好的文化教育，在民国早期的旧厦《周氏族谱》中，有多篇为周氏人物写的传记。

3. 周士价，清嘉庆己卯（1819）举人。

留有进贤县罗溪镇旧下村清代建筑。同周廷芝，为清代后期进贤地方教育人物。

义门陈啊义门陈，尽管说那是南宋皇帝手笔的嘉许，然陈氏徙居进贤十八坵陈家与艾溪陈家这一支，经六百年沧海桑田的变化，往昔的人与兽孝道义气，都早已离散得无影无踪。敦睦传家，在艾溪陈家门塘旁，几十年前林立着象征明清两代文化辉煌的二三十对科考功名的旗杆石，几乎在瞬间被一伙不肖子孙们统统放倒，填进了岁月堆积的垃圾场。龙章世锡，从明初的陈谟，到明末的陈良训、陈良言、陈应元们，不论他们如何被选调抄录《永乐大典》或反复向朝廷进献礼仪图书，还是被封为要员出任参政、郎中、巡抚、尚书，辗转四川、河北、陕西、荆楚、辽东、福建，横跨三千里，保家卫国，几乎涵盖一个大明王朝的家国情怀。曾经是那样动人心魄的世代貤封，竟然连一本旧谱都没有留下。一切的一切，今朝风光难再，能不遗憾吗？

刊发于2015年12月邹农耕《文笔》杂志

2020年1月略作修改

明封熊母王太孺人墓石情况及其史料价值

　　1974年冬,南昌县泾口公社东湖大队后熊村社员,在村东面三里处临近抚河的宋家山祖坟地(其实没有山,只是略高于平地的土坯而已,因为有坟,旧俗皆称山)挖土兴修水利,无意中掘得一块大青石板。熊氏社员们抹去青石板上的泥土一看,原来是自己的祖先熊母王太孺人墓石。熊母王太孺人墓中棺椁腐朽不存,更无他物。墓石出土后,四十多年来一直被王太孺人后裔熊爱德保管,放在他家门前木架鸡笼上。熊爱德告诉我,1976年冬天的一场农村文艺演出,完整的墓石被人踩翻而破成现在的三块。2005年,研究熊明遇的台湾清华大学徐光台教授,找到后熊村,将它做成墓石拓片。现墓石拓片的收藏者,是熊母王太孺人子熊明遇孙熊人霖后裔、熊爱德亲叔的进贤县三阳街退休老师熊千会。

　　墓石的文字形式,分为上中下三节,分别划归三个线框内。

　　上方篆额"明封熊母王太孺人墓"为顶上节。篆体书法细线条,刚劲有力。

　　第二节在右上侧,为"天承运　皇帝敕曰……"的敕令。敕令在高28厘米的线框内,九竖行每行十四个字(前两竖行共缺失二十个字),最后表明"兹封尔为太孺人"。落款为万历叁拾肆年玖月囗日。落款左侧,又分别刻有四竖行文字:天启五年赠恭人　天启伍年累只是略高于赠恭人　崇祯贰年赠淑人　崇祯三年赠夫人　明显看得出,这后面的四次"赠×夫人"的书法文字,已大不如前了。

　　第三节"明敕封熊母王太孺人墓志铭"的框线内高108厘米,墓志铭行文至第十一竖行因"奏最"而"天子"抬高两格另其一竖行故成两段,总二十七竖行,每行四十六个字,总共1236个字(其中有五六十个文字缺失或模糊不清)。

　　明敕封熊母王太孺人墓志铭正文前有三竖行文字如下:

289

赐进士出身礼部右侍郎翰林院侍读学士南昌刘曰宁撰文
赐进士及第礼部左侍郎翰林院侍读学士崇仁吴道南篆额
赐进士出身都察院右都御史掌工部事　南昌徐　作书丹
明敕封熊母王太孺人墓志铭正文如下：

熊谏议良孺，少有才名，举进士，征为谏官。其人清正，慷慨君子也。而达国体，余心仪之。属余铭母墓。王太孺人者，赠文林郎右源公元配也。父王翁时瑞，母叶。熊故北山衣冠之族，方太孺人归赠公也。赠公之王父，父盖再世同居。云一釜而朝夕炊者累百口。太孺人能以新妇纪纲之，内外雍肃。乃又能以婉顺之德，承姑孺人欢。姑孺人逮下严，然视太孺人犹女也。赠公故倜傥，门多长者车，太孺人能不屑屑为截发箪豆事，而自以才治宾客甚具。其门内外□已翕然称内德。及赠公之父若兄弟相继即世，赠公适为家督。赠公固不难以子视二季，然夏夔之患，心亦念之。乃太孺人则亦以母道自居。毋论分甘，即并力操作。修其业，而息之无不分均。自袓□而外，□人之窭者、丧者、尝有德者、病者，人人无不倚赠公为命，而太孺人从中调度，常令周恤，毋乏绝。及岁之祲，赠公能以平□之谊，善视其乡。而太孺人复能设为方便，赈其力之不能者。于是，里中人望赠公庐祝曰："是翁与媪者，后必大征。独□孝友茂也，所为德者大矣。"太孺人初有子四人，晚举谏议，是时太孺人春秋既五十。谏议方毁齿，而赠公早世。仲与叔不逮中寿，太孺人独与谏议茕茕一室，即谏议就外傅，而太孺人犹轧轧机杼，为馆粥资。虽和熊画荻，未尝须臾忘先人□，岂能自必于薰荄，逢年□理计，谏议之必有立邪。乃谏议竟以治长兴，卓然循良，长兴之父老子弟，咸为太孺人众母□。及奏最天子，赐玺书，嘉劳封太孺人。老子曰："天道恢恢，斯亦可睹矣。"予观衣冠旧族，虽□祖宗之泽□长远，然方其初起，未有不禀灵于母德者。其人大抵慈祥广远，能不为儿女子态闻？太孺人壮年患心病，有异人适往来舍傍，瞠而视之，曰："夫人其贵，而寿者邪？"药之，病亟去。气稍类松柏。及见谏议，则又瞠而视之曰："夫人之贵，其以此子也。吾望而丘垅，垅吉。更徙而望而宅，宅吉。不二十年，其有榜而建于斯者乎。"今其言皆奇中。由斯以谈，太孺人之有造于熊，岂偶然哉。太孺人性好施予，持斋戒，修净土之业，而神明甚王。当谏议征入长安，意未尝□忧板舆。而太孺人不惮万里以无勤。谏议日□□

望或劝之，无往则毅然正色曰："吾闻子能仕，父教之忠，吾其可以母代父也乎？即帝京闾巷等死尔。"余闻而壮之，盖绝不类乡曲老妇语。故其生子皆有奇杰不苟同之志。予读赠公行略，谓赠公死，适与其宗之御史大夫略相先后，仲子能以青衿多贤豪长者游。凡缙绅先生之吊御史大夫者，亦吊赠公其□也。能斩百年之木以为椁，砻五尺之石以志墓。及谏议起进士，奉其母之教，立身扬名，不后其君，而显其亲。盖皆有烈□夫风焉。语有之培娄无松柏其然与。太孺人生嘉靖甲午十一月十五日酉时，殁万历庚戌十月十二日寅时，在长安□舍宿，无疾端坐而逝。子四：达，礼部冠带儒士，娶李氏，无出；次袭氏。远，进贤儒学生，娶樊氏，无出；次吴氏。进，娶胡氏。明遇，辛丑进士，兵科给事中，娶朱君纯臣女，封孺人。孙大和，娶泸溪张某女。大穆，娶□山吴某女。大成，聘罗舍高某女，俱达出。人定，聘师宗州徐刺史来凤女，远出。大奎，娶沙湖邑诸生李某女。大光，俱进出。人霖，聘南京工科喻给谏致知女，遇出。孙男七：一聘邑诸生江某子，一聘龙山诸生胡某子，一聘梅潭徐某子，一聘河南道徐侍御良彦子。曾孙孟泰，聘城南艾某子，孟宣、孟恭未聘。曾孙女二：一许聘官厦邑诸生胡某子，余未许聘。谏议将以辛亥季冬月八日奉太孺人葬龙岐丑山□向。余为之铭，铭曰：疏苗如之何，匪沃不得。式榖如之何，匪母不则。惟敬惟义，维母之德。约无沮志，贵不态色，襁褓释□。熊九载侧，母训官方，以匡王国，缔观古今，家之将兴，必有与翊，我铭贤母，为后嗣式。

落款为"皇明万历三十九年辛亥岁十二月吉旦"。

最后为墓主二子明达、明遇，七孙大穆、大和、大奎、人定、大光、大成、人林，三曾孙孟恭、孟泰、孟宣百拜立石。

需要说明的是，以上墓石铭文抄录并断句标点，因石板断裂致使部分文字缺失或模糊，又限于本人水平，故而难免辨识与理解错误。

这是一方明代万历二十九年（1601）三甲第一百三十六名进士、兵部尚书熊明遇母亲的墓石。在熊母王太孺人墓石上留名的三个人，至少可以说当年在本地都比较有名。撰文的刘曰宁，明万历十七年（1589）二甲第四十名进士；篆额的吴道南，明万历十七年（1589）一甲第二名进士（榜眼）；书丹的徐作，明嘉靖十一年（1532）二甲第九名进士。因为熊明遇在西学东渐进程中做出过重要贡献，在科学文化界产生过重大影响，也因为墓石的形式与内容的研究价值，所以出土四十多年来，海内外一些研究熊明遇的学者，多次到东湖后熊村访石调研，以图获得更加丰富的资料，下了不少功夫。我虽然不大清楚这方墓石对研究熊明遇的价值，但在与这方墓石相见恨晚的同时，也想提出怎么利用其研究熊明遇及其家族文化的一些想法。

至少自北宋崇宁二年（1103）进贤建县以来，后熊村历史上一直属进贤县三阳北山管辖。在从明至清几百年的历史长河中，所谓的进贤县三阳北山方圆十几二十平方公里的一块地方，聚集着樊、舒、熊、刘几个村落，而且这几个姓氏都人才辈出，尤其在明代科考中，取得进士与举人功名的真是不少，最出色的要算舒芬和熊明遇、熊人霖父子等人。北山历史上的文化现象是一个谜，只是多少年来进贤地方没有人去探究。特别是1956年，北山这几个村由进贤县三阳集乡划归南昌县管辖后，这样进邑地块的分割和亲缘关系的疏离，就使问题变得更加复杂甚至无人理会。我混迹于进贤地方文史单位近三十年，没有下功夫做这个探讨研究，也与北山早在五十年前划归他邑有相当关系。日前在乡贤于志勇和青年学人余辉的推动下，平生才第一次到北山，终于见到了早已听说的这方墓石。

这方墓石究竟如何，有什么特点，又有什么价值呢？我先做个比较。自1985年以来，我亲手搬入进贤县博物馆的宋元明清以至民国的石、砖、瓷质墓志地券或碑也有四五十方，对这些带文字的文物也做过一些研究。三十多年过去了，我关注过的省内外墓石资料也有一定数量，可我以为今天我见到的明敕封熊母王太孺人墓石，比较奇特。至少值得探究的有如下几点。

（一）墓石的形制与内容较少见。这方墓石现因堆积被压，具体的形制尺寸暂时无法测量；根据拓片，墓石高159厘米（墓志铭文中"耆五尺之石以志墓"得以印证墓石长度）、宽85厘米、厚6.2厘米，体积有0.0838立方米，按青石与水的比重为2.6，总重量应是218公斤左右，总共有1380多个正楷文字。这方墓石，无论从平面大小、立体重量、字数多少来讲，都是同等墓石的三至五倍。记得1988年，江西省文化厅系统第一个文物考古研究员也是国内知名的墓志研究专家的陈柏泉先生，曾经几次来进贤，欲向我征集一方南宋墓志铭，说那八百多字墓石的价值如何如何，说明好的墓志在一定范围内的意义。那应该是当时我们进贤出土在江西范围内一方上好的墓石。熊母墓石这里之所以称墓石，是因为书写内容的涵盖面更广。篆额写作"明封熊母王太孺人墓"，与其他很多墓石比较，这种写法似乎有点莫名其妙。实则不然。墓石将"天承运 皇帝敕曰……"的敕令文字内容，刊刻在墓志铭文的顶上，这样的例子比较少见。因为墓石上的墓志铭文字顶端，加上了皇帝的敕令，所以这方墓石就不能单单以墓志铭而称呼了。

（二）文字分两次书写的问题，这种情况不吉利。从墓石第二节敕令与第三节墓志铭文的全部内容在文字书写看，赐进士出身都察院右都御史掌工部事南昌徐作书写的正楷字，规矩中不失洒脱，方正又兼及圆融，确有书法价值。这里应该特别提出，徐作是比熊明遇科考早了三十九年的进士。为比自己差不多小了两代人的熊明遇的母亲写墓志，是多么虔诚和认真，真是值得感动。这方墓石上的文字分两次书写并镌刻上去，当然是指墓石上第二节的"天启五年赠恭人 天启伍年累赠恭人 崇祯贰年赠淑人 崇祯三年赠夫人"这么四竖行文字，因为墓志铭是万历三十九年熊氏子孙立石。太孺人死后十几二十年再三被貤赠嘉封且一级高过一级的夫人荣誉，熊氏子孙不希望辱没自己祖先的荣耀，因而在二十多年后的崇祯三年（1630）往后，自掘祖坟重新挖出墓石，再将这四竖行彰显身份的文字刊石。因为明代墓石是平齐置于墓前而不是墓表，如果不重掘墓石，字刻不上去。我由此想到，熊氏家族这一招，真是得不偿失啊！或许就因为那为保虚荣而引发的自掘祖坟，熊明遇、熊人霖之后，熊氏风光不再，什么进士举人，当官树旗杆，我查阅清代康熙、同治两个版本的《进贤县志》，好像统统地跟熊氏告别了。

（二）太孺人的生平家庭问题，一些情况被显现。为王太孺人墓志铭撰义的刘日宁，明万历十七年（1589）二甲第四十名进士，可能是文章高手，因为在明万历三十年（1602），刘日宁即应当时的进贤知县黄汝亨之邀，为作《锺陵修学记》，这当然是很有面子的事情。因为这之前只有鼎鼎大名的李梦阳，为进贤作过《锺陵书院记》。太孺人治家，以"一釜而朝夕炊者累百口，以新妇纪纲之，内外雍肃"。我们可以想象，这其中有多苦多累又有多难。还有"即谏议

（指熊明遇）就外傅，而太孺人犹轧轧机杼为饘粥"，说明因谏议父亲早逝，太孺人撑持养家糊口，供儿子外出求学有多不容易。一直到后来，太孺人跟着儿子熊明遇去长兴，"谏议竟以治长兴，卓然循良，长兴之父老子弟，咸为太孺人众母母。及奏最天子，赐玺书，嘉劳封太孺人"。至今在太湖边上的长兴县，仍然留有不少有关熊明遇的著作、事迹以及一些研究、褒奖熊明遇的文献资料。太孺人不仅教子有方，而且还要处处监督儿子的行为，以防其从政中的"无勤"。或有不如意，则"毅然正色曰：'吾闻子能仕，父教之忠，吾其可以母代父也乎？'"好像自己如果没有尽到以母代父的责任，"即帝京等死尔"。这般"绝不类乡曲老妇"教出来的儿子，岂能不令撰文的刘曰宁"余闻而壮之"。所以，我相信墓石上这些文字都是真实可靠的。当然，墓志铭文上也有不少关于太孺人为人处世的赞语，推想也是实话。"太孺人生嘉靖甲午（1534）十一月十五日酉时，殁万历庚戌（1610）十月十二日寅时，在长安□舍宿，无疾端坐而逝。"太孺人享年七十有七。太孺人生四子：长子明达，次子明远，三子明进，四子明遇。熊明遇出生的时候，太孺人四十五岁，可谓高龄产妇。太孺人子孙繁多，墓石上原七个"大"字辈的孝孙，有两个改成"人"字辈，最小的孙子熊人霖，改成"人林"。收藏有"熊人霖字伯甘"白色水晶印的其后人熊千会老师说，熊人霖也叫熊大霖，明崇祯十六年（1643）以"熊大霖"的名字参加科考并中进士，皇帝疑惑地念了一句："熊大霖，你是'熊大人'，朕是什么？"结果吓得熊大霖发抖，因此更名熊人霖。然我以为，这个说法与早在万历年间的墓志铭文中已是熊人霖的实际不符。

（四）姻亲的高贵出身问题，这个情况可关注。太孺人最有出息的进士大官儿子熊明遇，"娶朱君纯臣女"，朱纯臣乃朱明王朝血统，或许因为双双基因好，所以生子熊人霖也不一般，成为明代进贤县境内的最后一位进士，而且"人霖聘南京工科喻给谏致知女"，喻致知是明万历三十二年（1604）三甲第一百六十四名进士。出自三子明远的孙子人定，则聘徐来凤之女为妻，一样是名门。还有太孺人的孙女辈，也"一聘河南道徐侍御良彦子"，徐良彦是明万历二十六年（1598）三甲第一百五十名进士。高贵的血统，婚嫁或聘出都要门当户对，至少在熊氏家族三代中有这个思想。仅仅凭熊氏家族的这些人物关系图谱，亦值得下大力气研究。

（五）进贤有关熊氏文化问题，有些情况可参考。熊母太孺人墓石规格较大，形制独特，事例也较丰富，皆赖"母因子贵"。太孺人的儿子熊明遇、孙子熊人霖，应该算是在进贤历史上建立的一个文化家族。明清两代几个版本的《进贤县志》上，熊氏父子的诗文也算较多且较有历史文化价值的。如熊明遇的《北山八景》诗，与黄汝亨的《栖贤八景》诗一样，都是对进贤历史人文风景的艺术创作，其间值得研究的史实甚多。熊人霖除了和黄汝亨的《栖贤八景》诗，丰富了栖贤山的文化外，其所作《润陂桥记》文，更是保卫进贤历史地界最有力的铁证。另外，如果某日得见熊明遇这一支的《熊氏族谱》，可以根据这墓石的熊氏人物去对照研究；还有就是在太孺人墓石上留名的刘日宁、吴道南、徐作三位进士官员的一些情况，以及从他们文字中所表现出来的艺术文化价值，也很值得研究借鉴。

这方墓石的情况大致如上。至于进贤地方民间过去说到的王太孺人是中国最早信奉基督教的人的问题，在这方墓石上不仅没有得到印证，"太孺人性好施予，持斋戒，修净土之业"反倒说明其宗教信仰为佛教。王太孺人的丈夫也不知葬身何处。后来，王太孺人的儿子熊明遇葬于进贤三十八都帐幕岭下，孙子熊人霖葬于进贤十五都罗石乌岚山，呈三角状，且各相距几十里远。由此看来，这一家三代人的丧葬地都不在一起，且熊明遇、熊人霖父子还远葬他乡，是否有点魂不守舍的意味。我现在想要说的，是其去向问题。这回我到熊家村后，对收藏墓石并拓片的熊氏后裔们商量，请他们有偿送交进贤博物馆，一免丢失或再损坏，一也可便于家乡的文史研究利用。然终归不能与他们达成协议，真是无奈。

刊发于2016年3月邹农耕《文笔》杂志

求鼎斋类稿

百源朱仙舫探微

朱仙舫,原名升芹,清光绪丁亥(1887)正月十四日出生于江西临川县长乐乡(1958年长乐乡改称新华人民公社)百源朱村(1969年3月划归江西进贤县,属长山晏人民公社百源大队垅里朱家村)。

朱家村村名本身就很有意思。这里,首先交代一下"笼里朱家"与"垅里朱家"和"百源朱家"三个名称的关系。

据今年八十七岁的章桂莲老太太讲,她1946年十六岁嫁到这里当童养媳,已经七十一年了。朱氏婚姻的传统,就是进了村就永远不要想出村。嫁入朱氏当媳妇的女人,要严格遵守笼里朱家的规矩。而笼里朱家堡垒式的村寨建筑,也真就像个笼子,有围墙,有寨门,没有围墙的地方就一定有三丈多宽的有水壕沟,壕沟两边用麻石砌成很陡的坎,将村寨围绕,让人无法逃脱出去。外村女人嫁进了村,不管好坏,死都要死在这里,除非被朱氏男人休弃。这就是"笼里朱家"名字的由来。记得笼里朱家1978年前有五棵古树,村东南就是一个花园,花园内有二升碓和五个碾槽,还有六角小亭作歇息用。过去村寨风景如画,非常漂亮。现在早败了,只剩下两棵古树和两幢老屋。章老太太在新中国成立后上过扫盲班,能写会算,像个有点文化的人,乡间事更是懂得不少。她还说到,"笼里朱家"1958年之后写作"垅里朱家",是因为新中国的成立,摧毁了封建时代人们精神上的枷锁,而这时村寨上的土筑围墙和寨门还在,附带加入"田垅"之意,所以人民政府将过去的"笼里朱家"改为"垅里朱家"了。到了1971年左右,村寨的土围墙完全坍塌,村落原有的东南、东、北三个方向的寨门及壕沟也不复存在,"笼里朱家"与"垅里朱家"都名不副实,故而回到原大队名称,曰"百源朱家"。那么,"百源朱家"又是什么意思呢? 她这样一个在旧社会连学堂门都没有进过的"童养媳"没有文化,不晓得朱家祖先的事，但过门来村后，就一直住在"紫阳遗泽"老屋内，总听她家读过书的老公公朱行才讲，"百源"，就是朱熹"容百家文化之源"的意思。村上确实有光彩，只是她识字少，不晓得。

我很佩服这位原本"目不识丁"但坚信"事会教人"的章桂莲老太太，她口若悬河地讲朱家古事，我听得目瞪口呆。她的讲述真让我增长不少知识，同时也启发着我的思维。我想，文脉绵长的朱氏家族，难道真的有着比别处不一般的教化功能？

"百源朱家"的寓意是什么呢？"百源"就是朱熹的"源头活水"，朱熹的理学思想即儒家的集大成者，在孔子学术思想的基础上，有了新的发展或新的注释。朱氏的精神文化崇拜，一直印在朱氏后裔的脑海中，也写在朱氏村落建筑的屋匾上。临近的朱氏村庄，旧屋上刻着的"源头活水""天光云影"等匾额，就是朱熹思想光辉传播的意韵。七八百年过去了，到了百余年前的晚清，旧的世界被推翻，新的观念在建立。虽然百源朱家好像顷刻间被夷为平地，但是没有关系，他们仍然继承先贤的光华"紫阳遗泽"，文化流传在基因里；且"书中自有黄金屋"，财不露富而"文澜富有"内的藏书，本身就积淀着中国的传统文化。这个，可能别人不一定懂。朱氏后裔懂，且在实践上可谓先行一著。

这里，不妨来说说百源朱氏的老屋。

"紫阳遗泽"是百源朱家现存最大最早的一幢老屋，老屋原五进，现存两进，后面接着的一进前上方悬匾曰"文澜富有"。"紫阳遗泽"与"文澜富有"两屋合一，习惯称"紫阳遗泽"屋。据今年八十七岁的老屋主人朱全福先生讲，老屋是他公公朱行才青年时期，即清光绪年间所建，有一百二三十年的历史。"紫阳遗泽"屋存有门罩，匾额隶书阳刻。屋宽十一点八米，深十一点六米。藏书楼"文澜富有"屋，与前"紫阳遗泽"屋同宽，深十三米。两屋共二百九十平方米。该屋原先五进，一九八一年烧毁后三进。"紫阳遗泽"屋匾隶意阳刻，意即朱熹光芒润泽之意。屋东原有五格厨房，现存两格。从"紫阳遗泽"与"文澜富有"两屋内中遗留在板壁上不甚清楚的标语口号看，这里曾经做过生产队的食堂和开会记工分的场所。

略晚两三年建造的"光照临川"屋一进，宽十一点三米，深十一点三五米，基本为正方形,合一百二十八平方米。"光照临川"屋原也有门罩(分田到户后具体不知何时被毁),匾额行书阳刻,取自唐王勃《滕王阁序》"光照临川之笔",意即颂赞谢灵运的文采。而在百源朱家,则有为临川文化继续争光的意思。"光照临川"屋匾,面向抚州临川,这样文气的匾牌,为抚州甚至江西地区所仅有。为了与东边"紫阳遗泽"屋对称,在"光照临川"屋西,原先也有五格厨房,现不存。朱行才先生说,"光照临川"屋建造时前墙高出东边"紫阳遗泽"屋两块砖,当年还闹得很不友好。

"紫阳遗泽"和"光照临川"两屋,皆清光绪中后期建筑,遵循"一字三间马头墙,每进天井在中央。石础窗棂皆雕刻,祖堂正屋边厢房"的建筑形式,在江西赣中与赣东地区的传统建筑中,还是比较有典型性的。虽然两屋年代不很久远,建筑水平也一般,但属朱仙舫的住屋,所以在2010年的第三次全国文物普查后,作为名人故居被列入进贤县县级文物保护单位。也因作为进贤境内不可多得的几幢名人故居的特殊价值,南昌市文化局在2013年还拨款十八万元,维修了朱玉屏、朱仙舫父子住宅(与朱仙舫一房的村民朱贵郎等人也证实朱仙舫于清光绪丁亥出生于该屋)"紫阳遗泽"与朱仙舫的藏书楼"文澜富有"前后两屋。

朱氏祖先有进取精神,后来者当然不能自我满足,故步自封。聪慧精明的朱仙舫,随新民主主义的浪潮,与同乡桂瑞藩,东洋远渡,同窗留学日本。学成归国,渡海轮上,国难当头,议论纷纷,该有人才,效力报国。桂朱发誓,瑞藩教育,仙舫实业,各自精进。朱仙舫满怀一腔热血,回到家乡,大干一番。清末桂瑞藩与朱仙舫两人,在今天的李渡镇与长山晏乡的桂氏与朱氏后裔中,尽人皆知。朱仙舫还被收入2009年版《辞海》第四册三七〇页,并附头像。这应该算是非常光荣的事情。可是在这之前,《辞海》编辑委员会在编写"朱仙舫"词条时,对于他的家乡仅作"临川"而未注明"今进贤"。

百源朱家村村委会书记朱高寿讲述,朱仙舫1911年自日本留学回来大约七八年后,也就是1919年五四运动前后,就在"紫阳遗泽"和"光照临川"两屋西北面的一棵古樟树(今天仍在)南边,建了一幢大约占地差不多四亩的两层大洋楼。该楼砖木洋灰结构,南向,正面七间,大洋楼建筑外观呈"笼子型"

（意合"笼里朱家"村名），四合院式，上下四围相通，一百二十根木柱落地，中间为一大院落且有亭台水榭，内中外环一圈铺设一条麻石路，足以跑马，所以也叫"跑马楼"。跑马楼内厅，还挂有李瑞清的一副隶书对联"经纶有大道，衣被及万方"（另：李瑞清同样为桂瑞藩屋内撰并书有隶书对联），意即赞扬朱仙舫纺纱织布的质量和其实业贡献。据说这幢结合了日本与欧洲建筑风格且非常气派的大洋楼，在一百年至六十年前，无论在临川还是进贤，都算得上绝无仅有。朱仙舫先后娶过六个老婆，1950年"土改"前，一家人全部搬到外面去了。虽然朱仙舫及后代不在家，政府还是划定他的阶级成分为"民族资本家"。因为当年人民政府对地主与民族资本家财产分配的政策不一样，所以该屋没有被划分给任何人，但也有村上的十几家无房户搬入居住（无房屋产权），而主要部分供村上农会和互助组用，功能不是很明确。又因为那屋确实好，1956年前后临川县新华乡（后改成长乐乡）政府办公室都短暂地搬进去了。半年后的1957年，政府要办新华中学，乡政府马上又搬出去了。中学办至1960年，就搬到了现在百源小学边上。但是朱仙舫亲手留下的这份近代异域风格的建筑文化遗产，早先不被重视，大洋楼大部分于1950至1960年被作为公用，后来被村上多户占用，损坏严重；1979年分田到户，又把这幢旧洋楼彻底拆除。现在不仅遗迹没有了，而且连照片都没有留下一张，真是十分可惜。

　　百源朱家村1936年出生的朱永兴老人讲："我1955年从江西省临川师范学校毕业，即回百源小学教书，1958年至1962年当校长。百源小学的前身，就是以朱仙舫父亲朱玉屏的名字命名的，叫'玉屏小学'。朱仙舫与我祖父朱青喜（1880年生人）又是兄弟，关系很好。朱仙舫在我们家乡附近有几百亩土地，朱青喜为朱仙舫种田兼管作，意思就是管理'长工'与'短工'的生产与生活。朱仙舫在外面办纱厂，一年也会回来几趟，看看自己家里的产业，顺便也会从家乡带人过去。每次回家，都由我那力气很大的父亲朱星保推着独轮土车，载着朱仙舫到附近的云山、李渡、文港、温圳等乡镇，有时也会去进贤县，看看风景，也看看毛笔、夏布市场。所以朱仙舫家里的情况，我比较了解。"

　　朱仙舫能够成为中国第一代纺织工业管理专家、实业家，江西民族纺织工业的奠基人，中国纺织学会的发起人，其实也是有着相应的地方社会环境文化缘由的。地处临川北乡的朱氏，历史上不仅坚守耕田读书两件事，也有经商的传统。朱仙舫的父亲朱玉屏，秀才出身，长期教私塾兼务农，加上当地及附近乡村盛产制作夏布用的苎麻，纺织也就成为农闲副业。朱仙舫幼年在父亲的私塾读书，后进临川小学和抚州中学学习，应县试，曾获第三名。可能受父亲和家乡环境影响，在清光绪三十三年（1907），考取官费留学生，到日本东京高等工业学校学习，攻读的就是纺织专业。可以说，朱仙舫是近代中国第一个留洋海外系统学习纺织工业的高端人才。至宣统三年（1911）学成归国，立即进入上海恒丰纺织新局任技师、工程师、厂长等职。为了培养纺织技术人才，他利用工余时间，创办纺织技术养成所，亲自编写讲义、担任教员，其专著《理论实用纺绩学》（上、中、下三编）为我国首次出版的中文纺织科技书籍，填补了国内空白。

1917年，朱仙舫应原上海总商会会长聂云台之邀，负责上海恒丰纺织厂技术工作。当时，中国棉纺织业刚刚起步，极端缺乏技术人员和技术资料，只得采用国外的纺织科技书籍。朱仙舫遂下决心结合中国国情系统地编著中国纺织科技书籍，以指导企业技术人员的操作运用。从1918年起，朱仙舫开始利用业余时间进行研究，经潜心钻研，查阅大量资料，于1919年和1927分别著成《理论实用纺绩学》前编、中编和后编。1930年，朱仙舫著成《棉纺织》上、下两册，这套书被收入了《万有文库》。在一百年至八十年前，是朱仙舫研究纺织工业成果最多的一个时期，他发表的研究性文章有数十篇。这些文章，都是他从事纺织工业的实践的经验总结，在当时的纺织界具有广泛的权威性和影响。如著名史学家白寿彝先生，在其主编的《中国通史》第十二卷近代后编第六节中，谈到抗日战争期间中国小型纺织机的创制问题，就直接引用了1945年《纺织周刊》第九卷第八期发表的朱仙舫的文章《三十年来中国之纺织工业》。更有意思的是，朱仙舫在这篇文章中，说到"三步法成套纺纱机由纺织专家邹春座等在无锡和嘉定创制，并投入生产"。这个近代中国纺织工业专家邹春座，在上海的《纺织工业志》上记录的是"出生在无锡"，但没有说是无锡人。而据我调查，朱仙舫早先在上海、武汉、九江等地办纱厂，确实从家乡长山晏、李渡两个乡带了几百位朱、邹、吴、汤、桂等姓氏人才前往，所以在上海、无锡一带，在纺织行业凡这几姓人士中，多有朱仙舫家乡人，只是他们在外多年后不谈祖籍了。

据说，1919年，北洋军政府江西省省长陶家理与张泌亭（张勋家族代表）、周扶九（吉安盐业巨商）力邀朱仙舫回赣创办纺织工厂。为振兴江西实业，朱仙舫欣然允诺，并亲赴九江考察建厂。1921年，江西第一家二万锭的久兴纱厂在九江建成，他即刻担任久兴纱厂经理。这确实是江西民族纺织工业的开端。

1926年，他应上海纱业、面粉大王，申新公司总经理荣宗敬的邀请，出任申新纺织总公司申新五厂厂长，兼任申新二厂厂长。

1930年，朱仙舫在上海主管申新二、五、七厂（七厂原为德商东方纺织厂，因经营不善被荣氏收购）后，全力广揽纺织人才，进一步改善经营管理，使申新人才荟萃，盛极一时。他与同行发起组织中国纺织学会，并当选为学会理事长，一直到新中国成立。他还创办沪东、沪西业余纺织学校，为提高我国纺织技术水平，培养纺织技术人才做出有益的贡献。

1935年，朱仙舫与汉口商会会长黄文植合作，先后接办九江久兴纱厂（并改名利中纱厂）和汉口第一纱厂（并改名复兴纱厂），任两厂厂长。抗战期间，浔、汉沦陷，利中、复兴两厂停办，朱仙舫避难重庆，任重庆纺织厂厂长。抗战胜利后，任国民政府经济部接收专员、中央设计局设计委员、中国纺织建设公司上海第十六厂厂长，并在九江创办兴中纱厂和兴华面粉厂，担任董事长兼经理，致力发展江西地方工业，成为全国知名的企业家和纺织专家。

1939年7月，日本侵略者进犯抚河一带。一天，侵略者到百源，欲行恶。幸好朱仙舫在家，他用日语与对方交流，支开了侵略者，避免了一场灾难。

朱仙舫的道德文章，向来为人称道。新中国成立后，百废待兴。朱仙舫这样的人才，很快被任命为纺织工业部计划司司长，中南军政委员会委员。他热爱祖国，热爱社会主义，带头促进兴中纱厂公私合营，使兴中纱厂成为江西省最早的公有制企业。

1953年，朱仙舫回到江西，任中南纺织管理局顾问、江西省轻化工业厅第一副厅长，江西省科学工作委员会副主任，江西省参事室参事，第一、二届全国人大代表。朱仙舫创建并连任十四届中国纺织学会会长，也是非常了不起的事情。

　　朱仙舫有着非常深厚的家乡情怀。他一家大小二三十人，在他六十岁之前基本全部搬到外面去了，只有他一人经常回乡。尤其是每年清明必须回家祭祖，还次次到村上各户走访，对家境一般的都买东西相送，穷困的就给钱。1958年秋冬，临川县人民政府在百源朱家北面两公里外的五桥村背后，兴修临川县规模最大的新华水库。朱仙舫得知家乡政府缺少资金，主动将他在兴中纱厂个人名下的股金定息约十万元捐赠给家乡，帮助兴修水利和其他建设。这之后，他又主动给临川县人民政府和新华人民公社送钱购买拖拉机，为农业生产服务，只是县里和公社都没有接受这位资本家的帮助。1965年，有着强烈的读书文化情怀的朱仙舫，因为自己家里的藏书前两年捐赠给抚州临川了，又想在家乡办个图书馆，便给了村上主事朱万元一笔钱，让其购置新书，还说就用当时还在的"跑马楼"办馆。后来他回到家乡问起这事，朱万元反说没拿钱，气得朱仙舫当众大骂，说："我当了一辈子狐狸，却被你这只鲍鸡姆啄瞎了眼。"因为这件事，朱仙舫十分伤心，本来他还打算在自己晚年将村上环境整治一下，凉亭建建，道路修修，结果心意全被朱万元的贪婪行径给糟蹋了。

　　人们还说朱玉屏、朱仙舫父子在本地重视文化教育，还确实有办学校并设立图书馆的义举，比如朱玉屏在清光绪末年既已在自己村南办起了义学。待朱仙舫自日本留学归来几年后的1915年前后，国民政府在抚州一带批准成立了几所私立小学。朱仙舫将父亲开办的义学改名为"临川县私立玉屏小学"。又因为朱仙舫与同往日本留学的李渡桂桥桂瑞藩（两村相隔仅八公里）相友好，而桂瑞藩所办的桂桥小学又闻名遐迩，所以朱仙舫接手后的玉屏小学，又参照桂桥小学办学做法，还特别照顾贫穷家庭学童读书，不几年也办得有声有色。抗日战争时期，李渡桂桥桂瑞藩先生早先创办的桂桥小学很有影响，但进一步的教育事业在抚州临川北乡及进贤一带还没有起步。1940年上半年，为解决临川北乡及进贤、东乡、余干三县学生继续深造的问题，朱仙舫向桂瑞藩学习，仍然借助桂桥小学办学的成功经验开设临川县同仁中学。同仁中学由朱仙舫的弟弟任校长，并聘请进贤乡绅张景龄担任教务长。现年九十二岁的进贤民和二小教员涂斐然，以及我认识的进贤民和医院九十一岁的医生陶淑文，都是1940

年同仁小学的第一届学生。次年，进贤县创办初级中学，1945年抗战胜利后，经张景龄撮合，同仁中学并入进贤中学。朱仙舫在开办同仁中学的五年中，付出了相当的资金与心血，同时也为其在外办的纺织企业提供了不少人才。

后来，玉屏小学在新中国成立前两年停办。村上有点文化的老者都说，朱仙舫大概在1958年前后，将他父亲办义学时期和自己多年收藏的一房间书（其中还有不少是古旧图书），悉数捐赠给了当时的临川县中学的图书馆，据说还捐了钱把这所中学图书馆办起来了（有的说是捐赠给了档案馆）。为此，2017年夏秋两季，我几次特意与章文杰、余辉等进贤县内关心朱仙舫文化的人士，跑到抚州市及临川区的图书馆、档案馆、史志办等单位，调查捐书建馆旧事，不仅没找到朱仙舫捐赠的一本书，甚至连一个字的记录都没有。对捐书办馆这件事的如此结局，我们感到无比惆怅。

百源朱家人说，尽管朱仙舫对家乡人非常好，但"文革"期间，家乡也有人对他非礼，这让朱仙舫及其后人反感，并使他于1968年7月八十一岁在南昌终老后选择就地安葬。家乡人都说，让朱仙舫这么一个了不起的人物灵魂安顿他处，也不能说不是百源朱家十分遗憾的事情。

关于朱仙舫的夫人，百源朱家现健在的几位长者都说是文港镇曾湾吴氏，具体名字并没有人说得清楚。我再往曾湾调查，他们也没有谁提供朱夫人名字，只讲朱仙舫那死于1950年的妻舅吴振鹏，民国时期协助过朱仙舫办纱厂。

如此种种，真是遗憾啊遗憾。朱仙舫自己留下的遗憾，以及我们为朱仙舫留下的遗憾，确实很多。

上海《纺织工业志·人物传略》，记录有二十多位人物。其中载：

朱仙舫，名升芹，江西临川（今进贤）人。早年曾应县试，获第三名。后接受新思潮，于清光绪三十三年（1907）考取官费留学日本，进东京高等工业学校攻读纺织。清宣统三年（1911）以优秀成绩学成归国，受聘于上海恒丰纺织新局，历任技师、工程师、厂长等职。

朱仙舫对振兴民族纺织业竭尽全力。鉴于国内纺织技术人才缺乏，朱积极创办纺织技术养成所，亲自任教，并根据留学所得和当时中外先进科技资料，编著出版中国第一本纺织专著《理论实用纺绩学》作为教材，向管理人员传授纺织工艺知识；后又陆续著作出版《纺织合理化工作法》及《改良纺织工务方略》，并为《万有文库》编著《纺织》上下册。

民国八年（1919），朱仙舫受江西久兴纺织股份有限公司委派，负责设计筹建一家两万锭纱厂，两年后建成开工，他任经理，是为赣人自行设计自行管理自办纱厂之始。该厂所生产的庐山牌棉纱畅销省内外，后因董事间发生摩擦，朱仙舫辞职离去。

民国十六年（1927），朱仙舫应荣宗敬之邀，就任申新纺织第五厂厂长，后又兼任申新二厂、七厂厂长。在任期间，治厂极为严格。他重视原棉质量管理，严防棉花掺水，购进棉花，除检验其内在品质外，还要测试水分，严格控制在9%以内；重视机械设备的维修管理，平车、揩车、检修等项目，严格按照规定周期及标准执行，确保机械设备的正常运转，各厂先后贯彻，卓有成效。

民国二十四年（1935），朱仙舫与汉口黄文植合作，向慎昌洋行租办久兴纱厂，更名为利中纱厂，恢复生产庐山牌棉纱。次年，又组成复兴实业公司，承办汉口第一纱厂，他身兼两厂经理，连年获利，经济效益显著。

抗日战争初期，部分纱厂随政府西迁，朱仙舫先任西北区中国银行纱厂经理。后国民党军政部长何应钦请其主持军政部重庆纺织厂，授少将衔厂长职务，他考虑到纱布为抗战军需，欣然从命，全力筹划、整顿，历时一年多，在该厂正式投产后即离去。抗战胜利后，任中国纺织建设公司上海第十六纺织厂厂长，他发表《从国际纺织现况说到本业应采之方针》一文，主张实行"增产以求自足"和"推广出口以争取海外市场"两大方针，对全行业影响很大。是时，慎昌洋行欲将江西久兴纱厂产权估价出售，他闻讯后，与上海和江西政界、金融界、工商界人士商议，集资数十万元购得全部产权，组成兴中纺织公司，他被推为董事长兼总经理。新中国成立后不久，1949年12月，兴中纱厂被批准为公私合营，后改为九江国营第一棉纺织厂。

朱仙舫一贯重视纺织技术的学术研究及教育培训，经常以自己研究心得及实践经验，写成专稿发表在当时的《华商纱厂联合会季刊》、《纺织染工程季刊》、《中国纺织工程学会年刊》上。民国十九年经他发起组织中国纺织学会，被推选为首届学会主席委员（后称理事长），并连任十余年。抗战前朱仙舫以纺织学会名义在上海沪东、沪西创办二所纺织专科夜校,招收各厂职员及有志于纺织工业的青年,授以纺织技术知识。民国三十六年,他又组织学会会员发起募捐,在上海地丰路(今乌鲁木齐北路)建成中国纺织学会会所。新中国成立后,学会更名为中国纺织工程学会,总会设在北京,上海会址移交上海市纺织工程学会。朱仙舫曾先后任纺织工业部计划司司长,中南军政委员会委员,当选为第一、二届全国人大代表。1954年后,历任江西省轻化工业厅副厅长,江西省科委副主任,省政府参事等职。

上海《纺织工业志·人物传略》,应该是比较权威的中国近现代纺织工业人物的记录。其中朱仙舫的传略,更是翔实、准确。故而附录在此,以备详考。又据笼里朱家朱贵郎等人回忆,在1987年朱氏修谱家人请其长子朱寿楠敬撰其父简历时,说到其时朱仙舫名下男男女女已近二百人,但没有一个在老家。

刊发于2017年12月邹农耕《文笔》杂志

求鼎斋类稿

二塘文氏三艺

　　进贤县东北八十里的二塘乡，有包括二塘、潭津、厚源三个以文姓为主的村委会，文氏人口约四五千。二塘文氏，据旧宗谱，宋元时期从吉安富田文家迁入，与文天祥同祖同宗。七八百年以来，在江西信江下游与余干县交界的杨坊湖北端这片湖洲湿地上，随日出而作，日落而息，主事耕田外也略略读书。因为本性善良，不善经商，不会做官，不尚武功，只得固守清贫，老老实实混碗饭吃。然也会苦中作乐，舞舞灯彩，唱点歌曲。也不知多少年来，这里一直是进贤县经济最落后的几个地块之一，即便在中国经济全面腾飞的今天，二塘文氏聚居地，仍然远远落后于他乡。我生在新社会，长在红旗下。新中国成立后，虽然穷人翻身，贫下中农当家作主，但是贫穷与困苦萦绕的艰难状态，至今仍令我刻骨铭心，也让现在很多不劳而获的权贵富豪们无可想象。然而，就是在这么一块苦寒贫瘠的土地上世代劳作的我的祖先们，也留下了一些简单朴素的文化艺术遗存，甚至还很有趣。这里，我就来谈谈二塘文氏的三艺，即《长工歌》、鼻蛇嘚灯、潭津座唱汇。

一、《长工歌》

　　《长工歌》即《我打长工实艰难》。这首1969年十二月由二塘乡厚源村农民文木根演唱、进贤县音乐干部聂伟凡记谱的《长工歌》，在1987年入选《中国民间歌曲集成》（江西卷），1991年又被上海文艺出版社收入《中国民歌》第四卷。2008年五月被江西省人民政府以《二塘长工山歌》（民间音乐）公布为第二批非物质文化遗产项目，代表性传承人是厚源村今年七十三岁的文木根。

　　收入《中国民间歌曲集成》的《长工歌》即《我打长工实艰难》歌词是：

　　（一）日头（呃　　咯）哥哥　（哟嗬 哟嗬　　嗬）

（二）一日（呃　　咯）三餐　（哟唶 哟唶　　唶）
（三）朝饭（呃　　咯）早来　（哟唶 哟唶　　唶）
（四）做牛（呃　　咯）做马　（哟唶 哟唶　　唶）
（五）你老板　好什哩　高来　（哟唶 哟唶　　唶）
（六）逼得（呃　　）老子　（哟唶 哟唶　　唶）

（一）快（唔）下（吔　咯）山（嘞　咯）我（唔）打（个）
（二）苦（唔）菜（吔　咯）饭（嘞　咯）两（唔）碗（个）
（三）昼（唔）饭（吔　咯）晏（嘞　咯）鼓（唔）打（个）
（四）压（唔）弯（吔　咯）腰（嘞　咯）穷（唔）人（个）
（五）摆（唔）什哩　（咯）脸（嘞　咯）前（唔）年（个）
（六）冇（唔）路（呃　咯）走（嘞　咯）剁（唔）你（个）

（一）长　工（呃　咯）　实　艰（嘞）　　难（嘞）
（二）萝　菜（呃　咯）　搁　中（嘞）　　间（嘞）
（三）两　更（呃　咯）　吃　夜（嘞）　　饭（嘞）
（四）何　时（呃　咯）　把　身（嘞）　　翻（嘞）
（五）工　钱（呃　咯）　拖到今（嘞）　　年（嘞）
（六）狗　头（呃　咯）　上　梁（嘞）　　山（嘞）

　　实际上这只是《长工歌》的开头，也就是六段即六句话。而1989年版《进贤县志》将第六段当作附词，实则只有五段。文木根说，如果要真正唱完这首从正月至十二月完整的《长工歌》，演唱时间至少要二十多分钟。这么长的一首山歌，确实没有人可以一口气唱完。当年收入《中国民歌集成》的《长工歌》，不知为什么没有记录其全部歌词。据聂伟凡先生说："1981年10月，我再次到二塘厚源村采访记录，请文木根重新演唱了完整的十二个月的《长工歌》，这才补齐了歌词。"为了尊重与慎重和对家乡文化的真情实感，2016年八月四日，我与进贤县文化局章文杰、二塘乡文化站胡青桃、首都师范大学历史学院研究生余辉等三位与我一样的有心人，又带着聂伟凡先生供稿的十二个月的《长工歌》全部内容，以我对本土本家民间文化熟悉的优势，再访文木根，逐字逐句与之切磋核对，尽量使歌词内容符合我们文氏最初的作者心中所要表达的意思和演唱者的初衷，因此补入如下：

正月长工正月天，拿包果饼去拜年。人家拜年吃茶酒，可怜长工一筒烟。

二月长工二月天，石张锄头去看田。东边看到西边止，老板门口好秧田。

三月长工三月天，挑担犁靶去耕田。左手牵头花黄牯，右手拿根打牛鞭。舍断了犁头不要紧，断掉了犁撩扣工钱。

四月长工四月天，四月长工栽禾天。扯起秧来双对双，栽起禾来行对行。一日栽了三四亩，老板骂我栽少了田。

五月长工五月天，河里龙船闹喧天。大男细女都去看，可怜长工挠禾根。

六月长工六月天，肩挑担里口起烟。搭坏了禾斛不要紧，断掉了箩索扣工钱。

七月长工七月天，栽完晚禾就断了根。九十九担倒仓沿，三担则谷里当工钱。

八月长工八月天，糯米果里把油煎。大男细女都有吃，可怜长工见不到面。一碗现饭灶角边，端起碗来眼咽咽。

九月长工九月天，重阳搞酒闹喧天。缸缸米酒呼呼香，可怜我长工冒有尝。

十月长工十月天，老板做酒定明年。今年受了沤沼气，明年回家自作田。

十一月长工十一月天，塘里车鱼鼻鼻鲜。大鱼小鱼都是腌，虾子鱼崽里餐餐煎。

十二月长工十二月天，砻谷打碓口起烟。大甏小甏都装满，可怜我长工冒米过年。

十二个月的《长工歌》词中，有的语句即便是现在的进贤本地人也听不懂，这里也做点说明：二月的"石张锄头"的"石"（这里只能用二塘文氏土语读音）的意思即"荷"。三月的"舍掉了犁头"的"舍"是"耕"。五月的"大男细女"的"细"是"小"；"挠禾根"就是"拔禾草"。六月的"担里"即担子，"箩索"即绳索。七月的"则谷里"是"瘪谷"，即不饱满的谷子。八月的"一碗现饭"的"现"是"剩"。九月的"呼呼香"即"喷香"。十一月的"鱼崽里"指小鱼。十二月的"打碓"，指用手持木棒棰不停地砸倒在石碓里的谷，使其脱壳而成米。

文木根对收入《中国民歌集成》的《长工歌》开头部分还做了更正和补

充,更正歌词如"一日三餐苦菜饭"为"一日三餐糙米饭";"朝饭早"是"早饭早";"鼓打二更吃夜饭"则为"夜饭灯瓜里壁上挂"。补充内容有地主回应的"日头哥哥缓下山,我请长工也艰难,一日三餐白米饭,两碗鱼肉桌中间"。总之,《长工歌》的歌词语句,都土气直白,没有任何所谓的文学色彩。土里土气,这就是进贤地方比较典型的民间艺术。

这里再来说说歌者文木根。

文木根,男,1943年9月生于二塘乡厚源村,没有进过任何学堂。文木根从十三岁至今一直种田,足足当了六十年农民。其父文思福,1908年生人,会唱京剧小旦。文木根或许因为祖上的文化基因和与生俱来的歌曲艺术天赋,无师自通,能唱上百首民歌。文木根说:"我不识字,当然不识谱,但我用土办法,也能随机应变,在我们杨坊湖畔进贤、余干、东乡三县地带,生活习性相同,但语音差距较大,所以唱民歌,要随我对地域习俗与语音的理解而自作'韵头'。如果不会调整'韵头',我们过去没有文化的人自创的民歌,就会唱得像'说话'一样,直白无味。"文木根还告诉我,《长工歌》在原先音调的基础上,也有调整。文木根唱得最多的,当然就是这首他作了"韵头"的《长工歌》。文木根说,作"韵头"要根据歌性而来,不懂歌性,民歌就唱不出意味。我以为,文木根所说的如《长工歌》的歌性,其实就是劳动者在艰难生活状况中的情感体验。

另外,过去只要有赣剧、抚州采茶戏来二塘乡间演出,文木根就一定会去赶场子,聚精会神,边看边跟着唱,几遍即可学会。"文革"期间,文木根跟着农村广播和一台老式收音机,自学了"八个样板戏",唱词甚至可以倒背如流,由此进入二塘公社毛泽东思想宣传队,且是活跃人物,演唱的《红灯记》《沙家浜》《智取威虎山》等京剧唱段,多次鼓舞了大型水利工程场面上农民群众的劳动热情。回想当年,文木根确实是农村"广阔天地"中的一道风景,他让群众欢呼雀跃干劲冲天,也让领导拍手沉思大加夸奖。虽时间不长,然在一定时期中,文木根以一个民间歌者的身份,用自己的歌喉,确实给成千上万的劳动者带来了欢乐,也留下了记忆。

经历过多年的沉寂,在《长工歌》被公布为江西省非物质文化遗产项目之后,文木根仿佛又活跃起来,在田间地头,在牧归的泥路上,也在现代文明灯光闪烁的大雅之堂。2008年至现在,中央电视台四、七、十套,以及中国教育电视台等多次播放的大型"地名文化纪录片"《千年古县·进贤》片头序幕(曲),就是文木根在早稻田里用高音演唱的《长工歌》。这些年,文木根还先后在南昌、上海、苏州、呼和浩特等地举办的各项文艺活动中获得好评和奖励,为地方文化艺术的推介与交流做出了贡献。这个六十年一以贯之,辛勤耕作于"从早稻田到晚稻田"的乡土歌唱家,之所以处处能以歌喉扣人心弦,其间付出的劳作情感与心酸的体验,代价几何,万千听歌者则无从知晓。

《长工歌》的历史究竟有多长,说不清。文木根告诉我,他的老师可以说是本村1917年出生的文浪得,往前追就不知道了。然据我所知,《长工歌》并不是文氏厚源人的专利。我父亲文庆檀,1907年生人,比文思福小一岁但辈分却高一级,是文氏潭津人中的民歌高手,1966年六月因故而逝。我父亲没有进过任何学堂,是旧社会的长工,但他不仅识字甚多,且楷书写得端端正正,算盘打得响,村上无人可比,他的《长工歌》好像唱得比文木根要低沉可怜一些,当年在进贤、余干、东乡三县也算有名,甚至还有人说《长工歌》是我父亲的艺术创造。我在1998年的南京《东方文化周刊》上,写过一篇题为《我的父亲》的文章,谈到过这件事。所以我认为,《长工歌》的历史,最多不过七八十年罢了。当然这些已无从考证,此乃后话。

二、鼻蛇嘚灯

鼻蛇嘚灯这种民间灯彩艺术,现在仅仅以潭津村为主。这项民间灯彩活动,2008年五月被江西省人民政府以《泼蛇灯》(民间舞蹈)公布为第二批非物质文化遗产项目,代表性传承人是潭津村文先荣、文学群、文国江。这里应该讲清楚的是,这三位代表性传承人,实际是有区别的:文先荣、文学群二位是鼻蛇嘚灯表演技艺代表性传承人,文国江是鼻蛇嘚灯制作技艺代表性传承人。鼻蛇嘚灯表演,过去是每年正月初一开始,一般至元宵结束,也有到农历二月十二的花灯节才结束的。

鼻蛇嘚灯传统制作方法非常简单,过去都是篾扎纸包,内空前后各有一"纸捻里"(灯芯)点火照明,一般有九尺九长,圆径与当地量米的"五升桶得"差不多粗细。鼻蛇唧灯肚子下,前后各置两根木棒作柄(俗称"手里"),作为舞灯者的撑杆。两位舞灯者,靠各自两根共四根木柄撑竿来表演。文先荣与文学群都说,鼻蛇唧灯因为要上高台,所以过去称高龙灯。鼻蛇唧灯表演,一般比较斯文,即以游走为主;一旦进入家庭,舞灯人就会动起来,也有掺杂龙灯舞中的跳跃、翻滚、盘绕等动作,有时还有一些类似舞狮的动作。鼻蛇唧灯的具体表演方法是:由两位舞灯人分别执"蛇头"和"蛇尾",从场地左边上场,在锣鼓点起时,以横插步舞向场地右方,同时舞动蛇灯窜上窜下。一般表演到高潮时,会赢得观者喝彩,东家就会在这个热潮中,拿出点果子糕点打发,后来发展到递上一个小"红包"。"红包"的分量微薄,从起先的一般两角钱到后来的两块钱,大概耗费了几十年时间。表演过程中,舞灯人会根据"红包"的分量而"加劲",一般会让、摆桌子,由平地爬上长条板凳,再由长条板凳爬上方桌,最高可以叠到三层,这时观灯者多会喝彩,舞灯人则会乘兴加速舞动,至最精彩处方休。鼻蛇唧灯在村落禾场等集体场合表演至高潮时,各家各户都会主动搬出长凳,摆成一条长长的"凳阵",要表演者从长凳表演,到方桌表演,再在桌上摆上长凳,使蛇不停地表演下去,甚至还可以爬至近屋梁高的桌上表演(名曰"上梁")。鼻蛇唧灯伴奏乐器有喇叭、锣鼓、钹、唢呐,还有二胡。文先海吹喇叭、文立群敲锣鼓,撑灯人文学群有时也拉二胡。鼻蛇唧灯乐器伴奏主要以演奏《渔家乐》为主,虽然比较简单,但为鼻蛇唧灯表演增添了不少趣味,更渲染了节日气氛。鼻蛇唧灯这种风格独特的民间灯彩艺术表演,由于表演人不多,所需道具简单、小巧、轻便,所以适合各种场面的表演,如屋内堂前,屋外庭院,以及街巷、禾基上、田野中。

　　鼻蛇唧灯表演,目前能追到最远的是厚源大湖嘴已过世的文尚武和厚源九十多岁的文相牛。文木根认为,厚源大湖嘴文氏是鼻蛇唧灯的起源地。鼻蛇唧灯最初的创作者是厚源文氏,没有异议,然厚源文氏早在三十年前就不再进行这项民间灯彩活动了。鼻蛇唧灯现在二位省级传承人文先荣、文学群,往上追是现已过世的文诗豪、文根深,所以鼻蛇唧灯的历史也不过百年时间。文先荣、文学群的徒弟则为现年五十五岁的文建南和五十岁上下的文中华、文知汉、文定进,再往下有四十多岁的文卫青、文小和。如果现在要举行这样的灯彩活动,潭津文氏八个人可以出四条鼻蛇嗯灯。

鼻蛇嗯灯制作,过去有已故的篾匠文保贤,往前追不得而知。文木根记得很清楚,说文保贤制作的鼻蛇嗯灯,灯头扁而不圆,长而不粗,显得灵活秀气。现在省级传承人文国江,其家祖辈有制作民间各种篾扎器具和灯扎的传统,他青年时即拜文保贤为师,制作鼻蛇嗯灯。这种非常简单的鼻蛇嗯灯,从头至尾尺寸(头、接环、蛇身)是3.3米,以24根细丝篾扎成,符合传统标准,但我感觉还是灯头扁圆灯身略胖,不如文保贤制作的鼻蛇嗯灯苗条秀气灵动,文国江自己舞动都显得比较笨拙生硬。文国江的鼻蛇嗯灯制作技艺,目前还没有徒弟,这是憾事。然文先荣说,鼻蛇嗯灯制作很简单,只要会做一点点篾匠,看一下即会。

潭津(先国注:清代同治《进贤县志》有图写作潭头嘴。民国十一年二塘画图《胡氏宗谱》有《画图八景·翰墨嘴》),过去一直是信江下游的一个口岸,几百年前即已形成一个小街市,原住民除我们文氏,晚清至民国初期,还有徐、余、杨、吴、饶、聂、熊、黄等姓氏加入。这些外姓人也纷纷参与到潭津文氏这项娱乐活动中来,过去都表演得很不错,有的还延伸到用稻草扎制的香灯得,如我孩提时记忆中的熊光星、余金树、吴来德、聂子振等人,都很活跃而且有趣。从这一点可以看出,我们潭津文氏艺术并不排外。至于这些年经过县里所谓的文艺干部们"泼蛇灯"的表演传承,经过他们搬上舞台的"包装"与"打造",与往昔穷人过年的一点娱乐寄托相比较,已不是原先的滋味了,我很不以为然。

我对鼻蛇嗯灯这个文氏灯彩活动,可以说非常熟悉。鼻蛇嗯灯的"鼻"字,是我们文氏土语的借音字,其本义是形容舞灯者动作线条形的"快"状,完整的土语句子是"鼻生一哈嗯"。"鼻生一哈嗯"即普通话的"倏忽",意思都是"忽而间"。"泼"只能是泼水散形的"块"状,"泼蛇"于舞灯者没有任何事理意义,更不是我们文氏这个民间灯彩表演活动的初衷。因为"鼻生一哈嗯"这样的土语,只有二塘乡及临近地方人可以听懂,所以我们二塘文氏对过去县里的文化干部无端猜测"这条蛇好泼呢"的历史出处,并以"泼蛇灯"而称之,感到莫名其妙。文先荣与文学群,对"泼蛇灯"之称谓,也很不认可。对自家文艺由别人胡乱定名而感到大有数典忘祖之讥的潭津原住民的我,因为对此感到痛心疾首,非常反感,所以今天无论如何,再也不能装聋作哑,必须说话纠正。当然,人微言轻的我,说了也丝毫撼动不了他们的讹误,真真无可奈何也。

三、潭津座唱汇

潭津座唱汇,这个活动究竟起源何时,早已不得而知,但老一辈讲至少不下百年历史。据说坐堂演唱最活跃的时期,在1945年至1966年之间;"文革"中冷落,1983年之后再次恢复。座唱汇,就是潭津文氏有演唱爱好的人们,闲暇时聚集到一起唱歌拉二胡的一种娱乐活动。潭津文氏座唱,二胡伴奏,演唱与伴奏,虽人数不限,场面比较热闹,但气氛却非常低调,不少唱词还体现在"苦"与"可怜"上。"苦"与"可怜"的音乐情感表达,"忧而不怨,哀而不伤"是其境界,也是潭津文氏长久以来安贫乐道的精神寄寓。我们当地人欣赏其音调,就是悠扬悦耳,沁人心脾。

座唱的内容,都是二塘文氏自编或其他地方传入的民歌、小调、灯歌,如《一双红绣鞋》《张先生讨学钱》《寡妇叫魂》《湖南到江西》《十送情郎》《绣花鞋》《檀树扁担软溜溜》《十二个月采茶》《十月子飘》《想郎歌》《瓜子仁》《十下鼓》《十只鸽子》《照花台》《江西是个好地方》等上百首。座唱汇,原先在潭津、厚源以及隔河一公里的原余干县枫港乡郭坪文氏(二、四、五、八房)几个村庄都有活动,前二十几年厚源座唱汇消失了。多年一直保留这项活动的,只有潭津文氏,2002年,余干县枫港乡郭坪文氏八百人移居潭津,他们中也有人加入潭津座唱汇活动。现在经常参与潭津座唱汇活动的,有文先龙、文国强、文学群,女性则有焦青梅、胡茶秀、张菊贞等;二胡伴奏有文新旺(我潭津亲叔文成章女婿、原余干郭坪八房文氏)、文先海、文景芳、文书江、文国润等。特别值得记录的,是文新旺早在1985年前后就采集进贤二塘(包括余干郭坪)文氏民歌,利用在余干邮电局总工程师任上之便利,请余干县音乐友人谱曲,还亲自刻钢板油印成民歌词曲小册子,并流传至今(见图):

一包瓜子三十双,手中包在手中装。瓜子真好吃,瓜子真喷香,一包瓜子几十双。想思里咧,都里松松,都里歪歪。一包瓜子几十双。

以上几句，文新旺为之谱曲后又刻记了以下五段：

一条手巾三尺三，上绣芙蓉配牡丹。芙蓉绣得好，牡丹配得妙，绣条毛巾送情郎。

一面镜子两面光，里面照见外面郎。左照左精神，右照右情郎，照见情郎画眉样。

一根竹子节节高，王母娘娘宴蟠桃。箫在嘴边吹，琵琶手中弹，吹吹弹弹热闹闹。

大院墙上一钵花，情郎哥哥喜欢他。小妹亲手栽，情郎来赏花，惹得情哥来我家。

前面来了位都相公，上穿绫罗下穿红。这位都相公，比不上我情郎，早生贵子状元郎。

一晃三十年过去。我以为，这份刻印的《瓜子仁》词曲，已成为珍贵的二塘民间歌曲的历史资料，文新旺贡献不小。

座唱时的表情，有和善、喜悦、愁苦、可怜、无奈；唱腔多中性，趣味性比较好。因此我以为，我们潭津地方在二胡伴奏下的座唱，是最好的乡音、乡愁、乡情，在那种环境中长大的我，仿佛最能体悟个中趣味。例如其中收入《进贤民间歌曲集》、出自梅庄地方的《瓜子仁》，1950年至1951年被驻扎在梅庄搞土改的解放军文艺干部改编成唱响赣鄱大地的《江西是个好地方》。当时潭津属梅庄区公所管辖，其实《瓜子仁》就是潭津文氏（据说大鹄源、官溪胡氏也有人会唱）创作的民间音乐艺术，所以说《江西是个好地方》这首全国著名的江西民歌的形成，潭津文氏是有最初贡献者（先国另注：当年汪曾祺也在进贤梅庄区潭津乡搞土改，写过一篇名为《迷路》的短小说，内中说到吃过"霉豆腐与柚子皮"，其地址就是今天的二塘乡军山湖边的王家庄与夏家。所以我想，当年派在梅庄二塘搞土改的多为文艺干部，可惜没有人及时记录其情形。收入《进贤民间歌曲集》的《江西是个好地方》注："此曲歌词是1951年原江西军区文工团创作的大型歌舞剧《歌唱江西》中的主题歌，曲系1949年六七月间一五六师宣传队在进贤梅庄剿匪斗争之余采集。"）关于《瓜子仁》，我一直没有找到潭津文氏歌者。2015年12月，我再找厚源文木根唱一遍，因为我不懂曲

调,只能记录唱词如下:

表妹(个哩)呀妹哟,住在大路边,一卖烧酒二卖烟,或舍里来买酒,或舍里来买烟,小小生意要现钱,香死里门啊,弗里松松,弗里松松,阿阿阿嗨依,小小生意要现钱呀。一盘瓜子三呀二十双,双手抱来手中上,瓜子炒得好,瓜子炒得香,时时刻刻生意样,香死里门啊,弗里松松,弗里松松,瓜子虽小生意样。一根竹子节节高,双手抱来老曹操,实在抱得好,实在抱得妙……

文木根唱的《瓜子仁》,与文新旺三十年前刻印的潭津传唱的内容有较大差别。但我与进贤县文化局主任科员章文杰听后,都认为他的曲调就是《江西是个好地方》的母本。文木根却说,因为自己多年以唱《长工歌》为主,唱《瓜子仁》的效果不如《长工歌》,加上《瓜子仁》由潭津文氏原唱,可能有的歌词存在理解上的误差,所以现在《瓜子仁》歌词的记录不是那么完整准确。文木根还说,厚源夏家村八十多岁的夏仁章能唱完整的《瓜子仁》,不巧的是夏仁章现长期不在家居住,找他不容易(不久,我在二塘农贸市场找到夏仁章老先生,他又说年事已高记不住了。真是无奈)。另外,据我了解,在二塘乡潭津村西北七公里外梅庄镇辖区内的老居民中,实在找不到往昔《瓜子仁》的演唱者,不然的话,为什么《进贤民间歌曲集》的《江西是个好地方》条目下只注"小调·瓜子仁——进贤梅庄"而没有演唱者姓名。后来,据聂伟凡先生告知,他在南台乡又调查到了另外一个版本的《瓜子仁》(与文木根忆唱的有所不同),并为之谱曲。当然,我还是遗憾在1980年至1985年全国民间艺术调查中,忽视了对潭津文氏座唱汇的调查记录,后来也没有采取补充措施,因而影响了2006年之后的多次各级非物质文化遗产申报;尤其是没有采访和记录到我们潭津《瓜子仁》的演唱者和歌词,以致丧失了《江西是个好地方》出自进贤县的这项重要的民间艺术知识产权。

四、综合感想

近几年,在《长工歌》与鼻蛇嘚灯两个民间文艺非遗项目的传授过程中,文木根、文先荣与文学群三个代表性传承人,都表示有一定的忧虑。文木根说,无论他怎么唱与讲《长工歌》,学歌者不懂歌性都无济于事。文先荣与文学群说,"县里用剧团的人学'打造'过的'泼蛇灯',到上海去表演,不让我们去。他们又学得不像,演得不好,而且画蛇添足,变了味。虽然这样很不好,可是我们没有办法"。我觉得他们说得都对。不懂的人只能违背民间原始艺术的文化生态。所以从非遗文化方面讲,文木根等几位传承人,都很了不起。但是,任何一项文化艺术的传承与发展,起码要几个有一定文化艺术修养的研究保护人才做背后的支撑。这一点,隔海相望的日本与韩国,对自己民族历史上的文化艺术都非常尊重,甚至在一项民间艺术背后,有一批专家学者在做研究与保护的工作,从国家层面讲做得很好。我们中国文联副主席、中国民间文艺家协会主席冯骥才先生,在文化遗产研究与保护方面积极推进,多年忧心忡忡,四处奔走,且出钱出力,呼声遍及大江南北。作为当代中国文化艺术大师的冯骥才先生,担心的不是中华民族缺乏民间艺术,而是害怕我们在位的研究保护机构和人员,或者无能作为,尸位素餐,当"吃饭的干部";或者乱作为,乱作为即无知,无知无畏,一味打造包装,充当摧毁文化的推手。

关于二塘文氏三艺,其价值究竟如何?这里不妨攀高,比较着鉴别。由此我想起从1941年至新中国成立初期在无锡街头拉二胡的阿炳,要不是杨荫浏及时录音的保护,他那苦难岁月中凝练出来的《二泉映月》等人生艺术绝响,岂不是要随阿炳一起消逝?民间艺术一定要有人及时发现和传承。陈忠实的长篇小说《白鹿原》不也是来自民间吗?陈忠实就有一双慧眼,他所熟悉的白鹿原上人,长期挂在嘴巴上吼的顺口溜"他大舅他二舅都是他舅,高桌子低板凳都是木头。走一步退两步权当没走,前奔颅后马勺都有骨头"等几句大实话唱词的秦腔,也能登上大雅之堂的北京人艺剧场、北京中山音乐堂的舞台,这不是艺术的提升与再现吗?但我要说,从陈忠实作品中提炼的,是《白鹿原》原生态音乐作品的"秦腔"与"老腔",当然这里面也有"哭腔"。这从小说改编搬上舞台的,并没有经过任何的"打造"和"包装"。我还把陈忠实的《白鹿原》和贾平凹的《秦腔》做过比较,在西安也看过一回秦腔表演,甚至还特别关注过陕西、甘肃一带民间秦腔表演者的生存状态和他们对自己祖先艺术的情感。在对一系列西部文化的探索后,我想,陕西文化的厚重,不仅仅在于十三朝古都、秦始皇兵马俑,陕西文学大军的"文学东征",很大的一个因素在于秦腔,在于秦腔里艰辛而诗意的生活。西部小说《格萨尔王传》传唱者晋美，是四川作家阿来的重要发现和杰出的文学艺术创作，晋美本人也因此直接列入国家级非遗代表性传承人，并受到国家与人民的尊重和保护。晋美的"说唱"其实也是歌啊。最近，我还读到亚妮一本《没眼人》的书，作者讲自己和国家非遗研究保护中心主任田青先生，如何发现、帮助、推崇山西省左权县十一位盲人游走于贫瘠的土地"对天而歌"的故事，真乃催人泪下。依我看，我们二塘文氏座唱汇上的演唱艺术，是蕴含着鄱阳湖地区原初的历史生活环境表达。他们用歌声挑战着生活的艰辛与苦难，实际也是一种诗意的生活，虽俗而雅。这样看来，往昔诸多有着"胸中民歌千百首，只为家乡山水留"家国情怀的民间艺术家，不只是在无锡小巷、黄河流域、青藏高原，也在鄱阳湖畔。我地民歌，当然也不外民乐，有自我地域独特的曲调，任何人不能以个人好恶而臧否。只是我们这里，没有人去探究其中的奥妙，没有人像杨荫浏、陈忠实、贾平凹、阿来、田青、亚妮等一批这样的文艺伯乐去发现，更没有人像冯骥才先生一样能够做遮风挡雨的大树去保护。本来民间有会唱的，官方机构就一定要有懂行的研究保护专家去积极调查、保护。

　　游子牵挂的，是乡愁的眷恋。从小就熟悉并钟情的二塘文氏三艺，总会在我的脑海中荡漾，似碧波涟漪，轻轻地拍击着不能平静的心田。记得家父过去在干农活时，譬如栽禾、割禾中，总是在快要收工前的片刻，起劲地带头打着"鸣呼"，接着又打起"山歌"，唱呀唱呀，以此调动愁苦心灵上的一点慰藉。我甚至以为，那"鸣呼哀哉"的曲调，蕴藏着无限深情的劳动与生活的艺术啊！因此，我曾多次企图为文木根等宗亲这些艺术传承人争低保，这几年又为省级非遗代表性传承人得不到应有的生活补贴而慨叹，以及对管他们的上级口头上所谓重视的谎言而愤愤不平，但我却总是无奈。未知何时，民间文艺的造化，能随上苍之愿，让进贤也能冒出几个贤德有能的文化带头人，为如此等等之艺术文化鼓与呼。

刊发于2016年6月邹农耕《文笔》杂志
2020年9月略作修改

进贤县文博研究成果与出版情况的报告

——兼谈利用文博研究出版成果在为地方文化遗产保护中的作用

进贤县的文物博物馆工作,是在1983年第二次全国文物普查在县文化馆代管的基础上开展起来的,1989年4月才成立进贤县文物管理所,属于江西省较晚建立文博机构和独立行使文博专业研究与保护的几个县之一。相对于樟树、婺源、南昌、庐山、井冈山、瑞金、丰城、铅山、高安、新建等县、市(区),进贤县文博工作的起步则要晚十年甚至几十年,多年来一直处于文物小县的地位。然而在2006年、2013年国务院分别公布第六批和第七批全国重点文物保护单位、2008—2009年设立进贤县博物馆、2012年至2018年国家有关部门连续五次公布中国传统村落之后,进贤县则以三处全国重点文物保护单位、九处中国传统村落(其中一处还是中华民族优秀建筑)、八处(九点)江西省文物保护单位和一大批(南昌)市级(进贤)县级文物保护单位等大量各种名称的文化遗产留存,迅速跨入江西省名副其实的文化遗产大县行列。

差不多十年的时间中,进贤县从一个文物小县跨入文化遗产大县其中有什么奥妙?我三十年一直从事并创建进贤县文博机构和文化遗产研究保护工作,想在这里报告一下这些年来进贤县文博研究与出版事业的成果情况,顺便谈点这个成果的利用在为地方文化遗产保护所起的作用。

我们都知道,三十多年前的一次国际博物馆协会组织会议,明确给博物馆的功能定性为:文物收藏、学术研究、陈列教育。这就是所谓的博物馆"三性"功能定位。这之后,国内外文物博物馆界,当然在这"三性"定位的基础上有进一步的演绎和多种解释。但我以为,国际博协的"三性"功能定位,已经很科学合理并有相当好的指导操作功用。我不会忘记的1985年秋天，史树青先生来江西，为我们江西省几十名文博工作者讲课，还特别讲到博物馆的"三性"。脑海里装进了三万册古今中外文化典籍的史树青先生，讲得最多的自然是读书与学术研究。史先生说："中国历史博物馆文物收藏丰富，利用其很好地体现教育功能的，就是借助了相当扎实和丰富的学术研究成果。一个博物馆不管文物多与少，都要花力量开展学术研究。"作为一个入行不久、喜爱文博工作的人，我认定史先生的话有道理。自此，读书与对文物或曰文化遗产的研究，进入了我这之后三十年的工作与生活。我孜孜以求，并且与同道一起做了一些研究，也取得了一些成果。以下分段谈谈这方面的情况：

一

文博研究，主要针对地方的可移动与不可移动文物、非物质文化遗产、地方历史文献及古今人物事件等几个方面进行。但这几个方面的研究，在我们进贤县，可资利用的出版文献极少。例如明清两代先后修纂的成化、正德、嘉靖、崇祯、康熙、同治六个版本的《进贤县志》，以往一直没有见过；只是到2015年2月，我们才从网上书店买到清康熙、同治两个影印版本的《进贤县志》；稍后，又弄来一本汪集、万浩纂修的明嘉靖《进贤县志》的电子版。因为地方很少有历史文献的收藏，对我们今天的文博研究非常不利，所以我们更应该在这方面做功课下功夫。

对我县不算十分丰富的文物收藏，这些年来，我们也尽量写出文章来，在国内文物、文化、艺术、收藏等报刊上发表。2000年之后，我县收藏的二级、三级文物的宋代景德镇窑影青执壶、影青托盏、影青梅瓶、影青谷仓、影青皈依瓶，元代龙泉窑青釉斗笠碗，明代景德镇窑青花象耳瓶、青花炉、青花碗，清代景德镇窑外酱内蓝色釉盆，以及宋、元、明、清各个时期的墓志铭、地券、石木质匾额、铜镜等几十件器物，都分别在《中国文物报》《中国商报·收藏鉴赏》《北京日报》《新民晚报》《收藏快报》《收藏》等十多种报刊随文发表。这些经过研究配文发表的几十件文物，占我县2000年之前收藏并经省级鉴定208件二、三级文物总量的15%。据我所知，在一个文博单位收藏的可移动等级珍贵文物中，得到这个比例的研究成果应该算是比较高的。我们对博物馆研究的文章，也先后被收入《东方文化周刊》《谛听陈列艺术的脚步声》《中国文物科学研究》《国际博物馆》等书刊。

  我以为，博物馆收藏的任何一件文物，尤其是在不明确其出土时间地点等环境因素的文物，经过省级以上专家鉴定和我们一定的研究并且写出文章，刊发在相关专业的报刊上，也就被激活了。这一点也可以举出相应的例子，就是进贤博物馆现在正进行中的文物陈列设计方案，凡我们过去在《中国文物报》等报刊作过随文研究的文物，这次全部用上了，收入其中八方墓志铭的陈展还能很好地体现地方文化价值，尤其一篇写南宋宝祐丁巳年傅梦得墓志铭及其出土文物的文章，已在2015年6月提交给《光明日报》、长江文化促进会的"听文物讲长江的故事"参与长江流域珍宝文物评选，同时还提交给在河南郑州举办的2015年中华文化促进会宋学研究论坛。这篇文物研究成果的文章，既破解了傅梦得这位宋代诗人的诸多谜团，也丰富了进贤地方的历史文化资料。

二

  对不可移动文物的研究，更是我们地方文博工作者学术研究的重点。进贤县的三处全国重点文物保护单位，李渡烧酒作坊遗址是2002年度的"中国十大考古发现"之一，这处被国内文物考古界与白酒文化界专家共同认定的历史最久、遗迹最全、遗物最多、沿用时间最长的中国古酒作坊遗址，在2002年考古发掘之后，我们有多人写过多篇文章，分别在《中国文物报》《文物》《中国酒文化》《农业考古》《江西日报》以及2011年4月的四川泸州中国文物学会中国古酒遗址专业委员会成立暨首届中国古酒遗址论坛等报刊和会议刊发，其中在《中国文物报》就两次以专版的形式进行了研究性的报道。这些文章的刊发，无论为李渡烧酒作坊遗址成功申报"中国十大考古发现"与全国重点文物保护单位，为迅速开展编制并经国家文物局批复的《李渡烧酒作坊遗址保护规划》与《李渡烧酒作坊遗址本体维修保护方案》，还是为遗址本身的有效保护、宣传、利用起了重要作用。

  进贤县两处全国重点文物保护单位的古建筑类文物，都是陈氏家族的遗留：一是明代的陈氏牌坊，即明永乐八年（1410）为陈谟而建立的石质昼锦坊与明崇祯十年（1637）为陈谟后裔陈应元、陈良言、陈良训再立的木质理学名贤坊；一是清代的陈氏庄园，即清同治二年（1863）陈奎彩陈应辰父子的云亭别墅与清光绪元年（1875）陈志喆的羽琛山馆。有意思的是，这两处全国重点文物保护单位，分别是两个牌坊与两个庄园，从建筑本体来说，其规制都比较小且观赏性不够突出。从表面看并不起眼的这两处建筑，令很多人都不以为然甚至质疑其全国重点文物保护单位的资格。可是他们都不知道，有绝对纪年（明永乐八年）达600多年历史的牌坊和有绝对纪年（清同治二年）超过150年历史的别墅，确实全国都没有，不信可以查查国务院公布的共七批4295处全国重点文物保护单位名录；况且我们在十多年前，针对这两处国保文物还分别在《中国文物报》《天一阁文丛》等权威专业报刊发过研究文章，早已得到过学术界的认同。记得2004年与2009年，我分别为这两处建筑撰写第六批与第七批全国重点文物保护单位资料，在南昌市、江西省审查资料时，有专家就提出质疑。我据理力争，还一并出示我们这尽管不多的研究成果，终归让他们无话可说。因为物质的东西再怎么好，也要有一定的文献来证实。

进贤县内省级文物保护单位的文港镇豫章世家坊、文港毛笔作坊（包括周虎臣毛笔作坊与邹紫光阁毛笔作坊）、三里乡节孝坊、三里乡雷家花屋、锺陵乡节凛冰霜坊，（南昌）市（进贤）县级文物保护单位的李渡镇桂梦荪故居、锺陵乡润溪桥，甚至没有列入文物保护单位的池溪乡与东汉徐孺子相关的明清两代反复修建的石质徐桥、锺陵乡栖贤山唐代诗人戴叔伦隐居地遗址，都先后分别在《中国文物报》《人民日报（海外版）》《美术报》《京江晚报》《常州日报》《艺术中国》等国内报刊发表；特别是写雷家花屋的文章，由于《中国文物报》那一次还在封面做了重点提示，引起海内外建筑学界的格外关注，上海同济大学、华中科技大学、香港凤凰卫视还反反复复来到现场，调查研究这处有着清乾隆绝对纪年的"样式雷"建筑在江南的孤例，同时还拍摄成影像片播映，使这处文物的研究与宣传，从纸质阅读层面延展到空间视觉层面，等于无形中扩展了传媒形式；中国工程院院士、同济大学教授常青，华中科技大学教授雷某，这两位当代中国古建筑研究的顶级专家，对刊发在中国文物报的这篇文章的

"样式雷"观点还尤为认可。第三次文物普查中新发现的白崖山红石场遗址、中共中央办公厅"五七"干校旧址两处文物，也分别有研究文章发表在《中国文物报》与南京《文化遗产通讯》，并以此参与了全国与江西省的文物普查重大发现的评选，其中白崖山红石场遗址还被收入国家文物局主编的165项《第三次文物普查重要新发现》（科学出版社2010年3月第一版）。

三

中国传统村落，是中国文化遗产范畴中的一种新名号。2012—2018年，国家有关部门联合公布了共五批近七千处中国传统村落。按目前全国2800多个县级行政区划计算，平均每县只有两处多，而进贤县却有九处中国传统村落，可谓多矣。中国传统村落的基本要素，一是要保存有一定存量的传统建筑和古村肌理，一是要有一定的旧时生产形式和生活方式的非物质文化遗产遗存，这两者既要保护也要研究，而且工作要同步进行。

在传统村落研究上，进贤县利用了一个文化研究与宣传的平台，就是中国毛笔文化博物馆2007年夏初创办的内刊《文笔》。《文笔》杂志是季刊，创刊十二年，到现在已经编辑了六十六期，近三百万字。几乎每一期的《文笔》杂志，都有一个"江右文踪"栏目，刊发我们研究进贤物质与非物质文化遗产当然也包括多篇写传统村落的文章，从创刊到现在共出刊四十一期，《文笔》杂志已刊发了三十三篇相关文章，其中一篇写省级非遗项目张公夏布制作技艺的文章，还被《中国文化报》转载；多篇写文港毛笔村落及毛笔制作技艺的，也综合成一篇长文，在《中国文化报》专版刊发；在美术与书法报重复刊发的更是不少。这些进贤地方文化遗产研究的第一手资料，多在《文笔》首发，得到学界认同。

尤其值得一提的，是在《文笔》杂志写文章的，不乏海内外著名文人学者艺术家，如流沙河、钟叔河、任继愈、周退密、邓云乡、刘征、来新夏、陈静吾、刘世南、黄永厚、陈忠实、邵燕祥、张恩和、李国文、柯文辉、林非、宋词、薛冰、徐雁、喻学才、王稼句、李敖、邵洛羊、陈漱渝、陈四益、陈子善、陈学勇、彭燕郊、扬之水、赵园、熊召政、薛永年、陈传席、邓伟志、陈村、古远清、田原、林贤治、范扬、朱以撒、韩石山、柳和城、叶瑜荪、周翼南、陈福康、范景中、余德泉、龚明德、徐雁、彭国梁、黄乔生、鄢烈山、包立民、刘克定、秦燕春、伍立杨、唐浩明、胡继华、旭宇、吕品田、西中文、陈巨锁、罗文华、徐鲁、刘涛、严晓星、薛夫彬、邱振中、陶方宣、文师华、曾印泉、邱才桢、薛元明、朱金顺、聂鑫森、许宏泉,等等,不计其数,大家名家云集,可谓气象万千。江西省几次评审内刊质量,《文笔》杂志均获综合第一名。《文笔》杂志,从开始的每期印刷5000册到后来的10000册,全部由邹农耕个人出资并免费寄赠国内外学术文化界人士,有很不错的文化影响。所以我们认为,利用《文笔》杂志刊发研究地方文化遗产研究的文章,同样不失其学术文化价值。所以说,《文笔》借助了海内外诸多文化艺术尖端人物的成果,丰富了原来十分薄弱的进贤地方文化研究。

还有,因为中国传统村落研究的任务太重,所以我们还另外利用了一个平台,就是进贤县中华文化促进会的《进贤文蕴》会刊。《进贤文蕴》的办刊宗旨就是"挖掘地方文化底蕴,扩大对外文化交流"。《进贤文蕴》会刊的驻会副主席与几位正副秘书长,都是进贤县文化遗产研究与保护方面的主要专业人才,因此我们将研究进贤地方中国传统村落的研究文章刊发在《进贤文蕴》上,以资为中国传统村落的保护大造声势。在这版面上发表的不少这方面有价值的文章,为今后中国传统村落的系统研究打下了基础,为日后中国传统村落保护提供学术出版的成果积累。在研究中国传统村落——罗溪镇旧厦村的调查中,我们发现该村晚清民国年间文人周鸣岐的著作手稿《进贤乡土概况》,还被收藏单位当作善本,所以从这一点上看,在民刊上发表文化遗产研究文章也很有意义。

四

专题研究与出版。进贤县的文博或曰文化遗产研究,有专题也有重点。对在专题与重点研究方面有成果的,进贤县即予以出版。十余年前,红学大家周汝昌先生给邹农耕来信,说曹雪芹家族与进贤的关系,邹农耕将信转给我,希望我帮助他查找地方文献资料并进行相关研究。结果我们真的发现民国三十五年（1946）进贤《曹氏族谱》中有曹雪芹家族成员的记录，我们一边研究写文章，一边将族谱提供给北京曹雪芹研究会，经过国内诸多红学家与我们地方共同努力，结果在北京与进贤召开了两次研讨会，写了几十篇研究文章，2010年6月，梅华的《曹雪芹祖籍在进贤考》率先在北京作家出版社出版；国内学者总共34万字的研究成果结集《曹雪芹家族文化探究》成书，由北京当代中国出版社2011年6月出版。我多年来在《中国文物报》《中国文化报》《中国艺术报》《美术报》《书法报》等国内几十种文化艺术类报刊发表文章400多篇，其中在《中国文物报》就发表百余篇，且不少涉及地方文博研究，我挑选了33万字的文章编辑成《求鼎斋文稿》（文物出版社2013年7月第一版）。2014年7月，由中国出版集团世界图书公司出版47万字的《李渡烧酒作坊遗址与中国白酒起源》，是李渡烧酒作坊遗址考古发掘后出版的一本专著；该书的出版，是在我和杨军等人前期研究文章基础上，让进贤籍中国古典文学博士出身的佛山大学文学院长万伟成教授的团队深入研究的成果，这几年连续召开的中国白酒蒸馏酒起源研讨会，就充分地利用了这项成果。南京艺术学院朱友舟，用三年时间撰著博士论文，其中大量毛笔制作技艺方面的内容，得益于文港淳安堂主、中国毛笔工艺大师李小平先生的研究成果。北京师范大学刘爱华，又用五年时间写成34万字的博士论文《手工作坊生产与社会交换——以江西文港毛笔为个案》，并在2015年9月由中国社会科学出版社出版，这本毛笔文化遗产研究的专著，意义重大。继33万字篇幅的《求鼎斋文稿》之后，其姊妹篇23万字的《求鼎斋丛稿》，又在2016年4月由上海书店出版社出版；求鼎斋两书承载的地方文化遗产研究成果的出版，许多属第一手资料，可谓翔实丰富，至少对进贤地方文化遗产资料的保存和今后的地域文化研究有一定引导价值。尤其是文物出版社出版的《求鼎斋文稿》，还被日本东京国立博物馆、图书馆和台湾"中央研究院"的四家研究所等海外高端文化机构收藏。

  进贤中华文化促进会连续三年，先后整理了《进贤民间故事·传说集》《进贤民谣民谚歇后语集》《进贤民间歌曲集》以及《汇音成曲》等一系列地方文化内部资料。另外，还让陈平安将2007年5—6月在《长篇小说》海外版刊登的15万字的《宋词父子》进行再次修订成40万字，目前同样列入地方系列文化丛书，寻求出版。这套地方系列文化丛书，与进贤这些年正规出版的图书一样，赠送北京中国国家图书馆收藏。进贤中华文化促进会这些年在遵循其宗旨的同时，坚持办刊与丛书出版相结合，并取得了令人认可的成绩，在对外展示过程中，更得到了国内中华文化促进会兄弟单位和其他地域的广泛称赞。

尤其可贵的是，邹农耕先生创建的中国毛笔文化博物馆、南昌邹氏农耕笔庄、晴耕雨读文化传媒有限公司，这些年还联合出品了"晴耕雨读"系列丛书，推出了陶博吾、陈静吾、许亦农、朱晓光、余风顺、张恩和等江西籍文化人（也有外省籍喻民东）的艺术成果，并为与进贤历史上相关的曹雪芹诞辰三百周年和汤显祖逝世四百周年出版书籍和精制纪念毛笔，到目前为止，总共耗费二百六十万元的经费，全部由邹农耕先生个人出资。邹农耕的这个文化艺术成果出版行动，虽立足江西地方，然其效果与影响则是全国性的。2016年5月上旬，中国文联组织专家考察文港镇申报"中国毛笔文化之乡"荣誉称号，就特别参阅和利用了这些年出版的相关资料。邹农耕先生利用自己多年收藏的中国毛笔文化史料和实物，于2016年下半年在《书法报》封三整版开专栏二十多期，图文并茂，广受赞誉，被人称为中国毛笔文化史上极有价值的资料。我更清楚地看到，邹农耕先生这些年无论创建中国毛笔文化博物馆，还是创办《文笔》杂志或撰写并出版相关文章书籍，对中国毛笔文化这个产业的传承与发展，都起到了相当积极的推动作用。

南昌铁路局干部万卿，进贤锺陵乡人。多年来，一直致力于自己家乡"戴叔伦·栖贤山·润陂桥"及其进贤万氏的历史文化研究，近几年已积累十万字的研究资料。万卿几次利用这其中的资料，为戴叔伦研究、进贤成名研究、万氏人物研究提交论坛研讨，有的还被收入正式出版物。尤其可喜的是，万卿从宋代诗人杨万里《过润陂桥》的二首诗中，不仅发现了八百年前江南东路与江南西路的分界线，而且还为江西省社会科学院等历史研究专家到现场调查提供了新的史料依据，同时也为这处进贤县最边缘的古桥提升了文物价值。万卿还追踪明代余干县文人胡居仁与进贤文人舒纲的足迹，发现了润陂港中上游越溪的十一墩十二孔的明代石桥——通州桥，有力地保护了新发现的进贤文物。这是进贤县文博系统编外的地方文史爱好者，利用其成果为地方文化遗产保护作出的明显贡献。

中学语文教师郑明不断调查、采访，一系列文港毛笔文化研究文章，也在撰写、刊发中，并也确实以此丰富了中国毛笔文化史料。青年学子余辉对进贤历史人物和事件的研究，用功甚勤，目前所积地方文化资料的量比较可观，质量上乘，且有多篇刊发在海内外高端学术期刊上。

另外，外籍人士研究相关进贤地方历史文化的有萧鸿鸣。萧先生是当代知名的"八大山人"研究专家，十多年前即频频来进贤，深入民间，广泛地对"八大山人"在过去进贤三十八都的介冈及其附近与"八大山人"交好的饶氏家族进行了仔细的调查研究，并于2010年4月，在北京人民美术出版社出版了《八大山人在介冈》一书。这本"八大山人"研究专著，不仅是对进贤历史艺术文化积淀的挖掘，把"八大山人"十五六年在进贤介冈隐居并且艺术得道，把"八大山人"与饶宇栻、朱徽、黄汝亨等明末进贤人物的友好关系梳理得清清楚楚，而且突破了"八大山人"美术研究的瓶颈，也可以说是对中国美术史和学术界的一个重大贡献。还有让人特别感动的，是90岁的民间人士章广忠先生，早年在北京《民间文学》写了不少抚河下游的故事，其中一篇写朱德的《西瓜籽》，还被选入1966年之前几年的初中一年级语文课本，这篇与章广忠先生的其他几篇文章，早在1965年5月的《民间文学》上，得到时任中国民间文艺研究会会长贾芝先生专评文章的极力赞赏。章广忠先生前几年在家人的支持下，分别到北京、上海、南昌等地的图书馆与学术单位，广搜过去发表的文章，于2012年8月在北京作家出版社出版《抚河传说故事一百篇》。有意思的是，章广忠的这本书出版后，最近被当地一位主政者发现其价值，并且利用为当地文化事业发展和旅游开发提供了可资利用的成果。

2018年8月，邹农耕先生主编的《廉行天下》一书的出版，引起了很多部门的兴趣。他们想不到，为什么这样一本小册子，竟也可以做得如此高雅有趣，同样丰富了文港毛笔文化。

2018年12月，进贤县政协出版了《进贤县重点文物与传统村落》（钱和平主编，文先国执行主编）这本内部发行资料。是书作为本邑比较重要的文化遗产图书，分送全县机关和乡镇干部，这不仅是一本文化遗产知识普及的好资料，同时对提升全县各阶层文化遗产保护意识起了积极作用。刊印后很受欢迎。

2019年5月，为配合军山湖旅游开发，进贤县委宣传部委托进贤县中华文化促进会，着手编辑《大美军山湖》（黄华明主编，章文杰执行主编）一书，并于2022年8月由江西高校出版社出版发行。是书出版，不仅让本邑人民增长了军山湖的历史文化知识，增强了地方文化自信，同时还为军山湖沿岸的文化遗产保护和旅游开发提供了相当的动力支撑。

2020年12月，由余辉博士从北京国家图书馆影印的民国陈志喆《蜀游草》与《粤游草》两册诗集合二为一，重新刊印成《陈志喆诗稿》。余辉作序并加入说明文字。我写了后记。这也等于为研究进贤架桥艾溪陈家全国重点文物保护单位羽琌山馆丰富了文化内涵。

这些图书的出版，应该算是新中国成立以来进贤文博研究的亮点，对进贤县今后文化遗产的保护将起到一定的引导借鉴作用。尽管历史上很多图书资料会丢失，然总的情况是"书比人长寿"。我们完全可以相信，能成为文献的，还是会在今后的文化遗产保护中发挥作用。

进贤县的文博研究工作正在进行中，这项工作一定有用，推想不久会有更多的成果面世，也可以相信进贤方面能在今后的文化遗产保护事业中，还会更好地利用这些研究成果。

2023年1月23日

附录

（一）求鼎斋主文先国六十岁后刊发文章目录

1.《清远渡青石桥》　邹农耕《文笔》杂志2013年3月

2.《也说不能看懂扬之水》　南京《开卷》杂志2013年4月

3.《诗情画意栖贤山》　杭州《美术报·副刊》2013年5月4日

4.《中国传统村落——旧厦村》　邹农耕《文笔》杂志2013年6月

5.《博雅君子邹农耕》　杭州《美术报·副刊》2013年8月3日

6.《现当代作家学者藏书家的文化解读管窥》　北京《群言》杂志2013年9月

7.《蔡坊村的皂荚树》　邹农耕《文笔》杂志2013年9月

8.《进贤，一个圣洁的文化符号》　北京《作家报》转自军山湖诗刊2013年12月

9.《周虎臣毛笔文化家族溯源》　邹农耕《文笔》杂志2013年12月

10.《中国毛笔第一村——周坊》　邹农耕《文笔》杂志2013年12月

11.《乱弹书法》　武汉《书法报·书画》2014年1月21日

12.《明春，明春……》　杭州《美术报·副刊》2014年3月1日

13.《雕梨付梓千秋梦》　邹农耕《文笔》杂志2014年3月
　　删节后再次刊发于北京《中国文化报·美术周刊》2014年8月10日

14.《旧家燕子又归来》　南京《开卷》杂志2014年4月

15.《甲午贺联·诗意的砥砺》　东莞《悦读时代》杂志2014年5月

16.《求鼎斋散札·山东纪行》　杭州《美术报·副刊》2014年5月24日

17.《苎麻·南机·夏布》　邹农耕《文笔》杂志2014年6月

18.《中国毛笔,让李小平灵性四通》　长沙《艺术中国》杂志2014年6月

19.《也说愧对李瑞清》　南昌《赣商·艺术鉴藏》杂志2014年7月

20.《长亭树老阅人多》　桐乡《杨柳风》杂志2014年总第8期

　　此文重发,原刊于杭州《美术报·副刊》2003年5月31日

21.《文港毛笔制作技艺简述》　邹农耕《文笔》杂志2014年9月

22.《难忘范用先生》　上海《文汇报·笔会》2014年10月13日

23.《"中国笔王"周鹏程的荣耀与收藏》　北京《中国文物报·文缘》2014年11月18日

24.《与张恩和先生之雅集》　杭州《美术报·副刊》2014年11月29日

25.《村无别姓根番李　溪有先人手種杨》　邹农耕《文笔》杂志2014年12月

26.《董源与锺陵》　北京《中国文物报·文缘》2015年2月3日

27.《悠悠乡愁　堪可记忆》　邹农耕《文笔》杂志2015年3月

28.《隐逸诗人傅梦得》　北京《中国文物报·文缘》2015年5月5日

29.《十五年向着南京致敬,就是因为〈开卷〉》
南京《开卷》创刊十五周年,收入《纸香墨润》北方文艺出版社2015年5月版

30.《"因树为屋"见精神》　北京《中国文物报·文缘》2015年6月26日

31.《香种天水　雅聚桂桥》　邹农耕《文笔》杂志2015年6月

32.《月旦乡事·〈"因树为屋"见精神〉与〈一块大洋的得失〉两则》
杭州《美术报·副刊》2015年7月4日

33.《中国文物报,但愿你我长毋相忘》　《回眸·展望——文物报创刊30周年纪念文集》北京文物出版社2015年7月第一版

34.《析元代博陵第款青花瓷及釉里红大器》　合肥《时代学术》2015年8月

35.《也说书法家自作诗词》　长沙《艺术中国》杂志2015年9月
　　改题《自作诗词书气自华》　石家庄《杂文月刊》2015年9月原创版

36.《此情可待成追忆　但愿他年不迷惘》　邹农耕《文笔》杂志2015年9月

37.《与高手过招》　石家庄《杂文月刊》2015年10月原创版

38.《敦睦传家六百年，龙章世锡三千里》　邹农耕《文笔》杂志2015年12月

39.《丰子恺从来不作"丰子恺"》　南京《开卷》杂志2016年3月

40.《明封熊母王太孺人墓石的史料价值》　邹农耕《文笔》杂志2016年3月

41.《功夫在字外》　邹农耕《文笔》杂志2016年6月

42.《戴叔伦·栖贤山·润陂桥》　邹农耕《文笔》杂志2016年6月

43.《心机·表象·常识》　石家庄《杂文月刊》2016年8月原创版

44.《二塘文氏三艺》　邹农耕《文笔》杂志2016年9月

45.《从一个笔工说工匠精神》　武汉《书法报》2016年10月26日

46.《南箕峰纪事》　邹农耕《文笔》杂志2016年12月

47.《愿我三教通一管　与君四德治五经》　武汉《书法报》2017年2月15日

48.《文港前塘"三面红旗"文化遗迹》　邹农耕《文笔》杂志2017年3月

49.《进贤明代牌坊匾额书法》　武汉《书法报》2017年6月28日

50.《古诗叙事军山湖》　邹农耕《文笔》杂志2017年6月

51.《亦师亦友三君子》　南京《开卷》杂志2017年7月

52.《明清两代进贤区域书院事略》　北京中国书院学会文化论坛2017年8月7日

53.《健武官溪大鹄源，信江文脉一线牵》　邹农耕《文笔》杂志2017年9月

54.《张中行为我作对联》　上海《文汇报·笔会》2017年12月26日

55.《百源朱仙舫探微》　邹农耕《文笔》杂志2017年12月

56.《鹅湖书院入门，文化铅山出彩》　北京《人民铁道》报2018年1月7日

57.《趣谈我的对联书法》　杭州《美术报·书法》2018年2月10日

58.《此情可待成追忆，但愿他日不迷惘》　北京《中国文房四宝》杂志2018年2月第一期

59.《远去了，沪上刘绪源》　南京《开卷》杂志2018年3月

60.《九曲十弯越溪水，三桥两省分界线》　邹农耕《文笔》杂志2018年6月

61.《明代进贤牌坊匾额书法》 北京《中国文物报》2018年9月28日

62.《三件瓷板画像》 北京《中国文物报》2018年11月13日

63.《我读辛弃疾的词》 北京《新阅读》杂志2019年6月

64.《汪曾祺两篇文章与冯至一首诗》 邹农耕《文笔》杂志2019年6月

65.《书院文化研究的集大成者》 王立斌著《鹅湖书院研究》序文 江西高校出版社2019年6月第一版

66.《也说学者与副刊》 长沙《艺术中国》杂志2019年8月

67.《君子奇文惊北宋，雄才妙笔耀南丰》 南丰《曾巩诞辰千年纪念论文集》2019年9月

68.《书法文化·书法艺术·书法传承》（再问：谁是"中国书法"传承人） 杭州《美术报》2019年12月21日

69.《吴冠中艺术创作"反奴才"的鲁迅精神》 长沙《艺术中国》杂志2020年3月

70.《再说酒具》 邹农耕《文笔》杂志2023年3月

71.《从〈瓜子仁〉到〈江西是个好地方〉》 邹农耕《文笔》杂志2023年6月

72.《晏殊江山第一楼与衮绣堂探究》 邹农耕《文笔》杂志2024年3月

（二）师友他人写六十岁后文先国的文章

1. 孙郁《〈求鼎斋文稿〉序》 《求鼎斋文稿》北京文物出版社2013年7月第一版

又刊发于南京《开卷》杂志2013年12月

2. 吴定安《使命感与真性情——读文先国〈求鼎斋文稿〉》 邹农耕《文笔》2013年9月

3. 王婷《二十载，一段美的传奇》 《浙江日报》2013年11月29日，谈到文先国写关于《美术报》千期纪念文章

4. 胡磊春《文境入秋清可读》 杭州《美术报》2014年2月15日

再次刊发于北京《中国文物报》2014年4月11日

5. 曹东来《纸上得来终觉浅,绝知此事要躬行》 北京《作家报》2014年3月31日

6. 郑明《文先国的"包浆"》 东莞《悦读时代》杂志2014年5月

7. 程竹《文港毛笔书写毫尖新传奇》 北京《中国文化报·专题》2014年6月5日

8. 亦简《关于学历》 天津《今晚报》2014年8月20日,举例分别谈及文先国、扬之水、黄永玉、陈子善等人

9. 佚名《名师成长之路》——青岛第三期初中骨干教师高级培训班报告2014年11月9日引用文先国在《美术报》与《文汇报》发表的怀念史树青先生文章的一段文字

10. 薛冰《〈求鼎斋丛稿〉序》 《求鼎斋丛稿》上海书店出版社2016年4月第一版

又刊发于南京《开卷》杂志2016年9月

改题为《民间文化的钟情者》刊发于上海《文汇读书周报》2016年10月24日

11. 蔡树农《求笔若渴,文墨相辉》引用资料刊于杭州《美术报》2018年10月27日

12. 姚峥华读《爱书来,扬之水存谷林信札》,引谷林先生记1996年5月与文先国对话中说到扬之水《脂麻通鉴》内容 刊发2020年4月

13. 张丽卉《钟爱文博,不负初心》 北京《中国文物报》2020年8月7日

14. 孙郁《我与副刊〈流杯亭〉旧事》 北京《中国副刊》2020年11月29日

后记

继《求鼎斋文稿》《求鼎斋丛稿》之后,《求鼎斋类稿》是我结集出版的第三本书。这三本"求鼎"系列的书,初衷意即求真,求善,求美。因为我青年时期读到世界伟大诗人莎士比亚的十四行诗《一零五》:

别把我的爱唤作偶像崇拜/也别把我爱人看作是一尊偶像/尽管我所有的歌和赞美都用来/献给一个人讲一件事情不改样/我爱人今天也温柔明天也仁慈/拥有卓绝的美德永远不变心/所以我只颂扬忠贞的诗词/就排除驳杂单表达一件事情/真善美,就是我全部的主题/真善美,变化成不同的辞章/我的创造力就用在这种变化里/三题合一产生瑰丽的景象/真善美,过去是各不相关/现在呢三位同座真是空前。

新文化运动人物郭沫若,是文字学家、考古学家,字鼎堂,他天生与鼎的艺术"三题合一"。同时也读到丰子恺《艺术与艺术家》一文,他把鼎的三条腿比作"真善美",我信然。好像这些古今中外的文化元素,形成了我的精神追求,所以我立志终生求鼎。稍后一些时间,史树青先生为我题写了"求鼎斋"牌匾。故而我如斯如是。

这"求鼎斋"系列书的出版,就是我在自己几番搬迁变换的书房求鼎斋里几十年读书、研究、创作出来的大部分文章,并从中挑选且基本按时间顺序而成的文稿、丛稿、类稿。文、丛、类稿,前后三本书,编排虽时隔十余年,然义章的形式、内容、设计、版式、开本等方面的旨趣,始终坚持全部的一以贯之风格上的统一。余辉先生在北京读博士期间,即对我前两本成书及后一本书草稿反复读过,概而括之曰"朗朗乾坤,家国情怀。似精卫填海,夸父逐日。文章的思想,有正大气象,在三本书稿中得以很好的体现"。这是对我的鼓励和鞭策,也让我感到光荣和骄傲。

如过去做法，既然已经编好了《求鼎斋类稿》这本书，我觉得还有必要说几句后话。

收入本书的46篇文章，分上编与下编，总共约25万字，少量附图。上编30篇文章的内容，大多是近些年在国内文艺报刊发表过，作为我读书文化生活过程中不变的接力行走。下编16篇文章大部分为进贤地方文化的内容，关于这一点，我自己还是有点自信，因为本人第一个借光算得上进邑从事文物博物或曰文化遗产研究，且以兴趣爱好与职业使命高度吻合地工作几十年，即便水平差一些，然理论与实践的结合，写出一些东西来，总还会有自己发现而别人又不知道的史料，所以我觉得这样不人云亦云的文章，多少会有点价值。我年过七十，无论类似上编与下编的文章，今后都不大可能写得出来了。

我还要感谢为拙著增色的：中央美术学院教授、书法名家刘涛先生隶书题写书名，中国毛笔文化博物馆创建馆长邹农耕先生欣然作序，朱晓光先生篆草行三体书抄《论语》数则于"君子驾马车"朱拓画片乃开篇文章之艺术点缀。在苏州古吴轩出版社付梓更是我光荣的驻足。这一切都让我倍感欣慰，似乎也实现了我心目中的一个文化理想——善哉善哉大吉祥。

2024年6月